Nerodal Feh Fesl
Die Vorbotin

Der Autor: Nerodal Feh Fesl, ein Pseudonym, ist außerhalb des deutschen Sprachraumes geboren und aufgewachsen, lebt aber schon seit geraumer Zeit in der Bundesrepublik. Neben seiner Arbeit als Schriftsteller ist er Lehrer und Berater von pädagogischen Einrichtungen. Sein Interesse gilt den Menschen, insbesondere der erstaunlichen Kreativität, die sie in allen Lebensbereichen an den Tag legen – ob handwerklich, emotional oder intellektuell. Schreibend sucht er die Quelle dieser Kreativität zu ergründen, so auch in diesem Buch. Der Name Nerodal Feh Fesl ist ein Anagramm. Dasselbe gilt übrigens für Satiasana, den Namen der Hauptfigur des Romans.

Das Buch ist ein *Social Fiction*-Roman und schildert was passiert, wenn etwas wirklich Neues und Wunderbares in das Leben ganz alltäglicher Menschen einbricht. Es zeigt eine Vielfalt überraschender Reaktionen und Entwicklungen, von denen manche beunruhigen, andere dagegen ihrerseits an ein Wunder grenzen. Das lateinische *fictio* heißt Einbildung. Der Roman geht von der Voraussetzung aus, dass uns Wandlung nur gelingen kann, wenn wir uns das Neue möglichst genau und lebhaft vorstellen.

Nerodal Feh Fesl

Die Vorbotin

Ein Land im Aufruhr

Roman

Dies ist ein Roman, die geschilderten Personen, Handlungen und Ereignisse sind frei erfunden. Jede Ähnlichkeit mit der Realität, so wie der Leser sie wahrnimmt, ist folglich rein zufällig.

TWENTYSIX – Der Self-Publishing-Verlag
Eine Kooperation zwischen der Verlagsgruppe Random House und BoD – Books on Demand

© 2018 Feh Fesl, Nerodal

Herstellung und Verlag:
BoD – Books on Demand, Norderstedt.

Covergrafik: iMoved Studio/ suns07butterfly/ Shutterstock.com

ISBN: 9783740749781

*Für Jutta,
ein Kind der Sonne*

Es fängt im Süden des Landes an, das Wunder, unweit einer vom Erfolg verwöhnten Großstadt. Von hier aus bahnt es sich seinen Weg durchs ganze Land. Zumindest in der Rückschau, Monate später, wird es so aussehen, als hätte dort alles begonnen, als wäre es dort zum ersten Mal eingebrochen, das Unerklärliche. Tatsächlich aber ist das nur dem Anschein nach richtig. Denn das, was vor den Toren jener hektischen Metropole als Wunder offenbar wird, hat im Grunde keinen Anfang, kein Ende und auch keinen Ort. Und genau deshalb wühlt es die Menschen innerlich auf. Sie können es nicht machen – auch nicht ungeschehen machen. Es ist im wahrsten Sinne des Wortes nicht machbar und weckt in jedem einzelnen die Erinnerung daran, wer er wesentlich ist.

Nördlich der Stadt erstreckt sich ein Naturschutzgebiet, eine ausgedehnte Heide. Das Landschaftsbild ist eigentlich recht karg und wenig reizvoll. Aber die Einwohner der angrenzenden Stadtviertel kommen gerne hierher, denn die Gegend ist friedlich und wirkt beruhigend auf die gestressten Seelen der Städter. Sobald die Wanderer die lehmigen Pfade betreten, dämpfen sie ihre Stimmen, als würden sie ein sakrales Areal durchschreiten. Auch ihre sonst so nervösen Stadthunde spüren die wohltuende Wirkung der Heide. Sie schnuppern die Düfte der krautigen Vegetation und gehen entspannt mit federnden Schritten neben ihren Besitzern her. Ab und zu hört man ein kurzes, frohes Bellen, ein Ausdruck ungewohnter Freude. Täglich, ob bei Nebel, Regen oder Frost, zieht es Menschen dorthin. Die Heide nimmt sie in ihre Aura auf und befreit ihren Atem.

In den letzten Wochen gelingt ihr das allerdings immer weniger gut. Eine lange Trockenperiode hat das Klima im Naturschutzgebiet verändert. Die örtlichen Wetterstationen haben den letzten Niederschlag vor etwa acht Wochen registriert, genauer gesagt vor 54 Tagen. Zudem ist es für Mitte April ungewöhnlich warm und die Wege durch die Heide sind hart und staubig geworden. Zwar pilgern weiterhin Naturfreunde dorthin, aber sie spüren, dass die Gegend ihnen weniger Wohlbefinden spendet, so als würde die Heide ihre heilsame Kraft nunmehr für sich selbst benötigen.

Tatsächlich sieht sie sich bald einer noch viel größeren Herausforderung gegenüber, denn eines Nachmittags kommt es zum Heidebrand. Ob das Feuer spontan oder durch die Unachtsamkeit eines Wanderers entstanden ist, lässt sich nicht sagen. Auch später wird die Feuerwehr die Brandursache nicht klären können. Bei der extremen Dürre, so ein Feuerwehrsprecher, genüge schon eine Glasscherbe am Boden um die Gräser zu entzünden. Klar ist auf jeden Fall, dass sich das Feuer mit großer Geschwindigkeit verbreitet. Weil das fast baumlose Gelände insgesamt sehr flach ist, sind die Rauchwolken binnen kürzester Zeit bis weit in die Stadt hinein zu sehen.

Die Feuerwehren verschiedener Gemeinden sind schnell vor Ort, aber die Löscharbeiten gestalten sich schwierig. Den Einsatzkräften fehlt es schlichtweg an Wasser. Es stehen zunächst nur zwei Tanklöschfahrzeuge zur Verfügung. Die wenigen Tausend Liter Wasser können den mittlerweile großflächigen Brand nicht wirksam eindämmen. Hydranten gibt es nicht und der nächste Baggersee ist viel zu weit entfernt, um daraus Löschwasser pumpen zu können. Ein Löschflugzeug wird angefordert. Mit seinem Einsatz ist aber frühestens in zwei-drei Stunden zu rechnen.

Die Löschtrupps konzentrieren sich darauf die angrenzenden Siedlungen vor dem Feuer zu schützen. Die Bewohner werden mit Lautsprecherdurchsagen aber auch über Twitter aufgefordert Fenster und Türen geschlossen zu halten. Sorgen bereitet vor allem der auffrischende Wind aus Nordwest, der den Funkenflug in Stadtrichtung begünstigt. Die Einsatzleitung weiß, dass die warme, trockene Luft die Glutteilchen schlimmstenfalls kilometerweit forttragen kann. In aller Eile plant man die Evakuierung der am stärksten bedrohten Straßenzüge.

Noch vor dem Eintreffen der Löschzüge sind die ersten Schaulustigen vor Ort. Das schöne Wetter und die spektakuläre Rauchkulisse über der Heide verleiten sie zum Fotografieren und Filmen. Ein solches Schauspiel sieht man nicht alle Tage. Später sind es einige Hundert und die Polizei hat alle Hände voll zu tun sie so weit zurückzudrängen, dass sie die Arbeit der Einsatzkräfte nicht behindern. Das Feuer scheint alle irgendwie in Erregung zu versetzen, anzufeuern, könnte man sagen, zu teils hektischer, teils hitziger Aktivität. Land und Leute stehen im Zeichen des Feuers.

Und so kommt es, dass zunächst kaum jemand von der blonden Frau Notiz nimmt, die etwas abseits steht und schweigend in den Himmel hinaufschaut. Sie trägt nur ein dünnes, ärmelloses Kleid und ist barfuß. Mit ihren klaren, ebenmäßigen Zügen und ihrer hohen Stirn hätte sie die Aufmerksamkeit zumindest einiger Männer auf sich ziehen müssen. Aber die waren alle mit ihren Handys beschäftigt. Später wird eine Zeugin erzählen, sie hätte gedacht, die Fremde hielte bloß Ausschau nach dem Löschflugzeug. Bereits am Abend dieses Tages werden in den sozialen Medien verschiedene Berichte kursieren, die einander teils widersprechen. Von einer sommerlich gekleideten Blondine liest man dort, die ihr Gesicht zum Himmel wandte, die Augen aber geschlossen hielt. Anderenorts heißt es dann, sie hätte die Hände erhoben oder gar mehrmals mit den Füßen aufgestampft. Aus wieder anderen Quellen erfährt man, sie hätte gebetet oder beschwörende Formeln gesprochen.

Tatsache aber ist, dass einige der Schaulustigen genau

diese unbekannte Frau für den dramatischen Wetterumschwung verantwortlich machen werden, der die Gesamtlage radikal verändert. Während sie dasteht, so behaupten manche später, ziehen wie aus dem Nichts schwere Gewitterwolken auf und verdunkeln den Himmel viel stärker, als es der Rauch bis dahin vermocht hatte. Die Gaffer lassen ihre Handys sinken und starren mit offenem Mund auf die schwarzgraue Wolkenfront. Das Wetterspektakel verdrängt sogar das Feuer aus dem Zentrum ihrer Aufmerksamkeit. Binnen Minuten kommt es direkt über der Heide zu einem heftigen Regenfall. Der Schauer beschränkt sich auf das vom Brand heimgesuchte Naturschutzgebiet, was natürlich schnell den Eindruck einer bewussten Lenkung aufkommen lässt.

Die himmlische Brandbekämpfung ist derart ungewöhnlich, dass sie es sogar in die abendliche Tagesschau schafft. Dort wird die kurze Sequenz eines Handy-Videos eingespielt. Die Aufnahme ist ziemlich wackelig und man hört Stimmen im Hintergrund. Aber man kann deutlich den Regenschauer über der brennenden Heide erkennen. Der Deutsche Wetterdienst muss allerdings eine Erklärung für das ungewöhnliche Phänomen schuldig bleiben. Kurz vorher, heißt es etwas ratlos, war der Himmel noch ohne die kleinste Wolke gewesen. Aber an Wetterkapriolen, so die Meteorologin, müsse man sich in Zeiten des Klimawandels eben gewöhnen. Dass der plötzliche Schauer die Löscharbeiten der überforderten Feuerwehren entscheidend voranbrachte und ihnen schließlich zum Erfolg verhalf, sei ein glücklicher Zufall gewesen, nicht mehr und nicht weniger als eine Laune der Natur.

Über die rätselhafte Frau erfährt die Öffentlichkeit nichts. Weder im öffentlich-rechtlichen Fernsehen, noch in der Presse findet sie Erwähnung. Schon bald nach dem Eintreffen der ersten Brandbekämpfer sind auch zwei Lokalzeitungen mit Reportern und Fotografen vor Ort. Als der Regenguss das

Feuer weitgehend gelöscht hat, reden sie mit Feuerwehrleuten und Polizisten. Der eine oder andere Zuschauer wendet sich mit seiner Beobachtung spontan an die Journalisten. Vor allem ein junges Mädchen – offensichtlich mit einem Hang zu Fantasy-Geschichten – ist ganz eifrig. Es schildert das Auftreten der „magischen" Fremden mit viel Leidenschaft. Ein paar Erwachsene bestätigen die Angaben des Mädchens im nüchternen Tonfall: Ja, es sah wirklich so aus, als hätte diese Frau die Regenwolken herbeigerufen. Natürlich schauen sich die Pressevertreter um, können aber nirgends eine Person entdecken, auf die die gelieferte Beschreibung passt. Weder die Polizei noch die Feuerwehr kann etwas zu der ominösen Frau sagen. In einer stillen, subtilen, aber durchaus wirksamen Übereinkunft beschließen die Berichterstatter die Zeugenaussagen zu der angeblichen Regenmacherin nicht weiter zu beachten. Man einigt sich darauf, dass Ganze für einen Scherz zu halten. Und wenn es kein Scherz ist, so sagen sie sich, dann hat wohl das Feuer in dem einen oder anderen Gehirn zu einer überhitzten Fantasie geführt.

Auch anderswo kommt es zu einer Verdrängung des Unfassbaren, denn das, woran sich der ehrgeizige Ingenieur Frank Brinkholz künftig erinnern wird, ist nicht das, was er heute erlebt, was ihm buchstäblich über den Weg läuft. Genau genommen wird der smarte Mitdreißiger das meiste davon bald vergessen haben – nicht aus Unvermögen, sondern auf Grund einer Entscheidung. Viel Aufwand wird er betreiben, um den Flusslauf seiner Erinnerung zu stauen, ihr Wasser in sichere Bahnen zu lenken, es umzulenken auf weit entfernte Flure, um es dort schließlich klanglos versickern zu lassen. Denn dieser Strom der Erinnerung würde sonst den Boden, auf dem er steht, unterspülen, das weiß er instinktiv. Mit der ganzen

Wucht ihrer verstörenden Bilder wäre die Erinnerung in der Lage, ihn ins Wanken zu bringen, seine Normalität zu gefährden. Er könnte seinen Stand verlieren, seine vertrauten Standpunkte, sein Selbstverständnis. Denn die Erfahrung des heutigen Tages – so viel ist klar – widerspricht ganz und gar dem, was er für die Realität hält.

Es ist noch früh am Abend, als er mit seinem jungen Hund Billy Gassi geht. Das Tier ist schon die ganze Zeit unruhig gewesen, so dass sein Herrchen es schließlich fürs Beste hält, entgegen seiner Gewohnheit noch vor dem Abendessen eine kurze Runde zu drehen. Sicher wird dem tollpatschigen Rüden ein bisschen Auslauf guttun. Es ist ein schöner, sonniger Tag gewesen, aber jetzt, da die ersten Sterne am Himmel funkeln, fühlt sich die Luft ziemlich frisch an. Es ist eben erst April, ermahnt sich Frank und zieht den Reißverschluss seines Anoraks bis unters Kinn hoch.

Um zu einem kleinen Wäldchen zu kommen, müssen beide eine belebte Straße überqueren. Frank hat das schon unzählige Male getan. Um diese Zeit sind noch viele Pendler unterwegs und der Strom an Fahrzeugen reißt nicht ab. Gedankenlos betätigt er den Schalter der Fußgängerampel und eher flüchtig wirft er dem quirligen Setter an seiner Seite ein „Bleib!" zu. Er holt sein Handy hervor und fängt an die neuesten Meldungen auf WhatsApp zu lesen. Kaum eine Stunde vorbei, seit er zuletzt nachgeschaut hat, und schon hat er eine komplette Diskussion verpasst. Allerdings geht es dabei nicht um wirklich Wichtiges. Ein langjähriger Kollege geht in den Ruhestand und es wird gemeinsam überlegt, was man ihm schenken könnte. Manche Vorschläge findet er albern, andere bieder. Aber ihm fällt selbst auch nichts Besseres ein. Der Verkehr rauscht derweil vorbei. Sein junger Hund hat sich noch nicht so recht an die Warterei gewöhnt. Seine Unruhe nimmt zu. Und dann geht alles ganz schnell.

Während sie dort am Straßenrand stehen, springt Billy plötzlich auf die Straße. Die Autofahrer hupen, Frank zuckt zusammen, wendet sich ruckartig vom Display seines Handys ab, öffnet den Mund, kann aber vor Schreck keinen Ton herausbringen. Das erste Auto weicht dem Hund knapp aus, der zweite Fahrer jedoch sieht das Tier zu spät und fährt ihm über die linke Vorderpfote. Der Hund jault erbärmlich und humpelt zur anderen Straßenseite. Hilflos muss Frank die Szene mit ansehen. Sofort fährt ihm ein schmerzhaftes Schuldgefühl in die Knochen, als ihm gewahr wird, dass Billys Leine noch zusammengerollt in seiner Jackentasche steckt. Er schiebt es beiseite. Jetzt ist keine Zeit für sowas.

Sobald die Straße frei ist, eilt er dem verletzen Setter hinterher. Er schaut sich um und sieht Billy zunächst nirgendwo. Er ruft nach ihm. Er schaut nach links, er schaut nach rechts, geht ein paar hilflose Schritte, atmet unruhig, schluckt schwer. Und dann auf einmal bietet sich seinen Augen ein geradezu märchenhaftes Bild. Sein Hund hat Zuflucht bei einer fremden Frau gesucht, einer blonden Schönheit, die in die Hocke gegangen ist und ihm sanft zuredet. Frank will schon hinüberlaufen, immer noch aufgewühlt, aber irgendwie auch erleichtert. Doch etwas hält ihn zurück. Intuitiv hat er wahrgenommen, dass dies keine normale, alltägliche Begegnung ist. Seine inneren Sinne erkennen die heilsame Aura, die seinen Hund umhüllt. Es ist keine Erkenntnis, die es bis über seine Bewusstseinsschwelle hinausschafft. Dennoch registriert auch sein Verstand, dass hier etwas vor sich geht, was er nicht einordnen kann.

Trotz der kühlen Abendluft trägt die Fremde keine Jacke. Und ihr kurzes Kleid ist offensichtlich kaum geeignet sie warm zu halten. Frank überlegt für einen Moment, ob sie vielleicht gerade auf einer Party war und aus dem überhitzten Innern eines Tanzraumes spontan hinausgelaufen ist. Er verwirft die

Vermutung sogleich wieder, denn hier ist alles ruhig. Von nirgendwo her kann er Musik oder Stimmen und Gelächter hören. Überhaupt ist es inzwischen sehr still. Sogar der Verkehrsstrom scheint zum Erliegen gekommen zu sein. Wie dem auch sei, die hübsche Dame friert offenbar nicht. Im Gegenteil! Frank spürt noch aus der Entfernung, dass sie von einem warmen, wohltuenden Glanz umgeben ist.

Billy sitzt ganz unbeweglich und hält der fremden Herrin seine gebrochene Pfote hin. Es sieht tatsächlich so aus, als würde er sie um Hilfe bitten. Die Schöne hat nicht etwa seine Pfote genommen, er hat sie ihr vertrauensvoll dargereicht, so wie man ein Opfer darreicht, demütig und dankbar. Einen Moment lang fühlt sich Frank gekränkt. Ist er nicht Billys bester Freund, derjenige, der sich immer um ihn kümmert? Und nun ignoriert der Hund ihn, lässt sich von einer wildfremden Person trösten. Aber der Zauber der Situation vertreibt diese kleinlichen, unwürdigen Gedanken. Fasziniert verfolgt er, wie die blonde Schönheit die Pfote genau an der Bruchstelle mit beiden Händen umschließt. Es ist eine eindrucksvolle Geste, da sie sogleich behutsam und entschlossen wirkt.

Mit offenem Mund bleibt Frank in einigen Metern Entfernung stehen. Er ist jetzt nur noch Beobachter, denkt gar nichts mehr. Schwer zu sagen, wie lange er so steht – ein paar Sekunden, Minuten, Stunden? Ihm ist plötzlich jedes Zeitgefühl abhandengekommen. Auch seine Raumwahrnehmung ändert sich. Entfernungen scheinen sich jetzt nicht mehr in Schritten auszudrücken. Müsste Frank seine Erfahrung in Worte fassen, so würde er wohl sagen, dass Wahrhaftigkeit oder die Reinheit der Gefühle, vielleicht sogar Mitgefühl die Dimensionen dieses Raumes sind. Und so ist die sonderbare Erscheinung ihm zugleich nah und fern, zwar unmittelbar vor seiner Nase und doch auch irgendwie unerreichbar, wie ein Traumbild oder die Offenbarung einer anderen Welt. Die

Fremde hüllt seinen armen Hund in eine Decke aus Licht, ein Licht, das Frank nicht sehen, wohl aber fühlen kann. In diesem Moment wundert ihn das nicht. Gar nichts wundert ihn. Die Frau schaut ihn derweil kein einziges Mal an und er ist sich nicht sicher, ob sie ihn überhaupt wahrnimmt.

Schließlich lässt sie Billy los, streichelt ihm über den Kopf, richtet sich auf und verschwindet in der Dunkelheit. Frank ist verdattert. Aber richtig entgeistert ist er, als er seinen Hund betrachtet. Das junge Tier kommt fröhlich mit dem Schwanz wedelnd auf ihn zu – offensichtlich unversehrt. Hat er sich getäuscht? Ist dem Setter doch nichts passiert. Vielleicht ist das junge Tier einfach nur erschrocken gewesen. Vielleicht hat er in der Dunkelheit nicht genau hingeguckt. Noch in diesem Moment fängt Frank an, das Bild der unnatürlich abgewinkelten Pfote und die Erscheinung der blonden Schönheit aus seinem Gedächtnis zu entfernen.

Vielleicht wäre er in der Lage gewesen, so etwas wie eine „Wunderheilung" zu akzeptieren, wenn die Umstände anders gewesen wären, weniger profan. Hier am Straßenrand, in seiner gewohnten Umgebung, an einem gewöhnlichen Aprilabend konnte er dem Wunderbaren einfach keinen Platz einräumen. Insbesondere passte die fremde Frau nicht in das Bild, das er von einer irgendwie begnadeten Heilerin hatte. Zwar war seine Vorstellung in dieser Hinsicht nicht sehr ausgeprägt, um nicht zu sagen vage, aber die wenigen äußeren Merkmale, die sein Verstand mit einer solchen „Wundertäterin" verband, waren erstaunlich fest verankert. Älter müsste sie sein, auf jeden Fall, mit langen grauen oder – noch besser – silbrigen Haaren, nicht schön, aber irgendwie würdevoll, mit konzentrierten, strengen Zügen. Schlicht gekleidet sollte sie sein, am besten in einem langen Gewand, das ihre Glieder verhüllt. Überhaupt sollte ihre ganze körperliche Erscheinung zugunsten ihrer geistigen Kraft in den Hintergrund treten.

Weil er so denkt, kann Frank in der fremden Blondine, zu der Billy gehumpelt ist, unmöglich einen geistigen oder spirituellen Menschen erkennen. Denn die Frau erscheint ihm dafür viel zu mondän. In seinen Augen sieht sie aus wie eine Schauspielerin und jemand, der so umwerfend ausschaut, muss ein oberflächlicher Zeitgenosse sein, ein ganz und gar auf Äußerlichkeiten fixierter Mensch. Dass Frank damit selbst derjenige ist, der den Äußerlichkeiten einen zu hohen Stellenwert beimisst, entgeht ihm. Auch seine Ambivalenz hinsichtlich Schönheit wird ihm nicht bewusst. Sie reicht weit in seinen Werdegang zurück. Tief in seinem Wesen misstraut er jeder Schönheit. Er unterstellt ihr die Sinne zu täuschen und den Verstand zu blenden. Weit zurückliegende Erfahrungen haben ihn gelehrt, dass sich Schönheit und Wahrheit grundsätzlich ausschließen.

Doch obwohl Frank Brinkholz den Vorfall des heutigen Abends bald vergessen hat, wird die Begegnung mit der unbekannten Schönen in den Tiefen seiner Seele weiterwirken. Durch sie bekommt er die Möglichkeit, den ungewöhnlichen Ereignissen der kommenden Monate mit einer größeren gedanklichen Offenheit zu begegnen. Licht lichtet könnte man sagen. Plötzlich stehen seine sorgsam hochgezüchteten und fleißig vorgefertigten Gedanken nicht mehr so dicht und Neues hat die Chance seinem Geiste einzuleuchten. Aber eine Möglichkeit kann ungenutzt oder unerkannt vorbeiziehen. Und das Neue verunsichert manchmal so sehr, dass man sich lieber mit noch mehr Nachdruck für das Alte entscheidet.

Erneuerung fängt natürlich immer in den Gedanken und Gefühlen eines einzelnen Menschen an. Äußere Umwälzungen sind zwar viel spektakulärer, aber meistens nicht von Dauer. Das zeigt sich auch wenige Tage später, als ein gewaltiger

Frühjahrssturm auf Europas Mitte zurast, ein „Jahrhundertsturm", wie die Nachrichtensprecher im Radio nicht müde werden zu verkünden. Sturmtief *Dietmar* ist im Anmarsch und überall werden hektisch Vorkehrungen getroffen. Die Warnungen der Meteorologen zeigen Wirkung. Seit Tagen prophezeien sie für das Landesinnere Windgeschwindigkeiten, die bisher nur auf hoher See gemessen wurden. Windstärke 14 wird erwartet, Windstärke 15 für möglich gehalten. Das Fernsehen zeigt ein Land im Ausnahmezustand, Szenen, die man sonst nur aus den Südstaaten der USA kennt: Hamsterkäufe in den Supermärkten, leergeräumte Regale, Rekordumsätze in den Baumärkten, Nachbarn, die sich gegenseitig helfen große OSB-Platten auf ihre Fensterrahmen zu schrauben. Gartenmöbel werden weggesperrt, Baukräne extra gesichert und mancherorts sogar Verkehrsschilder abmontiert. Die Rettungsdienste, das Technische Hilfswerk, das Deutsche Rote Kreuz und die Feuerwehren sind überall in Alarmbereitschaft. Die Atomaufsichtsbehörden verschiedener Bundesländer versichern, dass ihre AKWs jedem Sturm trotzen können. „Die sind absolut tornadoresistent gebaut worden", erklärt ein Sprecher. Er verschweigt allerdings, dass die ältesten Kernkraftwerke trotzdem vorsorglich ausgeschaltet werden und zwar per Schnellabschaltung. Für die Küstengebiete ist eine Sturmflutwarnung ergangen. Überall sichern Bundeswehrsoldaten mit Sandsäcken besonders gefährdete Gebiete und Stadtviertel. Landesweit stellen sich die Krankenhäuser auf einen Betrieb mit Notstromaggregaten ein. Kurzum: Man rechnet mit dem Schlimmsten.

Nun kann man nicht sagen, dass all diese Vorbereitungen und Vorkehrungen umsonst gewesen sind. Als der orkanartige Sturm auf die Küstengebiete trifft, scheinen sich die düstersten Befürchtungen zu bewahrheiten. Dämme brechen, Bäume werden reihenweise entwurzelt, der Bahnverkehr kommt sofort zum Erliegen. Besonders erschreckend ist die Tatsache, dass sich der Sturm auf seinem Weg ins Landesinnere überhaupt nicht abschwächt, ein Phänomen, das die Prognosen aller Meteorologen widerlegt. Doch dann auf einmal ist alles vorbei. Innerhalb von zehn Minuten büßt die brausende Naturgewalt so viel Kraft ein, dass von ihr nur noch eine mäßige Brise übrigbleibt. Zunächst scheint das ganze Land den Atem anzuhalten. Danach verlassen die ersten Neugierigen ihre Häuser, treten vor die Tür und blicken mit offenem Mund in den nunmehr befriedeten Himmel. So mancher fragt sich, ob das die Stille vor dem tobenden Finale ist. Andere wähnen sich im Auge eines Zyklons. Aber der Spuk ist endgültig vorbei.

Es dauert weitere zehn Minuten, bevor es im Radio und auf Twitter die ersten Entwarnungen gibt. Der Innenminister Mecklenburg-Vorpommerns macht den Anfang und lässt verlauten, dass sich der Sturm offenbar in Luft aufgelöst hat. Das ist natürlich nicht seine genaue Wortwahl, aber ihm ist doch deutlich die Verwunderung anzumerken. Auch das Innenministerium Sachsens gibt bald Entwarnung und beruft sich dabei sicherheitshalber auf eine eilig herausgegebene Stellungnahme des Deutschen Wetterdienstes (DWD). Darin heißt es, dass zwar noch nicht die Daten aller Wetterstationen ausgewertet seien, man aber schon feststellen könne, dass bundesweit nur noch mäßige bis schwache Windgeschwindigkeiten registriert werden. Eine ähnlich lautende Mitteilung finden User auf der kostenfreien *WarnWetter*-App. Aber nachdem die Bürger tagelang mit Horrorszenarien regelrecht bombardiert worden sind, brauchen sie nun eine Weile, den Meldungen Glauben zu schenken und die neue Lage zu akzeptieren.

Die Meteorologen aller namhaften Universitäten staunen derweil über die neuesten Satellitenbilder. Obwohl die Institute in Berlin, Bonn, Hamburg, Leipzig oder München zu dieser Zeit nicht in direktem Austausch stehen, reagieren die Wissenschaftler überall ähnlich, als die ersten Aufnahmen nach dem Sturm-Aus auf ihren Bildschirmen erscheinen. Denn was sie sehen, ist nichts. Keine Spur mehr von der gewaltigen Sturmfront, die sich noch vor einer halben Stunde in südöstliche Richtung über die Republik schob. Alle erstarren zunächst in ungläubigem Schweigen. Dann blicken sie einander an und schütteln fassungslos die Köpfe. Als nächstes fragt man eilig bei den Kollegen der anderen meteorologischen Institute nach. Zu diesem Zeitpunkt zweifelt man noch an, ob es sich überhaupt um aktuelle Satellitenbilder handelt – auch wenn die eingeblendeten Daten genau das versichern. Schnell gibt es die Gewissheit, dass allen Instituten die gleichen unerklärlichen Aufnahmen vorliegen.

Dann tritt ein interessanter Mechanismus in Kraft, den jeder Sozialpsychologe sofort als faszinierendes Forschungsobjekt begrüßen würde, den die Betroffenen selbst aber nicht bewusst wahrnehmen. Ohne darüber miteinander zu kommunizieren, sehen sich alle Institutsleiter vom rätselhaften Verschwinden des Sturmes sogleich in ihrer Fachkompetenz bedroht. Ihre Sprachlosigkeit spricht Bände. Sie haben für das Phänomen keinerlei Erklärung. Sie fürchten einen Imageverlust, vielleicht auch Etatkürzungen. Stillschweigend einigen sich alle Wetterprofessoren auf eine inhaltlich gleiche Pressemitteilung. Als diese Stellungnahmen wenig später veröffentlicht werden, stellt man in den Redaktionen der online-Medien fest, dass sogar deren Wortlaut ähnlich ist. Erstens: Man könne bestätigen, dass sich das Sturmtief Dietmar ungewöhnlich schnell aufgelöst hat. Zweitens: Man müsse jetzt in aller Ruhe und mit der erforderlichen Sorgfalt weitere Computerdaten auswerten. Drittens: Erst nach dieser genauen Analyse wird es möglich sein zu erklären, was hinter diesem seltenen Wetterphänomen steckt.

Natürlich kommt auch die Parteipolitik ins Spiel. Der Generalsekretär der CSU wirft die rotgrün geführten Umweltministerien der nördlichen Bundesländer Panikmache vor. Ihnen sei es vor allem darum gegangen, den herannahenden Sturm als spektakuläre Folge des Klimawandels darzustellen. So sei unter den Bürgern unnötig Angst und Schrecken verbreitet worden. Aus der damit erzeugten Weltuntergangsstimmung hofften sie politisches Kapital zu schlagen. Die angesprochenen Politiker verwahren sich aufs Schärfste gegen derlei Anwürfe und fordern umgehend eine Entschuldigung aus Bayern.

Inzwischen fangen im ganzen Land, vor allem im Norden und Nordwesten die Aufräumarbeiten an. In Niedersachsen, Schleswig-Holstein, Bremen, Hamburg und Mecklenburg-Vorpommern gibt es erhebliche Sachschäden, zumeist verursacht durch umgeknickte Bäume. Soweit bekannt wurde aber niemand verletzt. Alle sind erleichtert und teilen das Gefühl, nochmal davon gekommen zu sein. Und ehe der Tag zu Ende geht, wenden sich die allermeisten wieder ihren Alltagssorgen zu. Nach Lage der Dinge wird es höchstens eine Woche dauern, bis sich die Aufregung um das rätselhafte Sturm-Aus gelegt hat.

Aber die Dinge entwickeln sich anders als erwartet. Im Nachhinein ist das vielleicht gar nicht so überraschend, denn schließlich nahm auch das Sturmtief einen ganz anderen Verlauf als von den meisten vorhergesehen. Aber wer hätte sich schon denken können, dass gerade das abrupte Ende des Unwetters im Gemüt der Menschen so hohe Wellen schlagen würde? Es ist ja fast so, als hätte der Sturm die Ebene gewechselt und sich darauf verlegt, nunmehr in den Köpfen und Herzen der Menschen für heftige Turbulenzen zu sorgen. Und während das Gezänke zwischen Politikern, Wissenschaftlern und Reportern langsam abflaut, kommt es dort, im Innern der

Leute, zu neuem Wirbel.

Schon am nächsten Tag tauchen in den sozialen Medien Text- und Videobotschaften auf, die stets den gleichen Inhalt haben: Die Auflösung des Monstersturms ist kein Zufall gewesen. Eine solche Naturgewalt kann nicht einfach spontan verschwinden. Vielmehr hat sich eine lichtvolle Macht dem Wüten des Orkans entgegengestellt und dem Sturm Einhalt geboten, ihn zerschlagen. Diese rettende Instanz hat ein Gesicht und eine Gestalt. Es sind vor allem Vegetarier, Veganer, Yogis Buddhisten und andere Bewusstseinserweiterer, Menschen also, die regelmäßig meditieren, denen das Bild einer furiosen Göttin mit langen, goldglänzenden Haaren erscheint, die tanzend den Sturm besänftigt. Manche sehen die Sturmbezwingerin direkt in der Meditation, andere im nächtlichen Traum. So oder so prägt sich das Bild allen Betroffenen stark ein, so dass sie es fortan im Bewusstsein tragen. Bald berichten die ersten darüber in den sozialen Medien – zunächst bloß ihren Freunden, doch schnell verbreiten sich diese Berichte im weiten Netz. Schon nach wenigen Tagen stellt sich heraus: Es gibt Hunderte, die dasselbe gesehen haben – bis ins Detail gleich. Barfuß ist die wirbelnde Herrin der Winde, ärmellos und kurz ihr dünnes Kleid. Die helle Haut ihrer nackten Glieder ist ohne Makel, ihr ganzer Körper wohlgeformt und kraftvoll. Da sie jedoch von allen übereinstimmend als licht und rein beschrieben wird, weckt ihre Erscheinung im Betrachter keinerlei erotisches Interesse. Vielmehr erfreut sie die Herzen und erfüllt die Gemüter mit Zuversicht. Wie von selbst gesellt sich zum Bild ein Name: Satiasana.

Die Presse schweigt das Phänomen zunächst tot. Doch dann erzählt die bundesweit bekannte und beliebte Schauspielerin Tessa Merati in einem Interview mit *Brigitte Woman* über ihre inneren Bilder nach dem plötzlichen Verschwinden des Jahrhundertsturms. Sie zeigt sich nicht nur überzeugt, dass Satiasana existiert, sondern ist sich auch sicher, dass es die „schöne Heilsbringerin" war, die den Orkan bezwang. Meratis Äußerungen wirken wie eine Initialzündung. Die Redaktion des Frauenmagazins wird mit Zuschriften regelrecht überflutet. Andy Key, der Sänger der deutsch-britischen Band *Eight Miles High* schreibt spontan einen Song über Satiasana, der in kürzester Zeit ein großer Erfolg wird. „Winning Beauty" ist bald ständig im Radio zu hören und verhilft der Band, um die es zuletzt still geworden war, zu neuem Ruhm. Der eilends angefertigte Videoclip ist nach bloß einem Tag auf YouTube bereits über 600 000 Mal angeklickt worden.

Nun wird das Thema auch für die Mainstream-Medien interessant. Aber es ist ihnen anzumerken, dass sie sich damit schwertun. Die meisten verlegen sich darauf zwischen der Begebenheit des „Simultan-Träumens" einerseits und dem Inhalt der Traumbilder andererseits zu unterscheiden. Man nimmt zur Kenntnis, was unbestreitbar ist, nämlich dass viele Menschen behaupten bestimmte Bilder geschaut oder imaginiert zu haben. Immerhin erfährt man jetzt Genaueres zur Verbreitung des Phänomens. Eine Telefonumfrage des Meinungsforschungsinstituts Forsa ergibt, dass fast sechs Prozent der Befragten erklären, ihnen sei das Bild der blonden Sturmbezwingerin erschienen. Selbst wenn man sagen würde, dass die Hälfte davon bloß Wichtigtuer und Phantasten ist, wären das auf ganz Deutschland übertragen immer noch 2,5 Millionen Menschen.

In den online-Ausgaben mehrerer Tageszeitungen kommen Psychologen und Sozialforscher zu Wort, die den Einfluss heftiger atmosphärischer Turbulenzen auf die menschliche Psyche diskutieren. Viel hört und liest man über die generelle Wetterfühligkeit des Menschen, über die Ausschüttung von Dopamin bei Sonnenschein und über signifikant höhere Selbstmordraten bei anhaltend trübem Wetter. Die Auswirkungen starker Unwetter auf unsere Psyche seien zwar insgesamt noch wenig erforscht. Einige Wissenschaftler halten das Auftreten einer Massenpsychose aber für durchaus denkbar. Insbesondere die elektromagnetischen Schwingungen in der unteren Troposphäre könnten unseren ganzen Organismus stark in Mitleidenschaft ziehen und größere Instabilitäten verursachen. Theoretisch möglich sei es durchaus, dass die neuronalen Netzwerke im Gehirn, insbesondere der Hypothalamus und die Hypophyse, gereizt und übererregt werden. Das wiederum könnte die Steuerung der Hormonproduktion in gefährlichem Ausmaß stören. Aus der Schizophrenie-Forschung sei der Zusammenhang zwischen einer Botenstoff-Überproduktion und Halluzinationen hinlänglich bekannt.

Damit wird die Linie klar, auf die sich die Redaktionen der Nachrichtenmedien offenbar festgelegt haben. Das sonderbare Phänomen der Massenvisionen wird auf die Einwirkung physikalischer Reize zurückgeführt und damit enträtselt. Für diese Aufgabe wird eine Reihe von Spezialisten aufgeboten, Fachleute, die mit der ganzen Autorität ihrer Expertise und milde lächelnd die geschauten Bilder zu Zufallsprodukten eines überreizten Gehirns erklären. Es wird nicht ausdrücklich gesagt, aber zwischen den Zeilen dennoch vermittelt, dass es naiv wäre, die Bilder selbst in irgendeiner Weise ernst zu nehmen. Sie sind ohne Bedeutung, auch wenn der menschliche Verstand aus alter Gewohnheit natürlich versucht ist, ihnen einen Sinn zu verleihen.

Trotz aller Eloquenz und Gelehrsamkeit sind die Spezialisten allerdings nicht in der Lage zu erklären, wie es möglich ist, dass Tausende Menschen nahezu zeitgleich die gleichen „Wahnvorstellungen" haben. Deshalb ziehen manche auch die Aussagen der „Visionäre" in Zweifel. Besonders drastisch tun das die anonymen Skeptiker der Internetplattform Eso-Quatsch.com, die es sich nach eigener Aussage zur Aufgabe gemacht haben, Scheinheiligkeit und Aberglauben zu bekämpfen. Die Kritiker, die sich selbst als Realisten bezeichnen, vermuten hinter den vermeintlich massenhaft auftretenden „Erscheinungen" den plumpen Versuch eines großen Yoga-Institutes, Werbung in eigener Sache zu machen. Die Skeptiker wollen herausgefunden haben, dass viele Personen, denen „angeblich" die „blonde Sturmhexe" erschienen ist, „zufälligerweise" aktive Mitglieder dieses Institutes sind. Außerdem präsentieren sie Zahlen, die belegen sollen, dass die Yoga-Schule in den letzten Jahren mit einem Rückgang der Anmeldungen zu kämpfen hatte.

Aber die öffentliche Auseinandersetzung mit dem massenhaften und simultanen Auftreten ähnlicher „Visionen" treibt noch andere Blüten. Sicherheitsexperten melden sich zu Wort und stellen öffentlich die Frage, ob die Russen dabei seien eine neue, streng geheime Psychowaffe zu testen, eine Art Gedankenbildgenerator. Es wird nicht ganz klar, ob die Geheimdienste diesbezüglich genauere Kenntnisse haben. Man verweist aber darauf, dass die Parapsychologie-Forschung in Russland eine lange Tradition hat und dass bereits der KGB die Forschungsergebnisse für ihre Zwecke zu nutzen versuchte. In Talkshows wird darüber spekuliert, wie eine solche „Psychowaffe" funktionieren könnte. Ein Physiker behauptet, dass es den Russen gelungen sein könnte, mittels bestimmter Schwingungsfrequenzen im Gehirn vorher definierte Bilder zu generieren. Damit hätten die russischen Machthaber die Möglichkeit *Fake News* direkt in unseren Köpfen zu erzeugen.

Von all diesen Diskussionen wenden sich die betroffenen Menschen nach kurzer Zeit ab, gelegentlich frustriert, häufig kopfschüttelnd. Sie fühlen genau, dass die Erklärungsversuche der so genannten Experten an ihrer Realität vorbeigehen. Vielen wird klar, dass die geäußerten Kommentare vor allem die Funktion haben, jeden Gedanken an andere Realitätsdimensionen mit aller Macht abzuwehren. Diejenigen, die tanzende Sturmbändigerin gesehen haben, tragen ihr Bild im Herzen. Sie spüren die Wärme und Freude, die davon ausgehen. Deshalb ist es für sie abwegig, diese innere Wahrnehmung für irrelevant zu erklären. Aber die meisten von ihnen wissen auch, dass es kontraproduktiv wäre, die durch Angst hervorgebrachten Argumente der Meinungsmacher zu bekämpfen.

Auch die zehnjährige Schülerin Mirjana Manz hält ihrer inneren Wahrnehmung die Treue und sieht sich damit in die Defensive gedrängt. Aber sie ist bereit für die notwendige Auseinandersetzung. Das dunkelblonde Mädchen betrachtet den Doktor an seinem Schreibtisch aus wachen und wachsamen Augen. Der Mann hat sie freundlich begrüßt und sitzt ihnen nun ganz entspannt und lächelnd gegenüber. Er sieht ganz anders aus, als sie ihn sich vorgestellt hat, eigentlich gar nicht wie ein Arzt. Seine Haare sind nicht grau, er trägt keine Brille und erst recht keinen weißen Kittel. Weder klingt seine Stimme tief noch blicken seine Augen streng. Dafür ist er auffallend klein und mit seinen braunen Locken, die ihm fast bis zu den schmalen Schultern reichen, sieht er eher wie ein großer Junge aus. Sie weiß nicht so genau, was ein Psychiater ist, aber ihre Mutter hat „Herr Doktor" zu ihm gesagt. Auch die Dame am Empfang hat vorhin gemeint, dass Doktor Anzberger gleich so weit sein würde. Alle zeigen diesem Mann Respekt, denkt Mirjana, er spielt hier die Hauptrolle.

Ihre Mutter wollte unbedingt hierher und hat ihr in den letzten Tagen immer wieder versichert, dass man sich über diesen Doktor Anzberger viel Gutes erzählt. Er kennt sich mit sowas aus, hat sie noch vorhin im Auto gemeint, er wird dir sicher helfen können. Mit sowas? Mirjana hatte es immer noch nicht verstanden und ihre Mutter von der Seite her fragend angesehen. Wobei denn helfen? Ach Kind, jetzt fangen wir nicht wieder damit an. Du weißt genau, was ich meine. Wusste sie das? Mirjana hatte danach nur noch auf die Häuser und Passanten geschaut, die stetig an ihr vorbeiglitten, schweigend, die Stirn in Runzeln.

„Nun, Mirjana, Frau Manz, was führt sie zu mir?" Der Klang ihres Namens holt die Zehnjährige zurück in die Gegenwart. Doktor Anzberger nickt ihr aufmunternd zu.

Ihre Mutter rutscht etwas nach vorne. „Ja, also … Wissen Sie, Herr Doktor, meine Tochter, also Mirjana hier, hat eine lebhafte Fantasie."

„Schön!" Der Facharzt strahlt.

„Na ja, ganz so schön ist das nicht."

Doktor Anzberger nickt erneut, wobei sich seine Augen ganz geringfügig verengen. Das sieht für Mirjana so aus, als würde er in ihre Mutter hineinschauen und alles genau verstehen. Dann werden seine Augen wieder groß. „Was stimmt denn nicht mit der Fantasie ihrer Tochter?"

„Nun ähm … sie bildet sich Dinge ein und glaubt dann fest daran, dass sie echt sind."

„Was für Dinge zum Beispiel?"

Plötzlich unsicher wirft Frau Manz ihrer Tochter einen flüchtigen Blick zu. „Mirjana schwärmt für Fantasy-Bücher, wissen Sie, taucht oft für Stunden in fremde Welten ein, liebt Drachen, Einhorne, Magier, solche Sachen."

Der Arzt schaut seine junge Patientin an und zwinkert ihr zu. „Nun, Frau Manz, ich habe den Eindruck, dass machen viele Mädchen in Mirjanas Alter." Sein Blick wandert zur Mutter zurück. „Über Geschmack kann man sich natürlich streiten. Aber eine solche Lektüre schult gewiss das Vorstellungs- und Einfühlungsvermögen Ihrer Tochter. Kein Grund zur

Sorge."

„Aber mein Kind bringt alles durcheinander. Sie glaubt tatsächlich irgendwelche Zauberer zu sehen."

„Eine Zauberin!" Mirjana sieht jetzt sehr konzentriert und irgendwie kampfbereit aus.

Da wird ihre Mutter plötzlich heftig. „Sehen Sie, Herr Doktor, sie schwört eine Zauberin beim Zaubern beobachtet zu haben. Ich hab ihr gesagt, so was gibt es nicht. Aber sie lässt sich nicht davon abbringen, fängt immer wieder davon an. Mein Mann schimpft inzwischen und meint, das ist doch nicht normal. Er will ihr das Lesen verbieten und diesen ganzen Fantasy-Schei... also diese ganzen Bücher in die Papiertonne werfen. Wir machen uns Sorgen."

„Verstehe." Auch der Facharzt schaut nun ernst, als er über das Gehörte nachdenkt. Dann nimmt er erneut Mirjana in Augenschein, prüfend diesmal aber nicht unfreundlich. Er richtet sich etwas auf. Frau Manz, ich würde mich gerne mit Ihrer Tochter unterhalten."

Frau Manz nickt.

„Alleine."

Frau Manz nickt noch einmal und erst dann versteht sie, was der Spezialist meint. „Also, ... ich weiß nicht ..."

„Frau Manz, das ist ein ganz normaler Vorgang. Auch wenn Ihre Tochter erst zehn ist, so hat sie doch Persönlichkeitsrechte. Vielen Kindern fällt es leichter frei zu reden, wenn ihre Eltern nicht daneben sitzen. Sie können selbstverständlich draußen warten, Frau Müller macht Ihnen sicher gern einen Kaffee."

„Also gut..." Es ist nicht zu übersehen, dass Mirjanas Mutter mit dieser Wendung ihre Mühe hat. Sie nimmt ihre Handtasche, steht auf, reckt kurz das Kinn vor und blickt dann auf ihre Tochter herunter. „Es wird alles gut, mein Schatz. Ich bin vor der Tür. Wenn etwas ist ..."

„Alles klar, Mama!"

Als sich die Tür wieder schließt, lehnt sich Doktor Anzberger zurück, holt tief Luft und lässt sie mit einem genussvollen Stöhnen entweichen. Dann springt er unvermittelt auf die Füße und ist mit zwei Schritten bei einem kleinen Kühlschrank. „Also ich brauche jetzt eine Limo. Magst du auch eine?"

Mirjana lächelt. „Gerne!"

„Flasche oder Glas?"

„Flasche."

Anzberger stellt zwei Fläschchen Limonade auf den Tisch, öffnet sie und schiebt ihr eins hin. Sie prosten sich schweigend zu und trinken. Der Arzt stellt seine Flasche ab und hält sie noch einen Moment fest. Dann blickt er von der Flasche zu ihr auf. „So, dann erzähle mir mal von der Zauberin!"

Mirjana schaut den Doktor ernst an. „Glauben Sie, dass ich verrückt bin?"

„Nein, wieso meinst du?"

„Meine Eltern sagen, ich spinne."

„Weil du eine Zauberin siehst?"

„Ich habe sie nur einmal gesehen."

„Wann war das?"

„Vor ein paar Wochen, damals als es auf der Heide so gebrannt hat."

„Du warst da?"

„Ja, wir wohnen dort in der Nähe. Tobi und seine Eltern waren auch da."

„Tobi?"

„Ein Junge aus unserer Straße. Das Feuer war sehr groß. Ich hatte ein bisschen Angst. Papi versuchte mich zu beruhigen und sagte, uns würde nichts passieren. Aber das Feuer war nicht aufzuhalten und wurde immer größer. Schließlich wurde auch mein Vater unruhig. Mama und er sprachen leise miteinander. Ihre Augen waren ganz groß. Ich verstand nicht, was sie sagten, aber ich spürte ihre Sorgen."

„Dann warst du sicher froh, als der Regen kam und das Feuer löschte."

„O ja, wir alle waren sehr froh. Die Leute jubelten und die Feuerwehrmänner lachten erleichtert."

„Das war Glück."

„Nein, das war sie."

„Sie?"

„Ja, die Zauberin."

„Ach!" Der Arzt zieht kurz die Augenbrauen hoch, aber nicht belustigt oder überheblich. Sein Gesicht bleibt offen. Er urteilt nicht und ist eher neugierig als skeptisch.

Mirjana spürt, dass der Mann sie ernstnimmt. Er behandelt sie nicht wie ein kleines, dummes Mädchen. Ganz im Gegenteil! Mit seiner ungekünstelten Art hat er ihr Vertrauen gewonnen. Irgendwie fühlt sie sich bei ihm gut aufgehoben. Und so fängt sie an zu erzählen, was sie damals beobachtet hat.

Ulrich Anzberger hört dem Mädchen schweigend zu, lässt sie reden. Unwillkürlich hat er sich etwas zurückgelehnt. Wie immer will er mit dieser Haltung distanzierter Anteilnahme verhindern, dass der Patient seine Erzählung ausschmückt um ihn, den Herrn Doktor, zu beeindrucken. Doch es wird ihm schnell klar, dass es für solch eine Vorsichtsmaßnahme bei diesem Kind keine Veranlassung gibt. Das Mädchen ist ganz in seinem Bericht vertieft und nimmt sein Gegenüber dabei kaum zur Kenntnis. Es spricht schnell und lebhaft, aber für ein Zehnjähriges bemerkenswert zusammenhängend. Anzberger hat das Gefühl, dass Mirjana die Bilder von damals geweckt und gerufen hat und nun ganz unbefangen erzählt, was sie vor sich sieht.

Als ihm die Behauptung der Mutter in den Sinn kommt,

dass nämlich ihre Tochter über eine lebhafte Fantasie verfüge, stellt er der jungen Patientin ein paar Kontrollfragen. Wie erwartet weist ihre Realitätswahrnehmung keine größeren Widersprüche auf. Über den Heidebrand, die Arbeit der Feuerwehrleute und das Verhalten der Schaulustigen berichtet sie sogar bemerkenswert sachlich. Auch gelingt es ihr insgesamt recht gut zwischen ihren Gefühlen und den mutmaßlichen Gefühlen anderer zu unterscheiden. Das Kind ist nicht verrückt, denkt er, es hat nur das Pech an Eltern geraten zu sein, die es nicht verstehen.

Das alles lässt natürlich auch Mirjanas Aussage über die von ihr gesichtete Zauberin glaubwürdig erscheinen. Als sie die Wolkenbeschwörerin am Rande der Heide beschreibt, horcht Anzberger auf. Das kann doch nicht sein, denkt er. Vage hatte er damit gerechnet, das Bild einer alten Frau mit einem langen, sternenübersäten Mantel, einem spitzen, breitkrempigen Hut und obligatorischem Zauberstab geschildert zu bekommen. Aber blond und barfuß? Gelenkig, kraftvoll und schön? Und das mit übernatürlichen Fähigkeiten? Diese Darstellung kommt ihm bekannt vor. Er neigt seinen Kopf zur Seite und fixiert die junge Patientin mit einem forschenden Blick. Blitzschnell schießen ihm Fragen durch den Kopf. Was weiß das Kind? Kennt es die Diskussionen aus den sozialen Medien? Hat es erfahren, dass Tausende diese „Zauberin" im Traum oder in der Mediation gesehen haben wollen? Hat es darüber im Fernsehen reden hören? Das Mädchen bemerkt seine plötzliche Unruhe und hält inne. Es schaut ihn mit großen Augen an und wirkt besorgt. Ulrich Anzberger erwidert ihren Blick und in dem Moment ist er sich sicher: Das Mädchen ist ahnungslos und ohne Arg. Es hat nicht die Absicht sich interessant zu machen oder in eine fantastische Zauberwelt zu entschwinden. Es sagt die Wahrheit. Wenn es sich aber genau so zugetragen hat, wie Mirjana es beschreibt, dann ist sie vielleicht der erste und bislang einzige Mensch, dem diese mysteriöse Satiasana leibhaftig begegnet ist.

Anzberger hat die Kontroverse um die tausendfache Vision einer „Sturmbändigerin" in erster Linie aus professionellem Interesse verfolgt. Er ist ein nüchterner Mensch und ein naturwissenschaftlich geschulter Mediziner. Für das so genannte Übersinnliche hat er nicht viel übrig. Ihn faszinierte an der ganzen Geschichte vor allem die Frage, wie eine solche simultan-Halluzination möglich war. Dass die tanzende Sturmbezwingerin tatsächlich existieren könnte, hat er nicht einen Augenblick lang in Betracht gezogen. Bis jetzt nicht. Doch der Bericht der zehnjährigen Mirjana ändert alles.

Auch anderswo gibt es wortwörtlich radikale Änderungen. Denn es tut sich etwas im Unterholz, im Unterstand der Bäume, noch unterhalb der Sträucher und Farne, zwischen krautigen Pflanzen und einzelnen Gräsern. Etwas vorher nie Dagewesenes regt sich im Verborgenen, regt sich im Dunkeln tiefgründiger, versauerter Böden und drängt durch den Rohhumus ans Licht. Die stolz aufragenden Bäume, aber auch die umtriebigen Sträucher bemerken sogleich, dass ihre Welt sich wandelt, dass ihr Wald angefangen hat sich irgendwie anders zu verjüngen. Über die feinsten Verästelungen ihrer Wurzeln nehmen sie es wahr. Da wächst nicht bloß Neues, sondern Neuartiges, ihnen Fremdes aus dem Erdreich empor. Junge Triebe mit rot-gelb gefärbter, filziger Behaarung behaupten sich in großer Zahl, die meisten kaum höher als eine Kinderhand lang ist.

Merkwürdigerweise werden die ortsfremden Keimlinge weder von Rehen noch Rotwild gefressen – nicht einmal von Wildschweinen. Naheliegend wäre wohl die Vermutung, dass die Tiere die jungen Triebe verschmähen, weil sie ihnen unbekannt sind. Tatsächlich aber spüren die äsenden Waldbewohner sehr fein, dass sie die Verbreitung dieser Pflanze nicht stören dürfen. Und so fallen andere Keimlinge dem Wildverbiss zum Opfer, wodurch die Verschonten, diese Pioniere einer irgendwie eingewanderten Art, umso mehr Platz erhalten.

Unter den Menschen steht kaum jemand dem Wald so nahe wie der Förster. Zwar hat er nicht die gleiche intime Verbindung dazu wie die miteinander vernetzten Waldbewohner selbst. Aber da die Förster das Ökosystem mit offenen Augen und viel Sachverstand durchwandern, kennen sie es oft viel besser als die meisten Waldbesitzer. Und so ist es nicht weiter verwunderlich, dass diese Waldhüter die ersten sind, die über die Veränderung berichten. Und da, mit dem Aufhorchen und Aufmerken des Menschen kommt das Neue zur Sprache und es findet sich dafür ein Wort, ein Name, der Name einer Art: *Pinus cembra*, die Zirbelkiefer.

Zunächst berichten nur einzelne Förster über die rätselhafte Ausbreitung der Zirbelkiefer in ihren Revieren. Dann erscheinen fast zeitgleich zwei Zirbel-Artikel in renommierten Fachzeitschriften. Der Bericht im *AFZ-DerWald* trägt die Überschrift: „Das kann doch gar nicht sein! – Zirbelkiefer im Flachland?" Und im Magazin *proWALD* fragt sich ein offenbar ratloser Autor: „Alpen bis nach Niedersachsen? Wie kommt die Zirbelkiefer in die Lüneburger Heide?" Kaum sind die Beiträge veröffentlicht, melden sich Förster aus ganz Deutschland zu Wort. Dadurch wird den Fachleuten erst klar, dass die Wälder überall in Deutschland von einer „Zirbel-Invasion" betroffen sind. In der Tat gibt es quer durch die Republik eine starke Verbreitung von rasch wachsenden Zirbeltrieben. „Das Auftreten dieser Neophyten", gibt später ein Experte zu bedenken, „ist mehr als bemerkenswert. Es ist im Grunde unmöglich, denn die Zirbel ist anders als andere Kieferngewächse wie Tannen, Fichten oder Lärchen im Flachland nicht heimisch. Als ihr natürliches Verbreitungsgebiet galt bislang das Hochgebirge zwischen 1500 und 2000 m. Ausgemacht war, dass sich in Deutschland ihr Areal auf die Zentralalpen beschränkt."

Wie es indes zu der sprunghaften Vermehrung und der bundesweiten Ausbreitung kommen konnte, ist völlig unklar. Manche Forstwissenschaftler vermuten die Ursachen in anthropogenen Klimaänderungen, aber die meisten Klimatologen sehen das skeptisch. Sie erinnern daran, dass die Temperatur in der unteren Atmosphäre weltweit ansteigt. Aber ausgerechnet höhere Temperaturen mag die Zirbel gar nicht. Die *Pinus cembra* ist eine Baumart, die es kalt mag, sehr kalt. Selbst Temperaturen von minus 40 °C können ihr nichts anhaben. Wenn also der Klimawandel Einfluss auf das Vorkommen der Zirbelkiefer hätte, dann eher umgekehrt. Die zunehmende Wärme müsste mittelfristig dazu führen, dass sich die Zirbel in noch höhere Regionen zurückzöge. Eine Ausbreitung bis ins Flachland hinunter wäre mit dem Klimawandel nicht zu erklären.

Manche Meteorologen meinen deshalb, dass diese „Zirbelplage" der Vorbote einer kleinen Eiszeit sein könnte. Unter ihnen ist Prof. Dr. Anna Albrich von der AG Klimadiagnostik und meteorologische Extremereignisse am Institut für Meteorologie der FU Berlin. Sie vertritt ihre Vermutung in der online-Ausgabe der führenden Fachzeitschrift für Meteorologie. „Gerade in den letzten Wintern", so Albrich, „war Mitteleuropa des Öfteren dem kalten Wind aus Nordost ausgesetzt. Die milden Starkwinde vom Atlantik erreichten uns nicht mehr. Das führte zu kurzen, aber heftigen Frostphasen. Noch ist uns nicht klar, in welchem Zusammenhang diese Entwicklung mit der globalen Erwärmung der Troposphäre steht. Wir wissen noch nicht einmal, ob es da überhaupt eine Verbindung gibt. Fakt ist aber, dass die Sonnenaktivität schon seit Jahren abnimmt. Die Zahl der Sonnenflecken sinkt gerade ziemlich dramatisch. Solche Schwächephasen sind uns von früheren kleinen Eiszeiten her bekannt."

Invasionsbiologen, also Wissenschaftler, die sich mit Ursachen und Folgen der Artenwanderung befassen, sehen sich durch diese Beobachtungen bestätigt. Sie vermuten nämlich, dass die Samen der *Pinus cembra* mit einer Massenabwanderung von Tannenhähern aus Russland nach Mitteleuropa gelangt sind. In dem Fall hätte man es nicht mit der *Pinus cembra*, sondern der *Pinus sibirica* zu tun, die im Volksmund auch Russische Zeder genannt wird. Über Tannenhäher weiß man, dass sie sich gern von Zirbelsamen ernähren. Der besonders strenge Winter des letzten Jahres könnte die Vögel gezwungen haben in den Westen auszuwandern, wo die Temperaturen – trotz allem – milder waren als in den russischen Wäldern. Allerdings vermochte man bisher nicht nachzuweisen, dass Tannenhäher Zirbelsamen über so weite Strecken in ihren Kröpfen transportieren. Gut erforscht ist lediglich die Gewohnheit dieser Vögel tausende von Verstecken mit Samenvorräten für den Winter anzulegen.

Richtig erfreut reagieren viele Mutter-Erde-Aktivisten und Esoteriker auf die Verbreitung der Zirbelkiefer. Sie weisen darauf hin, dass die Samen der Zirbelzapfen nicht nur sehr nahrhaft sind, sondern auch über besondere Heilkräfte verfügen. Die oft Zirbelnüsse genannten Samen seien ein wahres Allheilmittel. Manch ein selbsternannter Prophet des Neuen Zeitalters führt die Ankunft der Zirbelkiefer in den heimischen Wäldern auf eine bewusste kosmische Einwirkung zurück. Der Geomant, Ernährungsberater und erfolgreiche Buchautor Raimond Maas vergleicht das massenhafte Aufkeimen der Zirbeltriebe mit dem himmlischen Manna im Alten Testament. „In einer Zeit", so Maas auf seiner Website, „in der unsere industrialisierten Lebensmittel immer weniger Nährstoffe enthalten, kommt die Zirbel wie ein Geschenk des Himmels. Die Zirbelnuss kann uns mit lebenswichtigen Aminosäuren, Elementen wie Magnesium und Zink sowie vielen Vitaminen versorgen. Sogar der Duft des Zirbelholzes übt eine heilsame Wirkung auf unseren Organismus aus."

Allerdings wächst die Zirbelkiefer nur sehr langsam. Gut Ding will eben Weile haben. Auch den Waldbesitzern ist natürlich bekannt, dass es wohl noch 40 Jahre dauern wird, bis aus den jungen Trieben erwachsene, fortpflanzungsfähige Bäume geworden sind. Noch besteht also die Möglichkeit, gegenzusteuern. Schließlich freut sich nicht jeder über die Neulinge.

Aufgeschreckt durch diese Entwicklung treten nämlich schon bald Heimatschützer auf den Plan. Sie befürchten eine Überfremdung des deutschen Waldes durch die unkontrollierte Zuwanderung aus dem Osten. Sie fordern eine konsequente Bejagung der Tannenhäher, die sie für die Einschleppung der fremden Art verantwortlich machen. Militante Gruppen schrecken sogar vor Gewalt nicht zurück. Sie dringen in Wälder ein und reißen dort in großem Stil die verhassten Zirbeltriebe aus dem heimischen Boden. Damit mobilisieren sie den Widerstand einer bislang schweigenden Mehrheit der Bevölkerung. Die alarmierten Bürger organisieren Mahnwachen vor den bedrohten Wäldern und treten für ein friedliches Zusammenleben aller Arten ein.

Von all diesen Dingen haben die zwei Schwestern, die an einem schönen Samstag im Park ihres Wohnorts spielen, keine Ahnung. Ihre Welt ist noch recht klein und ihre Auseinandersetzungen sind vor allem von geschwisterlicher Nähe und Rivalität geprägt.

„Entschuldigung", ruft Isabel ihrer kleinen Schwester zu. Ohne richtig bei der Sache zu sein hat sie zu fest aufgeschlagen. Der Federball ist wie ein Strich auf Ines zugeschossen, unhaltbar für die Neunjährige. Isabel spielt im Verein, schon seit Jahren, und hat vor ein paar Wochen ein Turnier der Bezirksliga gewonnen. Ines will einmal genauso gut werden wie ihre große Schwester. Immer wieder bettelt die Kleine um ein Spiel im Park, so auch heute Vormittag. Isabel wollte eigentlich nicht. Ihr reichen die wöchentlichen Trainingsstunden. Aber Ines hatte nicht lockergelassen und die Hartnäckigkeit ihrer Schwester nötigte Isabel Respekt ab. Die will's wirklich wissen, hatte sie gedacht, will irgendwann einmal ihre große Schwester schlagen. Und da es ein schöner Frühlingstag war, hatte sie schließlich eingewilligt.

Der Park zeigt sich heute wirklich von seiner schönsten Seite. Die Blutpflaumen, Kirschen und Forsythien haben bereits viele Blüten verloren, sehen aber immer noch eindrucksvoll aus. Unterhalb der großen Magnolie beim Eingang haben Tausende Blütenblätter einen zartrosa Teppich gebildet. Der Flieder blüht überall und verströmt seinen unverwechselbaren Duft. Die zentrale Rasenfläche wird auf der Nordseite von üppigen Rhododendren gesäumt, prächtigen Exemplaren mit weißen, violetten oder dunkelroten Blüten. Der Himmel ist strahlend blau und das Sonnenlicht spielt in den Baumkronen. Ein perfekter Tag, ein Bilderbuchtag.

Die beiden Mädchen schlagen sich gegenseitig konzentriert den Federball zu und Isabel bemüht sich ihre Schwester nicht zu überfordern. Sie liefert ein Zuspiel nach Maß, sodass sich Ines praktisch gar nicht vom Fleck rühren muss. Umgekehrt schlägt die Kleine den Shuttle mal in diese, mal in jene Richtung. Aber Isabel weiß, dass Ines das nicht immer absichtlich macht. Als sie einen besonders hohen Ball gerade noch erwischt und geschickt ihrem Schwesterchen vorlegt, lässt Ines ihn tatenlos zu Boden sinken. Sie hat nicht einmal ihren Arm hochgehoben und zu parieren versucht. Stattdessen steht sie wie erstarrt da, mit offenem Mund, und blickt an der großen Schwester vorbei in die Ferne. Isabel schaut über ihre Schulter nach hinten, um zu sehen, was die Kleine abgelenkt hat. Wahrscheinlich wieder irgendein süßes Hündchen, denkt sie noch. Ines ist ganz vernarrt in junge Hunde.

Aber sie irrt sich. Was ihre Schwester in Staunen versetzt, ist nicht irgendein drolliges Tier, das über die Wiese tapst, sondern eine Gruppe von Menschen, eine ziemlich große Gruppe genau genommen. Isabel schätzt, dass es mindestens 80 sind. Und es kommen ständig weitere hinzu. Die meisten sind Jugendliche und junge Erwachsene, aber es gibt auch ältere Leute. Da es ein schöner Samstag ist, muss man natürlich mit vielen Besuchern im Park rechnen. Der Menschenauflauf an sich ist für die Mädchen also nichts Ungewöhnliches. Aber das Gebaren dieser Leute schon, denn jeder von ihnen verhält sich höchst sonderbar. Es gibt welche, die auf ihren Knien im Gras hocken und sich so weit vornübergebeugt haben, dass ihre Nasen fast die Erde berühren. Dort scheinen sie selbstvergessen etwas sehr Kleines aus nächster Nähe zu betrachten. Als Isabel näher herangeht, vermutet sie, dass es sich dabei um kleine Krabbeltierchen handelt.

„Was ist denn da los?" Ines hat sich neben sie gestellt und bringt ihre gemeinsame Verwunderung zum Ausdruck.

Viele der eben aufgetauchten Besucher stehen bei den Rhododendren und ... Die Mädchen stutzen. Isabel verzieht das Gesicht. „Spinnen die?" Sie traut ihren Augen kaum, aber schließlich ist es nicht mehr von der Hand zu weisen. Diese Leute sind offensichtlich verrückt. Sie streicheln die Pflanzen. Ja, hat man sowas Abgefahrenes schon mal gesehen? Sie liebkosen die dunklen Blätter der übermannshohen Sträucher.

Viele scheinen mit den Pflanzen zu reden, Fetzen von Liedern dringen an ihr Ohr. Isabel lässt ihren Blick schweifen. Sie sieht Frauen und Männer, die die dünnen Stämme einiger Felsenbirnen mit ihren Händen umfassen und bewundernd zu den weißblühenden Kronen aufschauen. Andere gehen barfuß über die nackte Erde zwischen Sträuchern und Bäumchen umher. Erst jetzt bemerkt sie, dass überhaupt alle barfuß sind. Unweit des Parkeingangs ist der Weg auf beiden Seiten von mehreren Schuhreihen gesäumt. Über die große Rasenfläche verteilt liegen Menschen lang ausgestreckt auf dem Rücken. Andere sitzen ganz aufrecht und still im Gras, während sich Schmetterlinge auf ihren geöffneten Händen niederlassen.

Ines stupst sie an. „Schau mal, wie komisch die grinsen."

Isabel nickt. Ja, das war ihr auch schon aufgefallen. Alle diese Naturfreunde strahlen um die Wette, wie von Glück beseelt. Spontan zaubert der Anblick auch auf ihrem Gesicht ein zufriedenes Lächeln.

Nach einer Weile wird ihr klar, dass die Besucher gar nicht zusammengehören. Das ist nicht irgendeine Gruppe Hobbygärtner oder eine Busladung Ökofreaks, denkt Isabel. Die sind alle auf eigene Faust hergekommen. Sie erkennt es auch daran, dass immer noch Einzelne dazukommen. Wieder holt ihre kleine Schwester sie aus ihren Gedanken.

„He, schau mal, Isabel! Ist das nicht Tessa Merati?"

„Wer?"

„Tessa Merati, du weißt schon, die Schauspielerin aus *Insel Klinik*, die nette Ärztin."

„Nicht mit dem Finger zeigen, Ines", tadelt die große Schwester.

„Da vorne bei den rosa Büschen", versucht es Ines noch einmal mit bloßen Worten.

Isabel späht in die Richtung und sieht, dass ihre kleine

Schwester Recht hat. Vor einem prachtvoll blühenden Rhododendron sitzt tatsächlich Tessa Merati im Schneidersitz. Sie scheint zu meditieren oder so etwas.

„Lass mich ein paar Fotos machen, Isabel? Das glaubt uns doch sonst gar keiner."

Klar, denkt Isabel und grinst. Ines hat noch kein eigenes Handy. Deshalb übt das Smartphone ihrer großen Schwester eine ständige Anziehungskraft auf das Mädchen aus. Isabel holt ihr Handy aus der Jackentasche und wählt die Kamerafunktion. Gerade als sie das Gerät ihrer Schwester reichen will, hält sie inne. Sie schaut Ines an. „Weißt du, was merkwürdig ist?"

Das Schwesterchen kichert erheitert. „Ja, klar. Alles ist hier merkwürdig."

Isabel schüttelt den Kopf. „Nein, das meine ich nicht. Anders merkwürdig. Es fehlt etwas."

Ines schaut sie ratlos an.

„Schau dich um, Ines! Siehst du irgendjemand fotografieren? Nicht, oder? So viele Leute und kein einziges Handy! Warum fotografiert denn keiner die blühenden Bäume und Sträucher? Die Sonne scheint, das Licht ist perfekt, aber keiner fotografiert. Irgendwie irre, oder?"

www.t-online.de/Leben/

IMMER MEHR FLASHMOBS IN PARKS

Neuer Volkssport oder gut inszenierter Scherz? Die Zahl der Flashmobs in öffentlichen Parks und Grünanlagen nimmt täglich zu. Wie es heißt, werden die Aufrufe zur Teilnahme nondigital verbreitet. Ein Witz?

Am heutigen Vormittag waren sie wieder in mehreren deutschen Städten zu sehen: größere Ansammlungen bunt zusammengewürfelter Pflanzenliebhaber. Im Detmolder Schlosspark, im Stadtpark zu Worms, im Altonaer Volkspark sowie in mindestens einem Dutzend weiteren öffentlichen Gärten deutschlandweit sorgten die Parkpilger für Aufsehen. Die gemeinsame Aktion der Teilnehmer besteht offensichtlich darin, sich besonders liebevoll den dortigen Pflanzen und Tieren zuzuwenden. Sträucher werden gestreichelt, Bäume umarmt und Ameisen für ihren Fleiß bewundert.

In Dresden riefen beunruhigte Spaziergänger die Polizei herbei. Die Beamten sahen aber keine Veranlassung einzuschreiten. Wie ein Sprecher später erklärte, hätten die Teilnehmer der Spontanaktion nicht gegen Gesetze oder Rechtsverordnungen verstoßen. Der Straftatbestand einer Erregung öffentlichen Ärgers konnte nicht festgestellt werden. Die Abteilung *Leistungsmanagement/Vergabe Grün* der Stadtverwaltung Dresden bestätigte auf Nachfrage, dass es nach ersten Erkenntnissen zu keinerlei Sachschäden gekommen sei.

Dem Vernehmen nach rückte die Polizei auch an anderen Orten nach kurzer Sondierung der Lage unverrichteter Dinge wieder ab. Kleinere Zwischenfälle gab es lediglich im Süden der Republik. Im bayerischen Landsberg am Inn holten die Beamten zwei junge Frauen aus dem Wildschweingehege des Wildparks. Und in Stuttgart musste eine Streife einige Aktivisten auffordern ihre bunten Schleifen wieder aus den Bäumen zu entfernen.

Wer oder was steckt hinter all diesen Aufläufen? Wie bei Flashmobs üblich finden sich die Teilnehmer spontan zusammen. Es gilt als sicher, dass weder politische Gruppierungen noch irgendwelche Interessensverbände oder Vereine die Aktionen initiiert haben. Bislang wurden auch keinerlei Forderungen an Politik oder Wirtschaft gestellt. Es gibt keine Organisation oder Instanz, die sich für die Happenings verantwortlich erklärt.

Kurios ist vor allem, dass sich die Parkpilger nicht über das Internet zusammengerufen haben wollen. Tatsächlich konnte bis jetzt weder in den sozialen Medien noch auf Blogs oder Internetforen ein solcher Aufruf entdeckt werden. Die Teilnehmer treiben offenbar ihren Spott mit nicht-eingeweihten Zuschauern. Viele behaupten nämlich, dass der Aufruf telepathisch erfolgt sei. Sabine Marquardt aus Hannover ist eine von ihnen. Sie beteuert vor ihrem „inneren Auge" gesehen zu haben, wie sie im nahegelegenen Park mit vielen anderen „in friedlicher Harmonie" versammelt war. Daraufhin hätte sie das „starke Bedürfnis verspürt" unverzüglich dort hinzugehen. Nein, gezwungen fühlte sie sich nicht, sagt die Mittzwanzigerin kopfschüttelnd. „Aber ich schätze mich glücklich diesem inneren Aufruf gefolgt zu sein."

Verwendete Quellen:
dpa

Eva Möhring ist Lehrerin mit Leib und Seele. Auch nach 15 Dienstjahren betrachtet sie es immer noch als ein Privileg, gemeinsam mit Kindern zu lernen. Sie kann sich kaum eine Aufgabe vorstellen, die erfüllender ist als die, junge Menschen zu unterrichten. Früher musste sie sich öfter spöttische Bemerkungen über ihren angeblichen Halbtagsjob mit zwölf Wochen bezahltem Urlaub anhören. Aber inzwischen hat sich herumgesprochen, dass der Lehrerberuf wohl doch nicht so attraktiv ist. Der Fachkräftemangel ist längst in der Schule angekommen. Die Bezahlung ist nicht üppig, aber in ihren Augen angemessen. Außerdem gibt es für ihre Arbeit noch eine andere Art von Vergütung, eine Entlohnung, die niemals gegen Geld aufgewogen werden könnte.

Ich bekomme so viel von meinen Schülern zurück, erzählte sie neulich einer Freundin. Kinder sind unverstellt, einfühlsam, spontan, kreativ und direkt. Auch wenn ihre Reaktionen manchmal nervig oder wenig schmeichelhaft erscheinen, so sind sie doch zumindest ehrlich. Meine Schüler zeigen mir ihre Gefühle ungefiltert, egal ob Freude, Dankbarkeit oder Ärger. Diese Offenheit ist für mich emotional bereichernd. So sagte sie es – und so empfand sie es auch.

Eva blickt auf ihre Schüler, die mittlerweile alle konzentriert eine Mathe-Probe schreiben. Sie lächelt in sich hinein. So leise sind sie selten, denkt sie. Ihre derzeitige Klasse, eine Vierte, kann man durchaus lebhaft nennen. Aber Eva ist zufrieden, denn es ist alles in allem eine nette und auch arbeitsfähige Truppe. Den weitverbreiteten Klagen über verwöhnte und unmotivierte Schüler mag sie sich jedenfalls nicht anschließen. Im Gegenteil, ihre Schüler sprühen nur so vor Ideen und entwickeln immer wieder neue Initiativen. Manchmal geht das Schlag auf Schlag.

Heute zum Beispiel wird Daniel ein Referat über das Eichhörnchen halten. Niemand hat ihm aufgetragen oder ihn gebeten, etwas Derartiges zu tun. Vielmehr ist es dem Jungen ein Bedürfnis, sich mitzuteilen und seinen Klassenkameraden über das possierliche Nagetier zu informieren. Erst gestern bat er sie um Erlaubnis, heute vor der Klasse sprechen zu dürfen. Eva war etwas überrascht gewesen, vor allem als sie hörte, dass er ein echtes Eichhörnchen mitbringen wollte. Aber sie erkannte sogleich, wie viel es dem Jungen bedeutete. Also stimmte sie zu. Da ahnte sie noch nicht, was ihr bevorstand.

Als es zur Pause läutet, sammelt Eva alle Proben ein, während die Schüler ihre Brotzeitdosen hervorkramen und laut plappernd hinaus auf den Pausenhof gehen. Sie hat gerade ein paar Schülerarbeiten überflogen und den Stapel zufrieden in ihre Tasche gesteckt, da erscheint ein großer Mann in der Tür ihres Klassenzimmers. „Herr Stojanovic!" Eva begrüßt Daniels Vater. Sie geht auf den Mann zu, reicht ihm aber nicht die Hand. Vielmehr hält sie fasziniert inne, als sie sieht, dass ihm ein ausgewachsenes Eichhörnchen auf dem Arm sitzt. Es ist ein wunderschönes Exemplar in herrlichem Rotbraun. Das Tierchen verhält sich ganz aufmerksam, richtet sich auf und bewegt sein Köpfchen flink hin und her. Offensichtlich neugierig ist es bestrebt, die fremde Umgebung genau in Augenschein zu nehmen.

„Sie ist ein bisschen aufgeregt", erklärt der Schülervater, „aber im Grunde ist sie sehr menschenfreundlich." Mit seiner freien Hand streichelt er das Tier vorsichtig über den Rücken.

„Eine Sie?"

„Ja", bestätigt der Mann stolz, „und bereits mehrfache Mutter."

Eva schaut kurz links und rechts am Vater vorbei. „Keinen Käfig oder Korb oder so?"

Herr Stojanovic lacht. „Nein, Käfig geht gar nicht! Wenn man sie einsperrt, nimmt man ihr die Lebensfreude. Das wäre ja bei uns auch so, oder?"

Eva nickt unsicher. In Gedanken sieht sie das Tierchen schon über Bänke und Regale turnen – sehr zur Erheiterung ihrer Schüler.

Herr Stojanovic scheint ihre Befürchtung zu spüren. „Keine Sorge, Frau Möhring! Rotbusch ist zwar sehr verspielt, aber dem Daniel gehorcht sie aufs Wort. Sie werden sehen." Er stellt das Tierchen auf den Boden ab und fordert es auf, sich auf Daniels Tisch zu setzen. Rotbusch streckt ihre Schnauze in die Luft und schnuppert. Das sieht so lustig aus, dass Eva lachen muss. Dann fährt das Eichhörnchen mit der Schnauze über den Boden, schnuppert weiter und bewegt sich zielstrebig auf Daniels Platz zu.

„Unglaublich", entfährt es Eva.

Der Schülervater grinst. „Rotbusch ist viel mit Daniel zusammen. Sie kennt seinen Geruch." Das schlaue Weibchen springt mit Leichtigkeit auf Daniels Stuhl und von dort auf seinen Tisch. Es hockt sich hin und schaut erwartungsvoll zum großen Mann hinüber. Herr Stojanovic geht hin und legt ihm eine Handvoll Beeren und Nüsse hin. Rotbusch lässt sich nicht bitten und beginnt sofort zu fressen. Der Schülervater grinst noch einmal und kehrt dann zu Eva zurück. „Ich hole sie nachher wieder ab. Daniel könnte sie auch mit nach Hause nehmen, aber sie würde im Schulbus wahrscheinlich zu viel Aufsehen erregen. Das wollen wir lieber vermeiden. Deshalb."

Eva verabschiedet sich von Herrn Stojanovic und schaut kurz ihren Gast an. Das Tierchen sitzt immer noch brav auf Daniels Tisch.

Daniel ist der erste, der nach der Pause zurück ins Klassenzimmer kommt. Sobald es ihn erblickt, hüpft das Eichhörnchen leichtfüßig von Tisch zu Tisch, um schließlich vor Daniels Füße zu landen. Der Junge geht in die Hocke und hält seinem Freund die geöffnete Hand hin. Er schaut das Tier ernst an und hebt den Zeigefinger. „Hör mal, Rotbusch, du bist hier in meiner Klasse. Da musst du dich benehmen. Du kannst hier nicht herumtoben und durch die Gegend fetzen, wie du es von daheim gewöhnt bist. Verstehst du?"

Eva beobachtet die beiden amüsiert. Das Eichhörnchen sitzt ganz still und schaut zum Jungen hinauf. Man könnte meinen, denkt sie, das Tierchen versteht ihn. Als sie die anderen Schüler kommen hört, bittet sie Daniel schon mal mit seiner Freundin auf dem kreisrunden Teppich Platz zu nehmen.

Die Mitschüler würden sich dann gleich im Sitzkreis versammeln können. Eva will vermeiden, dass sich alle Kinder in ihrer Begeisterung auf das arme Eichhörnchen stürzen. Es könnte Schaden nehmen oder aggressiv werden.

Als die Kinder sehen, was vor Daniel am Boden hockt, hört Eva sie aufgeregt flüstern. Sie recken ihre Hälse, um den besonderen Gast genauer sehen zu können. Rasch setzen sie sich hin, die Blicke fest auf Rotbusch gerichtet. Ein paar Jungen kommen lärmend herein und stürzen sogleich auf das Eichhörnchen zu. Aber noch bevor Eva etwas sagen kann, werden sie bereits von ihren Mitschülern zurechtgewiesen.

„He! Weg da! Ihr verschreckt das arme Tier bloß!"

„Felix, das ist kein Spielzeug!"

„Seid einfach leise, ja, und setzt euch hin!"

Die beiden Störer sind verdutzt, gehorchen widerstandslos und schauen sich nach freien Plätzen um.

Eva freut sich. Offensichtlich spüren die meisten Kinder instinktiv, wie sie sich diesem halbwilden Tier gegenüber verhalten müssen.

Dann fängt Daniel mit seinem Referat an. Zunächst stellt er seinen kleinen Freund vor und erzählt etwas über die Lebensweise der Eichhörnchen im Allgemeinen: Ernährung, Behausung (das Nest heißt: Kobel), Fortpflanzung, Fressfeinde. Währenddessen hüpft Rotbusch neugierig im Sitzkreis herum, was die Kinder regelrecht elektrisiert. Daniel muss seinen Vortrag öfter unterbrechen, weil seine Zuhörer nur noch Augen und Ohren für seine Spielkameradin haben. Der lustige Nager droht ihm die Show zu stehlen. Aber der Junge hat offenbar damit gerechnet und vorgesorgt. Er holt aus einem kleinen Beutel eine Handvoll ungeschälter Erdnüsse und streut sie vor sich aus. Alle lachen, als sie sehen, wie schnell das Eichhörnchen bereit ist, seine Erkundungstour für diese Leckerei abzubrechen.

Eva verfolgt das Geschehen aufmerksam. Er macht das gut, denkt sie.

Daniel beendet sein Referat und bekommt stürmischen Beifall. Wie erwartet gibt es viele Fragen.

„Wie lange hast du Rotbusch schon?"

„Wo hast du sie her?

„Übernachtet Rotbusch bei dir im Schlafzimmer?"

„Hast du keine Angst, dass sie dir davonlaufen könnte?"

„Was machst du, wenn sie Junge kriegt?"

„Würdest du mir eins schenken?"

„Meine Mama hat gesagt, die Eichhörnchen haben alle Flöhe. Hat Rotbusch auch Flöhe?"

Daniel beantwortet jede Frage ruhig, knapp und präzise. Doch dann kommt eine Frage, die ihn zu einem längeren Exkurs veranlasst, der vor allem seine Lehrerin verblüfft.

„Wie kommt es", fragt Klara, ein eher schüchternes Mädchen, „dass Rotbusch so zahm und zutraulich ist? Die Eichhörnchen bei uns zu Hause im Garten sind immer sehr scheu und laufen sofort davon, wenn man auf sie zugeht."

Daniel denkt kurz nach, bevor er antwortet. „Eichhörnchen mögen Menschen. Wenn sie spüren, dass du ihnen nichts Böses tun willst, kommen sie irgendwann von allein ganz nah an dich heran. Sie sind nämlich auch sehr neugierig."

In dem Moment hebt Rotbusch ihr Köpfchen und blickt zu ihrem Herrchen hinüber. Das plötzliche Aufschauen des Tierchens sorgt für viel Erheiterung.

„Ich war", fährt Daniel fort, „mit Rotbusch in einer Hörnchenschule."

„Hörnchenschule?", rutscht es Eva heraus. Von einer Hörnchenschule hat sie noch nie etwas gehört.

„Ja, es gibt nicht nur Hundeschulen, sondern auch Hörnchenschulen. Es gibt inzwischen sogar ziemlich viele."

Zu Evas Überraschung wird Daniels Behauptung sofort von

mehreren Seiten bestätigt:

„Da wo meine Oma wohnt, da gibt es auch eine Hörnchenschule."

„Von meiner Tante Stella die Freundin, die arbeitet manchmal in einer Hörnchenschule."

Eva meldet sich nochmal zu Wort: „Daniel, was lernt man in so einer Hörnchenschule? Ist das ähnlich wie bei Hunden? Werden die Eichhörnchen dressiert?" Sie sieht, dass Daniel sie nicht versteht und probiert es noch Mal. „Werden sie abgerichtet, erzogen?"

Der Schüler schüttelt den Kopf. „Es ist nicht wie bei den Hunden. Eichhörnchen sprechen eine andere Sprache."

„Sprache?" Erneut rutscht Eva ein Zwischenruf heraus.

„Ja, mein Trainer hat mir beigebracht, dass die Hörnchensprache eine Sprache des Herzens ist."

Eva stellt verwundert fest, dass bei dieser doch ziemlich romantischen Mitteilung kein einziger Zuhörer lacht. Sie wird den Eindruck nicht los, dass Daniels Erklärungen für ihre Schüler gar nicht so neu sind wie für sie.

„Ich glaube", versucht Daniel zu erklären, „bei den Hunden ist es so, dass sie eher auf unsere Körperhaltung, unsere Handbewegungen und so schauen. Dann ordnen sie sich unter, denn Hunde sind eigentlich Rudeltiere. Die müssen immer einem Leittier gehorchen. Bei Eichhörnchen ist das anders. Das sind Einzelgänger. Du kannst sie nicht zwingen oder ihnen drohen. Das funktioniert nicht. Dann laufen sie davon und kommen nicht wieder."

Eva hat inzwischen ihre Aufgabe als Lehrerin komplett vergessen und ist zur interessierten Schülerin mutiert. „Aber wie funktioniert die Sprache, Daniel? Rotbusch hier gibt ja gar keine Laute von sich."

„Es braucht keine Worte oder Töne oder so. Mein Trainer hat mir gezeigt, dass der Augenkontakt sehr wichtig ist. Eichhörnchen lieben es von uns angeschaut zu werden. Wenn sie den bewundernden Blick eines Menschen spüren, freuen sie sich. Dann machen sie oft extra Sprünge und Kunststückchen in den Ästen der Bäume."

Felix, der eben noch wegen seiner Lautstärke gerügt worden ist, meldet sich nun ganz brav zu Wort und wartet, bis Daniel ihm zunickt. „Hast du Rotbusch die Kunststückchen selbst beigebracht?"

Wieder schüttelt Daniel den Kopf. „Niemand hat ihr das beigebracht. Eichhörnchen sind geborene Akrobaten. Es macht ihnen Spaß über dünne Äste zu balancieren, Ästchen, die kaum ihr Gewicht tragen können. Ihr habt das sicher alle schon mal gesehen. Sie lieben es von einem Baum zum anderen zu springen. Aber die größte Freude haben sie, wenn sie dabei von einem Menschen liebevoll angeschaut werden."

„Auch von mir?", unterbricht ihn Felix. Der Junge lässt seine Frage wie ein Scherz klingen und ein paar Mitschüler lachen tatsächlich kurz auf. Aber Eva merkt, dass es ihm wirklich wichtig ist, von den Eichhörnchen gemocht zu werden.

„Klar! Wenn du sie wirklich magst, dann spüren sie das. Und wenn du Glück hast, bieten sie dir sogar Nüsse oder einen Pinienzapfen an." Dann erzählt er, dass er im letzten Herbst selbst dabei war, als zwei Eichhörnchen ihren menschlichen Freunden, es waren Daniels Nachbarn, bei der Haselnussernte halfen.

Die Schüler reden noch ein bisschen über die Freundschaft zwischen Mensch und Hörnchen. Dann erhält Daniel ausgesprochen positive Rückmeldungen für seinen Vortrag. Die Stunde neigt sich ihrem Ende zu, die Schule ist bald aus. Eva will gerade ihr Schlusswort sprechen, als Rotbusch plötzlich einen Satz nach vorne macht. In ihren Vorderpfoten hält sie eine einzelne, sorgsam aus der Schale gelöste Erdnuss. Halb hüpfend, halb laufend bewegt sie sich auf Klara zu. Das Mädchen hat ganz rote Backen und schaut das Eichhörnchen unentwegt aus lächelnden Augen an. Als das Tierchen vor ihr angekommen ist, hält sie ihm eine geöffnete Hand hin. Zur Begeisterung aller legt Rotbusch ihre Erdnuss hinein. Vorsichtig streicht Klara dem Eichhörnchen mit der freien Hand über den Kopf. Dann blickt sie auf und schaut strahlend zu Daniel hinüber.

Der grinst und nickt anerkennend. „Ich glaube, Klara hat's kapiert."

```
Auszug aus den Geheimprotokollen der Großen
Sechs

Lausanne,
Teilnehmer:


TOP 1: Phoneless Telecommunication

Wir blicken mit großer Sorge auf die aktuel-
len Ereignisse in Europa und vor allem in
Deutschland. Offenbar entwickeln dort immer
mehr Menschen die Fähigkeit, ohne die Nutzung
eines Mobiltelefons über weite Entfernungen
hinweg miteinander zu kommunizieren. Eine
Vielzahl von Erfahrungsberichten legt nahe,
dass dabei auch ganz konkrete und präzise In-
formationen, ja sogar Bilder gesendet und
empfangen werden können. Noch hat keine der
Universitäten oder Hochschulen im Land ein
Forschungsdesign konzipiert, aber es ist nur
eine Frage der Zeit, bis erste Feldforschun-
gen zu diesem Telepathie-Phänomen durchge-
führt werden. Wir halten es deshalb für rat-
sam bereits jetzt davon auszugehen, dass es
```

sich hier um eine reelle Erweiterung menschlichen Könnens handelt.

Wir wissen bis dato nicht, wer oder was hinter dieser so genannten „Telepathie-Welle" steht. Bislang sind offenbar nur wenige Tausend Menschen zu dieser „phoneless telecommunication (PT) in der Lage. Klar ist jedoch, dass unser aller Existenz bedroht ist, sollte sie sich weiter so rasant ausbreiten. Wir halten ausdrücklich fest, dass keiner von uns diese Entwicklung auf irgendeine Weise initiiert hat oder steuert. Die Handy-Drei und die Telekommunikations-Drei haben sich gegenseitig versichert, mit dieser Sache nichts zu tun zu haben. Diese Unschuldsbeteuerungen sind für alle glaubhaft, da die Zunahme oder gar flächendeckende Verbreitung der PT für niemanden irgendwelche Vorteile brächten. Wir sitzen im gleichen Boot. Daher sind wir uns einig in der Einschätzung, dass PT die Waffe eines unbekannten Gegners ist, mit dem dieser unser Kartell angreift.

Jeder von uns ist sich der Gefahr bewusst. Die extrem schnelle, weltweite Verbreitung von Smartphones hat unsere kühnsten Erwartungen übertroffen. Es gelang uns die Marke von vier Milliarden Usern innerhalb von nur zehn Jahren zu knacken. Zur Erinnerung: Als wir unsere Maßnahmen verabschiedeten, sahen die Prognosen noch 30 Jahre vor. Diese enorme Beschleunigung droht uns nun aber auf die Füße zu fallen. Wir hatten noch nicht genügend Zeit das Gefühl der Unentbehrlichkeit der SCC (Smartphone Controlled communication) wirklich nachhaltig in der Natur des Menschen zu verankern. Wenn wir nicht gegensteuern, könnten sämtliche mobilen Endgeräte innerhalb von wenigen Jahren obsolet geworden sein. Es müsste mit einer Flut von Kündigungen (Stichwort: Cancellation Tsunami) gerechnet werden. Unsere Investitionen in Netzwerke und Satelliten würden sich rasch in ein Verlustgeschäft ungekannten Ausmaßes verwandeln. Das alles aber wäre noch zu verkraften. Die wirklich katastrophalen Folgen beträfen unser Selbstverständnis als hegemoniales Bündnis. Unser Projekt Global Control, die angestrebte Kontrolle über alle Informationsströme weltweit, wäre gescheitert. Die ganze Wirtschaftsordnung käme unter die Räder.

TOP 2: Inner-Cranial Terminal-1 (ICT-1)

Wir haben daher entschieden die Mittel für das groß angelegte Forschungsprojekt ICT-1 noch im laufenden Quartal zu verdreifachen. Die bisherigen Resultate unserer streng geheim arbeitenden Forscher lassen die Herstellung innercranialer Endgeräte innerhalb der nächsten drei Jahre plausibel erscheinen. Das Labor in Brasilien macht ermutigende Fortschritte. Zum ersten Mal ist es gelungen organische Botenstoffe für die Übertragung von Mikrochip-Signalen zu verwenden. Die bei Rhesusaffen implantierten Funkchips lieferten weitere wichtige Erkenntnisse. Wir sind überzeugt, dass ein direkt mit dem Gehirn verschaltetes Endgerät die einzig richtige Antwort auf die bedrohliche Zunahme natürlicher Telepathie ist.

Mit der Einführung des ICT-1 könnte endlich der große Nachteil aller bisherigen Endgeräte behoben werden. Denn die nehmen - aller Neuerungen zum Trotz - unsere Hände, Augen und

Ohren noch immer stark in Anspruch. Das ist nicht von der Hand zu weisen. Die Zahl der Unfälle infolge einer Ablenkung durch mobile Endgeräte ist erschreckend hoch und steigt jedes Jahr noch weiter an. Wenn es uns gelänge, die Smartphone-Software direkt in die Köpfe der Nutzer einzubauen, wäre das ein gigantischer Fortschritt. Der User wäre jederzeit in der Lage freihändig zu telefonieren oder im Internet zu surfen. Das Endgerät könnte nicht mehr herunterfallen oder gestohlen werden.

Wir wollen das ICT-1 möglichst bald in Deutschland lancieren. Die Voraussetzungen scheinen dort besonders günstig zu sein. Für die Adaptierungsphase unterstützt durch ein speziell entwickeltes Training, setzen unsere Forscher einen Zeitraum von mindestens sechs Monaten an. Diese Zeitspanne würde allerdings deutlich kürzer ausfallen, wenn der User bereits über gewisse Fähigkeiten zur Gedankenkontrolle bzw. Gedankensteuerung verfügt. Eine solche intellektuelle Disziplin kommt nun gerade dem deutschen Bildungsideal nahe. Schon seit zwei Jahrhunderten ist mechanisches Denken für die Deutschen eine erstrebenswerte Fertigkeit, präzise, zuverlässig und erfolgreich. Schließlich erlaubt das mechanische Denken ihnen komplizierte Maschinen zu bauen und sie in aller Welt zu verkaufen.

Wir gehen deshalb davon aus, dass das deutsche Gehirn mit der neuen Technik generell weniger Adaptionsprobleme haben wird. Auch ist anzunehmen, dass das ICT-1 dort bei der breiten Masse auf große Akzeptanz stoßen wird. Wir hoffen so die spontan erwachten telepathischen Fähigkeiten im Keim zu ersticken. Zudem ist es unser Ziel, die erforderlichen Trainingsmaßnahmen vollständig in die Verantwortung der Öffentlichen Hand zu legen. Mit der Lancierung des ICT-1 werden wir daher über sämtliche uns zur Verfügung stehenden Kanäle daraufhin arbeiten, dass die Trainingsprogramme zum festen Bestandteil der amtlichen Grundschullehrpläne aller Bundesländer werden. Die Steuerung des innercranialen Endgerätes soll zur grundlegenden Kulturtechnik erklärt werden, so wie das Lesen und Schreiben im vordigitalen Zeitalter. Damit werden wir erreichen, dass restlos alle Maßnahmen zur Anpassung des individuellen Gehirns an die ICT-1-Software aus Steuermitteln finanziert werden. Auch dafür erscheinen uns die Voraussetzungen gerade in Deutschland besonders vielversprechend.

TOP 3: Brain Empowerment

Unsere Zukunftsvision ist allerdings umfassender. Wir haben unseren Technikern angewiesen, das Herunterladen von Apps direkt in das ICT-1 zu ermöglichen. Einer optimalen Verschaltung mit dem organischen Hirn vorausgesetzt (hier sind allerdings noch ein paar Hindernisse zu überwinden) würden solche Downloads unser Lernen revolutionieren. Unbegrenztes Wissen stünde jedermann zur Verfügung. Endgültig gehörten mühseliges Auswendiglernen und langwierige Literaturstudien der Vergangenheit an. Das Motto dazu lautet: Brain Empowerment (BE).

Im Rahmen der Marketingstrategie für das ultra-innovative Produkt planen wir gerade diese BE kräftig herauszustreichen. Die Implantierung des innerkranialen Endgerätes ICT-1 soll als Meilenstein in der Evolution des Menschen verkauft werden. Die Abkürzung BE als Wort gesprochen – Sei! – betrachten wir als Glücksgriff. „Just BE!" würde unser Claim untermauern, durch den Einsatz von ICT-1 jedem User mehr Zeit zum Sein zu ermöglichen. Die Nutzer sollen davon überzeugt werden, dass sie mit Hilfe dieser neuen Technik quasi über Nacht ihre Gehirnkapazität ins Unermessliche steigern. Intelligenztests wird es dann nicht mehr geben, stattdessen Hochbegabung für alle.

Um jeden Preis soll jedoch verschwiegen werden, dass Informationen auch in umgekehrter Richtung fließen können. Diesbezügliche Behauptungen von Datenschützern sollen mit aller Macht als technikfeindliche und unsachliche Angstmacherei denunziert werden. Aber selbstverständlich gibt das ICT-1 unseren Rechenzentren die Möglichkeit, noch die geheimsten Gedanken aller Nutzer abzuschöpfen. Das ist auch gut so. In unsicheren Zeiten brauchen wir außergewöhnliche Mittel, um unserer Verantwortung für Stabilität und Wohlstand gerecht werden zu können. Mit Hilfe der gesammelten Gedankenströme werden wir die Produktionsprozesse aller Wirtschaftszweige optimieren, da wir mit der *Thought Data Mining* (TDM) viel genauer als bisher über die Wünsche der Konsumenten Bescheid wissen. Außerdem ermöglicht uns die Kartographierung aller User-Gedanken eine bessere Steuerung demokratischer Prozesse. Wir werden in der Lage sein, Wahlen und andere demokratische Rituale gegen irrationale Fehlentwicklungen zu schützen.

Diese kühnen Innovationen werden einige Bundesbürger noch sehr beschäftigen. Einer von ihnen ist Frank Brinkholz, der davon zum jetzigen Zeitpunkt aber noch nichts ahnt. Jeden Morgen um exakt zehn nach sieben verlässt er das Haus, eine Doppelhaushälfte aus den frühen achtziger Jahren, geht mit flotten Schritten über den gepflasterten Weg, öffnet die am Haus angrenzende Garage und steigt in sein Auto. Er hat das schon so oft getan, dass er den Weg blindlings zu gehen vermag. Und tatsächlich blickt er kaum auf oder um sich, denn in Gedanken ist er oft woanders. Grübelnd eilt sein Verstand bereits voraus in sein Büro, zu den Aufgaben, die dort auf ihn warten. Frank Brinkholz arbeitet als Ingenieur bei einer Firma, die Zentralverriegelungssysteme für verschiedene Automobilkonzerne entwickelt und produziert. Der Automobilzulieferer war auch der Grund für seinen Umzug nach Baden-Württemberg. Das ist schon fast neun Jahren her. Neun Jahre, Tag für Tag denselben Weg. Genau genommen geht Frank Brinkholz ihn heute zum 2056. Mal. Und wie fast immer hat er auch an diesem Frühlingsmorgen kein Auge für das Drama und die Dynamik des Himmels oder die Sträucher und Bäume im Nachbargarten. Ebenso wenig bleibt er kurz stehen um tief einzuatmen und sich schnuppernd dem neuen Tag anzunähern. Für so was hat er keine Zeit – und im Grunde auch keinen Sinn.

Doch kaum zieht er heute Morgen die Haustür hinter sich zu um seinen gewohnten Weg anzutreten, da bleibt er mit dem Fuß an einem harten Hindernis hängen. Die Unterbrechung im sonst so glatten Ablauf überrascht ihn dermaßen, dass er stolpert und mit den Armen rudert. Seine Aktentasche klatscht gegen den Boden. Um ein Haar wäre es ihm ähnlich ergangen, aber er schafft es im letzten Bruchteil einer Sekunde sein Gleichgewicht wiederzuerlangen. Verärgert und auch ein wenig verstört schaut er nach, worüber er gestolpert ist. Zu seiner Verwunderung steht einer der Pflastersteine um mehrere Zentimeter aus der Ebene heraus. Ohne lange nachzudenken steigt er mit dem Fuß auf den aufsässigen Klotz. Aber der Stein des Anstoßes zeigt sich davon unbeeindruckt. Er weigert sich nachzugeben. Frank Brinkholz legt nach und stampft mit aller Kraft auf das blöde Ding. Vergebens! Die Stolperfalle bleibt, wo sie ist. Er zuckt die Schultern, besteigt sein Auto und fährt in die Arbeit. Bald hat er den Vorfall vergessen.

Erst als er auf den Firmenparkplatz fährt, wird die Mechanik seiner Gedankenfolge erneut unterbrochen. Er steuert seinen Stammplatz an, tritt dann aber erstaunt auf die Bremse. Dort, wo seine Parkbucht anfängt, gibt es eine hässliche Bruchstelle in der Asphaltdecke. Irgendetwas hat den Straßenbelag mindestens um eine Handbreit aufgeworfen. Frank Brinkholz runzelt die Stirn. Der Anblick dieser Verwerfung bringt ihm assoziativ die Unebenheit vor seiner Haustür in Erinnerung. Komisch, denkt er, so ein Zufall! Dann fährt er rückwärts in eine andere Parkbucht.

Den ganzen Vormittag wird Frank Brinkholz sehr von seiner Arbeit in Anspruch genommen. An die Vorkommnisse auf seinem Hinweg denkt er nicht mehr. In der Mittagspause sitzt er mit einigen Kollegen zusammen in der Kantine und hört, wie sich einer von ihnen über die Stadtverwaltung beklagt. Der Mann schimpft, dass die Stadt ihren Pflichten nicht nachkommt. Frank hört nur halb hin, weil es ihn nicht besonders interessiert.

„Am Straßenrand sprießt überall das Unkraut, aber die kümmern sich gar nicht drum", macht der Kollege seiner Verärgerung Luft.

Unkraut, denkt Brinkholz, das ist mir gar nicht aufgefallen.

Später, auf der Heimfahrt, erinnert er sich an dieses Tischgespräch. Da sieht er, dass es an vielen Straßenrändern tatsächlich auffallend grün ist. Und nicht nur das! An manchen Stellen steht das Unkraut mitten auf den Bürgersteigen, wo es zwischen den Steinplatten hervorsprießt. Na, das ging aber jetzt schnell, denkt er. Letzte Woche dieser Regen und danach ein paar Tage Sonne und schon wächst das Zeug wie verrückt. Als er sein Auto schließlich in die Garage fährt, ist er neugierig. Er steigt aus, schließt Wagen und Garage und geht um die Ecke zur Haustür. Sofort fällt sein Blick auf den Stolperstein des heutigen Morgens. Hab ich's mir doch gedacht, triumphiert er innerlich. Unter dem angehobenen Pflasterstein lugt ein kleiner grüner Stängel mit zwei Keimblättchen hervor. Frank Brinkholz schüttelt den Kopf. So was Blödes! Am Wochenende werde ich mich mal darum kümmern, denkt er. Aber schon bald soll er feststellen, dass er damit nicht so lange warten kann.

Als Frank Brinkholz am nächsten Morgen in der Früh kurz mit seinem jungen Setter Billy hinausgeht, blickt er fassungslos auf seine Auffahrt. Der Weg gleicht einem bizarren Kunstwerk, irgend so einer irrwitzigen Installation. Überall haben aufkeimende Pflänzchen Pflastersteine hochgedrückt. Unwillkürlich öffnet sich sein Mund und ihm stockt der Atem. Auch sein Hund steht still, als würde der Setter sich ebenfalls wundern. Brinkholz fängt an zu zählen. Er ist Ingenieur; für ihn war das schon immer so. Was er zählen, was er in Zahlen fassen kann, wird berechenbarer. Er zählt und zählt und kommt auf ganze siebzehn Durchbrüche. Er schluckt trocken, als ihm klar wird, dass die Naturgewalt, die seine Auffahrt verunstaltet, kein normales Frühlingsgebaren ist.

Er holt sein Handy hervor und checkt die Nachrichten im Internet. Nichts. Aber auf WhatsApp gibt es erste Kommentare. Ein paar Leute wundern sich wie er über das viele Grünzeug überall. Brinkholz nimmt seinen Hund an die Leine und geht auf die Straße. Er will einmal um den Block und bei den

Nachbarn nachschauen. Also blickt er über Zäune und Hecken ohne genau zu wissen, was er eigentlich erwartet oder zu sehen hofft. Acht Minuten später ist er wieder zu Hause und nicht wirklich schlauer geworden. Das Bild ist uneinheitlich. Bei manchen Nachbarn sah er Schäden, die eindeutig von hervorsprießenden Pflanzen stammen. Anderswo aber hatte er nichts Auffälliges feststellen können.

Doch schon wenige Stunden später bekommt er die gewünschte Klarheit. Vormittags im Büro ruft er die online-Ausgabe seiner Zeitung auf. Na bitte, eine Eilmeldung!

++Unkraut behindert Verkehr++
Die Polizei rät Autofahrern zur erhöhten Wachsamkeit, nachdem an vielen Straßen quasi über Nacht leichte Frühlingsschäden festgestellt wurden. An ungewöhnlich vielen Stellen sind in den letzten 24 Stunden keimende Pflanzen durch den Belag asphaltierter Straßen gedrungen. Auch auf gepflasterten Parkplätzen und Gehwegen kam es zu plötzlichen Verwerfungen. Die Kommunen sind von dieser „Unkraut-Attacke" offensichtlich komplett überrascht. Konrad Hamann, der Pressesprecher des Städtetages meint, es würde eine Weile dauern, bis man den Wildwuchs zurückgedrängt habe. Die Städte und Kommunen hoffen auf Unterstützung durch die Landesregierungen. Hamann dämpft die Hoffnung auf eine baldige Normalisierung der Lage. Er weist darauf hin, dass ein flächendeckender Einsatz von Unkrautvernichtungsmitteln bei der Bevölkerung kaum auf Akzeptanz stoßen wird.

Gegen Abend desselben Tages sind die Folgen dieser „Frühjahrsoffensive" bereits so spektakulär, dass die ARD ihnen eine kurzfristig anberaumte Sondersendung widmet. Die besteht im Wesentlichen aus einer Talkrunde mit so genannten Experten. Das Ehepaar Brinkholz sitzt vor dem Fernseher und starrt gebannt auf den Bildschirm. Bevor die Moderatorin die Diskussion eröffnet, gibt sie sich jede Mühe der Dramatik der Lage gerecht zu werden.

„*Aufstand der Mutter* – was steckt hinter dem Phänomen der wild wuchernden Sprösslinge? Schlägt Mutter Erde zurück? Wehrt sich die Natur gegen die fortschreitende Versiegelung ihrer Böden? Überall im Land brechen Asphaltdecken von Parkplätzen und Einfahrten auf. Gepflasterte Innenhöfe und Spielplätze sind ebenfalls betroffen. Durch die entstandenen Risse dringen krautige Gewächse empor, an manchen Stellen sogar junge Bäumchen."

Die anschließende Diskussion liefert keine neuen Erkenntnisse. Die Teilnehmer – ein Straßenbauingenieur, eine Biologin, ein Staatssekretär des Bundeslandwirtschaftsministeriums und eine Umweltaktivistin – lassen sich mehr oder weniger weit zu Spekulationen hinreißen. Die Natur, frohlockt die Umweltaktivistin, erweise sich als stärker als unsere betongeile Zivilisation. Der Straßenbau-Spezialist schüttelt den Kopf. Er weist daraufhin, dass vor allem ältere Straßen vom Unkrautbefall betroffen sind. Hier räche sich, so der Ingenieur, dass jahrelang erforderliche Sanierungsmaßnahmen aufgeschoben und verschleppt wurden.

Frank Brinkholz schnauft missbilligend. Wie erwartet nutzen die Studiogäste die Gelegenheit vor allem um ihre eigenen Themen ins Rampenlicht zu rücken. Na toll, denkt Brinkholz, und schaltet das Gerät aus. Da ist seine Frau bereits wieder in der Küche.

Eine, die sich vom hervorsprießenden Unkraut wenig gestört fühlt, ist Ilonka Kaiser. Das liegt wohl auch daran, dass sie beruflich viel in Wäldern unterwegs und folglich daran gewöhnt ist, von viel Grün umgeben zu sein. Seitdem die Forstwissenschaftlerin vor drei Jahren den Jagdschein erwarb, streift sie oft stundenlang durch Wälder und Wiesen. Wer die zierliche Frau sieht, kann sie sich kaum mit einem Jagdgewehr vorstellen. Das kastanienbraune Haar zu einem Pferdeschwanz zusammengebunden, die Augen groß, der Mund klein, wirkt sie eher wie eine brave Studentin. Aber der Augenschein trügt. Die Mittdreißigerin hat Kraft, Willensstärke und Ausdauer.

Für den Forstbetrieb, bei dem sie angestellt ist, sowie für mehrere private Waldbesitzer, geht sie regelmäßig auf die Jagd. Und es gibt viel zu tun. Die afrikanische Schweinepest ist auf dem Vormarsch und die Landwirte in den Schweinemastbetrieben sind nervös. Sie sehen ihre Existenz bedroht. Viele fordern bereits die Wildschweinpopulationen in den Wäldern massiv zu verkleinern. Das würden auch die Landwirte begrüßen, die regelmäßig ihre Kartoffelfelder von Wildschweinen durchwühlt finden. Obwohl Ilonka und ihre Kollegen die Tiere bereits stark bejagen, scheint deren Population eher noch anzuwachsen.

Und jetzt gibt es auch noch diese Aufregung wegen zwei-drei Wölfen. Ein paar Mal hat sie selbst bereits einen Wolf in ihrem Revier gesichtet. Eigentlich kein Grund zur Sorge. Immerhin ist der Wolf ein Fressfeind der Wildschweine; er könnte helfen deren Anzahl zu reduzieren. Aber die Schäfer fordern eine konsequente Bejagung, obwohl die Landesregierung eine Entschädigung für jedes vom Wolf gerissene Schaf zugesichert hat. Vor zwei Tagen sind gleich mehrere Schafe gerissen worden und daraufhin haben sich in der ganzen Region die Gemüter erregt. Nun sind Ilonka und zwei Kollegen beauftragt worden, den „Problemwolf" zur Strecke zu bringen, jenes Tier, das sich ohne Scheu in die Nähe der Menschen begibt.

Seit den frühen Morgenstunden verfolgt sie die Fährte des Tieres ausgehend von den Spuren am Tatort, einer großen

Weide östlich der Kreisstadt. Ihr Hund hat sofort die Witterung aufgenommen. Er bleibt aber dicht bei seiner Herrin. Instinktiv weiß das schlaue Tier, dass es einem Wolf nicht zu nahekommen sollte. Es ist schon später Nachmittag und Ilonka denkt bereits daran umzukehren und für heute Schluss zu machen, da steht sie plötzlich Auge in Auge mit dem Wolf, einem ausgewachsenen Männchen, wie sie gleich erkennt. Der Wolf hat sie gesehen, da ist sie sich sicher. Er steht ganz still und fixiert sie. Ilonka nimmt vorsichtig ihren Feldstecher an die Augen. Sie sieht, dass sein Nackenhaar nicht gesträubt ist und der Schwanz entspannt schräg nach unten hängt. Die Ohren sind zwar aufgestellt, aber eher aus Neugierde. Die Jägerin ist sich sicher, dass der Wolf keinen Stress hat. So leise und langsam wie möglich nimmt sie ihr Gewehr von der Schulter, entsichert es, legt an und visiert auf das Tier. Der Wolf hat sich noch immer nicht gerührt. Eigentlich schade, denkt Ilonka. Aber sie weiß, dass sie sich in ihrem Beruf keine Sentimentalität, keine Waldromantik leisten kann.

Dann plötzlich ein Geräusch. Es klingt entfernt, als würde jemand in die Hände klatschen. Der Wolf hat es auch gehört, wendet den Kopf dorthin, spitzt die Ohren und trabt sofort los. Ilonka Kaiser flucht leise. Hat da gerade eben jemand den Wolf gewarnt? Hier draußen im Niemandsland? Irgend so ein fanatischer Wolfbeschützer? Sie schultert ihr Gewehr und setzt sich in Bewegung. Mühsam kämpft sie sich durchs Unterholz und flucht abermals. Zweige schlagen ihr ins Gesicht. Wo ist der Wolf? Sie hat den Sichtkontakt verloren. Verdammt! Sie schickt ihren Hund voraus und der weist ihr die Richtung. Nicht lange danach bleibt ihr treuer Begleiter stehen und bellt einmal kurz und verhalten. Sein Schwanz wedelt aufgeregt. Als die Jägerin dazukommt, sieht sie, was ihren Hund innehalten lässt. Der Wolf steht in unmittelbarer Nähe, vielleicht nur 15 m entfernt und blickt zu ihnen herüber. Es ist ein großes, kräftiges Tier, zeigt aber immer noch kein Drohverhalten.

Ilonka hätte sicher sofort ihr Gewehr in Anschlag genommen, wenn der Wolf allein gewesen wäre. Doch es ist jemand bei ihm, eine blonde Frau. Nein, eigentlich steht diese Frau nicht so sehr bei ihm, als vielmehr er bei ihr. Das Wildtier steht brav wie ein wohl erzogener Hund an ihrer Seite. Die Fremde ist barfuß, das fällt Ilonka sogleich auf, und trägt bloß ein leichtes Kleidchen, obwohl es hier im Wald ziemlich frisch ist. Ihre außergewöhnliche Schönheit verleiht ihrer ganzen Erscheinung etwas Unwirkliches. Ihre Linke ruht auf dem Nacken des Wolfes. Sie betrachtet die Jägerin unverwandt, aber nicht unfreundlich.

„Warum verfolgst du den Wolf?"

Hat die Fremde gesprochen? Ihre Lippen haben sich doch gar nicht bewegt, ihr Lächeln ist unverändert, das fein geschnittene Gesicht entspannt. Dennoch hört Ilonka die Frage ganz deutlich. Nur ist es kein Hören mit den Ohren, mehr ein Vernehmen im Innern ihres Kopfes, so als wäre dort plötzlich ein Gedanke ertönt. Aber vielleicht vibriert die Frage auch in ihrer Brust und steigt von dort aufwärts, hin zu einem Ort, irgendwo hinter der Stirn. Das Ergebnis ist das gleiche: Sie fühlt sie zutiefst persönlich angesprochen, nicht als Forstwissenschaftlerin, nicht als Jägerin oder Frau Kaiser, auch nicht als die Ilonka, die sie für sich selbst ist. Und so verliert sich jede der möglichen Antworten auf die ihr gestellte Frage in Bedeutungslosigkeit. Es sind bloß Rechtfertigungen, Rationalisierungen. Warum verfolgt sie den Wolf? Warum ist sie hier? Sie kommt sich verloren vor, ohne Konturen, ohne klare Identität. Schließlich kommt ihr bloß eine schwache Erwiderung in den Sinn. „Der Wolf tötet."

Die Fremde schaut sie fragend an. „Der Wolf tötet um zu leben, ja. Und du?"

Ilonka weicht ihrem Blick aus.

„Hast du seine Erlaubnis, ihn zu töten?"

Die Jägerin blickt aus großen Augen auf das Wildtier. Sie schweigt.

Die Frage weicht nicht von ihr. „Hat er dir erlaubt sein Leben zu nehmen?"

Ilonka öffnet ihren Mund und ringt hilflos um Worte. Schließlich muss sie ihr Unvermögen eingestehen. „Ich weiß es nicht."

„Du würdest es wissen", tönt es in ihrem Kopf, „hättest du die Erlaubnis, würdest du es wissen."

Was passiert hier? Ilonka Kaiser ist verwirrt, völlig durcheinander, aber auch fasziniert von dieser besonderen Begegnung. Sie stammelt ein einziges Wort: „Wie?"

Doch die Stimme der Fremden bleibt stumm. Stattdessen tauchen in rascher Folge lebendige Bilder vor dem inneren Auge Ilonkas auf. Ihr wird schwindelig und sie fühlt, wie sich ihr Körper plötzlich schwer und starr anfühlt. Sie sieht sich selbst dastehen, eine verdutzte Jägerin mit herabhängenden Armen, das matt glänzende Gewehr mittlerweile in der Hand, der Hund bei Fuß. Aber merkwürdig fern und leblos erscheint ihr diese Gestalt im dunkelgrünen Anorak, ein irritierender, bedrohlicher Schatten vor den Bäumen des Waldes. Sie sieht sich selbst und sieht sich doch, als wäre sie eine andere, erspäht von wachsamen, gelb leuchtenden Augen. Das Bild ist einerseits vertraut, aber zugleich auch verstörend, eine irgendwie verfremdete Wahrnehmung. Denn sie findet sich nunmehr in der Position des Wolfes und was eben noch dort war, ist auf einmal hier. Sie blinzelt ungläubig, denn eine Bewusstseinserfahrung wie diese, vermag sie nicht zu denken, ist für sie undenkbar. Und doch lässt sich die Erfahrung nicht leugnen: Sie *ist* der Wolf und schaut von dort her auf die Menschengestalt ihm gegenüber. Das dauert nur kurz, vielleicht wenige Atemzüge lang, aber der Eindruck ist überwältigend.

Die Blonde lässt sie derweil nicht aus den Augen und nickt langsam. „Der Wolf weiß, dass ihr miteinander verbunden seid. In dir aber schläft dieses Wissen. Das Tier wird davon bewegt und so hat es dich hergeführt. Tief in seinem Wesen weiß der Wolf genau, welche Aufgabe euch verbindet. Der Tod gehört nicht dazu. Auch das weiß er."

Eine genau definierte Aufgabe indes hat die Gruppe ausgewählter Männer und Frauen, die sich an einem geheim gehaltenen Ort irgendwo im politischen Viertel der Bundeshauptstadt trifft. Im Kreis dieser Berufspolitiker sitzt heute ein mächtiger, kritisch beäugter Gast.

„Sehr geehrte Damen und Herren, mir ist durchaus bewusst, dass Sie als Mitglieder des Bundestages auf Monate hinaus einen vollen Terminkalender haben. Deshalb danke ich Ihnen, dass Sie alle bereit waren so kurzfristig eine außerordentliche Sitzung des Parlamentarischen Kontrollgremiums einzuberufen." Bernd Stennrehl, der intern meist nur *Der Großwesir* genannt wird, streicht sich mit einer Hand kurz die Müdigkeit aus dem Gesicht und betrachtet die Politiker, die sich ihm gegenübergesetzt haben. „Wir nehmen unsere Verpflichtung ernst, den Bundestag zeitnah über kritische Entwicklungen zu informieren." Der Vizepräsident mag sich diese kleine Stichelei nicht verkneifen, vermeidet es aber zu lächeln. Es ärgert ihn, dass sich vor allem die Abgeordneten der Grünen und Linken in der Öffentlichkeit gern über die mangelnde Kooperation seines Hauses beschweren. Das meiste davon, das ist ihm bewusst, ist bloß Empörungstheater für die eigenen Leute, für die Parteibasis, die Wähler daheim.

Bernd Stennrehl, ganz der gewissenhafte Staatsdiener, ist gut vorbereitet. Er kennt die Männer und Frauen, die hier, in diesem abhörsicheren Raum zugelassen sind. Er weiß mehr über diese Politiker, als sie über einander wissen. Die neun, sorgsam ausgewählten Parlamentarier wurden von seinem Haus intensiv durchleuchtet. Und so kennt er ihre Vergangenheit, ihren Werdegang, ihre Jugendsünden. Er weiß, wie hoch das Darlehen für ihr Häuschen im Grünen ist, welche Schulen ihre Kinder besuchen und wo sie mit ihren Partnern am liebsten Essen gehen. Ebenso selbstverständlich ist er über die Präferenzen, Gewohnheiten und Schwächen ihrer Büromitarbeiter im Bilde. Größere Sicherheitsrisiken wurden keine festgestellt. Das Problem mit den Parlamentariern, denkt er, ist nicht ihre Unzuverlässigkeit oder Indiskretion; das Problem ist ihre Loyalität. Man weiß nie sicher, wem sie sich gerade am meisten verbunden fühlen, ihrer Kariere, ihrer Partei, ihrem Wahlkreis, ihrer Familie.

Der stellvertretende Leiter des Amtes atmet tief ein und blickt kurz auf sein Notebook. Dann räuspert er sich. „Die Analysen, die das Bundesamt für Verfassungsschutz in den letzten 48 Stunden erstellt hat, legen alle den Schluss nahe, dass wir es tatsächlich mit einer besorgniserregenden Situation zu tun haben. Wie Sie wissen, hat die bundesweite Unkrautexplosion eine Vielzahl von Wissenschaftlern auf den Plan gerufen. Die beträchtliche Schädigung von geteerten und gepflasterten Flächen verleiht der Suche nach Antworten eine gewisse Dringlichkeit. Seither diskutieren die Experten in den Medien darüber, was für die so genannte *Frühjahrsoffensive* verantwortlich sein könnte. Natürlich verlaufen solche Diskussionen sehr kontrovers. Manche vermuten, dass diese Kräuter als Reaktion auf den exzessiven Einsatz von Pestiziden Resistenzen entwickelt haben, so dass sie sich nun ungehindert vermehren können. Andere verweisen auf den angeblich schlechten Zustand unserer Straßen generell. Wieder andere gehen so weit zu behaupten, die Erde sei ein Organismus und dieser Organismus versuche sich gegen die fortschreitende Bodenversiegelung zur Wehr zu setzen." *Der Großwesir* lässt mit keiner Mimik erkennen, was er von diesen Erklärungsversuchen hält. „Ich denke", sagt er lediglich, „das brauche ich nicht weiter auszuführen."

Er macht eine kurze Pause, hält seine Augen gesenkt und nickt nachdenklich. „Meine Damen und Herren, wir haben Grund zur Annahme, dass all diese Diskussionen das eigentliche Thema komplett verfehlen. Im Gegensatz zu jenen selbst ernannten Experten gehen wir zurzeit von mutwilligen Zerstörungen und groß angelegten Pflanzaktionen aus, von Sabotage im großen Stil, wenn Sie so wollen."

Stennrehl wartet einen Augenblick, um das Gesagte wirken zu lassen. Er sieht, wie seine Zuhörer die Stirn runzeln oder sich mit großen Augen in ihren Stühlen aufrichten. Er hält ihren Blicken stand und fährt dann ernst fort: „Was veranlasst uns zu dieser Schlussfolgerung? Nun, zunächst fiel uns allen natürlich auf, dass größere Straßen und vor allem wichtige Verkehrsadern von der Unkraut-Attacke nicht oder kaum betroffen waren. Reproduktionsbiologen hatten keine Erklärung für das Phänomen. Wir haben Infrastrukturspezialisten befragt und sie konnten ebenso wenig erklären, weshalb manche Verkehrswege bisher verschont blieben."

Stennrehl sieht den Zweifel in den Gesichtern seiner Zuhörer. Dass die Parlamentarier auf die bisherigen Indizien skeptisch reagieren würden, hat er erwartet. Ihre zögerliche Haltung dürfte sich aber bald ändern, denkt er. „Meine Damen und Herren, unsere Arbeitshypothese warf natürlich viele Fragen auf, Fragen, die Ihnen jetzt sicherlich auch durch den Kopf gehen. Wer sollte denn bloß hinter solchen Sabotage-Akten stecken? Und wie könnten diese Attacken überhaupt praktisch durchgeführt worden sein. Auf welche Logistik vermochten die Täter zurückzugreifen? Wie hätte sich eine derart militante Graswurzelbewegung ohne unsere Kenntnis organisieren können? Nichts wies darauf hin, dass urplötzlich ein ganz neues Netzwerk von Öko-Terrorzellen entstanden war."

Wie erwartet, sieht Stennrehl die Parlamentarier nicken. Ein bisschen lauter fährt er fort. „Dann aber gab es einen Hinweis vom Dienst, der wiederum Hinweise von seinen Bruderdiensten bekommen haben will." Der Vize-Präsident weiß, dass der BND in diesem Gremium nicht gerade für seine Offenherzigkeit und Transparenz geschätzt wird. Und so überrascht es ihn nicht, dass die Kontrolleure bei dieser Bemerkung ihre Ohren spitzen. Leiser fährt er fort. „Die entscheidende Information erhielt der Dienst wohl aus Warschau. Die Polen sehen sich seit einiger Zeit mit radikalisierten Naturschützern konfrontiert. Schnell war ihnen klar, dass diese militanten Waldretter von Globalisierungsgegnern und Antikapitalisten aus dem Ausland unterstützt werden. Die Spuren führten vor allem nach Deutschland.

Hierzulande haben wir Organisationen wie *Attac*, *PGA*, *Greenpeace, BUND Naturschutz,* oder Internetaktivisten wie *Avaaz* und *change.org* selbstverständlich schon länger im Blick. Die Tatsache, dass die genannten und auch andere Gruppierungen seit einiger Zeit gegen den Saatgut-Monopolisten und Pestiziden-Produzenten Bayer/Monsanto mobilmachen, hatte vor dem Hintergrund der aktuellen Entwicklungen natürlich unser besonderes Interesse. Wir überlegten, ob wir es mit einer Kampagne aus dieser Ecke zu tun hätten, nach dem Motto *freie Bahn für freie Kräuter.* Aber solche Kampagnen werden normalerweise stets mit großem Aufwand medial inszeniert. Den Umweltaktivisten geht es schließlich immer auch darum, die öffentliche Meinungsbildung in ihrem Sinne zu beeinflussen. Aber keine der einschlägigen Organisationen hat sich zu der drastischen Unkrautverbreitung der letzten Tage bekannt. Es wurden nicht einmal Kommentare dazu abgegeben. Wir gehen deshalb davon aus, dass diese Gruppierungen von der Unkrautaktion selbst überrascht sind und das Ganze noch nicht einzuordnen wissen."

Der *Großwesir* macht eine kurze Pause und blickt in die Runde der Parlamentarier. „Nun haben aber die Polen uns über eine radikale Gruppierung informiert, die sich *Miliz Offene Böden (MOB)* nennt. Uns liegen inzwischen knapp zwei Dutzend Namen von Aktivisten vor, die bei politisch motivierten Demonstrationen gegen die fortschreitende Bodenversiegelung schon vor einigen Monaten als potentiell gewaltbereit eingestuft wurden. Verschiedene Überwachungsmaßnahmen sind inzwischen eingeleitet worden. Wir konzentrieren uns momentan darauf, mehr über die Strukturen dieser so genannten Miliz herauszufinden. Noch ist völlig offen, ob es sich um eine weitverzweigte und hierarchisch organisierte Geheimorganisation handelt oder um eine Vielzahl von ad hoc Grüppchen, die nur sporadisch – wenn überhaupt – miteinander in Kontakt treten.

Die Polen haben den Verdacht, dass die unbekannte Miliz von der Russischen Föderation finanziell und logistisch unterstützt wird. Wie Sie sich denken können, muss das nichts heißen. *Aus dem Osten nichts Gutes* ist das polnische Credo schlechthin. In Warschau wird den Russen fast schon reflexhaft jede nur denkbare Schandtat unterstellt. Dieser Hinweis der polnischen *Agencja* dürfte daher vor allem politisch motiviert sein."

Der Vize-Präsident lehnt sich zurück. Er hat gesagt, was er zu sagen gekommen ist. Der Inhalt seiner Mitteilung wurde genau mit dem Chef abgesprochen. Thomas Kaldenhang und er waren sich einig, dass mehr zu sagen weder nötig noch ratsam wäre. Stennrehl, der gelernte Jurist, wird die nun folgenden Fragen der Politiker mit geschliffen formulierten, aber letztlich inhaltsleeren Sätzen beantworten. Die Richtung, in die sie denken sollen, hat er ihnen gewiesen. Der gewünschte Verdacht wurde gesät. Darüber hinaus werden die Parlamentarier von ihm nichts Substanzielles mehr erfahren.

Lukas Zorn ärgert es, dass seine Messdiener schon wieder spät dran sind. Die beiden Jungen müssen endlich lernen zuverlässig zu sein. Er will gerade sein Gewand für die sonntägliche Messfeier ohne die Hilfe der Ministranten anlegen, als hinter ihm leise die Tür geöffnet wird. Na endlich, denkt er, gerade noch rechtzeitig. Doch als der Priester sich umdreht, erblickt er nicht die erwarteten Knaben, sondern eine fremde Frau, noch dazu eine Frau, die kaum anständig angezogen ist.

Zorn legt das liturgische Tuch erstaunt über einen Stuhl und richtet sich auf. „Wer sind Sie, was wollen Sie?"

„Ich bin Satiasana, aber mein Name ist nicht so wichtig. Ich bin gekommen um zu helfen."

Der Pfarrer runzelt die Stirn. „Danke, ich brauche keine Hilfe. Bitte verla…"

„Leider doch! Und ich bin geschickt worden um diese Hilfe zu leisten."

„Geschickt? Wer schickt Sie?"

„Die Lichten Mächte."

Eine Irre, denkt Zorn mit Schrecken, und mahnt sich zur Vorsicht. „Hören Sie, ich weiß nicht, was Sie wollen. Sie sollten jetzt wieder gehen."

„Sie müssen die Messfeier absagen und zwar unverzüglich. Sorgen Sie dafür, dass niemand in der Kirche ist, und verriegeln Sie Türen!"

Da fährt der Priester herum und schaut sie ungläubig an. „Sind Sie von Sinnen? Wieso sollte ich den Gottesdienst absagen und die Gläubigen aus der Kirche werfen? Wie sind Sie überhaupt hier hereingekommen?"

„Sie müssen es tun – wegen der Dunklen Mächte."

Da lächelt Pfarrer Zorn und sein Lächeln gerät etwas dünkelhaft. „Seien Sie beruhigt, der Teufel kommt hier nicht über die Schwelle. Wenn Sie jetzt also bitte geh…"

„Die Lichten Mächte haben den Mächten der Finsternis erlaubt ihr Unwesen zu treiben – aber natürlich nur bis zu einem gewissen Ausmaß. Der Schaden, den die Herren des Dunkels anrichten, dient der höheren Absicht. So ist es immer. Bedenken Sie das! Jetzt aber müssen Sie Ihre Gemeinde schützen."

Der Priester geht auf die Fremde zu und fasst sie am Oberarm um sie aus der Sakristei hinauszuführen. In dem Moment geschieht mit ihm etwas Erstaunliches, das ihn nicht nur sprachlos macht, sondern gänzlich aus seinem gewohnten Leben heraushebt. Er wird auch später kaum in der Lage sein zu beschreiben, was in diesem Augenblick geschah. Seine Empfindung ist äußert lebendig und er soll sich noch Jahre später daran erinnern. Nur fällt es ihm schwer, sie in Worte zu fassen. Kaum hat sich seine Hand entschlossen um den Arm der Fremden gelegt, sieht er sich von einem weißen Licht umgeben. Er gerät leicht ins Schwanken und hat das Gefühl nicht zu halten, sondern gehalten zu werden, oder vielmehr ergriffen zu sein. Das Licht scheint ihn auszufüllen. Es macht den verdutzten Priester ganz leicht und versetzt ihn in einen Glückszustand, den er im Diesseits gar nicht für möglich gehalten hätte. Mitten in dieses Gefühl der Glückseligkeit hinein spricht Satiasana ihn an, nicht unfreundlich, aber doch eindringlich und fordernd.

„Zweifeln Sie nicht, Zögern Sie nicht! Schließen Sie die Kirche sofort ab!"

Die warnenden Worte, die lichten, lichtgeborenen, leuchten dem Pfarrer unmittelbar ein und sein Widerstand löst sich auf. Er gibt dem Drängen der Fremden nach und geht ohne ein weiteres Wort in die Kirche hinaus. Was ihn sonst eher betrüben würde, erleichtert ihn heute, denn er trifft kaum Gläubige in den Bänken an. Er geht auf sie zu und erklärt, dass heute die Messe nicht stattfinden wird. Er murmelt etwas von einem Notfall und bittet die verdutzten Kirchgänger sofort das Gotteshaus zu verlassen. Dann schließt er hinter ihnen ab und kehrt in die Sakristei zurück, wo er die blonde Frau noch anzutreffen hofft. Doch die Fremde ist nicht mehr da. Stattdessen stehen die beiden Messdiener verunsichert herum. Pfarrer Zorn schickt auch sie mit dem Verweis auf einen nicht näher beschriebenen Notfall nach Hause.

Zum Notfall kommt es dann tatsächlich. Kaum eine halbe Stunde später, Lukas Zorn sitzt inzwischen in seiner Wohnung unweit der Kirche, bricht unvermittelt ein Teil des Kirchendaches ein. Schwere Balken und Gesteinsbrocken, groß wie ein Opferstock, stürzen auf die Bänke im Mittelschiff hinunter. Der Aufprall verursacht einen Höllenlärm, der den Priester aus seiner Andacht reißt. Er eilt in die Kirche, wo er nur noch fassungslos auf den Schaden starren kann.

Pfarrer Zorn ist erschüttert, aber die Erschütterung rührt nicht vom Absturz der Dachbalken und Gewölberippen her. Was ihn aufs Heftigste bewegt, ist der Auftritt dieser verführerisch schönen Frau. Er ringt mit sich. Wer ist diese Untergangsprophetin? Wer hat sie geschickt? Ist sie irgend so eine Neuheidin, eine Schamanin? Sie hat ihn gewarnt, kein Zweifel, sie hat gewusst, was auf ihn und seine Kirche zukam. Aber wie soll er das verstehen? Gehört die Fremde damit selbst den „dunklen Mächten" an, von denen sie sprach. Wusste sie deshalb im Voraus Bescheid, weil sie in die Pläne der Finsternis eingeweiht war? Versucht sie ihn mit ihrem diabolischen Wissen zu beeindrucken, ihn auf ihre Seite zu ziehen. Darf er ihr glauben?

Der Priester reißt sich aus seinen trüben und bangen Gedanken und kehrt in die Gegenwart seiner zerstörten Kirche zurück. Er fragt sich, was er tun soll. Es muss ein Gutachter her, denkt er, ein Statiker, der das Ausmaß der Schäden feststellen kann. Soll ich die Polizei anrufen? Die Feuerwehr? Sind die überhaupt zuständig? Er beschließt zunächst den Bischof anrufen und diesen um Rat zu bitten.

Der plötzliche Einbruch des Kirchendaches wirft Rätsel auf. Eine Fremdeinwirkung lässt sich nicht feststellen, keine Feuchtigkeit, kein Schimmel, kein Schädlingsbefall, keine Fehlbelastung, erst recht keine mutwillige Zerstörung. Das Gotteshaus ist erst vor wenigen Jahren renoviert worden. Alle sind sich einig, dass der Unfall vielen Menschen das Leben hätte kosten können. Sie preisen die Intuition des Pfarrers und sprechen – je nach Glauben – von Gottes Vorsehung oder vom Glück im Unglück!

In den folgenden Wochen und Monaten häufen sich die Meldungen von einstürzenden Kirchendächern im ganzen Land. Wie durch ein Wunder, wird dabei nie jemand verletzt. Die Gotteshäuser sind zum Zeitpunkt des Unfalls stets menschenleer. Bald traut sich aber auch kaum noch jemand überhaupt eine Kirche zu betreten. Tragwerksplaner und Bauingenieure begutachten die beschädigten Gebäude und finden keine physikalisch einwandfreie Erklärung für die Dacheinbrüche. Manche vermuten Materialmüdigkeit als Ursache. Andere bringen indirekt den Klimawandel als Auslöser ins Spiel. Durch die Wetterextreme der letzten Jahre seien die Tragebalken ihrer Meinung nach starken Schwankungen in Temperatur und Feuchtigkeit ausgesetzt gewesen. Die molekulare Struktur des organischen Materials hätte sich in rascher Folge immer wieder verändert. Die damit einhergehenden Spannungen müssten, so die Vermutung, zu Rissen im Innern des Holzes und schließlich zu Brüchen geführt haben. Bei den vielen noch intakten Kirchendächern, die ebenfalls untersucht werden, findet man allerdings keinerlei Anzeichen einer irgendwie gefährdeten Statik. Alles sieht normal aus.

Von Anfang an wird in der Presse ausführlich über die sich häufenden Unfälle berichtet. Die Redaktionen können ihr Glück kaum fassen und stürzen sich mit Begeisterung auf das Thema. Man reibt sich verwundert die Augen und nutzt die Gelegenheit zu grundlegenden Fragen. Das kommt bereits in den Schlagzeilen zum Ausdruck. Häme und Spott bleiben dabei nicht immer verhohlen.

„Ungeahnte Durchblicke", schreibt etwa DER SPIEGEL, *„Die Entdeckung des Himmels"*.

Die Frankfurter Allgemeine sieht die Zeit zu einer Bestandsaufnahme gekommen. Sie titelt: *„Dachschaden. Woran die Kirche krankt"*.

Die Tageszeitung Die Welt versucht dem Ganzen einen höheren Sinn abzugewinnen: Sie macht mit folgender Schlagzeile auf: *„Einbruch des Himmels: Offenbarung der anderen Art"*.

In die gleiche Richtung gedacht, nur frecher formuliert, schreibt DIE ZEIT online: *„Einstürzende Altbauten | Näher, mein Gott, zu dir"*.

Das Thema der einbrechenden Gotteshäuser findet indessen bei der Fachtagung des deutschen Immobilienverbandes (IVD) keinerlei Erwähnung, zumindest nicht in den offiziellen Vorträgen. Uneingeweihte mag das verwundern, aber die Branche hat ganz andere Sorgen. Der Bundesverband der Immobilienberater, Makler, Verwalter und Sachverständigen hat seine Mitglieder aus einem sehr viel schwerer wiegenden Anlass nach Berlin geladen. Denn was beim Deutschen Immobilientag im vergangenen Jahr niemand, aber auch wirklich gar niemand für möglich gehalten hätte, ist inzwischen real.

Es gibt eine bundesweite Tendenz zur Stadtflucht.

Immer mehr Menschen ziehen aufs Land – das ist eine Tatsache, die sich unmissverständlich mit Zahlen abbilden lässt. Über 240 000 Menschen haben allein im ersten Quartal des Jahres den Ballungsräumen endgültig den Rücken gekehrt. Betroffen waren alle Bundesländer gleichermaßen, ganz gleich ob im Osten oder Westen, im Norden oder Süden. Und die Spitze dieser Abwanderungswelle scheint noch nicht erreicht. In manchen Großstädten stehen mittlerweile zehn Prozent oder mehr der Mietwohnungen leer. Es geht dabei nicht nur um Sozialwohnungen, sondern auch um Wohnungen im mittleren und gehobenen Preissegment. Auch bei den Eigentumswohnungen übersteigt das Angebot die Nachfrage mittlerweile deutlich. Diese deprimierende Situation auf dem Immobilienmarkt hat nicht zuletzt auch im Maklergewerbe zu einer Flaute gepaart mit erheblichen Einkommenseinbußen geführt. Schon jetzt müssen bundesweite Investitionen mit einem Gesamtvolumen von bis zu 80 Milliarden Euro als Verlustgeschäft betrachtet werden. Die Baubranche, vor wenigen Jahren noch stark im Aufwind, ist bereits in der Krise angekommen. Viele Hoch- und Tiefbau-Betriebe, die in den Boomjahren expandierten, stehen nun vor dem Aus. In den letzten neun Monaten wurden über 130 000 Bauarbeiter freigestellt oder in den Zwangsurlaub geschickt. Das ist immerhin jeder sechste Beschäftigte im Baugewerbe.

Die Zahlen sind den Besuchern der Fachtagung zur Genüge bekannt. Im Auftaktreferat soll es daher vor allem um die Hintergründe der alarmierenden Entwicklung gehen. Hannes Brüning weiß, dass er damit keine leichte Aufgabe auf sich genommen hat. Der heutige Gastreferent ist zwar ein renommierter Soziologie-Professor mit langjähriger Erfahrung in der Lehre. Die Ergebnisse seiner neuesten Forschung stehen aber zu vielem, was bislang als gesichert galt, im eklatanten Widerspruch. Er weiß, dass er seinen Zuhörern kein einheitliches und erst recht kein beruhigendes Bild wird zeichnen können.

Klar ist eigentlich nur, dass ökonomische Gründe für die Stadtflucht nicht ausschlaggebend sind, ja, möglicherweise gar keine Rolle spielen. „Natürlich", erläutert Brüning sein Vorgehen, „haben wir in der Anfangsphase angenommen, dass es vor allem die hohen Mietkosten waren, die die Menschen dazu brachten aufs Land zu ziehen. Unter den Abgewanderten hätten dementsprechend überdurchschnittlich viele Leute mit niedrigem Einkommen vertreten sein müssen, Friseure, Verkäufer, Altenpfleger und Beamte im einfachen Dienst. Was wir dann entdeckten, erstaunte uns sehr. Wir fanden nämlich heraus, dass die Mehrheit der Stadtfliehenden ein abgeschlossenes Studium hat. Es sind oft erstklassig ausgebildete, junge Leute, die sich eigentlich gerade in den Ballungsräumen wohlfühlen müssten. Dort gibt es für sie gut bezahlte Jobs und eine Infrastruktur, die ihren Lebens- und Konsumgewohnheiten entspricht. Aber das scheint für diese Menschen offensichtlich nicht mehr an erster Stelle zu stehen."

Brüning lässt diesen letzten Satz einen Augenblick lang nachwirken. Wie erwartet sieht er Irritation und Zweifel in den Gesichtern seiner Zuhörer. Wie? Geld und Konsum nicht mehr wichtig? Der Professor ahnt, dass das für viele der Anwesenden kaum vorstellbar ist. Er kann ihre Unruhe förmlich spüren. Brüning sieht ihnen an, wie sie fieberhaft versuchen zu verstehen, was einen Menschen bewegt, dem Profit und Karriere nicht viel bedeuten.

„Selbstverständlich", fährt der Gastredner fort, „weiß man, dass die Luftqualität in den Städten zu wünschen übriglässt. Das ist vor allem für junge Eltern ein schwerwiegender Umstand. Aber Abgase waberten auch bereits vor zehn Jahren durch die Städte, ohne dass es damals der Attraktivität der Ballungsräume Abbruch getan hätte. Gerade in einer Zeit, in der sogar Fahrverbote für die Innenstädte von Kommunalpolitikern ernsthaft in Erwägung gezogen werden, scheint es ausgeschlossen, dass die Luftverschmutzung für die Stadtflucht der letzten Monate verantwortlich ist.

Aber was dann? Was hat diese beispiellose Abwanderung in die Provinz angestoßen? Was treibt die Menschen scharenweise aus den Städten hinaus aufs Land? Wenn Sie sich die letzte Shell Jugendstudie aus dem Jahr 2015 anschauen, so finden Sie dort nichts, rein gar nichts, was im Rückblick als eine Vorankündigung dieser Wanderbewegung verstanden werden könnte. Was die Jugendlichen vor einigen Jahren über ihre Werte, über Familie und Beruf oder über Politik sagten, lag gänzlich im Bereich des Absehbaren. Mit anderen Worten: Innerhalb weniger Jahre haben sich die Werte vor allem der jungen Erwachsenen zwischen 20 und 30 tiefgreifend gewandelt."

Brüning legt seine Hände aufs Rednerpult und blickt ins Auditorium. „Lassen Sie es mich so sagen: Die momentane Stadtflucht bringt vor allem eines zum Ausdruck: einen radikal veränderten Lebensentwurf, eine komplett neue Vorstellung sinnerfüllten Lebens. Ich als Wissenschaftler muss gestehen, dass ich von den Ergebnissen unserer Forschung völlig überrascht war. Wir haben diese Entwicklung nicht kommen sehen. Natürlich teilen nicht alle die neuen Ideale, aber doch bemerkenswert viele.

Noch sind wir nicht in der Lage, diesen Lebensentwurf genau nachzuzeichnen. Einzelne Merkmale treten jedoch schon deutlich in Erscheinung. Wenn wir uns anschauen, was diese Menschen dort draußen auf dem Land machen, wofür sie ihre Kraft und Lebenszeit einsetzen, können wir verstehen lernen, was sie aus den Städten herausgetrieben hat. Vielleicht gibt uns das nicht den Schlüssel in die Hand, mit dem wir diese

Entwicklung aufhalten oder gar umkehren könnten. Aber zu verstehen, was all die Landsuchenden bewegt, kann uns zumindest davor bewahren, an den falschen Stellen gegenzusteuern und Gelder der öffentlichen Hand für wirkungslose Maßnahmen zu verschwenden."

Der Soziologe macht eine kleine Pause und nippt an seinem Glas. Sogleich wirkt er frischer, ob vom stillen Wasser oder von der Aussicht auf das, was er sich nun zu erzählen anschickt. Fast schon heiter setzt er seinen Vortrag fort. „Man nennt die Stadtfliehenden mittlerweile auch Neubauern und das nicht ohne Grund. Denn diese Leute leben nicht nur auf dem Land, sondern in den meisten Fällen auch *von* ihrem Land. Wir sprechen von neu entstandenen gartenähnlichen Anlagen, die gerade in schwach besiedelten Gebieten entstanden sind." Auf der großen Leinwand werden jetzt bunte Bilder projiziert. Brüning wendet sich ihnen zu, verlässt sein Rednerpult und tritt vor sein Publikum.

„Ob in der Eifel, im Thüringer Wald, im Spessart, im Siebengebirge, im Taunus oder in der Lausitz – überall sind die Abgewanderten bis über die Grenzen des bestehenden Kulturlandes hinausgegangen, um neue Gebiete urbar zu machen. Das Land wird gepachtet oder erworben, entweder von ortsansässigen Landwirten, Waldbesitzern oder Kommunen. Rund um die Gemüsegärten und Felder entstehen dorfähnliche Siedlungen mit einer eigenen Infrastruktur. Ab einer gewissen Größe verfügen solche Dörfer zum Beispiel über einen Friseurladen, eine Bäckerei, verschiedene Werkstätten, eine Schule und manchmal auch eine kleine Arztpraxis. Alte, verloren gewähnte Handwerke erleben eine Renaissance. Wolle wird gesponnen, Tücher werden gewoben, Heilkräuter gezogen und gesammelt. In der Regel arbeiten die Siedler auf eine weitgehende Autarkie hin. Es gibt nicht nur Lebensmittel und Medikamente aus eigener Produktion, sondern auch Kleidung, Möbel, Geschirr und Werkzeug. Sogar für ein kulturelles Angebot sorgen die Bewohner selbst. Es gibt Tanz und Gesang, Konzerte, Erzählnächte, aber auch Seminare, Vorträge und Unterricht von tatsächlichen oder selbst ernannten Handwerksmeistern. Die Kinder erfinden auf eigene Faust allerhand Spiele, die mitunter auch die wilden, halbwegs domestizierten Tiere mit einbeziehen."

Der Gastreferent kehrt zu seinem Pult zurück und ordnet sein Redemanuskript. „Meine Damen und Herren, lassen Sie mich abschließend unsere Ergebnisse zusammenfassen. Die Menschen, die aus den Ballungsräumen fliehen um in der Natur alternative Siedlungen aufzubauen, werden von Werten und Idealen geleitet, die auf den ersten Blick altmodisch und naiv-romantisch anmuten. Es geht ihnen offenbar um ein Leben im Einklang mit der Natur, um kleinstrukturierte Existenzformen, die sozial gerecht und ökologisch nachhaltig angelegt sind. Entscheidend ist für sie ein gutes Verhältnis zu den Nachbarn, wozu nicht nur Menschen, sondern auch Tiere und Pflanzen gerechnet werden. Vor allem aber – und das ist jetzt wichtig – dreht sich ihr Weltbild nicht um Verzicht. Es geht diesen Menschen nicht um eine ideologisch motivierte Abkehr von Konsumgütern und Luxus. Vielmehr scheinen die meisten der gängigen Konsumangebote für sie jeden Reiz verloren zu haben."

An dieser Stelle steht einer der Teilnehmer auf, ein Mittvierziger im legeren Anzug, und signalisiert eine Frage stellen zu wollen. Brüning deutet mit der geöffneten Hand auf ihn und nickt einladend. Daraufhin wird dem Mann von irgendwo her ein Funkmikrofon gereicht.

„Herr, Professor", beginnt der Teilnehmer, „ich bin ein bisschen ratlos. Wie Sie sagen, sind diese … Aussteiger weder an gutbezahlten Jobs, noch an kostenlosem WLAN oder ganztägiger Kinderbetreuung interessiert. Was könnte denn Ihrer

Meinung nach überhaupt noch getan werden um die Abwanderung zu stoppen oder zumindest zu verlangsamen?"

Der Soziologe schluckt und überlegt. Er hat diese Frage vielleicht nicht so schnell erwartet, aber er hat mit ihr gerechnet. Sein Zögern bedeutet auch nicht etwa, dass ihm eine Antwort fehlt. Im Gegenteil! Es ist gerade die Antwort, die ihn innehalten lässt. Er weiß, dass sie dem Fragesteller nicht schmecken wird. Wahrscheinlich wird sie keinem der über 600 Teilnehmern im Saal gefallen. Dann erinnert er sich an die Mahnung seines Doktorvaters. *Wir sind Wissenschaftler, Hannes, keine Politiker.* Die Botschaft war unmissverständlich gewesen: Wir reden keinem Interessensverband oder Großspender nach dem Mund. Wir sind nur unseren Erkenntnissen verpflichtet. Ja, denkt Brüning, so ist es. So soll es sein. Und damit strafft sich der renommierte Universitätsprofessor und ergreift abermals das Wort.

„Nun, ich bin kein Städteplaner. Städtisches Leben und Urbanisierung gehören auch nicht zu meinen Forschungsbereichen. Dennoch legen unsere Erkenntnisse gewisse Maßnahmen nahe. Um die Stadt im Sinne der Landsuchenden attraktiver zu machen, müssten Renaturierungsprojekte gestartet werden – und zwar nicht irgendwo am Stadtrand, sondern mitten in den Wohnvierteln. Dazu wäre es erforderlich alle inzwischen leerstehenden Wohnhäuser oder Wohnblöcke unverzüglich abzureißen. Natürlich sollten vor allem die älteren Objekte abgebrochen werden. Sofern nur noch wenige Mieter dort übriggeblieben sind, könnte man ihnen eine vergleichbare Wohnung in einem modernen Haus *ohne Mieterhöhung* anbieten. Sinnvoll wäre sicherlich auch, diesen Menschen mit staatlicher Unterstützung den Kauf einer der vielen leerstehenden Eigentumswohnungen zu ermöglichen.

Mittelfristig würden dadurch überall Brachen entstehen, die man früher noch Baulücken genannt hätte. Diese frei gewordenen Grundstücke sollten den Anliegern für den Anbau von Obst, Gemüse und Zierpflanzen kostenlos zur Verfügung gestellt werden. Das Leben in unseren Städten gewänne an Qualität, die Luft, das ganze Klima würde sich verbessern. Auch dürfte mit einer Stärkung der nachbarschaftlichen Beziehungen, mit mehr Solidarität und gemeinnützlichem Engagement gerechnet werden.

Als günstigen Nebeneffekt wären die Wohnungen in den übrigen Häusern schließlich wieder alle vermietet. Das würde ebenfalls den Abwanderungstrend schwächen. Wir wissen ja aus vielen Untersuchungen, dass nichts so sehr den Abwanderungswunsch befeuert als ein Umfeld, in dem jede zweite oder dritte Wohnung leer steht."

Brünings Antwort wird mit nachdenklichem Schweigen quittiert. Auffallend viele Zuhörer halten sich die Hand vor dem Mund und starren aus aufgerissenen Augen ins Leere. Den meisten scheint jetzt erst klar zu werden, dass die fetten Jahre unwiderruflich vorbei sind.

Dr. Ulrich Anzberger hat täglich mit psychischen Störungen aller Art zu tun, mit Kindern, die unter dem Leistungsdruck der Schule leiden, mit Jugendlichen, die an der Gesellschaft oder an sich selbst verzweifeln. Er hat Patienten, die auf Grund ihrer Aggressivität überall anecken, aber die meisten, die in seiner Praxis landen, sind eher depressiv. Sie haben ein geringes Selbstwertgefühl, trauen sich nichts zu, fällen vernichtende Urteile über sich selbst und sind überzeugt, dass sie es nicht anders verdienen. Es sind junge Menschen, die sich häufig, ob bewusst oder unbewusst, verletzen oder vergiften, die krank werden und sich aufgeben.

In der Auseinandersetzung mit den pathologischen und oft genug virulenten Systemen seiner Patienten, ist für ihn

Selbstschutz immer das oberste Gebot gewesen. So wie ein Hausarzt sich nicht von seinen hustenden und schniefenden Patienten anstecken lassen durfte, so musste schließlich auch ein Psychiater die Leidenden gewissermaßen auf Abstand halten. Das war ihm immer gut gelungen, hatte ihn die Natur doch mit einem robusten und nüchternen, ja fast schon stoischen Gemüt gesegnet. Es gab kaum etwas, was ihn überhaupt aus der Ruhe brachte. Auf manche seiner Patienten oder deren Eltern mochte das wie Dickfelligkeit wirken, wie ein Mangel an Mitgefühl. Damit konnte er leben. Er wusste, dass depressive Systeme wie schwarze Löcher sein konnten. Bevor man sichs versah, wurde man hineingezogen.

Doch jetzt ist seine Ruhe dahin, seine professionelle Contenance. Und er fühlt sich nicht nur innerlich aufgewühlt, er sieht auch seine Überzeugungen in Frage gestellt. Dabei hat ihn nicht etwa der Sog einer pathologischen Familienkonstellation in die Tiefe gezogen. Keine gestörte Jugendliche hat sich mit ihrer Negativität in seinem Kopf festgesetzt. Im Gegenteil! Es ist eine ganz und gar gesunde Patientin, die ihn in seinem Selbstverständnis erschüttert. Als ihm vor einigen Tagen die zehnjährige Mirjana vorgestellt wurde, hatte er schnell erkannt, dass dem Mädchen nichts fehlte. Vielmehr erwies es sich als waches, intelligentes Kind mit einer guten Beobachtungsfähigkeit. Als es ihm von Satiasana erzählte, war er zum ersten Mal bereit zu glauben, dass die geheimnisumwitterte Zauberin tatsächlich existierte. Das war an sich schon ziemlich unwahrscheinlich. Er, der erfahrene Facharzt für Kinder- und Jugendpsychiatrie, ein durch und durch kritischer Realist, schenkt dem Fantasy-Bericht einer Zehnjährigen Glauben. Aber es kam noch schlimmer.

Bereits in den Stunden nach seinem Gespräch mit Mirjana entstand in ihm das Gefühl einer – Fügung. Ja, Fügung, so musste man es tatsächlich bezeichnen. Ulrich Anzberger war kein religiöser Mensch, glaubte nicht an Schicksal. Die Vorstellung, dass irgendein höheres Wesen unser Leben lenkt, hielt er für eine Selbsttäuschung. Wer so etwas glaubte, war offenbar nicht in der Lage oder nicht willens selbst die Verantwortung für sein Leben zu tragen. Das waren große Kinder, die Angst davor hatten, sich schuldig zu machen und an dieser Schuld zu zerbrechen. Doch nun war es ihm plötzlich selbst so vorgekommen, als sei seine Begegnung mit Mirjana Manz kein Zufall gewesen, als sei ihm dieses Mädchen irgendwie geschickt worden, in sein Leben entsandt, um ihn auf etwas aufmerksam zu machen. Natürlich, da gab es die nervöse Mutter, die ihr Kind nicht verstand. Voller Sorge hatte sie Mirjana zu ihm in die Praxis gebracht und doch fühlte er deutlich, dass sie mit diesem Schritt einem viel größeren Willen entsprach.

Als Psychiater war er es gewohnt hinter den offenbaren Handlungen seiner Patienten Motive anzunehmen, die ihnen selbst verborgen blieben. Oft genug hatte er darin geheime Wünsche oder Ängste, manchmal auch die Zwänge eines malignen Systems erkannt. Aber ganz gleich, wie tief verschüttet sie waren – immer lagen die eigentlichen Beweggründe in der Person selbst. Nie wäre es ihm eingefallen, sie bei so genannten höheren Wesen zu suchen. „Höhere" Wesen, egal ob gute oder böse, waren bloß Projektionen einer um Erleichterung bemühten Psyche. Man idealisierte eine Güte, die man nicht hatte, stellte sie als Person vor sich hin und erflehte ihre Unterstützung. Genauso verfuhr man mit dem Bösen, das man nicht haben wollte. Man stellte es aus sich heraus, verteufelte es, hielt es auf Abstand. So viel zu den angeblichen Himmelsmächten.

Diese wissenschaftlich gut fundierte Überzeugung, die sichere und vernünftige Grundlage seiner Arbeit und der Stolz seines scharfsinnigen Intellekts sind jetzt aber dahin. Eine andere Art Gewissheit ist an ihre Stelle getreten, eine Gewissheit, die weder auf empirischen Untersuchungen noch auf logischen Schlussfolgerungen beruht. Eine Gewissheit des Herzens, denkt er überrascht. Bislang sind ihm solche Formulierungen stets zu blumig und nichtssagend gewesen. Angesichts seiner momentanen Verfassung jedoch scheint ihm keine Redensart so zutreffend wie eben diese. Denn er fühlt dort, wo sein Herz schlägt, eine Kraft und eine Klarheit, die über jedem Zweifel erhaben ist.

Sollten wir ein Organ für Wahrheit haben, sinniert er, dann könnte es nur das Herz sein. Sein Herz jedenfalls wird berührt und reagiert auf diese Berührung. Es fühlt und erfasst dabei mit unerschütterlicher Gewissheit: Satiasana ist real. Auf bemerkenswerte Weise ist sie in der Welt, diese schöne, wundertätige Frau. Kraftvoll greift sie in die Geschicke ein und ist doch für die Welt nicht recht greifbar, vielleicht auch unbegreiflich, mächtig wie ein wahrhaft revolutionärer, wegweisender Gedanke und gleichzeitig flüchtig wie die Vision einer fernen Welt.

Ulrich Anzberger ist kein Schwärmer, kein Träumer, und die Gewissheit, die er verspürt, verwandelt ihn auch nicht in einen Eiferer. Sie macht ihn eher still und nachdenklich, von einer innigen Freude erfüllt. Es ist die Freude einer Offenbarung, einer beglückenden Erkenntnis. Satiasana hat ihn angesprochen, ihn – darf er das sagen? Ist das Wort nicht zu groß? – ihn aufgeweckt. Sie war es, die ihm das kleine Mädchen schickte. Dank seiner Offenheit hat das Kind Satiasana zu sehen vermocht. Und niemand hatte es davon abbringen können, einem außergewöhnlichen Menschen, einem göttlichen Wesen begegnet zu sein. Es kann die Wahrheit bezeugen. Und Satiasana sorgte dafür, dass es seinen Weg kreuzte. Das Zeugnis dieses Kindes hat etwas in ihm anklingen lassen, eine Saite, deren Schwingung alles ändert.

Viel verändert hat sich inzwischen auch für Billy. Der junge Setter ist nämlich verschwunden, einfach so, vom einen auf den anderen Tag. Das ist zunächst vielleicht etwas überraschend, aber doch nicht weiter ungewöhnlich, wenn man bedenkt, dass junge Hunde eben öfter mal ausreißen. Haben sie ein gewisses Alter erreicht, wollen sie die große, weite Welt erkunden, den anderen Hunden oder Hündinnen hinterherlaufen und ganz sicher auch mal über die Stränge schlagen. Sie leben eine Weile im Freien, fressen Essensreste am Straßenrand, lassen ihr Fell verfilzen und zoffen sich mit ihresgleichen. Doch irgendwann finden sie wieder von allein zum geordneten Leben zurück und nehmen ihre Tätigkeit als kinderfreundliches Haustier wieder auf. Und jetzt hat es eben Billy erwischt. So gesehen ist sein Verschwinden keine große Sache, kein Grund sich davon den Schlaf rauben zu lassen. Und sowieso: Verschwunden ist er nur aus der Sicht seiner Besitzer. Weg ist man ja meistens für die anderen und zwar, sobald man sich ihren Blicken entzieht. Wer in seiner eigenen Wahrnehmung weg ist, der schläft oder hat das Bewusstsein verloren.

Aber Billy ist sich selbst keineswegs verloren gegangen. Könnte er sprechen, würde er höchstens einräumen seinen bisherigen Versorgern abhandengekommen zu sein. Das wäre im Sinne des jungen Setters eine überaus passende Formulierung, denn seine ehemaligen Besitzer können nicht länger die Hand auf ihn legen – was auch bedeutet, dass er ihnen nicht mehr aus der Hand fressen muss. Und warum sollte ein junger Hund nicht in Lage sein einen klaren Gedanken zu fassen? Selbst mit leerem Magen? Der Hunger schärft bekanntlich die Sinne. Tatsächlich sieht Billy seine eigene Lage in bemerkenswerter Klarheit. Und fände er auch noch Gefallen an sprachlichen Feinheiten, käme es ihm vielleicht über die Lefzen zu sagen, er sei nicht *ver*schwunden, sondern bloß diesen Leuten *ent*schwunden. Möge es sich damit nun so oder so verhalten, feststeht auf jeden Fall, dass der Ortswechsel den Hund nicht sonderlich beunruhigt. Mehr noch: Sein Auszug aus dem Heim der Familie Brinkholz kümmert ihn überhaupt nicht. Er war bei ihnen nie wirklich zu Hause. Warum sollte er sich also jetzt verloren fühlen?

Dass er dort, wo er aufwuchs, nicht im wahren Wortsinn sein Zuhause hatte, ist ihm lange nicht bewusst gewesen. Er bekam sein Fressen, seine Streicheleinheiten, seinen täglichen Freigang. An nichts schien es ihm zu fehlen. Er kannte kein anderes Leben, hatte sich an die täglichen Routinen gewöhnt. Doch dann machte er eine einschneidende, eine geradezu einweihende Erfahrung, als er dieser außergewöhnlichen Herrin begegnete, deren Licht so hell strahlte, dass es überall war: um sie herum, um ihn herum, um den ganzen Platz herum. Es schien alles zu durchdringen, aber nicht auf eine blendende Weise, sondern sanft und zärtlich. Er spürte dessen wohltuende Wirkung, die alle seine bisherigen Freuden buchstäblich in den Schatten stellte. Denn der Herrin Helligkeit war nicht nur nährend und heilsam, sondern auch zutiefst beglückend. Was war ein Napf voller Fressen und ein trockener Schlafplatz im Vergleich zu dieser Glückseligkeit? Billy lernte die Antwort kennen und seitdem weiß er: Bis zu dieser Begegnung habe ich gar nicht richtig gelebt. Merkwürdig! Er hatte seine Pfote gebrochen, aber zugleich kam es mit dieser Verletzung zu einem Durchbruch des Lichts, als hätte die Helligkeit eine Öffnung gebraucht, durch die sie in seine Hundeknochen dringen und ihn bis ins Mark erschüttern konnte.

Nach diesem Vorfall war ihm sein ganzes Leben eintönig und belanglos vorgekommen. Scharfsichtig wie nie zuvor sah er, wo er in seinem Hundedasein stand. Nicht nur erfolgreich, sondern auch beschämend einfach hatte er sich selbst in die Irre geführt und sich Verhältnisse vorgetäuscht, die der Wirklichkeit nicht im Geringsten entsprachen. Diese Erkenntnis war ein Schock für ihn gewesen. Er versuchte zwar noch eine Weile zu seinem alten Leben zurückzukehren. Aber ihm waren die Augen nun einmal geöffnet worden. Es war ihm einfach nicht mehr möglich gewesen sie vor seinen kläglichen Lebensumständen wieder zu verschließen. Schließlich blieb ihm nur noch eins zu entscheiden, nämlich sein Leben der Suche nach dem Licht zu widmen. Die heilende Herrin war viel zu schnell wieder weggewesen. Er wollte sie finden und ihr folgen – egal wohin.

Von solchen Überlegungen ist Frank Brinkholz weit entfernt. Wenn er ehrlich ist, kann er sich eingestehen, dass ihn Billys Verschwinden nicht wirklich tief berührt. Gewiss, er hat sich an den jungen Setter gewöhnt und vermisst nun die täglichen Spaziergänge durch das kleine Wäldchen in seiner Nachbarschaft. Aber er hat nie eine enge Beziehung zu diesem Hund gehabt. Tiere sind nicht so sein Ding. Billy ist Lisas Wunsch gewesen. Sie hat unbedingt einen Hund gewollt und ist ihm damit monatelang in den Ohren gelegen. Schließlich verstand Brinkholz, dass so ein Hund ihrer Beziehung wahrscheinlich guttun würde. Und das hat sich im Großen und Ganzen auch bewahrheitet. Deshalb ist er auch immer bereit gewesen, seinen Teil der Haustierpflege zu übernehmen. Bloß mit dem Herzen war er eben nie dabei.

Obwohl ihm der Hund also nur wenig bedeutet, hat Frank Brinkholz in den vergangenen Tagen alles Erdenkliche getan um den verlorenen Liebling seiner Frau wiederzufinden. Er schickte eine Beschreibung des Vermissten an verschiedene WhatsApp-Gruppen, schaltete eine Fundsachen-Anzeige bei eBay und machte den Verlust natürlich auch auf Facebook öffentlich. Außerdem fuhr er die Gegend mit dem Auto ab. Und als er feststellte, dass die kleineren Straßen wegen des Unkrauts inzwischen kaum noch befahrbar sind, durchstreifte er die gesamte Umgebung zu Fuß. Das war mehr als Lisa tat, die nur mit dem Fahrrad von einer Freundin zur nächsten radelte in der irrigen Annahme, der Hund könnte sich da oder dort eingefunden haben.

Als Billy am ersten Abend seines Verschwindens nicht nach Hause kam, hatte Lisa befürchtet, das tollpatschige Tier könnte überfahren worden sein. Die Befürchtung wuchs sich rasch zu einer fixen Idee aus. Lisa war richtig panisch gewesen und hatte nicht nur die Polizei, sondern auch alle Tierarztpraxen in einem Umkreis von 50 Kilometern angerufen. Merkwürdigerweise weckte die Vorstellung eines Unfalls, das Bild eines von einem Auto überrollten Hundes in Frank Brinkholz keinerlei Erinnerung. Tatsächlich erinnert er sich bis zum heutigen Tag an gar nichts von dem, was damals an der Brucknerstraße geschah. Dabei ist es keine zwei Monate her, dass er dort Zeuge eines ebensolchen Zusammenstoßes wurde. Aber das war – wie er fast zeitgleich beschloss – nichts Reales, nichts Faktisches, sondern nur ein märchenhafter Traum, ein Hirngespinst. Die unwahrscheinliche Wunderheilung durch eine noch unwahrscheinlichere Blondine hat ihn damals veranlasst, den Vorfall komplett und unverzüglich von seiner Festplatte zu löschen und in den Papierkorb für unerträgliche Erinnerungen zu schieben. Und so konnte er seiner Frau später aus voller Überzeugung versichern, dass nun wirklich nicht anzunehmen war, dass irgendjemand ihren Liebsten überfahren hatte.

Billy indes bleibt für seine früheren Besitzer unauffindbar, spurlos verschwunden, wie vom Erdboden verschluckt. Aus seiner Hundeperspektive stellt sich das wie eine völlige Abkehr dar, ein endgültiger Bruch mit seinem alten Leben als gedanken- und ahnungsloses Haustier. Es gibt für ihn kein Zurück mehr. Er hat sich geschworen die Herrin zu finden, dessen Licht seine gebrochene Pfote so rasch und vollkommen wiederherstellte. Die Heilung war – wie er tief im Herzen fühlt – ein Geschenk, eine Gnade. Aber zugleich ist dieses Wunder auch ein Weckruf gewesen. Als er in höchster Not war, rief ihn das Licht zur Umkehr. Eine Herrin, gütiger als alles Gute, das er in seinem kurzen Hundeleben je gekannt hatte, führte ihm vor Augen, was wahre Gefolgschaft bedeutete. Wenn er jemals wieder ein Zuhause finden wird, dann kann es nur im reinen weißen Licht der schönen Herrin sein.

Der junge Setter macht sich über das, was ihm bevorsteht, keine Illusionen. Er rechnet nicht mit Hilfe, zumindest nicht von seinen Mithunden. Der Weg, den er eingeschlagen hat, ist beschwerlich und lang. Er wird ihn allein gehen müssen. Zu satt und träge sind die Hunde aus seiner früheren Nachbarschaft. Das macht er ihnen nicht zum Vorwurf, weiß er doch, wie groß die Verführung ist, die mit den Annehmlichkeiten eines so genannten „guten" Hauses einhergehen. Seine Mithunde haben den Geruch der Freiheit vergessen, den Stolz dessen, der selbst über Ziele und Wege zu entscheiden vermag. Sie haben sich den Menschen angebiedert und im Tausch für Schutz und Futter ihr Hundewesen verleugnet. Darüber sind sie ängstlich geworden, mutlos und ohne Initiative.

Nein, wieso sollte er sie deswegen verachten? Er selbst wäre ja auch noch einer von ihnen, hätte er nicht die Gnade des Lichts erfahren. Ist das ein Verdienst? Nein. Hat er sie verdient? Die Frage – er weiß es – ist müßig. Aber er versteht, dass er durch die ihm erwiesene Gnade auf immer dem Licht verpflichtet sein wird.

Weisheitsschulen in der Provinz
ROMAN KEMPOWSKI

Die Landbewegung gewinnt zunehmend an Dynamik. In den letzten Jahren sind in den dünn besiedelten Regionen quer durch Deutschland zahllose neue Weiler oder gar ganze Dörfer entstanden. Nun kommt es in diesen Landgemeinden immer öfter zur Gründung eigener Schulen. Die neuartigen Einrichtungen sind aber alles andere als gewöhnliche Privatschulen. Sie stellen vielmehr einen radikalen Bruch mit allen bisher existierenden Schulen und jeder Form von Schulpädagogik dar. Auch mit Waldorf- oder Montessori-Schulen lassen sie sich nicht vergleichen. Denn das Einzigartige an diesen Bildungsstätten ist, dass die wichtigsten Pädagogen dort junge Kinder von sechs, sieben, manchmal auch fünf oder vier Jahren sind. Diese jungen Kinder sollen in der Lage sein ihren Mitschülern kosmische Weisheiten zu vermitteln. Dabei handelt es sich angeblich nicht um ein Wissen, das sie mit der Zeit Schritt für Schritt erwerben, sondern um Erkenntnisse, die sie unmittelbar und intuitiv als ein Ganzes erfassen.

Gott und die Welt wollte es genauer wissen und besuchte die Siedlung *Waldgut* im Westerwald, wo bereits vor zwei Jahren eine eigene Schule entstand. Wir sprachen mit einigen Eltern und baten sie uns das Besondere dieser Schule zu erklären. Vor allem wollten wir wissen, wie es sein kann, dass noch ganz junge Kinder ihre Mitschüler unterrichten.

Die erste verblüffende Antwort: *Gerade* die kleinen Kinder sind dazu fähig, Kinder, die noch nicht das neunte Lebensjahr vollendet haben. Allerdings müssen sie bestimmte Voraussetzungen erfüllen. Fanny Kielwein, gelernte Betriebswirtin und dreifache Mutter, erklärt: „Die wichtigste Voraussetzung ist, dass ihr Denken mit keinerlei technokratischen Problemen abgelenkt und verlangsamt wird. Unsere Kinder sind keineswegs „Wunderkinder", als welche sie in der Presse manchmal dargestellt werden. Im Gegenteil: Sie wachsen ganz natürlich auf. Von Geburt an sind sie viel draußen, wo sie den Kontakt zu Pflanzen und Tieren pflegen. Wir überlassen sie radikal der Natur und sie ernähren sich spontan von Garten- und Feldfrüchten. Regelmäßig sind sie auch nachts in den Gärten oder im Wald unterwegs, wo sie häufig unter freiem Himmel schlafen. So lernen sie ganz natürlich erkennen, wie nicht nur die Wachstumsprozesse auf der Erde, sondern auch ihre Gedanken und Gefühle mit kosmischen Bewegungen und Strahlen zusammenhängen.

Technische Geräte halten wir konsequent von ihnen fern. Sie kommen damit praktisch gar nicht in Berührung. All das führt dazu, dass sie ihre Umwelt nicht fragmentiert und problematisch, sondern als eine Ganzheit erfahren, die nährend und schützend ist. Ihr Kanal zum Kosmos bleibt geöffnet, bis sich ihr Körper im Alter von etwa neun Jahren schließlich so weit verdichtet, dass dieser natürliche Zugang zur göttlichen Weisheit verlorengeht."

Klaus Eber, Molekularbiologe und Vater zweier Söhne, nickt. „Unser Motto", ergänzt der Mitdreißiger, „lautet: Jedes Kind ist ein *Living Buddha*." Er sagt es mit einem sympathischen Grinsen. Ihm ist klar, wie sich diese Behauptung für den Besucher anhören muss. „Wahrscheinlich liegt es in den Genen der Eltern ihre Kinder zu vergöttern", erläutert er. Manchmal kommt es dabei zu grotesken Übertreibungen." Er berichtet von seinen Erfahrungen in einer anderen Landgemeinde, wo man die Kind-Propheten regelmäßig auf kleine Throne setzte, um die sich ältere oder erwachsene „Schüler" ehrerbietig scharten. Man sang Lieder für sie und legte ihnen Blumen zu Füßen. Man hörte ihnen nicht nur ergeben zu, wenn sie von Himmel und Erde redeten, sondern bat sie auch in vielen Angelegenheiten um Rat. „Wann soll welche Aussaat stattfinden, war eine beliebte Frage. Gelegentlich wurde aber auch um Unterstützung bei der Ausbildungs-, Wohnort- oder Partnerwahl gebeten." Der bodenständig wirkende Biologe schüttelt den Kopf. „Man muss die Kirche im Dorf lassen", meint er entschieden. „Kinder sind keine Götter. Aber Tatsache ist auch, dass wir ihr Potential bislang verkannt haben."

Die Nachrichtenmedien haben sich inzwischen dankbar auf das Phänomen gestürzt. „Orakeln statt krakeelen – Vom Kinderstuhl zum Lehrstuhl" titelte die BILD-Zeitung neuerdings mit gespielter Verwunderung. Und die FAZ sprach vor wenigen Wochen spöttisch von „Baby-Philosophen". Es gab bereits die ersten Talkshows, in denen Wissenschaftler – Pädagogen, Psychologen, Mediziner – mit der ganzen Autorität ihrer akademischen Expertise erklärten, wie schädlich dieser Umgang mit jungen Kindern ist. Im zarten Alter erzöge man sie zu einer narzisstischen Selbstbezogenheit. Zudem würden sie nicht lernen spielerisch mit den digitalen Medien umzugehen. Somit trügen diese Einsiedler der Notwendigkeit, mit der fortschreitenden Digitalisierung mitzuhalten, in keiner Weise Rechnung. Deutschland drohe – so die einhellige Meinung – den Anschluss an die Weltspitze zu verlieren.

Mit diesem Urteil konfrontiert zuckt Fanny Kielwein bloß die Schultern. „Mich wundert nicht, dass diese Experten so reden", erklärt sie lakonisch. „Denn sie gehen allesamt von Erfahrungen aus, die der Alten Zeit entstammen. Sie können das Neue nicht verstehen, weil sie dafür noch keine Kategorien und Erklärungsmuster haben. In der Alten Welt wären ihre Einschätzungen vielleicht richtig gewesen. Aber hier gehen sie am Wesentlichen vorbei."

Diesen Verweis auf eine grundlegende Zeitenwende hört man im Gespräch mit den Siedlern immer wieder. Ich frage Klaus Eber, ob sich die Landbewegung damit nicht gegen jede Kritik immunisiere – nach dem Motto: Wer nicht unserer Meinung ist, gehört eben noch der Alten Zeit an. „Überhaupt nicht", erwidert er sogleich. „Wir sind keine Sekte, machen hier keinen Hokuspokus. Unsere Siedlung ist offen für jeden, der sich informieren will. Aber die meisten bilden sich ihre Meinung offenbar lieber aus der Ferne. Ich kann nicht glauben, dass sie bloß deshalb fernbleiben, weil sie ihre Kameras und Mikrofone zu Hause lassen müssten."

Prof. Dr. Ingeborg Ringgarten legt die Zeitschrift beiseite und blickt aus dem Fenster ihres Büros. Seit einigen Jahren lehrt sie Religionsgeschichte an der Freien Universität Berlin. Die Entstehung der Landgemeinden hat sie von Anfang an mit größtem Interesse verfolgt, nicht zuletzt deshalb, weil die Aussteiger ihren Schritt immer auch spirituell begründeten. Die meisten Neubauern erklären tatsächlich, dass sie danach streben in Harmonie mit der Schöpfung und im Einklang mit dem Plan Gottes zu leben – was immer sie darunter verstehen. Es geht ihnen offenbar nicht bloß um eine ökologische Erneuerung oder um die Verhinderung einer Klimakatastrophe bzw. eines Dritten Weltkrieges. Viele sind eindeutig pantheistisch inspiriert, sprechen von der göttlichen Weisheit der Pflanzen und betrachten die Erde als einen liebenden Organismus. Gleichzeitig vermischen die Aussteiger mit diesen naturreligiösen, schamanistischen Vorstellungen christliches, alchemistisches und spiritistisches Gedankengut. Was dabei herauskommt, kennt die Professorin zu Genüge. Es ist das typische Potpourri der New Earth Protagonisten, widersprüchlich, eklektisch, ahistorisch aber auch lebendig und anregend.

Ingeborg Ringgarten verfolgt die Entwicklung durchaus mit Wohlwollen.

Als die Professorin jedoch zum ersten Mal von den unterweisenden Kindern in den Landgemeinden erfuhr, war sie zunächst sehr skeptisch. Seitdem las sie ein paar Berichte und deren Inhalt überzeugte sie nicht davon, dass man diese Frühweisen ernstnehmen musste. In praktisch jedem Artikel wurde von den spektakulären Fähigkeiten dieser Kleinen berichtet. Sämtliche Philosophen und Soziologen, die die neuartigen Bildungsstätten besuchten, zeigten sich verblüfft angesichts der Äußerungen dieser extrem jungen Lehrer. Inhaltlich, so sagten sie, sei das meiste hypothetisch und spekulativ, kaum auf seinen Wahrheitsgehalt zu überprüfen. Aber allein die sprachlichen Fähigkeiten der Fünf- oder Sechsjährigen hielten sie für außerordentlich. Die Wissenschaftler konnten gar nicht verstehen, dass diesen kleinen Kindern solch komplexe Satzstrukturen und ein so differenziertes Idiom zur Verfügung standen. Bei der Religionswissenschaftlerin haben diese Berichte allerdings nur Kopfschütteln ausgelöst. Instinktiv nahm sie an, dass die mutmaßlichen Superkinder bloß die schwärmerische New-Age-Sprache ihrer Eltern nachplapperten. Auch der neue Beitrag in *„Gott und die Welt"*, den sie mit wachsender Ungeduld zu Ende gelesen hat, kann sie nicht wirklich vom Gegenteil überzeugen.

Aber als Wissenschaftlerin will Ingeborg Ringgarten es genau wissen und das Phänomen vor Ort untersuchen. Deshalb hat sie sich vor wenigen Tagen entschieden heute in die brandenburgische Provinz zu fahren, um dort eine der neuen Siedlungen zu besuchen. Sie packt die Zeitschrift in ihre Tasche, nimmt ihre Jacke von der Stuhllehne und verlässt ihr Büro. Wenig später fährt sie aus der Tiefgarage der Fakultät und durchquert die Stadt in Richtung Norden.

Es ist ein frischer, aber sonniger Apriltag und sie genießt

die Autofahrt über die Felder. Nach gut eineinhalb Stunden erreicht sie das weitläufige Gelände der Siedlung. Ein einfaches Schild erklärt in bunten Lettern *Anayana – Erde der Friedliebenden.* Ein bisschen pathetisch, denkt die Professorin. Aber sie wird bald feststellen, dass diese Selbstbezeichnung durchaus zutreffend ist.

Es gibt keinen Zaun, der das Territorium einfriedet, zumindest nicht im gewöhnlichen Sinne. Stattdessen ist zu beiden Seiten der Zufahrtsstraße jeweils eine Reihe von Bäumen so dicht gepflanzt, dass ihre Äste ein filigranes Flechtwerk bilden. Mit dem ersten zarten Grün sieht das sehr hübsch aus, findet Ringgarten, wenn die Bäume größer werden, dürften sie eine blickdichte Wand bilden.

Was ihr beim Einfahren sofort auffällt, ist die Vielfalt an Bäumen, Sträuchern, Gärten, kleinen Feldern und Häusern. Es sieht so aus, als existiere keinerlei Bebauungsplan. Offenbar hat sich jeder hier Heim und Garten nach eigenem Gusto gestaltet. Es gibt einfache Holzhäuser, die wie altmodische Datschen aussehen, aber auch kleine Schlösschen aus Naturstein oder Fantasiebauten aus Lehm, alten Flaschen, Autoteilen und zu Ziegeln verarbeitetem Bauschutt – 100 prozentige *Recycling Häuser,* wie sie später erfährt.

Sie parkt ihr Auto auf dem Besucherparkplatz, schaltet den Motor ab und schaut sich um. Eine Informationstafel weist Besucher daraufhin, dass das Mitführen von Handys und anderen elektronischen Geräten – auch wenn diese ausgeschaltet sind – in *Anayana* nicht erlaubt ist. Die Gäste werden gebeten, sie im Auto zurückzulassen. Ringgarten kennt diese Vorschrift bereits. Im Internet hat sie gelesen, dass sich faktisch alle Landgemeinden zu elektronikfreien Zonen erklärt haben. Sie verstaut ihr Handy im Handschuhfach und legt vorsichtshalber auch ihre Armbanduhr ab. Kurz wirft sie einen Blick in ihre Handtasche, um sich zu vergewissern, dass sie den nagelneuen Notizblock mitsamt Bleistift eingesteckt hat.

Als sie die Tür öffnet und ihre Füße auf den Boden stellt, steht wie aus dem Nichts ein freundlich lächelnder Mann mit schlohweißem Haar an der Autotür und reicht ihr die geöffnete Hand. Sie hat den sonnengebräunten Landmann beim Einfahren gar nicht gesehen und wundert sich über sein plötzliches Auftauchen. Dankend ergreift sie die Hand und richtet sich auf. Auch mit ihren flachen Halbschuhen ist sie einen halben Kopf größer als der Mann ihr gegenüber. Er trägt ein weites, naturbelassenes Leinenhemd mit Stehkragen und eine einfache Cordhose. Wie erwartet geht er barfuß.

„Frau Professorin Ringgarten?"

„Genau."

„Herzlich willkommen in *Anayana*! Mein Name ist Rabensteiner, aber nennen Sie mich bitte Edi, das machen hier alle." Er breitet die Arme aus und seine hellen Augen strahlen. „Es ist mir eine Ehre Sie in unserem Dorf begrüßen zu dürfen."

Schau an, denkt die Professorin, der Schulleiter persönlich. "Herr Rabensteiner ... äh ... Edi, schön Sie kennenzulernen! Ich heiße Ingeborg."

„Komm bitte, wir gehen zur Feuerstelle. Dort läuft gerade eine spannende Diskussion. Komm, das wird dich interessieren!" Der Weißhaarige geht schnellen Schrittes voran und Ingeborg Ringgarten eilt hinterher.

Überraschenderweise ist die Feuerstelle nicht etwa ein Kreis klobiger Baumstämme um ein offenes Feuer, das lediglich von unförmigen Steinen eingefasst wird. Der runde Platz ist vielmehr ordentlich gepflastert und in etwa so groß wie ein Klassenzimmer. In der Mitte gibt es eine achteckige, offenbar gemauerte Vertiefung, in dem ein Holzfeuer brennt. Auch sonst erinnert hier nichts an das romantische Sperrmüllambiente üblicher Landschulheime. Die Professorin erkennt sofort, dass die Bänke und Stühle, die in mehreren Ringen um das Feuer herum stehen, gediegene Schreinerarbeit sind. An die dreißig Leute haben darauf Platz genommen, Kinder, Jugendliche und Erwachsene unterschiedlichen Alters.

Alle schauen auf zwei kleine Kinder, die vorne beim Feuer stehen. Die beiden Mädchen stehen zwar nicht nebeneinander, aber auch nicht einander gegenüber. Sie haben sich vielmehr so hingestellt, dass ihre Blickrichtungen zum Feuer einen 90-Grad-Winkel bilden. Ingeborg Ringgarten ist von diesen sechs- oder siebenjährigen Kindern auf Anhieb fasziniert, denn sie sind ganz offensichtlich ohne Scheu. Ihre Haltung lässt ein großes Maß an Selbstbewusstsein erkennen, denn sie zeigen weder Hektik noch Theatralik. Die Professorin hat oft genug beobachtet, dass Kinder laut und überdreht oder aber stumm und betreten reagieren, wenn man sie in das Zentrum der allgemeinen Aufmerksamkeit versetzt und sich ihnen alle Blicke zuwenden. Diese beiden Mädchen zeigen weder das eine noch das andere Verhalten.

Ihr Gastgeber deutet auf zwei freie Plätze in der ersten Reihe und sie setzen sich leise hin. Die beiden Schülerinnen haben kurz innegehalten, greifen dann aber ihr Gespräch wieder auf.

„Schau mal, Kati, die meisten unserer Zuhörer sind älter und größer als wir. Das ist offensichtlich. Eines Tages aber werden wir auch größer und älter sein. Bis dahin vergeht Zeit. Das kannst du nicht bestreiten."

„Das bestreite ich auch nicht, Mira. Unsere Körper brauchen für ihr Wachstum Zeit, körperliche Zeit, könnte man sagen. Auch die Himmelskörper brauchen für ihre Umlaufbewegungen Zeit. Genau besehen rührt ja unsere ganze Zeitvorstellung aus der Beobachtung von Körpern: Die Sonne geht auf, die Sonne geht unter; der Samen sprießt, es bilden sich Blätter, ein Stängel, Blüten, Früchte und so weiter."

„Genau, was ich sage! Zeit ist eine Tatsache."

„Langsam, Mira. Ich sagte, dass sich unsere Vorstellung von Zeit aus der Beobachtung von Körpern herausbildet. Aber womit beobachten wir all diese fortlaufenden Veränderungen in der körperlichen Welt?"

Das Mädchen, das offenbar Mira heißt, zuckt mit den Schultern und hebt die geöffnete Linke. „Na, mit unseren Augen natürlich."

„Natürlich! Mit unseren Augen, mit unseren körperlichen Augen. Man könnte also sagen, dass unsere Zeitvorstellung dadurch entsteht, dass sich das Körperliche selbst betrachtet."

„Das verstehe ich nicht, Kati. Worauf willst du hinaus?"

„Überleg mal, Mira! Wenn du gar keine Veränderung um dich herum wahrnehmen würdest, keinen Wechsel von Tag und Nacht, Sommer und Winter, munter und müde oder satt und hungrig – woran könntest du dann noch Zeit wahrnehmen? Was würde dann aus deiner Vorstellung von Zeit werden?"

„Aber, Kati, ohne diese Veränderungen, von denen du sprichst, kann ich mir gar nichts vorstellen."

Die Angesprochene denkt kurz nach ehe sie zu einer Erwiderung ansetzt. „Du hast dich doch mit einer Katze angefreundet, oder?"

Mira runzelt kurz die Stirn und scheint etwas verwirrt. „Weißpfote? Ja, klar!"

„Ich habe euch öfter zusammen gesehen. Es sieht so aus, als würdet ihr beide euch sehr lieben."

Da lächelt Mira breit und nickt. „Ja, das tun wir auch, ganz sicher!"

„Und weißt du noch, wie das war, als du das junge Kätzchen zuerst im Arm gehalten hast. Das war doch Liebe auf den ersten Blick, oder?"

„Ganz sicher."

Und heute? Liebst du Weißpfote immer noch?"

„Was für eine Frage, Kati! Natürlich liebe ich sie. Ich werde sie immer lieben."

„Ah! Also du würdest sagen, deine Liebe zu Weißpfote wird sich nie ändern."

„Nein, niemals!"

Ingeborg Ringgarten verfolgt das Gespräch mit wachsender Verwunderung. Immer wieder ruft sie sich in Erinnerung, dass sie gerade kleinen Kindern zuhört. Sie ist fasziniert und zunächst einfach sprachlos. Sogar ihre Studenten im zweiten oder dritten Semester können nur selten so luzide und gleichzeitig empathisch argumentieren. Und dabei wird hier nicht über Blumenerde oder Katzenfutter gesprochen, sondern über das Wesen der Zeit, ein hochabstraktes Thema.

Sie lässt ihren Blick über die Zuhörer gleiten. Alle verfolgen das Gespräch aufmerksam aber irgendwie auch entspannt. Keiner plappert mit dem Nachbarn, keiner gähnt oder rutscht auf seiner Bank hin und her. Was das Publikum den beiden Mädchen entgegenbringt, ist nicht bloß Wohlwollen oder Höflichkeit, es ist Respekt und Bewunderung. Ja, denkt die Professorin, man könnte es durchaus als Hochachtung bezeichnen. Aber die beiden Kinder scheint diese geballte Anerkennung gar nicht zu beeindrucken. Sie bleiben bei sich und ihrem Thema und lassen sich nicht dazu verleiten ihr Publikum zu bespielen, wie man es bei Erwachsenen in einer solchen Lage häufig beobachtet.

Der Gedanke, dass die Liebe wesentlich etwas Unwandelbares ist, etwas also, das nicht den Gesetzen der physischen Welt unterliegt, ist ihr natürlich nicht fremd. Sie kennt die Diskussion, hat viele schlaue Abhandlungen darüber gelesen. Der Liebe wird eine überweltliche, jenseitige, aber eben auch eine innerweltliche, diesseitige Realität zugesprochen. Sie ist göttlich und irdisch zugleich, oder vielmehr das Göttliche, das in das Irdische hineinwirkt. Überhaupt gibt es nicht wenige, die Liebe mit Gott gleichsetzen. Auch von Gott heißt es ja, dass er – oder sie – gleichzeitig immanent und transzendent ist. All diese Überlegungen schwingen in der Auseinandersetzung der beiden Mädchen mit. Ganz unprätentiös und spielerisch spannt das eine, Kati, den Bogen zwischen dem abstrakten Wesen der Zeit und der konkreten Gestalt der Liebe. Chapeau! denkt die Professorin. Sie staunt aber noch mehr, als sie hört, was das Mädchen Mira dazu zu sagen hat.

„Das habe ich verstanden, Kati. Du sagst, dass die Liebe immer da ist, dass sie weder entsteht, noch vergeht. Und deshalb behauptest du, dass die Liebe außerhalb der Zeit ist, dass es in der Liebe keine Zeit gibt. Und da die Liebe das Wesen der Schöpfung ausmacht, ist das, was wir als Zeit wahrnehmen, nichts Wesentliches. Richtig?"

Kati scheint etwas verblüfft darüber, wie Mira ihren Gedanken auf den Punkt bringt. Sie nickt. „Ja, richtig."

„Aber schau mal, Kati, ich verbringe viel Zeit mit meiner Katze. Ich spiele mit ihr, ich streichele sie, ich rede mit ihr. Diese Zeit kann ich nicht gleichzeitig mit etwas anderem verbringen, mit Malen etwa oder Bäume-Klettern. Und wenn ich zwei Stunden mit Weißpfote gespielt habe, haben wir etwas von unserer Lebenszeit miteinander geteilt. Und die ist begrenzt. Schließlich sind wir nicht unsterblich. Aber wir teilen unsere Lebenszeit miteinander, weil wir uns lieben. Wir haben Zeit füreinander. Wie sonst, Kati, kann sich die Liebe im Leben zeigen als dadurch, dass man Zeit für einander hat?"

Das Mädchen, das Kati heißt, nickt langsam, aber nicht widerwillig. Es scheint die Worte seines Gegenübers zu wägen.

Mira indes wartet Katis Antwort nicht ab, sondern fährt sogleich in freundlichem Ton fort. „So ist es doch auch hier und jetzt mit uns beiden, Kati, oder? Wir verbringen diese Zeit miteinander, weil wir es lieben gemeinsam zu lernen. Du gibst dafür von deiner Lebenszeit, ich von meiner. Die Zeit, könnte man sagen, ist die Währung der Liebe. Keine Zeit zu haben, hieße im Umkehrschluss nicht zu lieben. Wenn du also sagst, dass es die Zeit nicht gibt, dann gilt das zumindest nicht für liebende Menschen."

Aus ihren Augenwinkeln nimmt Ingeborg Ringgarten wahr, dass diese Feststellung einige Gesichter im Publikum zum Strahlen bringt. Der Höhepunkt des Gesprächs scheint nun erreicht und tatsächlich endet der Dialog bald darauf. Es gibt keine „Siegerin", keine Rednerin, die sich auf Kosten der anderen durchgesetzt hat. Vielmehr freuen sich beide Mädchen sichtlich über den Verlauf des gemeinsamen Gesprächs. Lachend und nun doch ein bisschen verlegen nehmen sie den Applaus der Zuhörer entgegen. Dann gehen sie aufeinander zu, umfassen mit beiden Händen den Hinterkopf ihres Gegenübers und halten ihre Stirne aneinander. So stehen sie ein paar Atemzüge lang mit geschlossenen Augen. Es ist offenbar ein Ritual, denn niemand wundert diese intime Geste der Einheit und Harmonie.

Edi schaut seinen Gast prüfend an. Die Professorin zieht die Augenbrauen hoch und nickt anerkennend. Als die Zuhörer sich zerstreuen, führt sie der Schulleiter in sein „Büro", wie er es nennt. Das ist aber eher eine überdachte Terrasse aus Holzdielen unter einer ausladenden Eiche. Es gibt ein paar Korbsessel mit Schafsfellen. Etwas abseits steht ein ziemlich großes Teleskop. Sie setzten sich hin. Ingeborg Ringgarten knöpft ihre Jacke auf; ihr ist warm geworden. Und sie hat viele Fragen.

Am Abend desselben Tages stellt auch Anita Mertens fest, dass es ihr warm geworden ist. Das Behandlungszimmer der Heilpraxis ist nicht sehr groß und die Besucher sitzen dicht gedrängt zusammen. Allerdings mag ihre Hitze auch daher rühren, dass sie sich beim Thema des heutigen Vortrags schnell echauffiert. Energisch streckt die Physiotherapeutin ihren Arm in die Höhe. Sie hat lange zugehört und war für ihre Verhältnisse wirklich geduldig. Aber jetzt muss sie etwas sagen.

„Mich stört der Gedanke dahinter", platzt sie heraus. „Da müsste ich doch eigentlich auch hingehen und die Hand meines Kindes auf die heiße Herdplatte legen, damit sein Körper lernt, sich gegen Verbrennung zu schützen." Die Hobby-Athletin hält mit ihrer Emotion nicht hinterm Berg. „Das ist doch total bescheuert. Der Körper meines Kindes ist doch kein dummes Werkzeug, keine leere Hardware, für die Erzieher und Mediziner erst die lebenswichtige Software bereitstellen müssen."

Gut zwanzig Zuhörer sitzen auf Klappstühlen, die zu einem zweifachen Kreis angeordnet sind. Jürgen Grund ist froh, vorhin noch extra Stühle aus dem Keller hochgeholt zu haben. Keiner davon ist leer geblieben. Es sind überwiegend junge Eltern gekommen, darunter auch viele Väter. Der Heilpraktiker hat gerade seinen Vortrag über Kinderimpfungen beendet und die Diskussion mit den Anwesenden eröffnet. Er nickt der auffallend breitschultrigen Frau mit den schwarzen Locken nachdenklich zu. Dass er der gängigen Impfpraxis sehr skeptisch gegenübersteht, daraus hat er heute Abend keinen Hehl gemacht. Trotzdem bemüht er sich um Sachlichkeit und ist bestrebt jede Polemik zu vermeiden. Deshalb schweigt er abwartend.

„Man muss sich das mal vorstellen", fährt Anita fort, „das wäre etwa so, als ob Erziehungsexperten mir sagen würden, ich solle mein Kind schlagen, damit es im späteren Leben gegen Rückschläge und Verletzungen gut geimpft wäre, damit es lernt sich frühzeitig zu schützen. Das ist Körperverletzung und Körperverletzung ist strafbar. Aber wehrlose Kinder mit

Krankheitserregern zu impfen, das wird vom Staat gefördert."

„Ja, genau", mischt sich jetzt ein junger Mann mit Vollbart ein, „aber nicht, weil es so gut für die Kinder ist, sondern weil die Entscheidungsträger alle von der Pharmaindustrie gekauft sind."

Jürgen Grund kennt das Misstrauen gegenüber Pharmaunternehmen und Gesundheitsbehörden. Er weiß jedoch auch, dass die Empörung über die Machenschaften mächtiger Lobbyverbände in eine Sackgasse führt. Natürlich geht es auch um knallharte Geschäftsinteressen, natürlich wird bei der Verwertung und Interpretation statistischer Daten geschummelt, natürlich werden Medizinprofessoren gekauft, damit sie gefällige Gutachten schreiben. Stimmt alles, denkt Jürgen, aber wenn man sich auf diese Ebene herablässt, weckt man im eigenen Herzen Hassgefühle – und die sind die wirklich gefährlichen Krankheitserreger. Er versucht also die Diskussion in eine andere Richtung zu lenken.

„Ich fand den Vergleich mit der Software interessant." Er nickt der Schwarzlockigen zu. „Sie sagten, der Körper des Kleinkindes ist kein dummes Werkzeug. Ich stimme Ihnen zu. Es ist schon seit Jahrzehnten bekannt, dass die Wahrnehmungs- und Kommunikationsfähigkeit eines Säuglings erstaunlich weit entwickelt sind. Man spricht nicht umsonst vom *kompetenten Säugling*. Wenn man diese Fähigkeiten nicht bemerkt und das Baby für unfähig, dumm und hilflos hält, wird der Säugling über kurz oder lang beginnen an sich selbst zu zweifeln. Und seinen Eltern zuliebe, aus Liebe zu seinen Eltern, wird er schließlich auf diese Kompetenz verzichten, sie verdrängen und sich hilflos geben, um auf diese Weise der Vorstellung seiner Eltern zu entsprechen."

„Es geht also um Vertrauen?", fragt eine Grauhaarige mit sehr hellen Augen, die direkt neben dem Heilpraktiker sitzt.

Jürgen denkt kurz nach. „Ja, Vertrauen ist wichtig, vielleicht sogar entscheidend. Wenn ich darauf vertraue, dass mein Kind mit allem, was es für sein Leben braucht, auf die Welt gekommen ist, begegne ich ihm von Anfang an viel gelassener und freudiger. Ich kann mein Kind dann in einer liebevollen Umgebung gedeihen lassen. Und natürlich reagiert der Säugling darauf, weil er mit allen Sinnen empfindet, dass er, so wie er ist, vollkommen ist, dass alles in ihm angelegt ist. Wenn Ihnen als Mutter oder Vater dieses Vertrauen fehlt, werden sie von ständigen Sorgen und Ängsten heimgesucht. Und dann wächst ihr Kind natürlich in einem Raum auf, der davon geprägt ist."

„Ich finde das schwierig", ergreift eine Schwangere das Wort, „weil alle einem ständig Angst machen. Wenn man sich outet und sagt, dass man sein Kind nicht impfen lässt, dann geht das sofort los: ,*Was? Du lässt dein Kind nicht impfen? Weißt du denn nicht, wie gefährlich das ist? Willst du wirklich das Risiko eingehen, dass dein Kind einen bleibenden Hirnschaden oder Lähmungen davonträgt?*' – Ich sag schon gar nichts mehr, weil man diese Bedenken immer wieder zu hören bekommt. Im Grunde bin ich überzeugt, dass Impfungen falsch sind, aber diese Angstmacherei kann mich trotzdem ganz schön verunsichern."

„Ich glaube", meldet sich die Grauhaarige wieder zu Wort, „diese Verunsicherung kennen wir alle. Wir fühlen uns in die Enge getrieben und fangen an uns zu rechtfertigen. Wir müssen uns eben gegenseitig den Rücken stärken."

Die Schwangere lächelt schwach und nickt, dankbar für diese Unterstützung. „Offenbar bin ich täglich von Menschen umgeben, die der Schulmedizin blind vertrauen. Wenn ich zum Beispiel sage, die Muttermilch bietet einen besseren Schutz als jeder Impfstoff, ernte ich bloß Stirnrunzeln und höhnische Bemerkungen wie ,*Ach, Milch gegen Masern, na dann!*' Das wird gar nicht ernstgenommen. Vielmehr sieht man sich mit dem unausgesprochenen Vorwurf der unterlassenen Hilfeleistung konfrontiert."

Anita Mertens rutscht auf ihrem Stuhl nach vorne. „Genau, solche Bemerkungen gibt es oft. Mir wurde das mit der unterlassenen Hilfeleistung sogar einmal direkt ins Gesicht gesagt. Aber davon darf man sich nicht ins Bockshorn jagen lassen. Solche Ansichten rühren von unserem kranken Verhältnis zur Natur her. Wir sehen die Natur als bedrohlich und böswillig. Mit bösen Viren und Bakterien greift sie uns an, um uns zu schwächen, zu schädigen oder gar zu töten. Seht euch vor, Leute, sonst geht es euch schlecht! Aber das Bild ist ganz klar eine Projektion. Denn Tatsache ist ja wohl, dass wir es sind, die angreifen. Wir verpesten die Luft, wir versiegeln die Böden, wir vergiften die Meere. – Man muss aus dieser Denke aussteigen. Die Natur ist heilsam, die Natur ist nährend. Punkt!"

Das Gespräch hat damit seinen Höhepunkt erreicht, zumindest in dramatischer Hinsicht. Danach geht es ruhiger zu und es kommen noch ein paar Fragen zur Homöoprophylaxe und zu Wasseranwendungen nach Kneipp. Die Teilnehmer sind diszipliniert und konstruktiv. Sie helfen einander mit Tipps und kurzen Erfahrungsberichten. Nach einer Dreiviertelstunde beendet Jürgen Grund die Diskussion und bedankt sich bei den Besuchern für ihr Kommen. Das Behandlungszimmer leert sich. Die sportliche Schwarzhaarige bietet an beim Aufräumen zu helfen, aber der Heilpraktiker winkt ab. Das hat Zeit. Er wird die Stühle morgenfrüh in aller Ruhe verstauen. Er stellt sich an die Tür und verabschiedet sich persönlich von den Teilnehmern. Nach wenigen Minuten sind alle draußen, alle bis auf eine. Jürgen Grund runzelt die Stirn, als er die Fremde zum ersten Mal bewusst wahrnimmt. Sie trägt irgendein biederes Kopftuch und wirkt auch sonst eher unscheinbar. Eine Muslimin? Arabisch sieht sie nicht aus. Vielleicht eine Konvertitin. Er geht auf die Frau zu, entschieden sich nicht mehr auf ein Einzelgespräch einzulassen.

Aber noch während er sich im Kopf einen Satz zurechtlegt, mit dem er die Besucherin zum Gehen auffordern will, geschieht etwas Überraschendes. Mit einer leichten, schwungvollen Bewegung legt die Fremde ihr Kopftuch ab und entblößt eine Haarpracht, die zu leuchten scheint. Langes, leicht gewelltes Haar fällt ihr auf die Schultern. Dessen Blond ist so rein, dass er unwillkürlich an Gold oder an Sonnenschein denken muss. Sie wendet ihm ihr Gesicht zu und strahlt ihn an, offensichtlich erfreut über die Begegnung. Er hält inne und ist einen Augenblick lang sprachlos. Ihre Schönheit ist … Wie soll man sagen? Überwältigend? Atemberaubend? Nein, das trifft es nicht. Es geht von ihr keinerlei Gewalt aus, sie nimmt einem nichts weg. Ihre Erscheinung ist eine Augenweide, eine Freude für die Augen – und fürs Gemüt, denkt er.

Jürgen Grund macht einen Schritt auf sie zu und hat seine Absicht, die Fremde hinauszukomplimentieren, bereits vergessen. „Kenne ich Sie irgendwoher?"

Sie schaut ihm direkt in die Augen. „Ja, du kennst mich."

„Und woher … ich meine, wie heißt du nochmal?"

„Ich heiße Satiasana."

„Satiasana?" Ein merkwürdiger Name, denkt der Heilpraktiker, aber irgendwie auch vertraut. „Was bedeutet das, Satiasana? *Heilsame Wahrheit*?"

Die Blonde lächelt: „Wäre doch schön."

Und in dem Moment ist die Erinnerung da und er weiß, wo er diese Frau schon mal gesehen hat. Aber er zögert, denn so etwas ist ihm noch nie passiert. „Ich … ich ähm … ich habe von dir geträumt."

„Ja, Jürgen, oder besser gesagt Jewgeni, wenn du schläfst, besuchst du mich und wir reden."

Jewgeni? Er merkt, wie der Klang des Namens irgendetwas

in ihm anrührt. Schweigend lässt er ihn in seinem Innern nachklingen, zu erstaunt, um die Blonde nach einer Erklärung zu fragen. Stattdessen knüpft er an ihrem letzten Wort an. „Wir reden? Worüber?"

„Erinnerst du dich nicht?"

Er spürt kurz in sich hinein, schüttelt dann bedauernd den Kopf. „Meine Erinnerung ist bloß ein Gefühl."

„Was für ein Gefühl?"

„Ein Gefühl der … Vertrautheit."

„Das ist verständlich, denn unser Seelengespräch währt schon lange, Jewgeni. Es bildet so etwas wie den Grundton, der dich durch dein tägliches Leben hindurchführt."

„Gespräch? Wieso weiß ich dann nichts darüber?"

„Das Wissen ist da, aber du erinnerst dich nicht, weil du zu sehr auf das fokussiert bist, was dir deine Sinne darbieten."

Jürgen Grund runzelt die Stirn. Er kann seine Skepsis nicht verbergen. „Wer bist du?"

„Ich bin gekommen um dir zu helfen."

„Das verstehe ich nicht. Wobei willst du mir denn helfen?"

„Es ist ein schöner Abend. Lass uns hinausgehen! Ich möchte dir etwas zeigen."

Sie gehen hinaus auf die Straße und Satiasana tritt auf den rissigen Asphalt des Fahrradweges. Einen flüchtigen Moment lang scheint es Jürgen Grund, als würde sie beim Anblick der hie und da durchbrechenden Gräser und Kräuter lächeln. Dann stellt sie sich auf den schmalen Grünstreifen und winkt ihn zu sich.

Satiasana nickt zu seinen Füßen. „Zieh deine Schuhe aus und auch deine Socken."

Erst jetzt bemerkt er, dass die Frau barfuß ist. Er folgt ihrem Beispiel und stellt sich neben sie hin.

Sie lächelt zufrieden. „Genau. Spüre das Gras unter deinen Fußsohlen, Jewgeni! Spürst du es? Gut. Jetzt schaue hinauf in den Himmel. Was siehst du?"

„Sterne?"

„Und was fühlst du?"

Jürgen Grund atmet einmal tief ein. „Ehrfurcht ... oder Demut."

Satiasana steht jetzt dicht neben ihm und schaut ihn von der Seite unverwandt an. „Und fühlst du dich angesichts dieser Weite klein und unbedeutend?"

Langsam bewegt er seinen Kopf hin und her. „Nein, das nicht, eher ... umfangen und geborgen."

Ohne dass der Heilpraktiker es merkt, strahlt seine Begleiterin bei diesen Worten. „Ja, du bist umfangen, Jewgeni, aber du bist auch selbst derjenige, der umfängt."

Jürgen Grund wendet sich vom Firmament ab und schaut sie fragend an.

„Der Sternenhimmel", erläutert Satiasana, „zeigt dir den Leib des Schöpfers und jeder einzelne Stern ist ein Atom in diesem All-Leib. Aber Atome, Moleküle und Zellen sind auch in dir, Jewgeni. Im Grunde also siehst du dort oben dich selbst." Sie breitet die Arme aus und lächelt. „Hier ist alles, was du brauchst. Die Erde unter deinen nackten Füßen, der Himmel über deinem entblößten Haupt. Jeder Mensch wird vom Universum mit allem versorgt, was er braucht." Plötzlich erscheint in ihrem Gesicht ein schelmisches Lächeln. „Man könnte also sagen, es gibt eine kosmische Impfung für alle. Sie ist kostenlos und ohne Nebenwirkungen. Vor allem aber sind die Informationen des Universums viel umfassender als alle medizinischen Präparate zusammen. Wer sein Kind ohne Furcht und mit Freude im Herzen auf der Erde und unter dem Himmel wandeln lässt, der leistet ihm die größtmögliche und beste Hilfe."

Edi lehnt sich in seinem Korbsessel zurück, legt seine Handflächen aneinander und schaut die Professorin aufmunternd an. Ihm ist sehr wohl bewusst, dass das Lagerfeuergespräch der beiden kleinen Mädchen seinen Gast verwirrt hat. Er lächelt. „Erzähle mir von deinen Eindrücken!"

Ingeborg Ringgarten schüttelt den Kopf und bringt damit unwillkürlich zum Ausdruck, dass sie immer noch nicht so recht glauben kann, was sie soeben gehört und gesehen hat. Edis Bitte ignorierend, platzt sie mit der Frage heraus, die sie am meisten umtreibt: „Wer bringt diesen Kindern bei, so zu argumentieren?"

Edi hebt abwehrend die geöffneten Hände. „Wir auf jeden Fall nicht! Es gibt hier keine Rhetorikklassen, wenn du so etwas meinst. Auch reden wir selbst ganz normal und einfach mit unseren Kindern. Als die Kleinen anfingen uns ihre Sicht der Dinge zu erläutern, waren wir genau so überrascht wie du jetzt. Insbesondere die ganz Jungen, die mit dem modernen Stadtleben kaum oder gar nicht in Berührung gekommen sind, versetzen uns mit ihrer Weisheit immer wieder in Erstaunen. Es gibt in der ganzen Siedlung einfach keine Erwachsenen, die ihnen ihre Überlegungen und Anschauungen hätten eingeben können. Das gilt auch für die beiden Mädchen von eben, Mira Merati und Kati Key."

Die Professorin horcht auf. „Merati? Key? Bekannte Namen."

Rabensteiner nickt nachdenklich. „Ja, wir haben mehrere Kinder von Leuten, die zu den so genannten Promis gehören, Menschen aus der Unterhaltungshaltungsindustrie: Schauspieler, Tänzer, Entertainer, Musiker."

Ingeborg Ringgarten blickt den Schulleiter prüfend an. Nein, der Mann zeigt keine Spur von Stolz oder Selbstgefälligkeit. Dennoch, Promi-Kinder sind eine besondere Klientel. Sie fragt nach. „Eine Elite?"

Edis Gesicht zeigt einen Ausdruck von Enttäuschung. „Nicht einmal in finanzieller Hinsicht! Diese Leute sind vielleicht künstlerisch begabt und einfühlsam, aber als Eltern keineswegs schlauer als andere. Und ganz sicherlich sind sie nicht bewusster oder spiritueller als der Durchschnitt." Der Schulleiter fährt sich mit der Hand durch seine weiße Haarfülle, überlegt einen Moment und kehrt dann zu seiner Grundaussage zurück. „Das Geheimnis unserer Schüler ist im Grunde gar keins, Ingeborg, denn sie lernen schlicht aus der Naturbeobachtung, aus ihrer Beziehung zu Pflanzen und Tieren, zur Erde und zu den Sternen."

Die Professorin schlägt ihren Schreibblock auf. „Und wozu braucht es dann einen Schulleiter?"

Der Schlohweiße lacht auf. Offenbar nimmt er den kritischen Unterton der Frage gar nicht zur Kenntnis. Vielmehr mischt sich eine gesunde Portion Selbstironie in seine Erwiderung. „Oh, wir haben nicht nur einen Schulleiter, wir haben auch richtige Lehrer. Aber sie unterweisen nicht, zumindest nicht so, wie sie einst selbst unterwiesen wurden."

„Sondern …?"

Edi denkt kurz nach. „Nun, ich würde sagen, unsere Hauptaufgabe besteht darin, die richtige Frage zum richtigen Zeitpunkt zu stellen. Dazu müssen wir sehr wachsam sein. Für uns alle, Kind und Erwachsenen, hält jeder Augenblick Erkenntnisse bereit. Häufig bemerken wir sie aber gar nicht. Unsere Aufgabe ist es zunächst darauf aufmerksam zu werden. Dann versuchen wir mit echten Fragen das Nachdenken des Kindes anzuregen."

Echte Fragen …?"

Der Schulleiter lächelt verschmitzt. „Ja, *echte* Fragen, das heißt, keine so genannten *pädagogischen* Fragen."

Die Professorin zieht die Augenbrauen hoch."

Ihr Gastgeber bemerkt es. „Schau Ingeborg, du lehrst ja

selbst und kennst dich mit solchen Dingen aus. Bestimmt hast du schon ähnliche Beobachtungen gemacht. Wenn ein Lehrer eine Frage stellt, während er gleichzeitig sicher ist die Antwort darauf schon zu kennen, spürt das Kind sofort die Künstlichkeit darin. Es fühlt, dass die Frage nicht lebt, weil der Lehrer sie unter seiner mutmaßlich richtigen Antwort begraben hat. Solche Fragen schwächen das Kind."

„Schwächen? Wieso denn schwächen? Ich kann verstehen, dass so eine Abfrage nicht viel bringt, aber ich hatte bis jetzt nicht den Eindruck, dass meine Studenten dadurch geschwächt werden."

„Aber genau das geschieht. Der Schüler wird vom angeblichen Wissen des Lehrers eingeschüchtert. Der Erwachsene spielt seine Überlegenheit aus: Er weiß etwas, was der Schüler nicht weiß. Dadurch weckt er – ob absichtlich oder nicht – im Kind ein Gefühl der Unterlegenheit, der Minderwertigkeit. Das Kind lernt nicht auf seine eigene Erkenntnisfähigkeit zu vertrauen. So bringt man keine selbstständigen Denker hervor."

„Also keine pädagogisch begründeten und didaktisch geplanten Unterrichtsgespräche?"

„Nein, nicht so lange sie dazu dienen, die Autorität des Lehrers zu bestätigen und das Denken des Schülers an einem Gängelband zu führen. Denn dann sind das alles nur Scheinveranstaltungen, deren Ausweglosigkeit und Unaufrichtigkeit die Schüler deprimieren." Der Schulleiter blickt die Professorin unverwandt an. „Lernen ist ein kreativer, ein schöpferischer Prozess."

„Du meinst, das Wissen wird in jedem Unterricht, oder in jeder Lernsituation neu erschaffen?

„Nun, das Wissen vielleicht nicht, aber das Verständnis schon. Für uns Lehrer besteht die Herausforderung darin, das vermeintlich sichere Wissen immer wieder in Frage zu stellen um zu einem neuen Verständnis, zu neuen Einsichten zu gelangen."

Ingeborg seufzt unwillkürlich. „Schwer zu planen."

Edi Rabensteiner grinst. „Gar nicht zu planen."

Entmutigt schüttelt die Professorin den Kopf. „Das wäre beim heutigen Schulbetrieb überhaupt nicht möglich. Und an der Uni erst recht nicht. Ich kann mir gar nicht vorstellen, wie das gehen könnte."

Der Schulleiter nickt ernst. „Ja, wir haben das Lernen verplant. Es gibt Lehrpläne, Stundenpläne, Zeitpläne, Entwicklungspläne ... Nichts davon hat mit Lernen zu tun." Er schaut die Professorin mitfühlend an. „Man könnte fast meinen, all diese Pläne sind erdacht worden, um wirkliches Lernen unmöglich zu machen."

Ingeborg schüttelt abermals den Kopf. „Das scheint mir doch etwas übertrieben zu sein, Edi. Es ist doch offensichtlich, dass unsere Schüler lernen. Am Ende ihrer Schulzeit wissen sie so viel mehr als am Anfang."

„Aber haben sie auch etwas gelernt? Das ist doch sehr die Frage, oder? Wer bereit ist, das vom Lehrer Gesagte zu akzeptieren und es bei Proben genauso wiederzugeben, bekommt gute Noten und gilt als guter Schüler. Wer es nicht akzeptiert und sich weigert es in seinem Gedächtnis abzuspeichern, läuft Gefahr in eine Förderschule abgeschoben zu werden. So treibt unser Bildungssystem den jungen Menschen die Lernfähigkeit aus. Jedes längere Nachdenken oder vertiefende Beobachten wird sofort unterbunden. Wir jagen die Schüler von einem Thema zum nächsten, von Fachlehrer zu Fachlehrer, von Zimmer zu Zimmer."

Ingeborg kann nur noch halbherzig dagegenhalten. Im Grunde weiß sie längst, dass Edis Beschreibung zutrifft. „Die Curricula sind immer umfangreicher geworden, die Zeit ist knapp ..." Sie richtet sich auf. „Könnt ihr denn gewährleisten, dass eure Schüler genug lernen?"

„Wenn das Kind anfängt zu lernen, wenn wirkliches Lernen geschieht, dann hat es grundsätzlich zu jedem Wissen Zugang. Deshalb ist es so wichtig, dafür zu sorgen, dass es ungestört bleibt, sobald es in seinen Beobachtungen vertieft ist. Es gilt auf jeden Fall zu vermeiden, dass sich sein Kanal zum Kosmos vorzeitig schließt."

„Deshalb das Handy-Verbot?"

„In den Städten sind die Menschen von Geräten und Systemen umgeben, die ihnen versprechen praktisch rund um die Uhr mit anderen in Verbindung zu sein. Aber das Gegenteil passiert. Die Menschen werden einsamer. Das erinnert an all die technischen Apparate, die uns mit der Beteuerung aufgedrängt wurden, dass wir mit ihnen viel Zeit sparen könnten, weil uns diese Maschinen vermeintlich lästige Arbeiten abnehmen. Auch hier ist das Umgekehrte eingetroffen: Wir haben immer weniger Zeit und fühlen uns vielmehr gehetzt. Hier in *Anayana* schenken wir den Kindern wieder Zeit."

„Das verstehe ich, aber ich bin noch nicht überzeugt, dass die Kinder hier auch das Richtige lernen."

Edi lacht auf. „Das Richtige? Was meinst du mit richtig?"

„Na ja, das, was sie in die Lage versetzt einen Beruf zu erlernen und ein selbstständiges Leben zu führen."

„Wenn du es so gemeint hast, dann ist meine Antwort ein uneingeschränktes Ja. Wenn du allerdings danach gefragt hast, ob diese Kinder lernen die Existenz all jener Systeme zu sichern, die krankmachend oder destruktiv sind, dann lautet meine Antwort: nein. Sie könnten mit Leichtigkeit lernen Plastik aus Mineralöl zu gewinnen, Atomkraftwerke zu bauen oder Steuerungssysteme für Marschflugkörper zu optimieren. Aber ich gehe davon aus, dass sie sich dagegen entscheiden würden. Denn eines hat sich bald gezeigt: Sie haben alle ein ausgeprägtes Bedürfnis dem Leben zu dienen."

Ingeborg Ringgarten klappt ihren Notizblock zu. Sie hat keinen einzigen Satz geschrieben. „Ein schönes Schlusswort! Erlaube mir noch eine letzte Frage, Edi."

Der Schulleiter zeigt ein breites Lächeln. „Nur zu!"

„Das *Anayana* wird gelegentlich mit dem Satiasana-Phänomen in Verbindung gebracht. Ist da was dran?"

Edi Rabensteiner hält kurz inne, bevor er antwortet. „Hinter dem Satiasana-Phänomen, wie du es nennst, steht eine unleugbare Realität. Satiasana ist eine Inspirationsquelle für uns. Sie hilft uns Zusammenhänge zu verstehen, die uns lange Zeit verschlossen waren. Genauer gesagt hilft sie in erster Linie den Kindern. Unsere Jüngsten erzählen immer wieder davon, dass Satiasana ihnen beisteht. Sie beschreiben sie als eine natürlich schöne, reine und liebevolle Mutter, die zu ihnen spricht, wenn sich ihre Körper schlafen gelegt haben. Für uns ist unbestritten, dass es Satiasana ist, die ihnen den Weg zu höherem Wissen weist. Dank ihrer Hilfe lernen die Kinder mühelos sich für höhere Dimensionen zu öffnen."

Exklusiv-Interview
Willi Wegner: Ich denke schneller
Geheimnis um den Abwehrspieler endlich gelüftet

Lange Zeit haben Kollegen, Trainer, Journalisten und Fans gerätselt: Wie macht der das? Der Abwehrspieler Willi Wegner legte in den letzten Jahren eine beispiellos steile Karriere vor. Keine drei Jahre ist es her, da spielte er noch beim Fußball-Drittligisten Hansa Rostock. Dort machte er schnell auf sich aufmerksam, indem er jeden Zweikampf gewann. Er konnte nicht etwa 80 oder 90% der Stürmer stoppen – was schon extrem gut gewesen wäre – nein, er trennte *alle* vom Ball. Egal welche Scheinbewegung sich ein Angreifer einfallen ließ, Übersteiger, Hackentricks, Drehungen oder andere Finten – immer blieb der Ball am Fuß des Ballmagneten hängen. Eine halbe Saison lang kam kein einziger Stürmer an ihm vorbei. Hansa Rostock führte unangefochten die Tabelle. Sagenhafte neunzehn Pflichtspiele in Folge hatte die Mannschaft zu Null gespielt. Die Rückrunde wäre sehr wahrscheinlich genauso verlaufen und die Hanseaten hätten den Aufstieg geschafft. Doch da schlug der große FC Bayern zu und löste das „Abwehrwunder" (DER SPIEGEL) aus seinem Rostocker Vertrag. Über die Ablösesumme schwiegen sich die Vereinsbosse aus, aber man darf von einem höheren zweistelligen Millionenbetrag ausgehen. Ob sich die Investition gelohnt hat, ist fraglich, denn die Münchner konnten den Extremspieler nicht halten. Nach nur einer Saison wechselte er zu Real Madrid. Damit stieg er endgültig zum Olymp der Fußballheroen auf.

Immer wieder gab es Gerüchte, dass sich Wegner verbotener Substanzen bediene. Vermutet wurde die Einnahme von Psychopharmaka, die die Konzentrations- und Reaktionsfähigkeit erhöhen. Faktisch nach jedem Spiel wurde er auf Doping getestet, manchmal sogar von zwei verschiedenen Kontrollinstanzen. Nie fand man Rückstände von verdächtigen oder gar illegalen Mitteln. Nun ist der Spitzenspieler selbst mit einer überraschenden Erklärung an die Öffentlichkeit getreten. Bei einem viel beachteten Auftritt im spanischen Fernsehen gab er erste Einblicke in seine besondere Spielweise. **Kicker** wollte es genauer wissen und fand das Abwehrwunder jetzt zu einem exklusiv-Interview bereit.

Kicker: Willi Wegner, der moderne Fußball ist ein Hochgeschwindigkeitsspiel. Vor allem die Stürmer sind oft extrem schnell unterwegs. Wie ist es möglich, dass keiner von denen an Ihnen vorbeikommt?

WEGNER: Nun, das klingt vielleicht unglaublich, aber wenn ein Stürmer auf mich zuläuft und ich mich auf seine Bewegung konzentriere, wird alles auf einmal ganz langsam. Ich sehe die kleinste Hebung des Fußes, jede Drehung des Oberkörpers, jede Beugung und Streckung der Beine wie in Zeitlupe. Ich kann mir also in aller Ruhe anschauen, wohin der Gegner sein Gewicht verlagert und wie viel Kraft er in diese oder jene Bewegung hineingibt. Ich kann förmlich sehen, wie er denkt und für welchen Weg er sich entscheidet.

Kicker: Also, wenn wir das richtig verstehen, konzentrieren sie sich in den Zweikämpfen gar nicht auf den Ball.

WEGNER: Ich weiß, dass Abwehrspieler darauf geschult werden, immer den Ball im Blick zu behalten, egal was für Tänzchen der Stürmer aufführt. Aber wenn man sich auf den Ball konzentriert, kann man eigentlich nur reagieren. Dann ist es sehr schwer den Ball noch zu erwischen. Denn irgendwann muss man sich entscheiden und einen Schritt machen. Und wenn man Glück hat, geht er dahin, wo auch der Ball hingeht.

Kicker: Und wenn man Pech hat, läuft man ins Leere – und sieht nicht gut aus.

WEGNER: Genau! Der Angreifer lässt dich aussteigen. Er ist durch und kommt zum Torschuss. Als Verteidiger hat man versagt.

Kicker: Das passiert in der Tat jedem Abwehrspieler – mehr oder weniger häufig. Nur Ihnen nicht. Wie kommen Sie zu dieser Zeitlupenwahrnehmung? Haben Sie das trainiert?

WEGNER: Nein.

Kicker: Aber irgendeine Erklärung muss es doch geben. Waren Sie damit mal beim Arzt?

WEGNER: Sie werden lachen, aber ich habe tatsächlich einen Psychiater aufgesucht. Der hat mir gesagt, dass es bloß eine Erklärung für dieses Phänomen geben kann. Auf dem Platz, im Zweikampf erscheint mir jede Bewegung nur deshalb so langsam, weil sich mein Denken plötzlich beschleunigt. So kann mein Gehirn die Sinneseindrücke viel schneller verarbeiten. Für mich sieht es dann so aus, als würde der Gegner *Tai Chi* oder so machen.

Kicker: Also langsame Bewegungen wie bei chinesischen Senioren im Stadtpark?

WEGNER: Genau!

Kicker: Und wie kommt es, dass Sie so schnell denken können? Ist das eine Hirnanomalie?

WEGNER: Der Facharzt meint, mir fehlt nichts. Im Gegenteil: Mein Gehirn hätte so etwas wie ein Upgrade bekommen.

Kicker: Ein Upgrade? Wo gibt es das? Im Ernst: Woher haben Sie diese Gehirn-Potenzierung?

WEGNER: Das habe ich den Psychiater auch gefragt…

Kicker: Und?

WEGNER: Nun ja… Der Mann hat mir nicht direkt geantwortet. Vielmehr fing er an sich nach meinen Stimmungen, Gefühlen und Träumen zu erkundigen. Er fragte, ob es mir öfter unerklärlich warm werde und meine Kopfhaut kribble. Ich dachte zuerst: Was soll das jetzt? Dann aber war ich echt verblüfft, weil er ziemlich genau beschreiben konnte, was ich fühle und empfinde. Dabei hatte ich ihm gar nichts davon erzählt. Schließlich fragte er mich dann nach Satiasana.

Kicker: Satiasana? Sie meinen, die rätselhafte Wunderfrau?

WEGNER: Ja, genau die. Ich kannte die gar nicht, hatte nie von der gehört, aber der Doktor meinte, mein Upgrade käme von ihr.

Kicker: Das ist eine doch recht überraschende, um nicht zu sagen merkwürdige Behauptung für einen Facharzt. Wie kam er denn dazu?

WEGNER: Offenbar besuchen ihn in letzter Zeit häufiger Menschen, die auf einmal fähig sind sehr viel schneller als gewöhnlich zu denken. Manche dieser Leute sollen von Erscheinungen oder Visionen berichtet haben. Übereinstimmend erzählen sie von einer attraktiven, blonden Frau, die ihnen Licht und Wärme schickt.

Kicker: Herr Wegner, hatten Sie auch Visionen?

Wegner: Nein, nie. Leider. Aber die Wärme habe ich öfter gespürt. Und auch das Licht hinterließ seine Spuren.

Kicker: Sie meinen die lichten Momente im Zweikampf auf dem Platz?

Wegner: Nein, ich meine die Freude. Ich erlebe viel mehr Freude als früher.

Kicker: Ist das denn so verwunderlich. Immerhin haben Sie als absoluter Topstar gut lachen.

Wegner: Das dachte ich anfangs auch: Diese intensive Freude erlebst du bloß, weil du sportlich so erfolgreich bist. Aber damit lag ich falsch. Wenn es da schon einen Zusammenhang gibt, dann anders herum: Der Erfolg kommt von meiner Freude.

Kicker: Also doch nicht vom schnellen Denken?

Wegner: Das ist dasselbe. In der Freude erhöht sich die Denkgeschwindigkeit.

Kicker: Kaum zu glauben! Über diese sagenhafte Satiasana haben wir in letzter Zeit alles Mögliche gehört. Meistens ging es da aber um ökologische oder spirituelle Themen. Dass sie sich nun auch für Fußball interessieren soll, überrascht.

Wegner: Sie meinen, ich spinne?

Kicker: Mancher Leser könnte in der Tat zu diesem Schluss kommen.

Wegner: Mir ist es egal, ob man mich für einen Spinner hält. Aber es wäre besser, wenn mich die Fans nach meiner Leistung beurteilen würden. Ich glaube nicht, dass sich diese Satiasana besonders für Fußball interessiert. Aber sie möchte offensichtlich viele Leute erreichen. Und Fußball ist nun einmal ein Volkssport. Ich weiß nicht, warum sie ausgerechnet mir ihre geistige Kraft zukommen lässt. Aber Millionen können jetzt mit eigenen Augen sehen, wozu diese Kraft imstande ist.

Kicker: Und ihre Botschaft lautet: Freude macht's möglich?

Wegner: Ihre Botschaft lautet: Nichts ist unmöglich.

Kicker: Herr Wegner, wir danken für das Gespräch.

Interview mit Willi Wegner – Leserreaktionen:

Willi Wegner versteht es offenbar sich selbst medial zu inszenieren. Er strickt vor unseren Augen an seiner Mystifizierung. Ich befürchte, dass ihm viele diesen Mist glauben werden.
Markus W. aus Dortmund

Gute Fußballer müssen nicht intelligent sein und erst recht keinen guten Charakter haben. Das zeigt auch der Fall Wegner. Der Mann scheint tatsächlich seiner eigenen Einbildung zu glauben.
Toni F. aus Gelsenkirchen

Sogar wenn sich Herr Wegner das mit der geistigen Kraft dieser Satiasana nur einbildet, muss man zumindest anerkennen, dass seine Einbildung sehr erfolgreich ist.
Marita S. aus Grimma bei Leipzig

Ein Update fürs Gehirn, das klingt nach einer neuen Dimension von Doping. Bin gespannt, wie die NADA (Nationale Anti-Doping Agentur – Red.) darauf reagieren wird.
Moritz W. aus Hildesheim

Was hier eingeläutet wird, ist die Vergeistigung des Fußballspiels. Irgendwann wird der Ball nur noch mit Gedankenkraft bewegt. Das ist dann wie bei Harry Potter. Ob sich die Stadien damit noch füllen lassen?
Inge K. aus Güstrow

Mentales Training ist im Profisport längst angekommen zum Beispiel um negative Erwartungen oder Zuschreibungen aufzulösen. So hört man Spieler nach einer Niederlage oft sagen: Wir müssen das aus den Köpfen her-

auskriegen. Gerade in einem taktisch geprägten Mannschaftssport wie Fußball kommt dem Denken des Sportlers eine wichtige, vielleicht sogar zentrale Bedeutung zu. Schnelles Denken ist mindestens genauso spielentscheidend wie schnelles Laufen.
Dr. Noel R. aus Bergisch Gladbach

Mich interessiert der Psychiater, den Willi Wegner aufgesucht hat. Kann man mehr über den Arzt erfahren?
Marion D. aus Pasewalk

Kann es sein, dass wir Fans im Denken immer langsamer werden, während wir zusehen wie die Spieler immer schneller über den Platz rennen? Wenn es zutrifft, was Willi Wegner behauptet, dann haben wir es mit einer veritablen Revolution zu tun, einer Offenbarung des Geistes ausgerechnet in der vom großen Geld geprägten Welt des Profifußballs. Und warum sollte man dem Spieler nicht glauben. Warum sollten nicht wunderbaren Wirkungen auch Wunder zugrunde liegen?
Samuel F. aus Osterholz-Scharmbeck

Ich finde es sehr mutig von Herrn Wegner, dass er so offen über Satiasana spricht. Überall sehen wir das Wunderbare in unseren Alltag einbrechen, aber die Frau, die dabei ganz offensichtlich eine zentrale Rolle spielt, wird in den Medien entweder totgeschwiegen oder lächerlich gemacht. Ich hoffe, dass sich nun mehr Menschen zu einem ähnlichen spirituellen Comingout trauen werden.
Adile S. aus Limburg an der Lahn

Können wir nicht den Fußball zur esofreien Zone erklären, wenigstens den Männerfußball? Mir geht das Gequatsche über so genannte „geistige Kräfte" auf den Senkel. Willi Wegner soll einfach nur gut Fußball spielen. Kicker hätte besser daran getan ihn zu fragen, wie sich denn die vielen Millionen, die er jährlich einnimmt, mit seinem „spirituellen" Background vertragen.

Werner B. aus Bischofswerda

Anmerkung der Red.: Auf Nachfrage hat Herr Wegner erklärt, dass er verschiedene Schulen in den neuen Landgemeinden jährlich mit einer größeren Geldsumme fördert. Die genaue Höhe wollte er nicht nennen, meinte aber, dass es sich um einen Betrag „im sechsstelligen Bereich" handele. Zudem plane er eine Stiftung ins Leben zu rufen, die die nachhaltige Förderung unterschiedlicher „Satiasana-Projekte" sicherstellen soll.

Eva Möhring interessiert sich nicht sonderlich für Fußball und die Zeitschrift Kicker hat sie noch nie in der Hand gehabt. Aber ein schnelleres Denken hätte sie beim heutigen Elternabend durchaus gebrauchen können. Kurz bevor die Veranstaltung aus dem Ruder läuft, informiert die Klassenschullehrerin noch relativ entspannt über den bevorstehenden Ausflug in den botanischen Garten. Die versammelten Väter und Mütter hören ihr aufmerksam zu oder zeigen sich zumindest höflichkeitshalber interessiert. Mit den Kosten für Busfahrt, Eintritt und Führung sind alle einverstanden. Das Tagesprogramm findet ebenfalls die Zustimmung aller. Das läuft ja besser als erwartet, denkt die Lehrerin. Sie atmet erleichtert auf. Obwohl sie in ihrer Laufbahn schon viele Elternabende geleitet hat, machen ihr solche Treffen immer noch Stress. Mit Kindern komme ich einfach besser zurecht, sagte sie neulich zu einer Kollegin. Die Eltern sind für mich schwerer zu ergründen und damit auch unberechenbarer. Und zumindest das mit der Unberechenbarkeit würde sich ihr heute Abend wieder bestätigen.

Sie fängt gerade mit ihrem Lagebericht an, als ein Vater sie unterbricht.

„Entschuldigen Sie, Frau Möhring, aber ich möchte da

gerne etwas klären."

Instinktiv krampft sich Evas Bauch zusammen. Irgendetwas im Ton dieser Wortmeldung lässt bei ihr die Alarmglocken schrillen. Sie nickt dem Vater zu. „Bitte, Herr Reitmeier!"

„Ja, also, mein Sohn, also der Felix, hat mir erzählt, dass die Klasse neulich ein Eichhörnchen zu Besuch hatte und dass dieser Nager frei herumgelaufen ist. Ich würde gerne wissen, ob das stimmt."

Eva räuspert sich, aber ihre Stimme klingt trotzdem viel zu hoch. „Ja, Daniel, einer der Schüler, hat es mitgebracht und darüber erzählt. Das kam gut an und…"

„Alles schön und gut, Frau Möhring, aber haben Sie sich denn vorab vergewissert, dass dieses Tier frei von Parasiten und Krankheitserregern ist. War es denn ordnungsgemäß durchgeimpft?"

„Durchgeimpft … nein … also, ich weiß nicht." Sie schaut sich hilfesuchend um, aber Herr Stojanovic, Daniels Vater, ist nicht da. Zu blöd, denkt sie, ausgerechnet heute fehlt dieser bodenständige Tierfreund mit seinem unerschütterlichen Gemüt.

„Frau Möhring, wussten Sie, dass bei manchen Eichhörnchen sogar Lepra-Erreger nachgewiesen worden sind? Nein? Dann wussten Sie sicher auch nicht, dass Menschen nach dem Kontakt mit diesen Eichhörnchen so schwer erkrankten, dass sie daran starben."

Eva Möhring sieht, wie sich die Augen mancher Mütter bei diesen Worten vor Schreck weiten. Sie ist wie erstarrt, nicht in der Lage dem Wortschwall des Vaters etwas entgegenzuhalten.

Reitmeier hat nun das Heft in der Hand. „Zugegeben", räumt er ein, „das war nicht bei uns, sondern in Großbritannien. Aber können Sie ausschließen, dass solche Übertragungen auch bei uns stattfinden? Als Lebensmittelchemiker weiß ich aus Erfahrung, wie wichtig Hygiene und Vorsorge sind."

Nun kommt endlich Bewegung in den Kreis der Eltern. Eine sportliche Mutter mit langen schwarzen Locken ergreift das Wort, offensichtlich entschlossen der bedrängten Lehrerin in der Not beizustehen. „Jetzt halten Sie mal die Luft an, Herr Reitmeier! Meine Tochter Klara hat mir auch von dem Eichhörnchen in der Klasse erzählt. Sie hat das Tierchen sogar gestreichelt, aber sich ganz sicher keine Seuche eingefangen. Im Gegenteil! Sie war begeistert und ist seitdem wie ausgetauscht, viel lebendiger als zuvor. Meine Klara ist immer schon recht schüchtern gewesen. Aber das Eichhörnchen scheint sie aus der Reserve gelockt zu haben."

Hans-Peter Reitmeier wird jetzt grundsätzlicher. Er wendet sich an Klaras Mutter. „Schön! Das freut mich für Ihre Tochter, aber die Frage ist doch, ob das hier eine Schule oder ein Streichelzoo ist."

Die Angesprochene errötet, richtet sich auf und fuchtelt mit den Händen. „Ich finde es super, dass dieser Schüler sein Eichhörnchen mitbringen durfte. Kinder müssen sich mit dem, worüber sie etwas lernen sollen, emotional verbinden können. Ohne emotionale Beziehung funktioniert das Lernen bei Kindern nicht. Das ist vielleicht bei Lebensmittelchemikern anders, aber Kinder müssen sich gefühlsmäßig für ein Thema erwärmen können."

Reitmeier kann das nicht stehen lassen. „Da bin ich anderer Meinung! Ich glaube, wir können alle froh sein, dass Lebensmittelchemiker in ihren Laboren einen kühlen Kopf bewahren und ihre Analysen sachlich und emotionslos durchführen. Wissenschaft braucht Objektivität. Gefühle haben da nichts verloren."

Jetzt mischt sich eine andere Mutter ein, eine Frau, die Eva Möhring als ruhig und gutmütig kennengelernt hat. Auf dem kreisrunden Gesicht der dreifachen Mutter zeichnet sich Verwunderung ab. „Aber", wirft sie ein, „wir reden doch hier von acht- oder neunjährigen Kindern und nicht von erwachsenen Wissenschaftlern."

„Trotzdem!" Herr Reitmeier lässt das nicht gelten. „Die Schule hat die Aufgabe wissenschaftliche Erkenntnisse zu vermitteln, keine Weltanschauungen, keine Gefühlsduselei, sondern erwiesene Fakten."

Klaras Mutter reagiert sofort. „Und Sie meinen, dass man wissenschaftliche Erkenntnisse nicht am lebendigen Objekt gewinnen kann? Sollte man das Eichhörnchen vielleicht vorher präparieren oder sezieren oder was?"

Eva Möhring versucht das Streitgespräch zu unterbrechen. „Frau Mertens, ich glaube …"

Doch die breitschultrige Mutter lässt sie nicht aussprechen. „Nein, Frau Möhring, ich finde, das sollten Sie sich nicht gefallen lassen. Hier wird Ihre gesamte Arbeit in Misskredit gebracht."

Die Lehrerin versucht zu beschwichtigen. „Ich bin sicher, jeder von Ihnen möchte das Beste für sein Kind und das ist auch Ihr gutes Recht. Ich hätte mich besser über die Risiken eines direkten Umgangs mit Eichhörnchen informieren müssen. Das habe ich versäumt und dafür bitte ich um Entschuldigung. Herr Stojanovic, der das Tierchen herbrachte, ist leider heute nicht da. Sonst hätte er uns über den Gesundheitszustand des Eichhörnchens aufklären können. Soweit mir bekannt ist, haben keine Schüler gesundheitliche Probleme bekommen, so dass man vielleicht sagen kann, dass das Risiko abstrakt geblieben ist." Sie sieht, dass Herr Reitmeier den Kopf schüttelt, beschließt aber nicht darauf einzugehen.

„Was den Inhalt meines Unterrichts anbelangt, so ist der im amtlichen Lehrplan festgelegt. Allerdings muss jeder Lehrer im Unterricht natürlich die Wahrnehmungswelt seiner Schüler berücksichtigen. Neunjährige Kinder nehmen ihre

Umwelt anders wahr als wir Erwachsene. Das ist wissenschaftlich erwiesen. Wenn ich das nicht beachte, erreiche ich meine Schüler nicht." Eva Möhring hält kurz inne um zu überlegen. Sie sieht einige Mütter zustimmend nicken und ist darüber erleichtert.

Hans-Peter Reitmeier nutzt die kleine Pause, um nachzubohren. „Das verstehe ich natürlich, Frau Möhring, und ich bin mir sicher, dass Sie die Erfahrungswelt der Neunjährigen besser kennen als jeder andere hier im Raum. Aber ich bin mir nicht sicher, ob Sie sich selbst davon genügend distanzieren."

Möhring runzelt die Stirn. „Ich glaube, ich verstehe Sie nicht, Herr Reitmeier. Was meinen Sie?"

„Ich meine, dass Sie die Schüler nicht in ihrem Aberglauben und ihren Fantasievorstellungen bestärken sollten. Felix sagte neulich zu mir, dass man dem Unkraut beim Jäten Schmerz zufüge. Als ich nachfragte, erklärte er mir, dass Pflanzen Gefühle haben. Man sollte freundlich zu ihnen sein, wies mich der Junge an, weil sie dann besser wachsen würden. Außerdem war er überzeugt, dass Pflanzen ein Gedächtnis haben und sich merken würden, wer sie liebevoll behandelt und wer nicht. So und jetzt raten Sie mal, von wem mein Sohn dieses abenteuerliche Wissen hatte?"

Das war ein Schlag in ihre Magengrube und Eva Möhring wurde kurz schwarz vor Augen. Kleinlaut setzte sie zu einer Erwiderung an. „Es gibt Untersuchungen, die …"

„Es gibt alle möglichen Untersuchungen, Frau Möhring, das darf Sie nicht wundern. Im Internet kursiert ja bekanntlich allerhand Unfug. Entscheidend für Ihren Unterricht ist aber, was in den amtlich genehmigten Lehrbüchern steht."

Nun wird es Anita Mertens zu viel. Sie springt auf die Füße und streckt Herrn Reitmeier die Innenfläche ihrer geöffneten Hand hin. „So, das reicht! Jetzt sage ich Ihnen mal etwas, Herr Reitmeier. Typen wie Sie kenne ich zur Genüge. Sie bilden sich viel auf ihre Wissenschaftlichkeit ein, aber im Grunde sind sie überhaupt nicht in der Lage ihr materialistisches Weltbild zu relativieren. Im Gegenteil: Sie erklären jede andere Sichtweise selbstherrlich für Einbildung und ihre Vertreter für irrational und abergläubisch. Das ist nicht wissenschaftlich, Herr Reitmeier, das ist borniert. Und im Übrigen verstehe ich jetzt, wo Ihr Sohn Felix sein problematisches Sozialverhalten herhat."

Reitmeier ist von der Heftigkeit des Angriffs überrascht und er blickt nervös nach links und rechts, offenbar um zu sehen, ob er mit Verbündeten rechnen kann. Doch die Körpersprache der anderen Eltern, die allesamt ihren Blick abgewendet oder gesenkt haben, macht ihm schnell klar, dass er in diesem Kreis nicht mit Unterstützung rechnen kann. Er steht auf und nimmt seine Jacke von der Stuhllehne. „So etwas muss ich mir nicht anhören und so etwas werde ich mir auch nicht anhören." Er wendet sich der Lehrerin zu. „Frau Möhring, das wird ein Nachspiel haben. Rechnen Sie damit!" Dann verlässt er rasch, aber erhobenen Hauptes das Klassenzimmer.

An einem herrlichen Tag Anfang Juni treffen sich führende Vertreter der weltweit größten Lebensmittelkonzerne am beschaulichen Genfer See. Eingeladen hat der Präsident des Chauvret-Verwaltungsrats. Im elektromagnetisch abgeschirmten Konferenzsaal auf der Chefetage des Chauvret-Hauptsitzes in Clarens haben sich die Eigentümer, Aufsichtsratsvorsitzenden und CEOs von Sonameder, The Miller Schwartz Company, Phyllis & Goodman sowie Leymer eingefunden. Die Beratungen finden nicht nur unter Ausschluss der Öffentlichkeit statt, sie finden offiziell gar nicht statt. Es gibt keine Tagesordnung und es wird auch kein Bulletin zu der Besprechung verbreitet werden. Alle Teilnehmer mussten ihre Handys und edlen Armbanduhren vor Betreten des Raumes bei den Sicherheitsleuten in Gewahrsam geben. Man hat aus den Auseinandersetzungen mit der Kartellabteilung der Europäischen Kommission wegen illegaler Preisabsprachen gelernt. Nichts von dem, was in diesem Raum besprochen wird, soll nach außen gelangen, weder direkt über die Telekommunikationsnetze noch indirekt über Mitschnitte.

Der Chauvret-Präsident erhebt sich von seinem Chefsessel und blickt einen Moment auf die hochpolierte Tischplatte aus Gombeira, coraçao de Negro. Das Holz ist so glatt und dunkel, dass sich die übrigen Konzernlenker darin spiegeln. Sachlich und konzentriert eröffnet der mächtige Firmenboss die Sitzung und begrüßt die anderen Teilnehmer. Er wird in diesem Kreis bloß *Richelieu* genannt, weil er als brillanter Stratege mit einem unbedingten Machtwillen an den intriganten und opportunistischen Kardinal unter Ludwig XIII. erinnert. Eigennamen benutzt hier niemand. Auch das gehört zu den Sicherheitsmaßnahmen. Alle haben Spitznamen, deren Herkunft auch den Beteiligten selbst nicht immer ganz klar ist. So wird der Vorstandsvorsitzende von The Miller Schwartz Company (TSMC) schon immer *Manitu* genannt. Der Name des Indianergottes mag als Verweis auf das amerikanische Ursprungsland von TSMC gedacht sein. Viel eher aber dürfte er eine Anspielung auf die rote Farbe des berühmtesten Schwartz-Produktes sein: Tomatenketchup. Dass der CEO von Sonameder in diesem Kreis auf den Namen *Silverback* hört, scheint zwar angesichts seiner silbergrauen Frisur verständlich. Er selbst aber mutmaßt einen versteckten Hinweis auf die berüchtigte Quecksilberkatastrophe im südindischen Kodaikanal. Immerhin lässt er die Klage der 500 Arbeiter auf Schadensersatz und Schmerzensgeld an seinem breiten Rücken abprallen. Völlig unklar ist aber, woher die Vorstandsvorsitzenden von Phyllis

& Goodman und Leymer ihre Spitznamen *General* bzw. *Sarastro* haben.

Nach einer kurzen Begrüßung kommt *Richelieu* gleich zur Sache. „Meine Herren, wir sehen uns alle mit der gleichen Herausforderung konfrontiert. Das macht ein gemeinsames Handeln nötig. Wir alle würden von einer konzertierten Reaktion profitieren. Die grassierende Konsumverweigerung in Deutschland bedroht unsere gemeinsamen Geschäftsinteressen. Im ersten Quartal dieses Jahres musste Chauvret in Deutschland einen Umsatzrückgang von 16 % hinnehmen. Die Prognose fürs zweite Quartal sieht noch düsterer aus." Der Präsident lächelt etwas gequält. „Ich weiß natürlich, dass Ihre Unternehmen ähnliche Schwierigkeiten auf dem deutschen Markt haben. Bis zu 25 % dieses enorm wichtigen Absatzmarktes droht uns allen dauerhaft wegzubrechen. Und damit nicht genug. Die Konsumverweigerung nimmt epidemische Züge an. Auch in der Schweiz gibt es mittlerweile Anzeichen für eine Abwanderung aus den Städten. Die Entwicklung droht außer Kontrolle zu geraten."

Silverback: „Ich bin der Meinung, dass wir vor allem mit angepassten Marketingstrategien auf diese ganze Landbewegung reagieren sollten."

General: „Woran denken Sie da?"

Silverback: „Schauen Sie sich an, wofür diese Leute schwärmen: Naturnähe, das gute Landleben, Handwerk, Mittelalter-Romantik. Das müssen wir aufgreifen."

General: „Bei allem Respekt, aber das machen wir doch schon lange. Seit Jahrzehnten preisen wir unsere Produkte als natürlich und gesund an – auch wenn wir alle wissen, dass sie es gar nicht sind."

Silverback: „Ich denke nicht so sehr an Worte und Prädikate, sondern an Bilder. Wir müssen unsere Produkte mit den richtigen Bildern verknüpfen: Kinder, die im Freien mit Tieren spielen; glückliche Paare im eigenen Garten, blühende Wiesen, die ganze Landidylle. Es ist gar nicht nötig, dass diese Bilder irgendetwas mit dem beworbenen Produkt zu tun haben. Es sollen eben bloß die richtigen Assoziationen geweckt werden."

Sarastro: „Ich bezweifle, dass das ausreichen würde. Auf jeden Fall sollten wir parallel dazu unseren Einfluss bei den führenden deutschen Verlagen nutzen, um unsere Bedeutung für Wohlstand und Fortschritt massiv herauszustreichen zu lassen. Wir haben unsere Leute doch nicht umsonst in den Aufsichtsräten der Funke Mediengruppe oder des Springer Verlags sitzen."

Manitu: „…oder bei Gruner + Jahr."

Sarastro: „Genau!"

Dann wird es still und *Richelieu* ergreift erneut das Wort. „Meine Herren, das sind gute Ansätze, gewiss. Aber die von ihnen vorgeschlagenen Maßnahmen werden nicht ausreichen um die Stadt- und Konsumflucht aufzuhalten. Bald ist die erste Million erreicht, aber was passiert, wenn sich vier, fünf oder zehn Millionen zur Konsumverweigerung entscheiden? *Richelieu* schaut die Konzernlenker der Reihe nach an. „Meine Herren, es geht um unsere Existenz. Ich hoffe, dass ist Ihnen klar. Und deshalb: Schluss mit lustig! Wir brauchen ein robustes Vorgehen."

Manitu: „Das klingt nach Kampf."

Richelieu: „Das *ist* Kampf! Es reicht nicht aus, unsere Produkte oder uns selbst in ein freundliches Licht zu rücken. Wir müssen vor allem unsere Widersacher in ein schlechtes Licht rücken."

Silverback: „Ich bin mir nicht sicher, Richelieu, ob es ratsam ist, diese Leute offen zu kritisieren. Das könnte unserem Image erheblichen Schaden zufügen. Am Ende schießen wir uns damit noch selbst ins Knie."

Richelieu: „Wer sagt denn etwas von *offener* Kritik? Wir müssen intelligenter vorgehen." Der Präsident hält kurz inne. Dann legt er seinen Plan auf den Tisch. „Meine Herren, was wir brauchen, sind verdeckte Aktionen. Ich habe dazu eigens eine Diffamierungsstrategie entwickelt, die vier Stufen vorsieht. Entscheidend aber ist, dass nichts davon mit uns in Verbindung gebracht werden kann. Das heißt, wir müssen anonym bleiben, über ein Netzwerk von hilfreichen Idioten Gerüchte verbreiten, Gutachten kaufen, die sozialen Medien massiv manipulieren. Gleichzeitig aber sollen all die Wissenschaftler, Politiker und Journalisten, die für uns die Drecksarbeit machen, darüber im Unklaren bleiben, wessen Spiel sie spielen."

Manitu: „Das heißt, offiziell halten wir uns raus?"

Richelieu: „Genau! Wir kommentieren nichts."

Silverback zögert: „Wie stellst du dir das vor, Richelieu?"

Richelieu: „Nun, wie gesagt, denke ich an eine Kampagne mit vier Eskalationsstufen." Der Chauvret-Präsident richtet sich auf. Die erste Stufe trägt als Motto: Belächeln. Die Kampagne fängt harmlos, ja fast freundlich an. In den Medien stellt man die Landsuchenden immer wieder als naive Romantiker dar, gutmütig zwar, aber auch weltfremd. Man fängt vielleicht an sie *Kohlkinder* zu nennen, angeblich weil viele von ihnen Kohl anbauen, dieses Arme-Leute-Essen. Statt der abendlichen Tagesschau im Fernsehen, so hört und liest man, begnügen sich diese Leute mit kontemplativer Gartenschau. Die Botschaft lautet: Diese Gute-Laune-Hippies werden vielleicht von hehren Absichten geleitet, aber sie haben keine Ahnung vom wirklichen Leben. Lasst sie ruhig weiter vom Landglück träumen; für den modernen, aufgeklärten Menschen verkörpern ihre rückwärtsgewandten Konzepte aber keine seriöse Alternative.

Die zweite Stufe heißt: Entzaubern. In der Presse, in den

sozialen Medien oder auf Wikipedia tauchen quasi-wissenschaftliche Artikel auf, die sich sachlich-kritisch mit der Landbewegung auseinandersetzen. Jetzt geht es darum, das Leben in der Wildnis zu entromantisieren. Da gibt es keine paradiesischen Zustände, sondern Mühsal, Dreck und Langeweile. Zurück ins Mittelalter, so hört man allenthalben, könne nicht die Lösung unserer Probleme sein. Den Neu-Bauern werden zunehmend Misswirtschaft, Dilettantismus und Überforderung vorgeworfen. Die Botschaft an die Adresse der Daheimgebliebenen muss lauten: Leute, da wollt ihr nicht hin!

Die dritte Stufe tritt in Kraft, wenn die Landbewegung bereits einiges an Sympathie und Glaubwürdigkeit bei der Restbevölkerung eingebüßt hat. Sobald die Aussteiger auf unser Betreiben hin als unfähige Traumtänzer wahrgenommen werden, ist die Zeit des Angriffs gekommen. Stufe drei trägt die Überschrift: Belasten. Der Ton wird jetzt rauer. Zur besten Sendezeit verkünden Volkswirtschaftler mit ernster Miene im Fernsehen, dass die Neubauern unseren Wohlstand gefährden, dass sie sich auf Kosten des Gemeinwohls bloß selbst verwirklichen. Den Neudörflern wird vorgerechnet, wie viele Arbeitsplätze sie auf dem Gewissen haben, da ihr Ausstieg aus der Gesellschaft einen massiven Arbeitsplatzabbau zur Folge hatte. Die Botschaft ist klar: Seht her, Leute, das sind alles nur Schmarotzer!

Wenn die dritte Stufe ihre Wirkung entfaltet hat, erreicht unsere Diffamierungsstrategie ihren Höhepunkt. Die Bezeichnung dieser letzten Phase ist Programm: Verleumden. Wir werden dafür sorgen, dass diskreditierende Gerüchte über die Landkommunen gestreut werden. Gut wäre zum Beispiel, aus der Anonymität des Internets heraus den Vorwurf der Tierquälerei zu lancieren. Keiner kann den Vorwurf belegen. Aber wir werden ihn so lange wiederholen, bis die Leute vor der Glotze überzeugt sind, dass da was dran sein muss. Nach demselben Muster könnten wir wieder und wieder das patriarchalische Weltbild dieser Aussteiger kritisieren. Wir streuen den Verdacht, dass die Landbewegung von rechtsradikalem Gedankengut beeinflusst wird. Ja, wir sorgen dafür, dass man ihnen eine Blut-und-Boden-Ideologie unterstellt. So genannte Sicherheitsexperten rufen öffentlich nach einer Überwachung durch den Verfassungsschutz. Wir werden diese Konsumverweigerer medial fertigmachen. Wir lassen mehrere Chatforen für traumatisierte ex-Siedler einrichten. Dort werden weitere Vorwürfe erhoben: Gehirnwäsche, häusliche Gewalt, Kindesmissbrauch – die ganze Palette." Richelieu triumphiert, seine Augen leuchten. „Meine Herren, Sie werden sehen: Innerhalb von sechs Monaten ist die Landbewegung tot."

„Okay, das war's für heute. Gute Arbeit, Mädels! Also, übt diesen Umsprung bis zum nächsten Mal und achtet darauf die Hüfte richtig von der Schlaghand wegzudrehen!"

Beide Mädchen schlagen sich übers Netz hinweg ab. Das Shirt des Älteren ist durchgeschwitzt. Die Spielerin atmet schnell und tief. Kein Zweifel, ihre um einen Kopf kleinere Gegenspielerin hat sie ganz schön übers Feld gejagt. Auf dem Weg zum Duschraum heben sie die Hand zum Gruß und verabschieden sich vom Trainer.

„Isabel!" Der Trainer blickt nachdenklich. „Kommst du bitte nachher noch mal her! Ich muss mit dir reden."

Die Spielerin schaut ihren Lehrer einen Moment überrascht an, nickt dann aber knapp. „Klar!" Dann eilt sie mit federnden Schritten aus der Halle.

Mads Mortensen setzt sich auf einen der Plastikstühle, die an der Hallenwand stehen. Er ist erst seit einigen Jahren Badmintontrainer, hat aber eine lange Karriere als Spieler hinter sich. Das war in Dänemark, seiner alten Heimat. Zwei Mal gewann er den Danish Junior Cup, acht Mal qualifizierte er sich für die Teilnahme an den nationalen Meisterschaften und einmal holte er sich den Titel. Dann war er eine Zeit lang die Nummer eins der dänischen Einzelrangliste. Das war sein größter Triumph. Danach wurde er zwei Mal zu den Copenhagen Masters eingeladen. Wegen immer wiederkehrender muskulärer Probleme war sein Traum von Olympia allerdings nie in Erfüllung gegangen. Beim Denmark Open in Odense freundete er sich mit einem deutschen Spieler an. Später wurden sie ein Liebespaar und so kam er schließlich nach Deutschland. Die Beziehung hat gehalten, nicht zuletzt auch, weil beide beruflich unabhängig blieben. Nur gelegentlich hilft er im Sportgeschäft seines Mannes aus.

Vor gut fünf Jahren erwarb er die Trainerlizenz des Deutschen Badminton Verbandes. Seitdem arbeitet er in einer der renommiertesten Badmintonschulen des Landes. Er trainiert einzelne Spieler und Gruppen, erfolgsversprechende Nachwuchsspieler, verdienstliche Amateure aber auch international spielende Profis. Er selbst ist natürlich nicht mehr so schnell und wendig wie früher. Obwohl man ihn durchaus noch als schlank bezeichnen kann, hat er mit den Jahren ein paar Pfund zugelegt. Die Reflexe sind immer noch gut, würden aber für das Topniveau nicht mehr reichen. Dafür ist seine Technik nach wie vor erstklassig. Seine Swip-Aufschläge sind selbst für die aktiven Profis eine echte Herausforderung. Seine harten, schnellen Drives verlangen sogar den besten Gegnern äußerste Konzentration und Geschick ab. Das gepaart mit seiner Spielerfahrung und seinem taktischen Knowhow ist der Grund für seine Beliebtheit. Viele, die sich bei der Badmintonschule für ein individuelles Training anmelden, auch solche die von ihren Eltern angemeldet werden, wollen zu ihm. Er schaut sie sich an und nimmt nur die Besten. Das kann er sich leisten.

Isabel Pfeiffer war mit ihrer jüngeren Schwester gekommen. Wie lange ist das jetzt her? Ein halbes Jahr vielleicht. Die Kleine spielte für ihr Alter ganz ordentlich damals, aber die Zwölfjährige beeindruckte ihn. Sie hatte diese Leichtigkeit im Spiel, eine natürliche Eleganz bei gleichzeitig guter Technik, die man nur selten antraf. Mads Mortensen wusste sofort, dass er sie unter seine Fittiche nehmen wollte. Seitdem hat die Spielerin seine Erwartungen mehr als erfüllt. Die rein physische Kraft ist noch nicht optimal, so dass sie ihre Gegner noch zu wenig mit harten Schlägen unter Druck setzen kann. Dafür spielt sie für ein Mädchen ihres Alters überraschend variabel.

Auffallend aber ist ihre Reaktionsgeschwindigkeit, sehr auffallend sogar, eigentlich unglaublich. Ganz gleich wie überraschend der Gegner spielt, ganz gleich welche Finten er andeutet, welche Sprünge er macht, Isabel steht immer genau da, wo sie stehen sollte. Noch bevor ihr Gegenspieler überhaupt den *Shuttlecock* trifft, bewegt sie sich bereits in die richtige Richtung. Mortensen hat Isabels Reaktionen genau studiert, hat versucht nachzuvollziehen, wie sie das macht. Irgendwann war ihm klar, dass er es nicht konnte. Das ging einfach alles viel zu rasant. Er konnte aus den Bewegungen ihrer Gegner nie mit dieser Sicherheit vorhersagen, wohin der *Shuttle* fliegen würde.

Der Däne hat eine Vermutung, im Grunde ist es die einzige Erklärung, die ihm für diese Schnelligkeit einfällt. Wobei, geklärt wäre das Phänomen damit noch nicht, bloß irgendwie eingeordnet und eingestuft als ... ja, als was eigentlich? Als Anomalie des Gehirns? Als außergewöhnliche Fähigkeit des menschlichen Geistes? Er war lange Profi und weiß, wie wichtig und hilfreich mentales Training ist. Es genügen eben nicht nur Muskelkraft, Reflexe und bestimmte Körperhaltungen.

Jahrelang hat er selbst seine Bewegungsabläufe sorgfältig durchdacht – ohne auch nur einen Schläger in der Hand zu haben – sie in der Vorstellung nachvollzogen und nachgespürt, wo Schwachstellen sind. Wie oft hat er das beglückende Moment eines perfekten Schlages gefühlt, während er irgendwo auf einer Bank saß und sich genau darauf konzentrierte! Er weiß, wie man mit dem Spiel des anderen mental mitgehen und daraus lernen kann. Nur dass einer die Bewegungen des anderen *vorwegnimmt*, das hat er noch nie gesehen.

„Da bin ich."

Mortensen schaut hoch, er hat das Mädchen nicht kommen hören.

„Du wolltest mich sprechen."

Er deutet auf einen der Stühle zu seiner Rechten. „Setz dich bitte, Isabel!"

Die Spielerin zieht den Stuhl ein wenig heran und nimmt ihrem Trainer gegenüber Platz. Sie hält sich aufrecht, wirkt frisch und munter.

Mortensen legt den Kopf schräg und mustert das Mädchen. „Kennst du Willi Wegner?"

Isabel hebt die Brauen und schüttelt kurz den Kopf. „Nö, wer ist das?"

„Ein Profifußballer."

Die Schülerin lacht kurz auf. „Fußball? Was soll das sein?"

Die Bemerkung veranlasst den Trainer zu einem Grinsen, denn sie erinnert ihn daran, dass Isabel für den Lieblingssport der Jungen nicht viel übrighat – vorsichtig ausgedrückt.

„Hätte sein können", meint er. „Berühmter Mann, Spitzensportler, war in letzter Zeit viel in den Medien."

„Keine Ahnung!"

Mortensen lässt das Thema fallen. „Du spielst gut, Isabel, sehr gut sogar."

Nun strahlt die Zwölfjährige übers ganze Gesicht. In ihre Freude über das Lob von Mads, wie ihn hier alle nennen, mischt sich auch Erleichterung. Bis hierher war sie unsicher, wusste nicht, was der Trainer von ihr wollte. Vielleicht, denkt sie, will er mir die Teilnahme an den Landesmeisterschaften U13 vorschlagen. Über die Ranglistenplatzierung könnte ich mich wahrscheinlich noch qualifizieren. Aber das Gespräch nimmt erneut eine andere Wendung.

„Du machst etwas, was ich nicht verstehe. Da geht es nicht um Technik oder Taktik…" Mortensen hält inne, sieht in das erstaunte Gesicht des Mädchens und sucht nach den richtigen Worten. „Hast du schon mal bemerkt, wie schwer es den anderen fällt gegen dich zu spielen? Du bist eine richtig unangenehme Gegnerin."

Isabel wartet ab. Sie weiß nicht so recht, ob das eine Kritik oder ein Kompliment ist.

„Verstehst du, was ich meine?"

Die Zwölfjährige runzelt die Stirn. „Vielleicht", beginnt sie vorsichtig. „Die anderen müssen immer die ganze Zeit laufen. Die sind dann natürlich schnell müde."

„Genau!" Mortensen nickt anerkennend. Das trifft es ganz gut, denkt er. Dann legt er den Kopf in den Nacken. „Und warum machen die das?"

Erneut zieht Isabel die Schultern hoch. „Keine Ahnung! Da fragst du besser die anderen."

Der Trainer korrigiert seinen Fehler. „Okay, aber warum läufst du nicht so viel?"

„Ich muss nicht."

„Wieso nicht?"

Die Spielerin denkt einen Moment lang nach. „Ich gehe nur dahin, wo der Ball auch hingeht."

„Macht das nicht jeder?"

„Ja, schon! Aber die meisten starten zu spät oder lassen

sich täuschen und gehen ein, zwei Schritte in die falsche Richtung."

„Und wann startest du?"

„Wenn ich sehe, wo der Ball hingehen wird."

„Und das ist … Nein warte! Lass mich raten! Schon in dem Augenblick, da du selbst den Shuttle schlägst, siehst du ganz deutlich vor Augen, wie deine Gegenspielerin auf diesen Schlag reagieren wird, oder? Das läuft wie in Zeitlupe vor dir ab. Dir bleibt deshalb immer viel Zeit den Shuttle zu erwischen und ihn in die leere Ecke des gegnerischen Feldes zurückzuschlagen. So ist es, oder?"

Isabel nickt mit dem Blick zu Boden, so als ob sie irgendein Fehlverhalten gesteht.

„War das immer schon so bei dir?"

Das Mädchen streicht sich durch ihr Haar, blickt zur Seite. „Ich weiß nicht, eigentlich schon. In letzter Zeit ist es stärker geworden."

„Stärker?"

„Schneller."

„Aha." Mortensen wartet ab und schaut die Schülerin von der Seite her an.

Isabel richtet sich auf, wendet sich ihrem Trainer zu. „Ich weiß nicht, seit einigen Wochen oder so denke ich schneller, das heißt, ich sehe früher, was auf mich zukommt."

„Und seit wann weißt du, dass die anderen das nicht können?"

Isabel lächelt schwach, die Frage scheint sie nicht zu überraschen. Abermals zieht sie kurz die Schultern hoch. „Vermutet habe ich das schon länger. Aber in letzter Zeit wurde es deutlicher."

„Hast du eine Ahnung, was dein Denken schneller gemacht hat?"

„Ich weiß es nicht genau, aber es ist stark. Und es wird immer stärker."

„Und es ist in deinem Kopf?"

Das Mädchen reagiert entschieden. „Nein, es ist nicht in mir. Es kommt von außen. Es liegt irgendwie in der Luft. Ich weiß nicht, wie das Summen von Bienen vielleicht, aber es ist ein stilles Summen. Ich weiß, das gibt es eigentlich nicht. Auf jeden Fall wird es dann auch in mir still."

„Du meinst, du bist konzentriert, voll bei der Sache?"

„Ich weiß nicht, ob man das so sagen kann. Ich habe auf jeden Fall keine Erwartungen mehr, gar keine."

„Wie, keine Erwartungen?" Die Antwort verwirrt Mortensen und tiefe Runzeln bilden sich auf seiner Stirn. „Aber hast du nicht gerade gesagt, dass du jeden gegnerischen Schlag frühzeitig erwartest?"

„Nein, das habe ich nicht. Ich *sehe* den Schlag, das ist etwas anderes. Ich sehe, wie der Shuttle geschlagen wird, sehe seine Flugbahn durch diese Halle, ich sehe die Spielfelder, die Spieler, die Zuschauer – alles irgendwie gleichzeitig. Hätte ich Erwartungen, könnte ich das nicht. Dann wäre ich viel zu unruhig."

„Also du erwartest keinen Gegenschlag?"

Isabel lächelt. „Nein, keinen Schlag, keinen Fehler, keinen Sieg, keine Niederlage."

Dr. Ulrich Anzberger ist bereit fürs Frühstück und schaltet das Radiogerät auf der Arbeitsfläche seiner Küche an. Wie es seine Gewohnheit ist, möchte er beim Essen die Nachrichten im Radio hören. Aber er ist etwas früh dran; es ist noch nicht ganz acht. Deshalb erfüllen zunächst die einfach strukturierten Klangwellen irgendeiner populären Musik den kleinen Raum. Anzberger will das Gerät schon leiser stellen, als er den Song erkennt. Es ist „Winning Beauty" von *Eight Miles High*, der Hit dieses Frühjahres, wie er inzwischen immer genannt wird. Aus irgendeinem Grund, den er auf Nachfrage gar nicht benennen könnte, gefällt ihm das Lied. Eigentlich kann der eingefleischte Liebhaber barocker Kammermusik mit billiger Popmusik nichts anfangen. Aber dieser Song kommt gut bei ihm an. Er kennt den Refrain inzwischen fast auswendig.

Das eingängige Lied macht ihm gute Laune und während er sich eine Tasse Kaffee einschenkt, singt er lauthals mit. *Overcoming windstorms, throwing back the rain. / Angel full of beauty, easing our pain. / Dancing like a twister, making cyclones stand. / Goddess full of mercy, saving our land.* Erst später wird er sich daran erinnern, dass „Winning Beauty" ein Loblied auf Satiasana ist. Erstaunlicherweise kommt ihm das jetzt aber gar nicht in den Sinn. Er denkt überhaupt nicht über den Text nach, da dieser ihm völlig automatisch über die Lippen kommt. Und so entgeht ihm auch, dass sich mit diesem Lied bereits der Bericht ankündigt, der ihn kurz darauf in Erregung versetzen wird.

Als dann aber die Nachrichten anfangen, hört er nur noch halb zu, denn sein Körper versucht die verstörenden oder frustrierenden Meldungen aus aller Welt auszublenden. Mit der ihm eigenen Intelligenz weiß sein Organismus, dass seine Nahrung nicht mit den toxischen Schwingungen düsterer Nachrichten angereichert werden sollte. Und so wird die Berichterstattung für Anzberger meistens zu einer Geräuschkulisse, die er kaum noch bewusst wahrnimmt.

Doch unvermittelt weckt das Gerede im Hintergrund sein Interesse. Schwer zu sagen, was genau ihn aus seinem Dämmerzustand holt. Ist es ein Wort gewesen, irgendein Wort, dessen Bedeutung für ihn immerhin so groß ist, dass es sich aus dem diffusen Klangteppich herauslösen und ihm ins Ohr springen konnte? Oder ist es irgendeine innere Intelligenz, ein nie schlafender innerer Beobachter gewesen, der ihn angestupst und auf die Hörfunksendung aufmerksam gemacht hat. Der Psychiater weiß es nicht. Weil er zu dieser Tageszeit nur langsam zu denken vermag, kommen ihm solche Fragen nicht in den Sinn. Vielmehr konzentriert er sich nun ganz auf die Mitteilung aus seinem Empfangsgerät.

Die Bereitschaft junger Eltern ihre Kinder impfen zu lassen nimmt bundesweit dramatisch ab. Das Robert Koch Institut in Berlin und der Berufsverband der Kinder- und Jugendärzte in Köln schlagen Alarm. Infolge fallender Durchimpfungsraten, so heißt es in einer gemeinsamen Erklärung, steige die Gefahr von Epidemien.

Hintergrund sei, dass offenbar immer mehr junge Eltern den Nutzen von Präventivimpfungen in Zweifel zögen. Viele würden bereits die standardmäßige Sechsfachimpfung zur Grundimmunisierung ablehnen und lieber auf himmlische Mächte vertrauen. Vor allem in den neu entstandenen Siedlungen, so heißt es, setzen Väter und Mütter immer häufiger auf das, was sie eine *Impfung durch den Kosmos* nennen.

In einer ersten Reaktion auf diesen Warnruf, zeigt sich der Bund Deutscher Heilpraktiker nicht überrascht. Sein Sprecher Jürgen Grund sagte am Telefon: "Das RKI muss zur Kenntnis nehmen, dass es in Bezug auf die neue Elterngeneration ein Glaubwürdigkeitsproblem hat. Viele junge Leute glauben schlichtweg nicht daran, dass unser Immunsystem Impfstoffe, das heißt abgetötete oder abgeschwächte Erreger braucht um aktiviert zu werden. Ich denke, man kann mit Fug und Recht feststellen, dass der Glaube an Impfstoffe ein Relikt des 19. Jahrhunderts ist. Das war eine Zeit, in der man die Natur rücksichtslos bekämpfte. Die neue Generation setzt ganz offensichtlich nicht auf Kampf und Bekämpfung, sondern auf Harmonie und Ganzheitlichkeit. Wir Heilpraktiker beobachten diesen Wandel täglich in unseren Praxen. Zugegeben: Die Vorstellung, dass Neugeborene und kleine Kinder alle für ihre Gesundheit relevante Informationen durch kosmische Strahlen übermittelt bekommen, befremdet erst einmal. Aber in der Landwirtschaft – denken Sie an den biologisch-dynamischen Ansatz – ist der Einfluss der Sterne auf das gesunde Gedeihen längst anerkannt."

Sagt Jürgen Grund vom Bund Deutscher Heilpraktiker. Der Bundesgesundheitsminister dagegen spricht von einem Rückfall in eine vorwissenschaftliche Geisteshaltung und gefährlichem Aberglauben. Er sieht mittelfristig die Volksgesundheit bedroht. Sein Ministerium will nun in den sozialen Medien stärker über die Risiken einer Nichtimpfung aufklären. Der Minister bestritt allerdings, dass sein Haus an einer Gesetzesinitiative arbeite, die vorsieht Nichtimpfung mit Bußgeldern zu ahnden und nicht geimpfte Kinder den Zutritt zu Kitas zu verweigern. Auf solche Maßnahmen drängen Kinderärzte sowie die Ständige Impfkommission (STIKO) schon seit einiger Zeit. „Wir können nicht zulassen", so der Minister auf Twitter, „dass die Satiasana-Hysterie uns ins Mittelalter zurückführt, als man Seuchen wehrlos gegenüberstand."

Das war es! Satiasana! Ulrich Anzberger erinnert sich jetzt. Ihr Name war schon in der Ansage dieses Beitrags gefallen und hatte ihn aufhorchen lassen. Er schaltet das Radio aus und verharrt einen Moment. Es ist schon erstaunlich, denkt er, wie oft mir inzwischen irgendwelche Lebenszeichen dieser Frau begegnen. Das kann doch alles kein Zufall sein! Er kratzt sich am Hinterkopf. Wie hieß der Mann vom Berufsverband der Heilpraktiker? Ulrich Anzberger kramt in seinem Gedächtnis, aber er kommt nicht drauf. Später in der Praxis wird er auf der Website des Radiosenders nach dem Podcast zu diesem Beitrag zu suchen. Dann kann er sich alles noch Mal in Ruhe anhören. Eigentlich hat er kaum Kontakt zu Heilpraktikern, aber in der Sendung wurden sie soeben mit Satiasana in Verbindung gebracht. *Impfung durch den Kosmos* – das klang schon ziemlich esoterisch. Der Heilpraktiker sprach vom Wandel, von einer neuen Generation. Der Psychiater denkt an seine Patientin Mirjana Manz. Vielleicht ging von dieser Satiasana ja tatsächlich eine Art von Neuerung aus. Er muss es herausfinden.

Lukas Zorn schaut zum Himmel hinauf und der Himmel spiegelt sich lächelnd in seinem Gesicht. Der Pfarrer hat auf gutes Wetter gehofft, hat darum gebeten, dass es trocken bleibt, und seine Gebete sind erhört worden. Die Wolken lösen sich auf, die Sonne trocknet bereits den Rasen. Das ist gut, denn heute kommt es ganz auf das Wetter an. Es ist seine erste reguläre Sonntagsmesse unter freiem Himmel und alles ist gerichtet, der einfache Tapeziertisch, sein provisorischer Altar, bedeckt mit blütenweißem Linnen, die schmucklosen Holzbänke aufgestellt und ausgerichtet, Glöckchen, Kelch und Schale fein säuberlich auf einem Beistelltischchen vorbereitet. Pfarrer Zorn weiß, er hätte die Messe bei jedem Wetter zelebriert, zelebrieren müssen. Mit Zuversicht und Begeisterung hatte er zu diesem Gottesdienst im Freien eingeladen und damit eine gewisse Aufbruchsstimmung geweckt. Nun konnte er natürlich nicht riskieren, dass man ihn und seine Gemeinde als Schönwetterchristen verspottete. Nein, auch bei Regen und Wind hätte die Feier heute stattgefunden. Aber es wäre mit Sicherheit eine sehr bescheidene Andacht geworden. Den Journalisten und Kameraleuten, die schon bereitstanden, hätte sich ein klägliches Bild geboten, da machte er sich keine Illusionen.

Es war für ihn nicht ganz einfach gewesen, den Bischof von seiner Initiative zu überzeugen. Die Kirchen litten schon seit

Jahrzehnten unter rückläufigen Besucherzahlen und einige Gotteshäuser hatte man bereits aufgeben müssen. Doch das rätselhafte Phänomen der landauf, landab einstürzenden Kirchendächer hatte die Krise der gesamten Institution dramatisch verschärft. Die Gläubigen, die noch verbliebenen, mieden die Gotteshäuser und sogar einige Priester weigerten sich die geweihten Gebäude zu betreten. In vielen Gemeinden war die Liturgie praktisch vollständig zum Erliegen gekommen.

Das wusste natürlich auch sein Vorgesetzter. Der Diözesanbischof aber war der Idee einer Eucharistie auf der grünen Wiese zunächst sehr skeptisch gegenübergestanden. Ich sorge mich um die Signalwirkung, Lukas, hatte er gemeint. Wie sähe das denn aus, wenn wir zum Beten plötzlich nicht mehr das Haus Gottes aufsuchen? Ich höre schon die spöttischen Kommentare unserer Kritiker: *Rückkehr zur Heide* oder: *Heidenfeier für Christen*. Der Bischof fürchtete das Neuheidentum wie der Teufel das Weihwasser und wollte mit seiner Diözese auf gar keinen Fall in die Nähe von esoterischen Spinnern und Ökofantasten gerückt werden. Ihn plagte bereits die Tatsache, dass es für die zahlreichen Dacheinbrüche in seinem Bistum keinerlei Erklärung von Seiten der Physik, Chemie oder Meteorologie gab. So konnte er dem naiven Volksglauben, nach dem die Schäden ein Fingerzeig Gottes seien, nichts entgegensetzen. Der Hohn der Ungläubigen war für ihn kaum zu ertragen, eine schwere Prüfung. Wenn wir im Freien beten, Lukas, hatte der Oberhirte zu bedenken gegeben, sind wir nicht mehr weit davon entfernt, Bäume zu umarmen und vor Käfern auf die Knie zu fallen.

Schließlich war es Pfarrer Zorn aber doch gelungen dem Vorgesetzten die Zustimmung für seine Initiative abzuringen. Vorsichtig hatte er ein bekanntes Zitat aus dem Matthäusevangelium angebracht, wohl wissend, dass ein solches Manöver riskant war. Der Bischof verstand es mit seinem intellektuellen Scharfsinn, aus jedem Bibelwort ein unwiderlegbares Argument zu schnitzen. Aber Jesu Versprechen war dem pragmatischen Priester einfach nur perfekt für sein Anliegen erschienen: *Denn wo zwei oder drei versammelt sind in meinem Namen, da bin ich mitten unter ihnen.* Egal wo – konnte man noch hinzufügen, ob in der Wüste am Toten Meer, in den Katakomben Roms oder auf den Weiden der Heimat. Der Heiland hatte doch selbst auch im Freien gepredigt. Deshalb hieß es doch „Bergpredigt" und nicht „Kanzelpredigt".

So oder ähnlich hatte er geredet. Aber Lukas Zorn machte sich nichts vor. Es waren nicht seine sorgsam und demütig vorgetragenen Argumente gewesen, die seine Exzellenz am Ende umgestimmt hatten. Der Mann war ein Bürokrat und darüber hinaus durch und durch machtbewusst. Er hatte mit Schrecken registriert, dass mittlerweile viele Gläubige in aller Öffentlichkeit kritische Fragen stellten und wissen wollten, was denn die Kirche mit der eingenommenen Kirchensteuer machte. Von Missmanagement war die Rede, von Investitionsstau und Ignoranz. Immer mehr Mitglieder drohten der Kirche endgültig den Rücken zuzukehren, wenn das Bistum nicht bald wieder die sichere Teilnahme am sonntäglichen Gottesdienst ermöglichte. Das und *nur* das hatte für den Bischof den Ausschlag gegeben. Im Angesicht sinkender Einnahmen gepaart mit erhöhten Ausgaben war es mit seinem Gottvertrauen nicht weit her. Und als der Oberhirte schließlich von ihm wissen wollte, wie er eine Messe im Freien organisatorisch und logistisch zu bewerkstelligen gedachte, war sich Lukas Zorn der Einwilligung sicher gewesen.

Zufrieden lässt er seinen Blick über den Platz gleiten. Die Bänke füllen sich allmählich, die Gläubigen schauen sich neugierig um. So eine landesweite Unkrautplage hat auch sein Gutes, denkt er. Der Stadtrat nämlich hat sich nach teils heftigem Protest der Anwohner gegen den großflächigen Einsatz von Herbiziden ausgesprochen und stattdessen ganz auf die mechanische Entfernung des unerwünschten Krauts gesetzt. Da das aber in der Masse gar nicht zu schaffen war, sahen sich die Verantwortlichen bald gezwungen einen Teil der öffentlichen Parkplätze vorübergehend zu schließen. Das war seine Chance gewesen. In einem persönlichen Gespräch mit dem Bürgermeister, konnte er das Stadtoberhaupt für seinen Plan gewinnen. Der Kirche wurde ein reichlich überwucherter, aber doch begehbarer Platz im Herzen der Stadt zur Verfügung gestellt – gute Verkehrsanbindung inklusive. Ihm hatte es sofort gefallen, dass der Platz von alten Haselsträuchern umgeben war, von denen manche jetzt grüne, manche rote Blätter tragen. Ein „Messe-Gelände" der anderen Art.

Als sein Plan in der Öffentlichkeit durchsickerte, boten ihm überraschend viele Gläubige ihre Hilfe an. Einige versprachen Bänke mit Sitzpolstern zu bringen. Andere wollten für Blumen und Dekoration sorgen und ein paar Frauen versprachen eigens für die Feier Sauerteigbrote zu backen. Die Vorfreude der Leute war mit Händen zu greifen gewesen. Ein solch heiteres, ja fast schon lustvolles Engagement hatte er bisher in seiner Gemeinde nie erlebt. Kurz war es ihm ein bisschen mulmig geworden. Es soll ja kein Volksfest werden, hatte er gedacht. Inzwischen aber sieht er das entspannter, überzeugt, dass der Herr einen größeren Gefallen an freudigen Menschen findet als an griesgrämigen und feierlich-ernsten.

Der Bürgermeister hatte allerdings darauf bestanden, dass die Veranstaltung – das Wort Messe war ihm nicht über die Lippen gekommen – von der Polizei abgesichert werde. Immerhin galt es zu vermeiden, dass Flashmobber das Gelände betraten und die Gläubigen mit ihren albernen Aktionen störten. Von seinem schlichten Altar aus kann Pfarrer Zorn den Polizeiwagen auf der Straße gerade noch erkennen. Die beiden Beamten lehnen lässig dagegen und betrachten die Menschen, die jetzt zahlreicher den Gebetsplatz betreten. Er ist froh, dass die Polizeipräsenz eher bescheiden ausgefallen ist.

Die Ministranten sind inzwischen angekommen und haben sich schnell mit den neuen Begebenheiten vertraut gemacht. Jetzt sitzen sie auf ihrem Bänkchen und blicken mit wachen Augen auf die ganze Szenerie. Auch sie, denkt Zorn, sind mit mehr Freude dabei. Er schaut auf seine Uhr. Eigentlich sollte er jetzt anfangen, aber es kommen immer noch mehr Leute heran. Die Bänke sind längst alle besetzt. Als ob sie damit gerechnet hätten, bringen die späten Besucher Decken und Kissen mit. Ganze Familien machen es sich zwischen dem Unkraut gemütlich und erneut erscheint ein Lächeln in seinem Gesicht.

Immer wieder geht sein Blick zum Eingang des Geländes, nicht so sehr um festzustellen, ob nun endlich alle da sind. Nein, er sucht, er sucht mit den Augen und mit dem Sinn. Er hält Ausschau nach einem ganz bestimmten Gast. Insgeheim hofft er darauf, dass sie wiederkehrt, Satiasana, die Frau, die vor einigen Wochen in seiner Sakristei auftauchte um ihn zu warnen. Inzwischen hat sich Lukas Zorn über das „Phänomen" Satiasana informiert. Und so weiß er, dass in den Medien darüber gestritten wird, ob es diese Wundertäterin gibt oder nicht gibt. Falsche Frage, denkt er. Ein Phänomen, ja, das ist sie schon, eine Erscheinung, aber beileibe keine inhaltsleere Gestalt, kein Trugbild. In den wenigen Minuten ihrer Gegenwart hatte sie in seinem Herzen offenbar den Grundstein für eine gefühlsmäßige Beziehung gelegt. Seitdem fühlt er sich ihr nahe, sobald er sich auf sich selbst besinnt. Und wenn er betet, gehen seine Gedanken oft zu ihr, so als würde sie seine Verbindung zum Schöpfer stärken. Sein Herz sagt ihm, dass eine große Liebe Satiasana bewegt.

Er kann verstehen, dass andere, die nicht das Glück hatten

ihr zu begegnen, sie für ein Märchen halten, zu schön um wahr zu sein. Aber warum sollte das Wahre nicht auch schön sein? Unwillkürlich schüttelt er den Kopf. Schon verrückt, denkt er, wir misstrauen dem Schönen, wappnen uns dagegen aus lauter Furcht in die Irre geleitet und verführt zu werden. Schöne Seelen, so hat er selbst lange geglaubt, verbergen sich in unscheinbaren und hässlichen Körpern. Der schöne Körper dagegen ist bloßes Blendwerk, ein billiger Trick des Teufels. So dachte er, so hatte er gelernt zu denken und so – das weiß er – denken viele Gläubige. Nun fühlt der Pfarrer einen leichten Stich im Herzen, als er erkennt, wie viel Angst dieser Leibfeindlichkeit zugrunde liegt.

Nein, seine Hoffnung erfüllt sich nicht. Satiasana bleibt der Messe fern. Wahrscheinlich, tröstet er sich, liegt es am Medienrummel. Verschiedene Zeitungen, auch ein paar überregionale, haben Reporter geschickt und das Lokalfernsehen ist mit einem Kamerateam vertreten. Wahrscheinlich möchte sie nicht gefilmt oder fotografiert werden. Lieber soll sich jeder selbst ein Bild machen.

Doch dann taucht plötzlich eine andere schöne Erscheinung zwischen den Bankreihen auf, hochgewachsen mit dunklen Locken und einem Teint, der ihre mediterrane Herkunft verrät. Es ist nicht Satiasana, aber eine Celebrity, die seit ihrem Interview mit Brigitte Woman ständig mit der blonden Heilsbringerin in Verbindung gebracht wird. Die Kirchgänger drehen sich nach ihr um, manche tuscheln und raunen ihren Namen: Tessa Merati, Tessa Merati. Sie lächelt nachsichtig über diese etwas kindische Reaktion, nickt kurz zur Begrüßung und setzt sich ganz vorne hin. Pfarrer Zorn verfolgt ihren Auftritt amüsiert und erfreut. Es ist ihm nicht ganz klar, ob sich die beliebte Schauspielerin in die erste Reihe setzt, um möglichst viel Aufmerksamkeit zu erhaschen, oder weil sie verhindern möchte, dass sich die Leute ständig nach ihr umdrehen. Er tendiert zu letzterer Annahme. Immerhin schauen jetzt alle nach vorne, denkt er anerkennend.

Er tritt vor den provisorischen Altar und hebt die Arme, um der Menge zu signalisieren, dass die Feier nun beginnt. Und in diesem kurzen Moment, während er wartet, bis die Besucher ganz verstummt sind, erkennt er noch weitere Gäste in den Bäumen. Mehrere Eichhörnchen hocken auf den weit ausladenden Ästen der Haselsträucher, vollkommen reglos als würden auch sie das Wunder dieses Anfangs ganz bewusst wahrnehmen wollen.

Am Abend desselben Sonntages sitzt Frank Brinkholz vor seinem Fernseher und ist bereit für seine tägliche Portion Nachrichten. Wie Millionen andere Zuschauer erwartet er die übliche Mischung aus politischem Hickhack, Firmenskandalen, Krieg und Naturzerstörung. Aber gleich zu Anfang reißt ihn eine ungewöhnliche Meldung aus seinem Konsumtrott, eine Meldung, die ihn zunächst irritiert, dann aber zunehmend begeistert. Auf dem Bildschirm erscheinen mehrere stolz und siegesgewiss strahlende Herren in perfekt sitzenden Anzügen hinter einem langen Tisch, auf dem zahllose Mikrophone aufgestellt sind. Brinkholz hört etwas von einer Pressekonferenz in der amerikanischen Stadt San José. Sogar die Stimme der Nachrichtenleserin klingt ein wenig euphorisch:

„Die Nachricht, die uns heute erreicht hat, klingt nach Science-Fiction, aber offenbar übersteigt die Wirklichkeit gerade die kühnsten Zukunftsvisionen. Völlig überraschend verkündete heute ein bislang unbekanntes internationales Konsortium die Entwicklung eines Handys, das ausschließlich mit Gedankenströmen bedient wird. Zu dem Unternehmenszusammenschluss gehört auch die Firma *Liberation Technologies* mit Sitz in Berlin. Wie das Unternehmen in einer Pressemitteilung erklärt, soll das Produkt im Labor bereits erfolgreich getestet worden sein. Nun sei ein Probelauf unter realen Bedingungen geplant. Man habe bereits mit der Auswahl von Testpersonen begonnen."

Dann folgt ein kurzer Animationsfilm, offensichtlich ein Promotionsfilmchen, in dem das Prinzip des neuen Gerätes erklärt wird. Frank Brinkholz starrt gebannt auf den Bildschirm, als die erste grafische Darstellung erscheint.

Die Redaktion der Tagesschau hat zu den smarten Bildern einen eigenen Text geschrieben: „Man wird sich einen neuen Namen für dieses Gerät ausdenken müssen", sagt ein Sprecher. „*Handy* kann man es nicht mehr nennen, denn Hände kommen bei der Nutzung nicht zum Einsatz. Bislang hört diese Erfindung noch auf den sperrigen Namen ICT-1" – der Sprecher sagt *„ai-ßie-tie wann",* als ob er das schon tausend Mal getan hat – „und die Abkürzung steht für *Inner-Cranial Terminal*, also innercraniales Endgerät, wobei *cranium* das lateinische Wort für Schädel ist. Es geht mit anderen Worten um eine revolutionär neue Hardware, die unterhalb der Schädeldecke platziert wird. Die fortschreitende Miniaturisierung der Schaltkreise mache es mittlerweile möglich ein leistungsfähiges Gerät mit einem Volumen von wenigen Kubikzentimetern herzustellen. Platz werde vor allem auch dadurch eingespart, dass sich sämtliche Displayfunktionen erübrigen. Die Darstellung aller Daten fände direkt als Gedankenbild statt. Sämtliche Eingaben und Befehle würden als Willensimpuls vom Gehirn ausgehen."

Ist ja ein Ding, denkt Brinkholz. Er rutscht unwillkürlich noch etwas nach vorne.

„Herzstück des ICT-1", erklärt der Sprecher, „seien hochmoderne Biosensoren. Das sind Halbleiterelemente, die mit biologischen Molekülen oder Zellen bestückt sind. Sie gelten als die Verbindung zwischen Mensch und Maschine. Bekannt sind sie von innovativen Prothesen, die bereits seit einigen Jahren über die Nervenzellen und somit über das Gehirn gesteuert werden können. Mit Hilfe dieser Biosensoren wurde nun ein System entwickelt, das biochemische Signale in elektrische Impulse umwandeln und an elektronische Schaltkreise weitergeben kann."

Das computergenerierte Filmchen zeigt, wie leuchtende Pfeile zwischen den Synapsen des Gehirns und dem eingepflanzten Gerät hin und her wandern. An der Stirnseite des Schädelmodells erscheint ein stilisierter Bildschirm, auf dem ein Video mit Naturaufnahmen zu sehen ist. Gleichzeitig deuten wellenförmige Pfeile, die von oben kommen und in den Hinterkopf eindringen, dass externe Daten über WLAN runtergeladen werden.

Als Ingenieur ist Frank Brinkholz sofort klar, was das Filmchen nicht verrät, nämlich dass erhebliche Fortschritte bei der Entwicklung von DNA-Computern gemacht sein müssen. Es muss den Forschern gelungen sein, Desoxyribonukleinsäure als Speicher- und Verarbeitungsmedium zu verwenden. Er kennt sich ein bisschen mit Bioelektronik aus, denn seine Firma hat bereits mit dem Einsatz von Biosensoren bei hochmodernen Verriegelungssystemen experimentiert.

Das Filmchen ist zu Ende und die Nachrichtenleserin erscheint wieder im Bild. Hinter ihr ist ein weiterer Anzugsträger eingeblendet. „In der Fachwelt", setzt sie ihre Meldung fort, „ist die Nachricht wie eine Bombe eingeschlagen. Wir fragten Karl Wallach vom Digitalverband *Bitkom* nach seiner Einschätzung. Herr Wallach, diesem neuen Konsortium ist offensichtlich ein spektakulärer Coup gelungen. Haben die IT-Experten diese Innovation denn nicht kommen sehen?"

Der junge Anzugsträger erscheint nun vergrößert in der linken Bildhälfte und nickt lächelnd. „Es gab schon Gerüchte", deutet er vage an, „dass in diese Richtung geforscht wurde, aber die nahm niemand wirklich ernst. Ich kann nur sagen, dass hier bei uns alle extrem überrascht sind, dass ein innercraniales Endgerät offenbar schon in Serienfertigung produziert werden kann. Sollte ein solches Gerät wirklich funktionieren, würde es auf jeden Fall ein neues Zeitalter in der digitalen Kommunikation einläuten. Denn gegenüber den herkömmlichen Smartphones hätte das ICT-1 enorme Wettbewerbsvorteile. Wenn Sie bedenken, dass Sie mit dem neuen Gerät während der Autofahrt problemlos telefonieren oder beim Kochen surfen und chatten können, erkennen Sie, wie groß dieser Fortschritt ist."

Die Nachrichtenleserin greift den Gedanken auf. „Man könnte also auch beim Joggen seine Bankgeschäfte erledigen?"

„Ja, und keiner würde es merken, denn Ihre Befehle erteilen Sie stumm, nur über Ihre Gedanken. Wenn Sie dann von Ihrer Joggingrunde nach Hause kommen, haben sie alles Finanzielle schon geregelt. Sie würden also mit dem neuen Gerät enorm viel Zeit einsparen."

Die Nachrichtenleserin beendet das Gespräch und bedankt sich bei ihrem Interviewpartner. Mit einem skeptischen Blick wendet sie sich wieder den Zuschauern zu. „Na, das mit dem Zeitsparen wurde uns schon öfter versprochen. Da sollte man auf jeden Fall kritisch draufschauen." Sie hält kurz inne und schaut ernst in die Kamera: „Kritisch gesehen wird die Neuerung auf jeden Fall vom Bundesdatenschutzbeauftragten. Der zeigt sich in einer ersten Stellungnahme äußerst beunruhigt und hat bereits angekündigt die Entwicklung genauestens zu verfolgen…"

Der Bundesdatenbeauftragte! Brinkholz schnaubt. Das war ja klar, denkt er, dass der sich zu Wort melden würde. Immer diese fortschrittsfeindlichen Bedenkenträger! Herrgott! Wenn wir auf diese Schwarzmaler hören, haben uns die

Chinesen bald komplett abgehängt. Er schaltet den Fernseher aus, bevor der oberste Datenschützer seine Einwände machen kann, setzt sich an seinen Laptop und fängt an zu recherchieren.

Eine halbe Stunde später hat er nicht nur Genaueres über die neue Technik erfahren. Er hat auch herausgefunden, wo er sich als Interessent für den Feldversuch mit dem ICT-1 registrieren lassen kann. Schon in dem Moment, als er davon erfuhr, war ihm klar gewesen, dass er bei dieser Neuerung ganz vorne dabei sein will. Wir leben in aufregenden Zeiten, denkt er. Endlich ist der Mensch in der Lage seine unvollkommene Natur technisch zu perfektionieren. Eine glänzende Zukunft mit bislang ungeahnten, schwindelerregenden Möglichkeiten tut sich uns auf. Und ich bin mittendrin.

„Was? Eine Wolfsauffangstation? Hier bei uns? Wozu das denn?" Anita Mertens wollte gerade den neuen Weißwein probieren, doch nun stellt sie das Glas wieder ab und schaut ihre Freundin skeptisch an.

Diese muss unwillkürlich lächeln, als sie Anitas ausdrucksstarke Mimik betrachtet. Sie ist immer so direkt, denkt Ilonka Kaiser, und das mag ich an ihr. Die Forstwissenschaftlerin nickt. „Ja, eine Auffangstation für Wölfe, vielleicht sogar hier bei uns, vielleicht auch eher im Osten, in der Lausitz oder so."

„Du willst wegziehen?" Anitas Reaktion zeigt unmissverständlich, was sie davon hält. Ihre schwarzen Locken hüpfen hoch, als sie ihren Kopf ruckartig bewegt.

Es war eine spontane Aktion gewesen, ihre langjährige Freundin, die nur wenige Blocks entfernt wohnt, heute Abend auf ein Glas Wein einzuladen. Ilonka lebte sowieso allein und musste auf niemanden Rücksicht nehmen. Anita hatte sich gelangweilt und keine Lust auf Fernsehen gehabt. Manchmal überkam sie diese Einsamkeit, wenn Rainer zu einem Kunden unterwegs war und die Kinder bereits schliefen. Sie brauchte also Ablenkung. Aber offensichtlich, denkt sie jetzt, habe ich doch auch gespürt, dass bei Ilonka irgendetwas im Busch ist.

Der späte Gast stellt ebenfalls sein Glas ab, ohne vom Wein genippt zu haben. „Ich weiß es noch nicht, Anita, aber ich spüre, dass ich etwas ändern muss. Ich will definitiv keine Wölfe mehr jagen. Ich will eigentlich überhaupt nicht mehr jagen." Ilonka hofft, zumindest mit dieser Ankündigung ihre Freundin versöhnlicher zu stimmen. Immerhin ist Anita eine überzeugte Vegetarierin.

Aber ihr Gegenüber bleibt skeptisch. „Das verstehe ich natürlich, Ilonka. Du weißt, dass mich deine Jagd immer befremdet hat. Ich habe nie verstanden, warum du dich dafür hergibst. Für mich warst du stets Forstwissenschaftlerin und vor allem ein Naturmensch. Aber – eine Auffangstation für Wölfe aufzubauen? Braucht es sowas überhaupt? Ich meine, so viele Wölfe gibt es bei uns doch gar nicht."

„Es gibt einige", erwidert Ilonka, „und es werden jährlich mehr. Damit steigt auch die Zahl der Wölfe, die beim Queren der Straßen von Autos oder LKWs angefahren werden." Die frustrierte Jägerin ist froh, sachliche Hintergründe zu referieren. So kann sie der direkten Auseinandersetzung mit Anita erst einmal ausweichen. „Wusstest du, dass allein in Deutschland jährlich etwa 600 Wildtiere Opfer von Verkehrsunfällen werden? Da geht es zum größten Teil natürlich um Schalenwild, aber der Anteil der Wölfe nimmt zu."

„Schalenwild?" Anita wirkt ungeduldig. „Rehe und Hirsche, oder was?"

„Entschuldigung, ja, in vielen Fällen Rotwild aber natürlich auch Wildschweine. Meistens überleben die Tiere die Kollision mit einem Kraftfahrzeug nicht. Sobald aber ein Wolf verletzt auf der Straße liegt oder sich mühsam vom Unfallort schleppt, muss immer der zuständige Amtstierarzt eingeschaltet werden. Nur der darf entscheiden, was mit dem Wolf passiert."

„Du meinst, ob er eingeschläfert werden soll?"

„Oder erschossen, ja, aber eben nur, wenn der Wolf so schwer verletzt wurde, dass er kaum noch Überlebenschancen hat. Stellt der Arzt jedoch fest, dass das Tier transportiert und wiederhergestellt werden könnte, darf er den Wolf nicht töten oder töten lassen, denn freilebende Wölfe unterliegen bei uns einem strengen rechtlichen Schutzstatus."

Anita hört mit gerunzelter Stirn zu. „Und dann kommt so ein Tier in eine Auffangstation?"

„Nachdem es vom Tierarzt behandelt wurde, ja."

„Und da bleibt es dann, bis zu seinem Lebensende?"

„Eben nicht! So eine Auffangstation ist ja kein Streichelzoo mit Schaugehege, auch kein Wolfssanatorium"

„Na ja." Anita macht wieder eine skeptische Miene. „Einen Wolf streicheln würde sich wohl auch kaum jemand trauen."

„Einen ausgewachsenen nicht, aber es gibt in Auffangstationen immer wieder Welpen, meistens Frühwaisen, die von Jägern eingesammelt wurden. Die sehen schon ganz drollig aus und sind sehr verspielt. Aber auch bei den Welpen ist das Ziel ganz klar, den Wolf so bald wie möglich wieder auszuwildern."

Anita hebt die Brauen. „Das stelle ich mir nicht einfach vor. Die Tiere dürfen sich dann doch gar nicht zu sehr an den Menschen gewöhnen, oder?"

Ilonka grinst. „Stimmt, schön wild sollen sie bleiben."

Die Freundin holt einmal tief Luft, nimmt erneut ihr Weinglas in die Hand und prostet der künftigen Wolfsretterin zu. „Auf dein neues Projekt!"

Auch Ilonka hebt jetzt ihr Glas. Beide Frauen trinken schweigend und nicken anerkennend, den ersten Schluck noch im Mund.

Dann hebt Anita unvermittelt drohend den Finger und fixiert ihre Freundin. „Aber wehe du verlässt mich, Ilonka! Das verzeihe ich dir nie."

Beide lächeln darüber, aber Ilonka weiß, dass ihre Freundin diese Worte nur halb im Scherz gesprochen hat.

Um die Spannung zu lösen, wechselt die Gastgeberin das Thema. Sie schiebt ihrer Freundin eine kleine Schale mit Nüsschen zu. „Probier mal!"

Ilonka schaut die Freundin fragend an. „Pinienkerne?"

„Probieren!"

Die Forstfrau nimmt ein paar Nüsschen, gibt sie in die hohle Hand und schüttet sie sich in den Mund. Dann macht sie große Augen. „Hm, lecker! Wo hast du die her? Das sind keine Pinienkerne, oder?"

„Sondern?"

Ilonka schüttelt den Kopf. „Da muss ich leider passen."

„Da staunt die Expertin, oder? Das sind Zirbelnüsse`, meine Liebe, und bevor du mich verbesserst – ich weiß, dass es in Wirklichkeit *Samen* sind. Aber gehandelt werden sie trotzdem als Nüsschen."

„Ach, das sind Zirbelsamen! Woher kommen die?"

„Aus Sibirien. Bei uns gibt es ja kaum Zirben."

„Ha!" ruft Ilonka aus, froh ihre Expertise wiederherzustellen. „Hast du eine Ahnung! Unsere Wälder erleben gerade eine wahre Zirbelinvasion. In vierzig Jahren oder so sind diese Kerne bei uns wahrscheinlich genauso verbreitet wie heute Äpfel oder Pflaumen."

„Oder Gummibärchen."

Ilonka lacht. „Wäre ja nicht schlecht."

„Im Gegenteil! Diese Kerne sind extrem gesund, wahre Wunderdinge!"

Dann wird es unvermittelt still zwischen den Freundinnen

und beide halten den Blick gesenkt. Einem aufmerksamen Beobachter wäre sicher aufgefallen, dass gerade der Hinweis auf das Wunderbare, Wunder-Wirkende, dieses plötzliche Schweigen auslöste. Fast zwangsläufig würde er den Eindruck gewinnen, dass sich beide Frauen vor einer unbegreiflichen und unaussprechlichen Wirklichkeit verneigen, plötzlich ergeben und abwartend, bis diese andersartige Realität sie aus den gewohnten Bahnen ihrer Freundschaft hinausführt. Die Frauen scheinen tatsächlich zu spüren, dass ihr Gespräch vor einer Wende steht, die ihre Beziehung verändern wird.

Schließlich ist es Anita, die Mutigere der beiden, die den Bann bricht: „Irgendetwas ist passiert, Ilonka – mit dir. Irgendetwas hat dich verändert, ich merke es dir an. Früher hast du immer von der Notwendigkeit der Jagd gesprochen und die Jäger gegen Kritik in Schutz genommen. Jetzt ist davon nichts mehr da. Okay, du hast eben deine Meinung geändert. Sowas kommt vor. Aber da ist noch etwas anderes. Ich weiß nicht genau, wie ich's sagen soll. Du fühlst dich anders an."

Da dreht sich Ilonka der Freundin ganz zu und blickt ihr prüfend in die Augen. „Hast du schon mal von Satiasana gehört?"

„Ich wusste es!", ruft Anita aus. „Ich wusste, dass du das sagen würdest!" Sie sieht das Unverständnis in Ilonkas Gesicht und versucht ihre Behauptung zu erläutern. Aber ihre Leidenschaft erlaubt kaum eine sachliche Erklärung. „Ich meine, ich habe es nicht einfach erraten, Ilonka. Vielmehr kam mir der Name spontan in den Sinn, in dem Moment, da du anfingst zu sprechen. Das ist alles kein Zufall mehr. Diese Satiasana läuft mir immer wieder über den Weg. Jürgen, mein Homöopath spricht auch über sie. Und manche meiner Kunden haben ebenfalls schon von ihr angefangen. Ich habe das Gefühl, dass da eine geistige Kraft am Werk ist, die alles ganz schön umkrempelt."

Ilonka weiß, dass ihre Freundin als Physiotherapeutin und Masseurin auf alternative Heilmethoden schwört und natürlich entsprechende Kunden hat. Offenbar sind es in der Regel spirituell oder esoterisch angehauchte Frauen, die bei Anita Kraft tanken. Überhaupt dreht sich bei ihrer Freundin alles um Kraft, wobei sie diesen Begriff sehr weit fasst. Willensstärke und Standhaftigkeit gehören für sie genauso dazu wie Ausdauer, Vitalität und Muskelkraft. Auf jeden Fall hat sie selbst jede Menge davon. Ilonka nickt und sieht die Chance einer Erwiderung, als Anita gerade innehält. „Mir ist sie auch über den Weg gelaufen."

„Da siehst du! Ich sag dir, das ist kein Zufall. Was hast du über sie gehört? Erzähl! Oder hast du etwa von ihr geträumt?"

„Nein, weder noch. Wie gesagt, sie ist mir über den Weg gelaufen. Ich meine, tatsächlich."

„Wie? Du bist ihr begegnet? Du meinst, in echt?"

Ilonka nickt nachdenklich. Erst jetzt, plötzlich konfrontiert mit Anitas Verwunderung und Aufregung, wird ihr in vollem Umfang bewusst, wie außergewöhnlich ihre Begegnung mit der fremden Frau im Wald gewesen ist, nicht einfach irgendwie seltsam, sondern im tiefsten Sinne bedeutungsvoll und wegweisend. Diese Satiasana, so erfährt Ilonka nun von ihrer Freundin, verrichte Wunder, wende Gefahren ab und wecke immer mehr Menschen aus Trott und Dämmerbewusstsein auf. Nur zu Gesicht bekommen habe sie bisher kaum jemand.

Anita neigt ihren Kopf leicht zur Seite und schaut ihre Freundin an, als würde sie diese Forstwissenschaftlerin zum ersten Mal betrachten. Einen Moment lang ist sie sprachlos, was ihr wirklich selten passiert. Dann aber ergreift ihre Neugierde das Wort. „Mensch, das ist ja ein Ding! Erzähl mir bitte, was passiert ist! Erzähl mir alles."

Ilonka nimmt noch einen Schluck Wein, stellt das Glas ab,

holt tief Luft und fängt an zu berichten.

Anita hört schweigend zu und auch das ist ungewöhnlich. Sie unterbricht ihre Freundin kein einziges Mal. Dafür ist ihr Fazit umso eindrucksvoller. Als die Jägerin-von-einst ihren Bericht beendet hat, breitet Anita ihre Arme aus, die geöffneten Hände nach oben. „Jetzt ist mir alles klar", sagt sie mit dramatischem Unterton. „Jetzt ergibt das Ganze einen Sinn. Du bist in das Wesen des Wolfes eingeweiht worden, Ilonka. Du wurdest zur Wolf-Schamanin berufen."

„Warum versteckst du dich, Satiasana?"

„Ich verstecke mich nicht."

„Doch! Du trittst kaum in Erscheinung. Es kommt mir so vor, als würdest du über den Dingen schweben wie ein Geist."

„Ich bin ein Geist, Jewgeni, ich bin ein Geistwesen wie du und alle anderen Menschen auch."

„Das meine ich nicht. Du verstehst schon, was ich sagen will. Du bist nicht greifbar. Für die meisten Leute im Land bist du einfach so wenig greifbar wie ein Schemen."

„Ich bin da, Jewgeni. Ich bin immer da – für jeden, der willens und in der Lage ist meine Hilfe anzunehmen, so wie ich jetzt für dich da bin."

„Aber kaum jemand bekommt dich zu Gesicht. Warum gehst du nicht an die Öffentlichkeit. Dass es dich gibt, das sollen die Leute erfahren."

„Wie stellst du dir das vor?"

„Es wäre doch bestimmt eine tolle Sache, wenn du im Fernsehen kommen würdest."

„Du meinst, ich solle im Fernsehen auftreten?"

„Ja, warum nicht?"

„Aber was soll das denn bringen, Jewgeni?"

„Du weißt es vielleicht nicht, Satiasana, aber inzwischen

reden viele Leute über dich und dabei wird alles Mögliche behauptet. Von Wundern ist die Rede, von Umbrüchen und Inspirationen. Aber immer wieder höre ich auch sagen, es gäbe dich gar nicht, du seist nur die Erfindung von Wichtigtuern und Geldmachern."

„Du meinst, wenn sie mich im Fernsehen sähen, würden die Menschen glauben, dass es mich gibt?"

„Ja, natürlich!"

„Glaubst du denn alles, was du im Fernsehen siehst?"

„Wenn es eine seriöse Sendung ist, ja."

„Sind die täglichen Nachrichten seriös?"

„Die meisten schon, ja."

„Also schenkst du ihnen deinen Glauben."

„Sicher. Wir leben in einem freien Land. Journalisten können unzensiert berichten. Die Nachrichten sind glaubwürdig."

„Wird auch über Krieg und Vertreibung berichtet?"

„Öfter, ja."

„Über Hass und Gewalt, das Schlechte im Menschen?"

„Ja, das gibt es auch."

„Und daran glaubst du?"

„Es ist egal, ob ich es glaube oder nicht, Satiasana, es ist die Realität."

„Das ist eine Verwechslung, Jewgeni. Es ist deine Realität, weil du daran glaubst – zusammen mit Millionen anderer Menschen."

„Soll das heißen, dass es Krieg und Elend nicht gäbe, wenn keiner daran glauben würde? Das kann ich mir nur schwer vorstellen."

„Versuche bei dir zu bleiben, Jewgeni! Beobachte einmal, wie viel innere Unruhe, Sorge und Angst oder Empörung die täglichen Nachrichten in dir hervorrufen. Und dann verweile bei diesen Emotionen und spüre nach, wie sie sich auf deinen

Körper auswirken, auf deine Gemütsverfassung, dein Denken."

„Schon klar, Satiasana, aufbauend sind die Nachrichten meistens nicht. Aber das ist die Wirklichkeit."

„Langsam, bleibe bei dir! Wenn dich die Fernsehnachrichten das nächste Mal aufgewühlt haben, gehe in den Garten. Ziehe deine Schuhe aus, setze dich ins Gras, streichle die Grashalme, beobachte die Krabbeltierchen, lass deinen Blick schweifen über Blumen und Büsche. Atme den würzigen Duft der Erde. Sonst nichts. Tust du das, bist du in deiner Realität, Jewgeni."

„Du meinst, das Fernsehen ist nicht real?"

„Was das Fernsehen zeigt, wird erst dadurch real, dass es von dir und Millionen anderer angeschaut wird. Der Zuschauer erlaubt dem Fernsehen in ihm eine Wirkung zu entfalten. Diese Wirkung ist real, aber sie ist nicht gut."

„Ist es denn nicht wichtig über die Dinge in der Welt informiert sein."

„Es wäre besser, du würdest selbst denken. Die vielen beliebigen Informationen verwirren deinen Verstand und trüben das Urteilsvermögen."

„Könntest du denn nicht genau das im Fernsehen erklären?"

„Stell dir vor, ich würde tun, was du dir wünschst. Ich erschiene im Fernsehen und würde den Zuschauern raten sich mehr der Erde zuzuwenden, das Leben in all seinen Formen zu achten und ihr eigenes Gemüse anzubauen. Was wäre die Folge?"

„Viele würden dir zustimmen und deine Worte beherzigen."

„Vielleicht, ja. Aber mindestens genauso viele würden mir widersprechen, meine Worte verdrehen und mich schließlich mit allen Mitteln bekämpfen. Eine solche Entwicklung wäre *unvermeidlich."*

„Na, jetzt siehst du die Dinge doch etwas zu düster. So eine Gegenbewegung wäre vielleicht möglich, okay, aber unvermeidlich?"

„Unvermeidlich, Jewgeni! Der Verstand der meisten Menschen heute pendelt zwischen Zustimmung und Ablehnung, dafür und dagegen. Das ist offensichtlich. Partei zu ergreifen ist wie ein Reflex. Und wenn manche leidenschaftlich für etwas sind, müssen andere zwangsläufig umso leidenschaftlicher dagegen sein. Sie können kaum anders. Schau dich um! Du wirst in vielen Bereichen deiner Welt eine Bestätigung für meine Worte finden."

Ihre Mutter steht am Herd, dreht sich nicht um, sagt nichts, aber Mirjana spürt, wie sie plötzlich erstarrt ist. Die sonst so resolute Frau hat aufgehört die Bratpfanne zu schütteln, lässt den Kopf hängen und atmet schwer aus. Vielleicht ringt sie um Fassung, denkt Mirjana, vielleicht zählt sie innerlich bis zehn, um eine unbedachte Reaktion im Keim zu ersticken. Vielleicht ist sie aber auch einfach müde und frustriert. Es brutzelt in der Pfanne und der schwere Geruch von Gebratenem erfüllt die Küche. Schließlich macht die Mutter den Herd aus, dreht sich betont schwungvoll um, die Pfanne in der Hand. „So, dein Omelett ist fertig. Reich' mir mal deinen Teller!"

Aber diesmal ist es Mirjana, die sich nicht rührt. Sie hält ihren Blick auf den Tisch gerichtet und schlägt beim Sprechen lediglich die Augen auf. „Du hast mich gehört, Mama. Ich gehe ab sofort nicht mehr in diese Schule."

Dorothe Manz hat es gehört. Natürlich hat sie es gehört. Und sie hat auch sofort verstanden, dass es ihrer Tochter ernst ist. Aber sie will es nicht hören. Sie will es nicht wahrhaben und hofft wider besseres Wissen, dass Mirjana bloß aus einer Laune heraus gesprochen hat. Sie weiß und wusste schon früh, dass dieses Kind einen starken Willen hat. Sie versteht die Tochter nicht immer, weiß manchmal nicht, was in ihr vorgeht, aber Mirjana ist kein Kind, das sich anpasst, anschmiegt, sich um des lieben Friedens willen unterordnet. Schon als Kleinkind konnte man sie nicht für irgendetwas gewinnen, was sie im Grunde nicht wollte. Diese Entschiedenheit ist seitdem nur stärker geworden. Erstaunlich kompromisslos für eine Zehnjährige, denkt Dorothe, nicht fordernd, nicht streitsüchtig oder verletzend, das nicht, aber erfüllt von einer großen Klarheit, was ihren Weg anbelangt. Und weil sie das alles tief im Herzen wusste, hatte sie versucht zu überhören, was Mirjana kundtat, es als Hintergrundrauschen ungehört verklingen zu lassen. Mit einem Seufzer lässt sie das Omelett auf Mirjanas Teller gleiten.

„Lass es bitte nicht kalt werden."

Mirjana nickt. „Danke, Mama!" Dann beginnt sie schweigend und etwas bedächtig zu essen.

Dorothe sitzt dem Mädchen gegenüber und schaut ihm beim Essen zu. Auch wenn es jetzt ruhig und ohne Widerworte isst, was sie dem Kind vorgesetzt hat, so weiß Dorothe doch sehr wohl, dass damit nichts gewonnen ist. Sie macht sich keine Illusionen. So leicht lässt sich Mirjana nicht von ihrer Absicht abbringen. Das Mädchen ist beharrlich, aber nicht unvernünftig. Im Gegenteil! Seinem Hang zu Fantasy und Magie zum Trotz kann es sehr pragmatisch und verständig sein. Dass Mirjana jetzt ihr Omelett isst, bedeutet noch lange nicht, dass sie eingelenkt und für ein schlichtes Ei-Gericht ihr Recht auf Selbstbestimmung verkauft hat. Es heißt auch nicht, dass sie vor lauter Hunger bereit ist ihre Absicht beiseitezuschieben. Irgendwie faszinierend, denkt Dorothe. Sie würdigt meine Arbeit als Ernährerin, das schon, möchte das Essen nicht verkommen lassen. Aber sie frisst mir mitnichten aus der Hand.

Mirjana ist froh zunächst einmal nicht weiter reden zu müssen. Sie hat ihre Absicht kundgetan und jetzt braucht ihre Mutter Zeit, um das Gesagte zu verarbeiten. Später wird sie ihr und ihrem Vater genauer erklären, was und wohin sie will. Ihr Schulvormittag war ohne Zwischenfälle verlaufen, eigentlich so wie immer, das heißt langweilig und starr. Der einzige Unterschied zu all den vorangegangenen Tagen war nur der, dass ihr dieses Langweilige und Unlebendige plötzlich bewusst geworden war. Sie hatte es immer als etwas Unabänderliches hingenommen. Schule ist eben so. Doch heute hatte sie auf einmal verstanden, dass es so gar nicht sein müsste, nicht sein sollte.

Gestern Nachmittag war sie in die Bücherei geradelt, um sich einen neuen Vorrat Fantasy-Bücher zu besorgen. Sie kam mit drei Exemplaren nach Hause und hatte außerdem spontan eine Zeitschrift ausgeliehen. Es war die neueste Ausgabe von *Heilsame Heimat,* einer Monatsschrift der neuen Landbewegung, die sie zufällig auf einem Tischchen hatte liegen sehen. Zwar richtete sich die Zeitschrift nicht speziell an Kinder, aber das Titelbild hatte dennoch Mirjanas Interesse geweckt. Es zeigte Kinder, die an einem Haus arbeiteten. *Kinder bauen ihre eigene Zukunft* stand darüber. Das hätte an sich wohl nicht gereicht, um Mirjana innehalten zu lassen. Aber es lag etwas im Ausdruck dieser Kinder, was sie sogleich fesselte.

Die jungen Bauleute hatten nicht einfach Spaß wie bei einer ungewöhnlichen, aber im Grunde unbedeutenden Bastelaktion. Ihre Gesichter zeigten auch nicht den Übermut jener Kinder, denen man auf einmal alles erlaubte. Von Ausgelassenheit keine Spur. Vielmehr lag ein Ernst in ihren Augen die Mirjana bei Kindern zuvor nie gesehen hatte. Gleichzeitig spürte sie die innige Freude, die vom Antlitz dieser Bauleute ausging. Sie verstand auf Anhieb, dass dort etwas Außergewöhnliches geschah. Es war ihr, als würden diese Kinder wirklich einen neuen Weg aufzeigen, einen Weg für sich und für alle Menschen. Ein bisschen kam es ihr auch so vor, als werde dort die Traumwelt ihrer *Fantasy*-Romane Wirklichkeit, denn das Haus, das diese Kinder errichteten, sah wunderschön und sehr besonders aus.

Zuhause angekommen, war sie sofort auf ihr Zimmer gegangen, um den Artikel über das erstaunliche Bauprojekt zu lesen. Sie erfuhr, dass es in einer Siedlung namens *Anayana* realisiert wurde. Was sie über die Hintergründe las, bestätigte ihren ersten Eindruck. Diese Kinder waren wirklich dabei eine neue Welt zu gestalten, eine Welt im Einklang mit Pflanzen und Tieren, eine Heimat für Liebe und Schönheit. Nachdem sie den Artikel zwei Mal gelesen hatte, studierte sie auch die anderen Beiträge. Die ausgeliehenen Bücher hatte sie schon vergessen. Sie fand noch zwei weitere Texte, die mit *Anayana* zu tun hatten.

Als sie schließlich mit der Lektüre fertig war, wusste sie: Da will ich hin. Da gehöre ich hin. Was sich in diesem Moment in ihr regte, war nicht wie der sehnliche Wunsch nach einem Spielzeug oder einem modischen Konsumartikel, kein Strohfeuer des Verlangens. Sie fühlte sich von dem, was sie erfahren hatte, innerlich angesprochen, fühlte, wie etwas in ihr damit in Resonanz geriet. Ein Leben erwachte in ihr, das ihr bis dahin nicht bewusst gewesen war, das sie aber unbewusst in zahllosen *Fantasy*-Geschichten gesucht hatte.

Als Mirjana vom gemeinsamen Lernen in der *Anayana*-Siedlung erfuhr, verstand sie auf einmal, wie Schule sein sollte. Die Langeweile und der Mangel an Vitalität, die sie bislang immer in der Schule gespürt hatte, wurden ihr jetzt verständlich. *Sie* war nicht verkehrt. Sie war nur an der verkehrten Schule. Und obwohl sie die *Anayana*-Schüler noch gar nicht kennengelernt hatte, waren sie ihr sofort näher als alle ihrer derzeitigen Klassenkameraden.

Mirjana hält einen Moment inne und schaut zu ihrer Mutter auf. „Lecker", sagt sie und kaut weiter. Doch als ihre Mutter anbietet noch mehr zu machen, winkt sie ab. Sie schlägt die Augen nieder, schneidet ein weiteres Stück von ihrem Omelett ab und lässt ihre Gedanken wieder zu dieser neuen, neuartigen Schule hinausgehen. Bestimmt, denkt sie, haben die Schüler dort auch so besondere Träume, Träume, durch die sie lauter interessante Dinge erfahren. Man sieht es in ihren Augen. Sie haben das Licht der Anderwelt gesehen. Aber wahrscheinlich müssen sie nicht darüber schweigen, so wie ich, aus Angst für verrückt gehalten zu werden. Nein, ganz sicher nicht, diese Kinder können miteinander darüber sprechen. Und bestimmt stoßen sie damit sogar bei ihren Lehrern auf offene Ohren. Aber bald werde auch ich dazu gehören und wir werden uns über unsere Träume austauschen, über das Wissen, das wir nachts erhalten.

Manchmal wundert sie sich darüber, wie kompliziert die Menschen alles machen. Sie benutzen schwierige Wörter und denken sich komplizierte Erklärungen aus für Dinge, die im Grunde ganz einfach sind. Diese Geschichte mit den Kräutern und Gräsern, zum Beispiel, die in letzter Zeit überall auftauchen und sogar durch geteerte Straßen und gepflasterte Wege stoßen. Jeder kann es sehen. Jeder kann es verstehen. Jeder hat es direkt vor der Nase. Die Pflanzen reagieren auf die Menschen, das ist eine einfache Wahrheit. Und viele Menschen, vor allem viele Kinder, tragen im Herzen den Wunsch nach unverbauter, grünender Erde. Das hat sie ganz klar gesehen, neulich im Traum. Und es wurde ihr auch gezeigt, dass diese Sehnsucht nun eine bestimmte Reinheit erreicht hat und dass deshalb die Pflanzen gar nicht anders können, als zu reagieren. Unaufhaltsam streben sie danach, den Herzenswunsch so vieler Menschen zu erfüllen.

Mirjana hat zu Ende gegessen und springt plötzlich vom Tisch auf. Noch bevor ihre Mutter etwas sagen kann, läuft sie aus der Küche hinaus und hinauf in ihr Zimmer. Wenige Augenblick später betritt sie die Küche erneut. Sie reicht ihrer Mutter die Zeitschrift *Heilsame Heimat* und deutet auf das Titelbild. „Das ist die Schule für mich, Mama, da will ich hin."

Doro Manz schimpft ihrer Tochter nicht, fragt sie nicht verärgert, ob sie spinnt oder was ihr einfällt. Sie weiß, das hat keinen Zweck. Stattdessen nimmt sie das Heft aus der Hand ihrer Tochter und lässt sich auf einen Küchenstuhl sinken. Sie überfliegt die Inhaltsangabe und blättert bis zum gesuchten Beitrag. Mirjana steht daneben und schaut ihr schweigend zu. Kurz danach blickt Dorothe auf. „Aber Kind, wie stellst du dir das vor? Die Schule ist nicht gerade um die Ecke. Sie ist noch weiter weg als dort, wo Opi und Omi wohnen. Dahin zu fahren würde vier oder fünf Stunden dauern." Sie sagt es nicht vorwurfsvoll oder empört. Vielmehr klingt sie besorgt, denn sie ahnt, dass Mirjanas Wunsch ihr Familienleben verändern wird.

„Sie haben Gastfamilien, Mama. Die nehmen Schüler auf, die von außerhalb kommen." Sie deutet mit dem Kopf auf die Zeitschrift. „Das steht da irgendwo."

Doro schaut ihre Tochter aus großen Augen an. „Du willst weg von uns?"

„Am liebsten wäre mir, wir würden alle dorthin ziehen. Aber wenn ich das vorschlage, sagst du, dass Papa seine Arbeit hat und nicht einfach wegziehen kann. Und du selbst hast ja auch noch deine Arbeit."

So weit gehen ihre Überlegungen schon, stellt Dorothe erstaunt fest, bis ins Praktische und Konkrete. Derlei Abwägungen hätte sie Mirjana gar nicht zugetraut.

Hi Leute! Ich möchte mich als erstes bei euch allen für eure tollen Postings bedanken. Es freut mich riesig, dass nicht nur Fußballfans, sondern auch andere Leute meinen Blog lesen. Über 3000 Shares zu meinem letzten Artikel! Ich bin platt! So viele Menschen teilen inzwischen die Botschaft der Freude. Das ist echt geil!

Heute möchte ich euch meine neue Initiative *„Fans der Freude"* vorstellen. Manche von euch haben vielleicht schon etwas darüber gehört. Das Ziel der Initiative ist es, jedes Fußballspiel zu einem echten Freudenfest zu machen und die Fairness in den Stadien zu stärken. Gemeint ist diesmal nicht das faire Verhalten auf dem Platz, sondern das auf den Rängen. Ich wünsche mir, dass sich alle Fans am Spiel freuen – auch am Spiel der gegnerischen Mannschaft. Es gibt zu wenig echte Freude auf den Tribünen. Missgunst, Arroganz, Feindseligkeit und Schadenfreude prägen allzu oft das Bild. Die Stimmung ist häufig aggressiv; die gegnerischen Fans werden beschimpft, die Schiedsrichter ausgebuht. Sogar für die „eigenen" Spieler gibt es Pfiffe, wenn ihre Leistung nicht zufriedenstellt. Freude sieht anders aus!

Freude kann es niemals zu Lasten anderer geben. Natürlich bin ich erleichtert, wenn ein Spieler der gegnerischen Mannschaft einen Elfmeter verschießt. Aber warum sollte ich mich über ihn lustig machen und ihn verhöhnen. Ich weiß, wie er sich fühlt. Sehe ich also, wie ihn seine Mitspieler trösten, freut mich das innerlich sehr. Wenn ich dagegen höre, dass auf den Rängen Spottgesänge angestimmt werden, geht mein ganzes Mitgefühl zum unglücklichen Schützen. Zur Trauer und Enttäuschung über den verschossenen Penalty muss er nun auch noch den Schmerz ertragen, verhöhnt zu werden. Häme ist schlechter Stil, ein hässlicher Zug, der in den meisten Fällen nur die eigene Angst vor Schmach und Niederlage spiegelt. Wer sich „gut" fühlt, indem er andere niedermacht, der hat noch keine wirkliche Freude kennengelernt. Helft mit, liebe Freunde, ihm diese Erfahrung zu ermöglichen. Macht auch aus ihm einen „Fan der Freude".

Freude ist weder herablassend, noch einschüchternd. Wenn ein Spieler eine tolle Leistung zeigt, verdient er Anerkennung und Applaus – egal welcher Mannschaft er angehört. Wer nur Gefallen am Spiel „seiner" Mannschaft findet und sich weigert die schönen Spielzüge und technischen Stärken der Gegner wertzuschätzen, wird sich zwangsläufig weniger freuen. Es ist Quatsch zu meinen, dass nur elf gute Spieler auf dem Feld stehen und die anderen elf alle schlecht, schwachsinnig und unfair sind. Wer so denkt, lässt sich viel zu viel von negativen Gefühlen beherrschen. Der kann sich nicht einmal über das Spiel der „eigenen" Mannschaft wirklich freuen.

Die Enttäuschung oder gar Beschämung des Besiegten ist eine Wunde, in die man kein Salz streuen sollte. Bei aller Ausgelassenheit über einen verdienten Sieg, zeigen „Fans der Freude" auch Mitgefühl mit den Unterlegenen. Lasst das Gefühl in euch zu! Es ist kein Zeichen der Schwäche, ganz und gar nicht! Im Gegenteil: Wahres Mitgefühl mit dem Besiegten vertieft die Freude über den Sieg. Fürchtet euch nicht in Gedanken bei den Verlierern zu sein! Wenn uns das gelingt, machen wir aus den Stadien mehr als bloße Fußballtempel, wo außer Bällen vor allem der Rubel rollt. Wir würden die Arenen vielmehr zu Orten verwandeln, an denen

Anstand und Menschlichkeit praktisch gelebt werden.

Setzt ein Zeichen für Fairness und Freude auf den Rängen! Mein Vorschlag: Tragt bei jedem Spiel Fankleidung beider Mannschaften! Es wäre ein starkes Signal gegen Hass und Feindseligkeit. Stellt euch vor, der Schalke-Fan trägt zum Vereinsshirt einen Dortmund-Schal. Oder der Bayernfan trägt zu seinem Hoodie eine Hoffenheim-Kappe! Du brauchst damit nicht gleich in der Fankurve zu erscheinen. Auch in anderen Bereichen der Stadien könntest du mit einem *Dress mix* zum Ausdruck bringen, dass du auf der Seite der Freude stehst. Du musst nicht einmal neue Fanartikel kaufen. Es wäre sowieso viel besser, wenn du welche mit einem Fan der gegnerischen Mannschaft tauschen würdest.

Ich habe in den letzten Wochen bereits eine ganze Reihe von Fußballer-Kollegen aus den spanischen und deutschen Ligen für meine Initiative gewonnen. Gemeinsam wollen wir auf die Verbände und Stadionbetreiber einwirken, damit die uns mit eigenen Aktionen unterstützen. Der Präsident des spanischen Fußballverbandes RFEF hat unsere Idee in der Öffentlichkeit bereits sympathisch und vorbildlich genannt. In Deutschland bekommen wir nicht nur aus der Politik Zuspruch, sondern auch von der Gewerkschaft der Polizei. Die Beamten begrüßen die Vorstellung einer von Freude getragenen Stadionkultur ausdrücklich.

Wir haben schon viel erreicht – und jeder von euch hat dazu beigetragen. Unterstützt die Initiative weiter und teilt diesen Artikel mit euren Freunden. Zusammen werden wir dafür sorgen, dass es immer mehr „Fans der Freude" gibt! Danke!

Euer Willi

Lese meine weiteren Beiträge:
+ Die Willi-Wegner-Stiftung: Ziele und Wege
+ Satiasana: Was wir von ihr lernen können
+ Erlaubtes Doping: Freude gegen Trägheit
+ Schnelles Denken: Das Fußballspiel im Kopf
+ Abwehrspieler: wach, aber stets gelassen
+ Das Fußballstadion als moderne Bildungsstätte

Mitten im beschaulichen Ostpark liegt ein beliebter Kiosk, ein kreisrunder Holzbau umgeben von einer Kiesfläche, auf denen Tische und Stühle aufgestellt sind. Im Sommer spenden zwei ausladende Kastanien den Besuchern Schatten. Doch jetzt im Frühjahr hat man das meiste Mobiliar in die Sonne gerückt, die auch noch am späteren Nachmittag angenehm warm und wohltuend ist. Trotzdem ist nur etwa jeder zweite Tisch besetzt, zumeist von älteren Gästen. Klar, für Jugendliche ist der Platz nicht besonders aufregend. Und die jungen Mütter zieht es mit ihren Kindern eher in die Freibäder, die inzwischen wieder geöffnet haben. Trotzdem wäre hier früher an einem schönen Tag wie dem heutigen viel mehr los gewesen.

Die zunehmende Stadtflucht macht sich eben auch an diesem Ort bemerkbar, denkt Ingeborg Ringgarten, als sie nach einem kleinen Tisch am Rande Ausschau hält. Schon auf dem Weg durch den Park war der ihr auffallend ruhig vorgekommen. Jetzt, so überlegt die Professorin, wo die Leute wieder mehr rausgehen und ihre Zeit im Freien verbringen, fällt es erst so richtig auf, wie viele die Stadt bereits verlassen haben. An der Uni wirkt sich die Veränderung bislang vor allem positiv aus. Die Zeit der überfüllten Hörsäle scheint erst einmal vorbei zu sein.

Sie selbst kommt oft hierher. Ihre Fakultät grenzt am Park und sie genießt es, ihre Pausen im Grünen zu verbringen. Das ist allerdings nicht der einzige, nicht der wichtigste Grund, weshalb sie den Kiosk als Treffpunkt vorgeschlagen hat. Sie will sich mit einem Kollegen über ein interdisziplinäres Forschungsprojekt unterhalten. Und mit etwas Glück werden er und sie den Forschungsgegenstand heute hier im Park live beobachten können.

Sie setzt sich an einen runden Tisch im Halbschatten und widersteht der Versuchung in der freien Sekunde auf ihr Handy zu schauen. Stattdessen lässt sie ihren Blick über den Platz und die große Rasenfläche gleiten. Noch ist nichts Auffallendes zu sehen.

„Ingeborg, grüß dich." Hannes Brüning war hinter ihrem Rücken an den Tisch getreten und blickt sie nun lächelnd von der Seite her an.

„Hannes! Hallo" Sie erhebt sich und begrüßt den Soziologen mit Wangenküsschen. Der lässt sich anschließend mit einem genüsslichen Stöhnen auf einen Stuhl nieder. Ingeborg schaut auf ihre Uhr. „Du bist früh dran", sagt sie neckend, „so kenne ich dich gar nicht."

Brüning grinst. „Tja, die Zeiten ändern sich." Er macht eine Kunstpause. „Aber die Wahrheit ist nicht, dass ich pünktlicher geworden bin, sondern die Fahrräder sind bloß schneller geworden." Als ihn die Kollegin fragend anschaut, nickt er zum Fahrradständer hinüber. „Ich habe seit einigen Tagen ein neues Rad, ein Karbonrad. Federleicht ist das Ding, unglaublich, da fliegt man nur so durch die Straßen."

„Na, dann hast du sicher noch Energie unsere Getränke zu holen. Ich hätte gern eine Rhabarbersaftschorle."

Brüning spielt den Verdutzten. „Ach so, ich habe gedacht,

du lädst mich ein."

Ein Lächeln spielt um Ringgartens Lippen. „Abgerechnet wird später."

Brüning entscheidet diese zweideutige Bemerkung unkommentiert zu lassen und verschwindet in Richtung Kiosk. Kurz darauf kehrt er mit den Getränken an ihren Platz zurück.

Die Professorin zieht die Augenbrauen hoch, als sie zwei Rhabarbersaftschorlen erblickt. „Kein Bier für dich?"

Brüning schüttelt den Kopf. „Nein, nur noch selten."

„Oha! Die Zeiten ändern sich also doch."

Der Soziologie-Professor macht mit der Linken eine ausladende Bewegung und lässt seinen Blick über den Platz schwenken. „Na ja, schau dich um!"

Ingeborg nickt. Klar, Hannes hat natürlich auch bemerkt, wie wenig hier heute los ist. Die genauen Zahlen zur momentanen Abwanderung aus den Städten sind ihm sicher wohlbekannt. Sie betrachtet den Kollegen, der gerade einen Schluck trinkt. So entspannt und locker er sich auch gibt, so weiß sie doch, dass er viel beschäftigt ist. Seine Seminare sind gut besucht und er kann sich über mangelnde Arbeit mit Sicherheit nicht beklagen. Sie entscheidet keine Zeit mit Smalltalk zu vergeuden. „Ja, es passieren merkwürdige Dinge, Dinge, die man sich noch vor zwei-drei Jahren gar nicht hätte ausdenken können. Zum Beispiel die Sache mit den Telepathie-Flashmobs."

Unwillkürlich dreht Brüning kurz den Kopf und blickt sich um, als könnte das, wovon nun die Rede ist, tatsächlich spontan in Erscheinung treten.

Ingeborg Ringgarten lächelt. „Ah, ich sehe, du weißt, was ich meine."

„Klar! Ich hab sogar ein paar Studenten, die da schon mitgemacht haben."

„Ach, das ist ja interessant. Ich habe auch eine Studentin

im vierten Semester, die schon öfter dabei war. Hast du mal mit ihnen darüber geredet?"

„Ich saß mal dabei, als sie den anderen davon erzählten. Viel habe ich nicht verstanden. Mir ist eigentlich vor allem klar geworden, dass diese Leute wirklich anders drauf sind."

„Anders?"

„Na ja, irgendwie schon. Schwer zu sagen, was genau anders ist. Sie scheinen andere Prioritäten in ihrem Leben zu haben, andere Ideale, andere Ziele."

„Ist das nicht immer so bei Jugendlichen?"

Brüning schüttelt den Kopf. „Nicht so wie bei diesen Leuten. Mir kommt es so vor, als würden sie in einer anderen Wirklichkeit oder Dimension leben." Dann grinst er unvermittelt und schaut seine Kollegin an. „Vielleicht mehr dein Fall."

„Du meinst ein Fall für die Religionsforscherin?"

„Ja, als ich diesen Studenten zuhörte, hatte ich das Gefühl, dass sie von einem starken Glauben geleitet werden. Und ihre telepathischen Kontakte muten mich schon sehr spirituell an."

Ingeborg Ringgarten nickt. „Stimmt! Außersinnliche Wahrnehmungen spielen in der Geschichte vieler Religionen eine entscheidende Rolle. Rein geistige Kontakte, Visionen, innere Stimmen standen oft am Anfang einer religiösen Bewegung. Aber es waren immer nur Einzelne, die solche Wahrnehmungen machten. Was wäre aber, wenn nun plötzlich viele Menschen telepathische Fähigkeiten entwickelten? Würde das nicht unsere Gesellschaft grundlegend verändern?"

Brüning kapiert schnell. „Du meinst auch ein Fall für den Soziologen?"

„Genau." Ringgarten beschließt die Katze aus dem Sack zu lassen. „Hannes, das ist der Grund, weshalb ich dich hergebeten habe. Ich möchte dir ein interdisziplinäres Forschungsprojekt zur telepathischen Kommunikation vorschlagen. Meine

Studenten wären sicher sofort dabei. Mit Feldforschung haben wir weniger Erfahrung, aber wir könnten das Phänomen in einen geistesgeschichtlichen Kontext verorten. Du könntest Studenten aus einem deiner Kurse damit beauftragen ein Forschungsdesign zu schreiben."

Der Soziologe runzelt die Stirn. „Das wäre doch eher etwas für die Psychologen."

Ingeborg Ringgarten hat diesen Einwand erwartet. „Im Prinzip schon", räumt sie ein, „aber die Psychologie-Professoren die ich kenne, reagieren extrem abwehrend, wenn man ihnen mit Parapsychologie kommt. Die halten an ihren Lehrbüchern fest und fürchten in der *Community* nicht länger ernstgenommen zu werden. Es wird ja manchmal behauptet, dass wir Religionswissenschaftler allesamt Atheisten seien. Aber die Psychologen, die ich kenne, lehnen im Grunde alle die Existenz einer Seele ab. Das sind reine Biologen, die sich weigern ein Bewusstsein außerhalb der Physis auch nur in Erwägung zu ziehen."

„Und du meinst, wir Soziologen sind aufgeschlossener."

„Also ich kenne einen, der auf jeden Fall aufgeschlossen ist."

Brüning erhebt tadelnd den Zeigefinger und weist Ringgarten spielerisch zurecht. „So nicht, Kollegin! Schmeichelei ersetzt keine Argumente."

„Okay wie wäre es damit? Ihr, Soziologen, müsst euch nicht so panisch von parapsychologischen Phänomenen abgrenzen, weil sie euer Selbstverständnis nicht bedrohen. Ihr könnt euch unverkrampfter damit befassen. Diese telepathische Kommunikation ist dabei unsere Gesellschaft zu verändern. Wir sind mit anderen Worten Zeugen eines ganz neuartigen sozialen Wandels. Was heißt das für die Integrations- und Desintegrationsprozesse, für die sozialen Normen, fürs soziale Handeln?"

Brüning hebt die geöffneten Hände, als wolle er sich ergeben. „Ho, ho, ho! Da hat sich aber jemand vorbereitet!"

Die Professorin senkt die Stimme. „Mir ist es ernst, Hannes. Das könnte eine tolle Sache werden."

Auch der Soziologe wird sofort wieder ernst und sein Gesichtsausdruck macht klar, dass er nicht wirklich überzeugt ist. „Also, ich ..."

In dem Moment ertönen plötzlich mehrere Martinshörner gleichzeitig und erzeugen in ihrer unmittelbaren Nähe eine schrille Kakophonie. Beide Professoren drehen sich in die Richtung des Lärms und manche Kioskgäste springen auf und haben bereits ihre Handys im Anschlag. Eine ganze Kolonne von Polizeifahrzeugen rast mit hoher Geschwindigkeit in den Park, darunter Gruppenkraftwagen und Busse. Die spektakuläre Aktion und der Höllenlärm schlagen alle Besucher in ihren Bann. Auch die beiden Wissenschaftler stehen auf und sind zunächst wie paralysiert.

Dann kommt Bewegung in die Menge. Die Besucher verlassen ihre Tische und laufen den Fahrzeugen hinterher, die inzwischen tiefer in den Park hineingefahren sind. Brüning und Ringgarten werfen sich einen Blick zu und sind sich sogleich einig. Wortlos schließen sie sich der Menge an und laufen mit klopfendem Herzen dem Lärm hinterher. Als sie die Fahrzeugkolonne letztendlich erreichen, sind die Martinshörner bereits abgestellt. Das Bild, das sich ihnen bietet, kennen sie sonst nur aus dem Fernsehen. Offenbar ist eine halbe Hundertschaft ausgerückt, allesamt behelmte Beamte in graublauer Kampfmontur. Sie haben eine Gruppe barfüßiger, vorwiegend junger Leute eingekreist und stehen ihnen breitbeinig gegenüber, die Hand am Schlagstock. Ein Polizist mit Megafon, offenbar der Anführer, erklärt den verschreckten Parkbesuchern, dass man sie auf richterliche Anordnung vorläufig festnehmen werde. Die Betroffenen reagieren mit Unverständnis. Eine junge Frau fängt an zu weinen, ein langhaariger Mann stößt wüste Beschimpfungen aus. Viele von ihnen halten sich in den Armen und scheinen vom Auftritt des Polizistenheeres eingeschüchtert.

Ingeborg Ringgarten stößt Brüning von der Seite an. „Du, das sind Flashmobber."

Brüning nickt ohne seinen Blick von der Szenerie abzuwenden. „Ja, wenn man vom Teufel spricht..."

„Fragt sich nur, wer hier der Teufel ist."

Wie auf Kommando erfolgt der Zugriff. Je zwei Beamte ergreifen einen Flashmobber. Den Betroffenen werden Handschellen angelegt, wonach man sie zu den bereitstehenden Bussen schiebt und zerrt. Keiner wehrt sich gegen seine Verhaftung, aber manche verlangen lautstark nach einer Erklärung, wollen wissen, was ihnen zur Last gelegt wird. Die Polizisten reagieren nicht darauf. Das Missverhältnis von bedrohlichem Dominanzverhalten auf der einen und ungeschützter Harmlosigkeit auf der anderen Seite lässt die ganze Aktion grotesk erscheinen.

Manche der Kioskbesucher filmen den Zugriff mit ihrem Handy. Sie werden von einigen der bislang untätigen Beamten unsanft zurückgedrängt.

Brüning verfolgt die Auseinandersetzung mit wachsendem Unbehagen. Dann zieht eine junge Frau seine Aufmerksamkeit auf sich, indem sie sich wortgewaltig gegen ihre Widersacher wendet. „Lasst mich los, ihr Dumpfbacken", wirft sie den Beamten an den Kopf. „Fasst mich nicht an! Fangt endlich an zu denken! Befreit euch aus eurem dunklen Verlies. Wir sind Kinder des Lichts. Wir alle! Stellt euch nicht in den Dienst dunkler Mächte. Denkt nach! Schaut euch selbst an! Von Angsthormonen gesteuert seid ihr und voller Gewalt. Lasst mich los, ihr habt kein Recht mich anzufassen, ihr Bio-Roboter! Wacht auf!"

„Corinna?" Brüning setzt sich in Bewegung. „Corinna!"

Die junge Frau wird auf beiden Seiten festgehalten und rasch weitergeführt, aber es gelingt ihr den Kopf zu drehen und den Rufer zu erkennen. „Professor Brüning! Helfen Sie mir!" Die Beamten halten keine Sekunde inne, scheinen vielmehr ihren Schritt noch zu beschleunigen.

Einen kurzen Moment ist Brüning unschlüssig, hin- und hergerissen zwischen Ohnmacht und Empörung. Dann stürmt er zum Megafonmann. „Was soll das werden?", herrscht er den Einsatzleiter an. „Wieso verhaften Sie diese unschuldigen Leute? Was sollen sie denn angestellt haben? Haben sie das Gras plattgetreten, oder was? Die streicheln doch nur die Bäume, das sind alles harmlose Naturfreunde. Was soll das?"

Der Polizist schaut währenddessen mit versteinerter Miene auf die Aktion seiner Männer. Dann dreht er sich provozierend langsam zum aufgebrachten Mann hin und streckt das Kinn voraus. „Treten Sie zurück!"

Gebieterisch und barsch klang das, aber Brüning ist viel zu aufgewühlt, um davon beeindruckt zu werden. Er sieht, wie hinter dem Megafonmann seine Studentin in den Gefangenentransporter bugsiert wird. Furchtlos setzt er nach. „Was werfen Sie diesen Leuten vor? Was sollen sie denn verbrochen haben?"

Der Einsatzleiter drückt ihm die flache Hand auf die Brust. „Zurücktreten habe ich gesagt!"

Ingeborg Ringgarten ist inzwischen dazugekommen und versucht ihren Kollegen wegzuziehen. Der schüttelt ihre Hand ab und geht nun bewusst in die Konfrontation. „Ich weiche nicht von dieser Stelle, bevor ich erfahre, warum diese Leute verhaftet werden."

Der Beamte stöhnt, aber es klingt eher wie ein Grunzen. Er nickt hinüber zu den Bussen, in die gerade die letzten Festgenommenen verfrachtet werden. „Sind Sie der Vater von einem von denen?"

Brüning schüttelt den Kopf. „Nein."

Der Einsatzleiter tritt einen Schritt näher, fixiert sein Gegenüber aus schmalen Augen und drückt ihm den Zeigefinger auf die Brust. „Dann machen Sie sich jetzt ganz schnell vom Acker, sonst nehme ich Sie noch mit, Sie Schlaumeier." Er wartet keine Reaktion ab, sondern wendet sich den Bussen zu und gibt das Signal zur Abfahrt.

Brüning schaut den Polizeibussen schwer atmend hinterher.

Ringgarten legt ihm eine Hand auf die Schulter. „Hannes, komm jetzt. Du hast getan, was du konntest."

Der Soziologe dreht sich um und schaut seine Kollegin an. „Ja, aber es war nicht genug."

Er sieht ganz schön mitgenommen aus, denkt die Professorin. Schweigend nimmt sie ihn in den Arm. Er lässt es geschehen und sein Atem beruhigt sich. Dann löst er sich aus der Umarmung und tritt einen Schritt zurück. Er blickt Ringgarten entschlossen an. „Ich werde mit meinen Studenten reden, Ingeborg. Wir werden uns dieser Thematik annehmen. Du hast Recht. Es ist Zeit, dass die Wissenschaft sich mit diesem Phänomen befasst. Wenn es so brutal bekämpft wird, muss es für manche wohl sehr bedrohlich sein."

Sie schlendern zum Kiosk zurück. Ingeborg betrachtet Brüning von der Seite. „An wen denkst du dabei?"

„An die, die etwas zu verlieren haben. Wenn Telekommunikation auf einmal ohne Handys oder Internet geht, wird das manchen Leuten gar nicht gefallen."

„Das klingt politisch."

„Unsere Wissenschaft ist politisch, Ingeborg. Wir stehen nicht außerhalb der Machtverhältnisse." Dann bleibt er abrupt stehen und dreht sich ihr zu. „Was ist? Willst du jetzt doch lieber die Finger davonlassen?"

Die Professorin schüttelt den Kopf. „Ich habe keine Angst, Hannes. Und wenn sie mir drohen meinen Etat zu kürzen oder mich auf ein Abstellgleis zu schieben, dann ist mir das egal. Ich bin eine freie Wissenschaftlerin an einer freien Universität. Das klingt jetzt vielleicht pathetisch oder abgedroschen, aber ich fühle mich immer noch der Wahrheit verpflichtet."

„Eine Sekte? Was denn für eine Sekte?" Eva Möhring ist ehrlich verblüfft.

Karin, die Rektorin ihrer kleinen Stadtteilschule, schüttelt den Kopf und es wird nicht ganz klar, ob sie den erhobenen Vorwurf missbilligt, die Vorgehensweise oder ob sich ihre Ablehnung eher auf das Phänomen Sekten bezieht. Das Regierungsschreiben, der Anlass für dieses Gespräch, liegt vor ihr auf dem Schreibtisch. Ihre Rechte schwebt darüber, so als fürchte sie das Thema anzufassen oder als versuche sie den Briefeschreiber zu beschwichtigen.

„Uns liegt", fängt sie an vorzulesen, „die schriftliche Beschwerde von Eltern vor, deren Kind Ihre Schule besucht. Dieser Beschwerde beigefügt ist ein detaillierter Bericht über Vorkommnisse in der Klasse 4b. Demnach soll die dortige Klassenlehrerin, Frau Eva Möhring, wildlebende Tiere in den Unterricht gebracht und ihre Schüler damit auf unverantwortliche Weise Flöhen, Läusen und gefährlichen Krankheitserregern ausgesetzt haben. Zudem ist im genannten Bericht von fragwürdigen Unterrichtsinhalten die Rede, die in keinerlei Weise dem amtlichen Lehrplan entsprächen. Der Beschwerdeführer spricht wörtlich von ‚Weltanschauungsunterricht, in dem diffuse Ideen über die Beseelung aller Dinge verbreitet werden. Die Schüler werden mit animistischen und magischen Vorstellungen indoktriniert. Und da neunjährige Kinder noch keine kritische Vernunft ausgebildet haben, sind sie gegen derlei Hirnwäsche wehrlos.' Aufgrund dieser Beobachtungen äußert der Beschwerdeführer den Verdacht, dass die oben genannte Lehrkraft einer Sekte angehöre, zumal sie sich wissenschaftlichen Argumenten gegenüber wenig aufgeschlossen gezeigt haben soll."

Eva Möhring hat die Hand vor den Mund gelegt und starrt fassungslos ins Leere. Sie fühlt Bitterkeit in sich aufsteigen. Dann schüttelt sie sich kurz um sich aus ihrer Enttäuschung und Lethargie zu befreien. „Das war der Reitmeier, Karin, ganz sicher, der Vater von Felix."

Die Schulleiterin nickt. Eva hatte ihr vor einigen Tagen bereits vom dramatischen Verlauf des Elternabends in der 4b erzählt. „Sieht so aus, ja." Sie holt tief Luft. „Der Brief ist noch nicht zu Ende. Der Regierungsschuldirektor schreibt Folgendes dazu: Ich weise Sie hiermit an, den erhobenen Vorwürfen nachzugehen. Ich rechne damit, dass Sie alles Nötige zur lückenlosen Aufklärung des Falles tun werden und erwarte Ihren Bericht innerhalb von zwei Wochen. Sollte sich der Verdacht einer Sektenmitgliedschaft der oben genannten Kollegin erhärten, wäre das eine Verletzung der Neutralitätspflicht, was einem Dienstvergehen gleichkäme. In dem Fall wäre ein Disziplinarverfahren unabwendbar."

Die Worte klingen schwer im Raum nach. Eva Möhring ist fassungslos. Immer wieder gehen ihre Gedanken zum letzten Elternabend zurück. Was hätte sie anders machen können – machen müssen?

Die Rektorin atmet geräuschvoll aus. „Tja, da hat wohl jemand gute Verbindungen zur Regierung. Die meisten Beschwerden werden dort erst gar nicht angenommen."

„Und was heißt das jetzt?"

Karin lächelt freudlos. „Das heißt, dass ich dem Regierungsschuldirektor eine höfliche und deutliche Antwort schreiben werde. Er wird sie lesen und dann seinen Intimus

Reitmeier anrufen, um ihn hoffentlich zu beruhigen."

Eva ist skeptisch. „Und was wirst du reinschreiben?"

„Ich? Nicht ich, Eva, wir beide! Das machen wir gemeinsam. Oder meinst du, ich soll dich erst offiziell um eine schriftliche Stellungnahme bitten, dann das Gespräch mit den Elternsprechern suchen, vielleicht noch ein paar Schüler interviewen und alle diese Gespräche akribisch protokollieren um schließlich auf der Grundlage dieser Schriftstücke meinen Abschlussbericht zu verfassen?" Sie grinst. „Diese Sesselfurzer in der Regierung meinen wohl, ich hätte nichts Besseres zu tun und mir wäre langweilig. Die haben leider keine Ahnung vom Schulbetrieb, Eva. Das ganze Thema interessiert den Regierungsschuldirektor auch gar nicht. Der will den Fall nur vom Tisch haben. Er schuldet seinem Freund Reitmeier offenbar einen Gefallen. Den hat er ihm jetzt getan und damit gut."

Plötzlich bricht es aus Eva heraus. „Aber die Vorwürfe sind absurd, absolut aus der Luft gegriffen. Der Reitmeier verdreht die Fakten absichtlich. Das ist Rufmord."

„Klar sind die Vorwürfe absurd, Eva, das weiß ich doch. Ich kenne dich lange genug, um das beurteilen zu können. Und außerdem kenne ich diesen Vater. Mit dem hatten wir schon öfter Schwierigkeiten. Also lass dich von der ganzen Sache nicht zu sehr beeindrucken." Sie nickt aufmunternd. „Also, wie sieht's aus? Hast du Zeit?"

„Wie? Jetzt gleich?"

„Ja, was glaubst du denn?", erwidert die Rektorin mit einem Augenzwinkern, „Ich will den Fall auch vom Tisch haben."

Eine Dreiviertelstunde später lehnen sich beide in ihren Bürostühlen zurück und blicken auf den Bildschirm von Karins Computer. Sie hatten bald festgestellt, dass die Andeutungen im Regierungsschreiben zu allgemein und vage waren, um auf deren Grundlage Untersuchungen anstellen zu können. Und so war aus dem geforderten Bericht eher eine Klarstellung geworden.

Sehr geehrter Herr Dr. Meinert,
bezugnehmend auf Ihr Schreiben vom 3. Juni d.J. möchte ich Ihnen zunächst versichern, dass mir die Qualität der ordnungsgemäßen und engagierten Arbeit meiner Kolleginnen am Herzen liegt. Vor diesem Hintergrund nehme ich die von Ihnen angeführten Beschwerden natürlich sehr ernst.

Gleichwohl sehe ich mich außerstande diesen Fall, wie Sie es fordern, lückenlos aufzuklären. Dafür bleiben die Vorwürfe des anonymen Beschwerdeführers zu unspezifisch. Auch liegen mir keinerlei Beweise für die erhobenen Anschuldigungen vor, was angesichts ihrer Schwere umso mehr verwundert.

Ich kann Ihnen allerdings versichern, dass Frau Eva Möhring, die ich schon seit vielen Jahren kenne, nicht nur eine engagierte und beliebte Klassenlehrerin ist, sondern überdies für ihren hochwertigen und innovativen Unterricht von Eltern, Schülern und Kollegen geschätzt wird.

Was die „wildlebenden Tiere" im Unterricht anbelangt, so möchte ich klarzustellen, dass es sich dabei um ein einzelnes Eichhörnchen handelte, das ein Schüler anlässlich einer Präsentation mitbrachte. Frau Möhring hat sich am letzten Elternabend ausdrücklich und in aller Form dafür entschuldigt, die gesundheitlichen Risiken dieses „Gastauftritts" nicht genügend im Blick gehabt zu haben.

Vollends ratlos macht mich die Unterstellung, Frau Möhring würde einer Sekte angehören. Ich sehe dafür keinerlei Anhaltspunkte oder Indizien. Insofern kann ich bei der Kollegin nicht einmal ansatzweise ein Dienstvergehen erkennen. Wenn Sie, Herr Regierungsschuldirektor, diesbezüglich über nähere Informationen und belastende Erkenntnisse verfügen, so möchte ich Sie bitten mir diese vorzulegen, damit ich nötigen-

falls tätig werden kann. Bis dahin verbleibe ich
Hochachtungsvoll
Karin Sebesse
Rektorin

Eva massiert ihre Schläfen und blinzelt ein paar Mal. „Meinst du, er wird sich damit zufriedengeben?"

Karin lächelt zuversichtlich. „Der Regierungsschuldirektor? Ich hoffe es."

„Und wenn nicht?"

Die Rektorin übergeht die Frage und macht stattdessen ein paar praktische Vorschläge. „Eva, ich empfehle dir über alles, was mit Herrn Reitmeier zu tun hat, ab sofort Protokoll zu führen. Zudem solltest du zu deinem letzten Elternabend ein Gedächtnisprotokoll anfertigen. Und Gespräche mit Herrn Reitmeier führst du bitte ab jetzt nicht mehr ohne Zeugen. Wenn keine andere Kollegin Zeit hat, holst du mich dazu."

Die Klassenlehrerin stöhnt. „So wollte ich nie arbeiten."

„Wie meinst du?"

„So förmlich und voller Misstrauen, das heißt so, dass ich jedes Wort auf die Goldwaage legen muss."

„Du musst dich schützen, Eva."

„Ja, es sieht so aus, aber es gefällt mir nicht."

KRITIK AN PARKRAZZIEN
Gewerkschaft der Polizei: nur ein Schlag ins Wasser

Der gestrige Großeinsatz der Polizei gerät immer stärker in die Kritik. Mit einer konzertierten Aktion gingen Einheiten der Landes- und Bundespolizei gegen die als *Strauchstreichler* bekannten Flashmobber vor. In bundesweit elf Städten schlug die Polizei zu. Nach eigenen Angaben nahm sie dabei mehrere Hundert Personen vorläufig in Gewahrsam. Die Bundesstaatsanwaltschaft ermittelt gegen die Festgenommenen. Ihnen wurde zunächst vorgeworfen, einer ökoterroristischen Vereinigung anzugehören. Wie inzwischen verlautete, gab es offenbar Hinweise aus Geheimdienstkreisen, denen zu Folge die Parkaktivisten für die gezielte und großflächige Verbreitung von Unkräutern und Baumschösslingen verantwortlich seien. Daraufhin erhob der Generalbundesanwalt Anklage gegen unbekannt wegen massiven Sachbeschädigungen im öffentlichen Raum, einer vielfachen Gefährdung der Straßenverkehrsordnung sowie einer Verschwörung gegen die Staatsgewalt.

In den letzten Wochen haben die *Strauchstreichler* nicht nur mit sonderbaren Aktionen auf sich aufmerksam gemacht. Ihre Treffen erregten vor allem als so genannte *Telepathie-Flashmobs* großes Interesse in der Öffentlichkeit. Immer wieder behaupteten die Teilnehmer sich mittels Gedankenübertragung untereinander zu verständigen. Dieses Phänomen wird seitdem in den Medien lebhaft und kontrovers diskutiert. Bislang allerdings hatte noch keiner die Parkaktivisten mit der weit verbreiteten *Unkraut-Attacke* in Verbindung gebracht. Und offenbar existiert eine solche Verbindung auch gar nicht.

Heute Mittag um kurz vor 16.00 Uhr kam die Kehrtwende: In einer kurzen schriftlichen Erklärung teilte der Generalbundesanwalt mit, dass sich der Anfangsverdacht gegen die in Gewahrsam genommenen Flashmobber nicht erhärtet hätte. Alle 641 vorläufig Inhaftierten seien inzwischen wieder auf freien Füßen. Was genau die Bundesanwaltschaft zu dieser in Deutschland bis dato beispiellosen Verhaftungswelle veranlasste, bleibt indes ein Rätsel. In der Pressemitteilung verliert sie darüber kein Wort.

Ein Polizeisprecher bestätigte jedoch, dass es Hinweise von Seiten des Bundesamtes für Verfassungsschutz gegeben hat. In ihrer Gesamtheit ließen die Informationen auf eine akute Gefährdung der öffentlichen Ordnung und der Sicherheit des Staates schließen. Vor dem Hintergrund dieser Erkenntnisse schien schnelles Eingreifen geboten. Es gab daraufhin eine Telefonkonferenz, an der neben verschiedenen Polizeipräsidenten auch der Bundesinnenminister teilnahm. Gemeinsam sei das Vorgehen besprochen und beschlossen worden.

Unter den Verhafteten war offenbar auch der Sänger, Keyboarder und Komponist der Band *Eight Miles High*, Andy Key. Der Rechtsanwalt des bekannten Musikers setzte inzwischen die Behörden öffentlich unter Druck. In einer gut besuchten Pressekonferenz verlangte er punktgenau zu erfahren, was seinem Mandanten vorgeworfen wird. Indirekt drohte er mit einer Schadenersatzklage.

Bundespolitiker der Opposition und Bürgerrechtsgruppen wollen der Sache nun auf den Grund gehen. Sie vermuten, dass die Geheimdienste nervös geworden sind, da sie die handylosen Verbindungen der Aktivisten untereinander nicht überwachen konnten. „Wahrscheinlich", so Inge Schipanski von der Bundestagsfraktion der Linken, „hat der Verfassungsschutz deshalb V-Leute in die Gruppen der Flashmobber eingeschleust, obwohl man mit derlei Wichtigtuern in der Vergangenheit immer wieder Schwierigkeiten hatte. Gerade von den Strafgerichtshöfen wurden die von V-Leuten gelieferten Informationen immer wieder als unzulässiges Material zurückgewiesen. Der Generalbundesanwalt hat schlichtweg seine Hausaufgaben nicht gemacht. Und das mussten nun Hunderte unschuldiger Bürger ausbaden", so Schipanski. „Der Bundesinnenminister solle sich jetzt erklären. Wenn er als oberster Dienstherr der Polizeibehörden in den Großeinsatz eingeweiht war und ihn befürwortete, muss er seine Konsequenzen ziehen", fordert die linke Politikerin.

Der bekannte Jurist und Bürgerrechtsaktivist Erich Pfister

denkt noch einen Schritt weiter. „Wenn tatsächlich V-Leute in der *Strauchstreichler*-Szene aktiv waren", so Pfister, „wirft das zumindest eine zentrale Frage auf: Wie konnten diese Spitzel in Erfahrung bringen, wann und wo der nächste Flashmob stattfinden sollte – ohne Mobiltelefon, ohne Internet? Waren die verdeckten Informanten", fragt Pfister, „etwa auch in der Lage sich in das telepathische Netzwerk der Parkaktivisten einzuloggen? Der Verdacht drängt sich auf, dass der Verfassungsschutz gezielt Überläufer rekrutiert hat, Leute also, die bereits über telepathische Fähigkeiten verfügten. Offenbar ging es dem Inlandsgeheimdienst von Anfang an gar nicht um die harmlosen *Treelovers*, sondern um ihre außergewöhnliche Kommunikation." Der Jurist vermutet mit anderen Worten, dass die Verfassungsschützer nach Wegen suchten, die bislang unbekannte a-digitale Telekommunikation künftig genauso zu überwachen wie sie es heute schon bei Funkverbindungen zu tun vermögen.

Die Gewerkschaft der Polizei (GdP) übt inzwischen heftige Kritik an den leitenden Polizeipräsidien (PP) sowie insbesondere an den Innenministerien der beteiligten Bundesländer. Ihr Bundesvorsitzender Oskar Mankow beklagt in einer telefonischen Stellungnahme, dass die Bereitschaftspolizei (BePo) in völlig sinnlose Einsätze geschickt wird, während gleichzeitig und schon seit Jahren ein dramatischer Personalnotstand herrscht. Das ist zum Haare-Raufen", ruft der Gewerkschafter aus, „ein gravierender Fall von Missmanagement." Zudem ärgert sich der Funktionär darüber, dass die Außenwirkung dieser Einsätze für die Polizei verheerender kaum sein könnte. „In der Öffentlichkeit werden wir nur noch selten als Schutzmacht und zunehmend eher als Staatsterroristen wahrgenommen."

dpa/muero

Als Dr. Ulrich Anzberger die Klingel über dem Namensschild betätigt, geht ihm plötzlich auf, dass er dabei ist zum ersten Mal in seinem Leben überhaupt einen Heilpraktiker aufzusuchen. Als Schulmediziner hat er die Naturheilkundler und Homöopathen nie ganz ernst genommen. Natürlich, wenn ihre Globuli Schmerzen lindern können und irgendwelche Kräuter verstörte Gemüter ausgeglichener machen, dann will er das nicht kritisieren. Aber letztendlich geht er davon aus, dass die Wirkung solcher Mittelchen auf Einbildung oder Selbsthypnose beruht. Das sind interessante Phänomene, die durchaus ein Erklärungsmodell für Placebo-Wirkungen hergeben. Aber dem Vergleich mit der evidenzbasierten Medizin, die an Unis und Unikliniken gelehrt wird, können solche Wohlfühlmethoden natürlich nicht standhalten. Es fällt ihm nicht schwer, den Heilpraktikern ihr Nischendasein in der medizinischen Versorgung zu lassen. Aber seine Einstellung ihnen gegenüber hat etwas Joviales. Im Kern fühlt er sich als Schulmediziner diesen Leuten überlegen, denn er ist, wie manche Ärzte, nicht frei von Standesdünkel.

Es ist gewiss gut, dass sich diese Naturheiler Zeit für ihre Patienten nehmen, denn an Zeit fehlt es im schulmedizinischen Betrieb chronisch. Er kann schon verstehen, dass sich viele Patienten mehr Zuwendung von ihrem Arzt wünschen, mehr echtes Interesse. Aber solange die Gebührenordnung so ist, wie es der Gesetzgeber nun einmal vorsieht, wird ein niedergelassener Arzt gar nicht anders können, als einen endlosen Patientenstrom durch seine Praxis zu schleusen. Deshalb hat sich ein Angebot von Kümmerern und quasi Seelsorgern neben der schulmedizinischen Versorgung etablieren können. Sobald es jedoch um ernsthafte Erkrankungen geht, kehren die allermeisten wieder zum Doktor med. zurück. Davon ist er zutiefst überzeugt, so tief, dass er diese Betrachtungsweise an sich gar nicht mehr in Frage stellt.

Nun steht er also vor der Tür eines solchen sanften „Kümmerers" und fragt sich, ob sie beide überhaupt zu einer gemeinsamen Sprache finden werden. Er betrachtet einen Moment lang das bescheidene Messingschild. *Jürgen Grund, Heilpraktiker und Homöopath* liest er automatisch. Es war schwieriger als gedacht gewesen, diesen Grund ausfindig zu machen. Heute endlich war er zweieinhalb Stunden mit dem Zug hergefahren, um von ihm mehr über Satiasana zu erfahren. Vor zwei Wochen hatte er den Mann angerufen und war gleich mit der Tür ins Haus gefallen. Ob er schon mal von Satiasana gehört hätte. Ja? Tatsächlich? Was er von ihr halte? Wie er das Ganze einschätze? Ein paar Atemzüge lang war es still gewesen. Dann hatte eine angenehm ruhige und tiefe Stimme gesprochen. Ob er denn herkommen könne?

Die Tür schwingt auf und ein zierlicher Mann, dunkelblond, etwa Anfang vierzig, begrüßt ihn und stellt sich vor. Auf Grund der Stimme am Telefon hat sich Anzberger den Heilpraktiker größer vorgestellt. Aber der Mann ist sogar noch etwas kleiner als er selbst, also unter ein Meter siebzig. Zudem wirkt er zart, fast zerbrechlich. Anzberger spürt sofort die wohltuende Wirkung, die von diesem Mann ausgeht. Durch die Gläser seiner randlosen Brille blickt der Hausherr ihn freundlich forschend an. Wusste ich's doch, denkt Anzberger, ein sanfter Kümmerer.

Jürgen Grund führt den Gast in sein Behandlungszimmer, das eher wie ein geschmackvoll, wenn auch etwas spärlich eingerichtetes Wohnzimmer aussieht. Dezente Acrylbilder an der Wand, irgendetwas Modernes, ein runder Wollteppich auf hellen Dielen, ein antiker Schreibtisch mit zwei passenden Besucherstühlen. Nur der Bürostuhl, ein ergonomisch gestaltetes Möbelstück mit königsblauem Bezug, sticht aus dem Arrangement heraus. An einer Wand steht eine einklappbare Liege und in der Ecke beim Teppich warten zwei gemütlich aussehende Sessel auf Gesprächspartner mit Zeit und Langmut. Dorthin lenkt er den Facharzt und bittet ihn Platz zu nehmen. Auf einem kleinen runden Tischchen zwischen den Sesseln steht eine bauchige Thermoskanne. „Mögen Sie grünen Tee, oder soll ich Ihnen einen Kaffee kochen?"

„Grüner Tee ist fein, danke!"

Dann sitzen sie da und überlegen beide, wie sie das Gespräch anfangen sollen. Stillschweigend sind sie sich einig, auf Smalltalk verzichten zu wollen. Schließlich macht der Psychiater den Anfang.

„Herr Grund, ich möchte Ihre Zeit nicht über Gebühr in Anspruch nehmen, aber ich würde Ihnen gerne erzählen, was mich hierherführt."

Der Heilpraktiker nickt und lächelt einladend.

„Wissen Sie, ich arbeite schon seit vielen Jahren als Kinder- und Jugendpsychiater und habe in dieser Zeit viele Tausend Patienten in meiner Praxis untersucht." Anzberger hält inne und überlegt. Weshalb sage ich das? Möchte ich diesem Mann demonstrieren, wie erfahren und erfolgreich ich bin? Brauche ich dieses Dominanzverhalten? Will ich meinem Gegenüber imponieren oder was? Er schüttelt den Kopf. Nein, nochmal von vorne. „Eine junge Patientin führt mich hierher, ein zehnjähriges Mädchen." Und dann erzählt er dem Heilpraktiker von Mirjana Manz und ihrer Begegnung mit einer Wunder wirkenden Frau, die der Beschreibung nach Satiasana gewesen sein muss.

Jürgen Grund hört schweigend zu und gibt seinem Gast viel Raum. Überhaupt ist das seine große Stärke, für andere einen Raum zu öffnen, der Sicherheit vermittelt und so zu neuen Schritten anregt. Als der Psychiater geendet hat, lässt er den Erfahrungsbericht einen Moment lang nachklingen, ehe er das Wort ergreift. „Sie suchen Satiasana, aber Sie suchen an der falschen Stelle."

„Sie wissen, wo ich sie finden kann."

„Ich denke schon, ja."

„Sagen Sie es mir! Ist sie in einer dieser Landsiedlungen, oder irgendwo in den Bergen. Ich muss Sie finden."

„Weshalb?"

„Ich muss erfahren, woher meine innere Unruhe kommt. Seit ich weiß, dass es Satiasana gibt, ist nichts mehr in meinem Leben, wie es vorher war. Es ist verrückt. Ich verstehe das nicht."

„Sie sind Psychiater. Was sagt Ihnen Ihr Fachwissen?"

Anzberger blickt den Heilpraktiker prüfend an, ist aber schnell beruhigt, als er erkennt, dass sich dieser Mann keineswegs über ihn lustig macht. Er seufzt. „Wäre ich mein eigener Patient, würde ich mir wohl eine affektive Störung diagnostizieren – mit einer Tendenz hin zur Manie."

„Sie würden sich für krank erklären? Fühlen Sie sich denn krank?"

„Herr Grund, viele psychisch kranke Menschen *fühlen* sich nicht krank. Das ist sozusagen Teil der Symptomatik."

„Auf mich wirken Sie nicht auffällig."

Anzberger lächelt ein bisschen gequält. „Danke!"

„Vielleicht", schlägt der Heilpraktiker vorsichtig vor, „ist es in Wirklichkeit anders herum."

Der Psychiater schaut ihn fragend an.

„Nun ja, könnte es nicht sein, dass Sie gerade dabei sind zu gesunden?"

Anzberger runzelt die Stirn. „Sie meinen, ich *war* krank, die ganze Zeit, ohne es zu merken?"

„So in etwa, ja. Ich könnte mir vorstellen, dass Ihnen die ganze Zeit etwas gefehlt hat und dass es Satiasana war, die Sie daran erinnerte. Vielleicht also ist Ihre innere Unruhe gerade Teil eines Heilungsprozesses."

Der Psychiater bleibt skeptisch. „Und was sollte das gewesen sein?"

„Sagen Sie es mir!"

Anzberger versinkt in Schweigen. Sein erster Impuls ist es gewesen, die Deutung des Heilpraktikers als abwegig und unqualifiziert beiseitezuschieben. Aber schnell wird ihm klar, dass sein Widerspruch wenig überzeugend klingen würde. *Ich war immer erfolgreich?* Okay, hätte er sagen können. *Mir fehlt nichts?* Das wäre schon eine etwas großspurige Behauptung geworden. *Ich bin rundum glücklich?* Nein, damit hätte er sich vollends unglaubwürdig gemacht. Er muss einräumen, dass die Vermutung seines Gegenübers nicht so leicht von der Hand zu weisen ist. Und da fühlt er zum ersten Mal so etwas wie Wertschätzung diesem feinfühligen Heiler gegenüber.

„Ich nehme bei Ihnen, Herr Anzberger, so etwas wie eine Aufbruchsstimmung wahr, eine durch und durch positive Energie. Sie wollen aus Verhältnissen ausbrechen, die Ihnen zu eng geworden sind. Das ist doch eigentlich ganz normal und legitim. Satiasana hat Sie gerufen und aufgefordert sich nochmal auf den Weg zu machen."

Bei diesem Stichwort entsinnt sich der Psychiater seiner Ausgangsfrage. „Apropos Weg: Welchen Weg muss ich nun also einschlagen um sie zu finden?"

„Herr Anzberger, ist Ihnen das nicht eigentlich längst klar? Sie können das ganze Land nach ihr absuchen, die Wälder durchstreifen, die Berge erklimmen. Sie werden sie nicht finden. Es ist offensichtlich, dass sie selbst entscheidet, wem sie sich zeigt."

Der Psychiater kann seine Enttäuschung nicht ganz verhehlen. „Aber Sie", erwidert er in leicht vorwurfsvollem Ton, „haben doch gesagt, Sie wüssten, wo ich Satiasana finden kann."

„Herr Anzberger, der rein physische Kontakt zu Satiasana hat wenig Bedeutung. Was sollte daraus auch werden? Wollen Sie sie zum Kaffee einladen, oder mit ihr durch den Park spazieren? Wollen Sie sie anfassen, oder von ihr angefasst werden?"

Merkwürdigerweise hat der Psychiater darüber noch gar nicht so recht nachgedacht. „Ich, ähm ... nein, ich ... na ja, ich würde einfach gern mit ihr reden."

„Das können Sie auch jetzt schon, jederzeit, wenn Sie möchten. Satiasana ist da, Herr Anzberger. Ihr Bewusstsein ist weitaus größer als Ihrs oder meins. Sie können sie anrufen, können Ihre Fragen stellen, können sie um Hilfe bitten. Wesentlich ist nur der geistige Kontakt zu ihr. Und einzig und allein im Geiste, glauben Sie mir, werden Sie sie erkennen."

Zu einem geistigen Kontakt ganz anderer Art kommt es fast zeitgleich in der früheren Bundeshauptstadt. Es ist eher der Kontakt zwischen einem führenden Geistlichen des Landes und mehr oder weniger interessierten Laien. Der Raum für die Medienvertreter ist diesmal gut gefüllt, ganz anders als in den vergangenen Tagen. Zur abschließenden Pressekonferenz haben verschiedene Fernsehsender ein eigenes EB-Team geschickt. Ein paar Radiosender und mehrere überregionale Zeitungen sind ebenfalls vor Ort. Die Frühjahrsvollversammlung der Deutschen Bischofskonferenz ist gerade offiziell beendet worden. Als Tagungsort hatten die Veranstalter Bonn ausgesucht, wo die katholische Organisation auch ihr Sekretariat hat. Offensichtlich hielten es die Kirchenmänner für ratsam die Sitzung diesmal unweit ihrer administrativen Mitte abzuhalten. Schließlich erschüttern die neuesten Entwicklungen die gesamte katholische Kirche Deutschlands bis in ihre Grundfesten. Da ist es sicher nicht verkehrt, sich um das eigene Kontrollzentrum zu scharen und dort die Kräfte zu konzentrieren.

Als einfacher Pfarrer ist Lukas Zorn natürlich nicht zu der Versammlung zugelassen. Aber als Redaktionsmitglied der Zeitschrift *Gott und die Welt* hat er eine Akkreditierung für die täglichen Pressekonferenzen bekommen. Er ist bereits am ersten Tag der Konferenz angereist und hat die Zeit genutzt sich mit Hintergrundinformationen zu versorgen. Gestern traf er ein paar alte Bekannte, Angelika, eine engagierte Pastoralreferentin aus Bayern, Melissa, die hauptberuflich als Lektorin bei einem christlich orientierten Verlag arbeitet und Bernd. Der dunkelblonde Enddreißiger ist Redakteur eines evangelischen Magazins, des auflagenstärksten seiner Art. Untereinander kannten sich die drei ebenfalls. Man traf sich gelegentlich bei ähnlichen Veranstaltungen. Wie Lukas hatte auch sie die Erwartung hergeführt, dass die Bischofskonferenz diesmal wegweisende Beschlüsse fassen würde. Gestern waren sie nebeneinandergesessen, als die Pressesprecherin eine Erklärung vorlas, in der es hieß, eine Lehraussage sei in Vorbereitung. Das klang nicht besonders aufregend und doch war das plötzlich gesteigerte Interesse unter den Medienvertretern deutlich zu spüren gewesen. Fragen konnte oder wollte der Mann nicht beantworten. Aber heute würde ja der Vorsitzende selbst an die Mikrofone treten.

Der Kardinal, eine durchaus imposante Erscheinung, kommt in Begleitung eines anderen Pressesprechers und grüßt die Anwesenden schon beim Eintreten lächelnd und nickend. Beide Männer nehmen hinter einem langen Tisch Platz, wobei der Vorsitzende der Bischofskonferenz sein Publikum anstrahlt. Die wuchtigen Kameras und die Vielzahl an Mikrofonen scheinen ihn nicht im Geringsten einzuschüchtern, denkt Pfarrer Zorn, solche Auftritte machen ihm offensichtlich Spaß. Dann legt der Kardinal seine Notizen vor sich hin, setzt seine Brille auf, sagt ein paar freundliche Worte zu den wartenden Medienvertretern und beginnt schließlich seinen Bericht. Er verweist für grundlegende Daten und Fakten auf die Internetseite der DBK, wo die Pressestelle die nötigen Dokumente bereits veröffentlicht hat. Es wird schnell klar, dass er sich nicht lange bei Formalitäten, untergeordneten Personalien und Verwaltungsfragen aufhalten möchte. Vielmehr drängt es ihn dazu über die dramatischen Entwicklungen der letzten Wochen und Monate zu reden.

„Meine Damen und Herren, ohne Zweifel haben die Ereignisse der vergangenen Wochen unsere Kirche zutiefst erschüttert. Wie Sie wissen ist das tragischerweise sogar ganz wörtlich zu verstehen. Wenn ein paar Gotteshäuser bauliche Mängel aufweisen würden, wäre das noch hinnehmbar, bedauerlich natürlich, aber vor dem Hintergrund stetig sinkender Mitgliederzahlen irgendwie verständlich, erklärbar. Das aber, womit wir uns jetzt konfrontiert sehen, hat eine komplett andere Dimension. In den letzten zwei Monaten kam es bei insgesamt 83 Kirchengebäuden im ganzen Land spontan zu Dach- oder Gewölbeeinstürzen. Bis heute, muss ich hinzufügen, denn leider gibt es keinen Grund zur Annahme, dass diese katastrophale Serie zu Ende gekommen ist. Die Dramatik, Intensität und Häufigkeit dieser Zusammenbrüche zwingt uns gerade als Christen dazu, nach dem Sinn oder der Bedeutung zu fragen. Kein gläubiger Christ kann diese Ereignisse zu einem rein materiellen, physikalischen Phänomen erklären. Bei vier oder fünf betroffenen Gotteshäusern hätte man das noch machen können, aber nicht bei 80!"

Der Kardinal macht eine kurze Pause, Die Zuhörer scheinen alle den Atem anzuhalten, keiner scherzt oder flüstert, keiner tippt in sein Handy. Lukas sieht, wie Bernd neben ihm den Vorsitzenden angespannt fixiert.

„Natürlich," fährt dieser fort, „steht die Kirche zu ihren Verpflichtungen und dazu gehört auch die Instandhaltung ihrer Immobilien. Wir möchten diese Verantwortung keineswegs auf höhere Gewalt oder den heiligen Geist Christi abschieben. Und ich möchte betonen, dass der Schutz der Gläubigen für uns an allererster Stelle steht. Wir werden alles in unserer Macht Stehende tun um Schaden von ihnen abzuwenden. Aber klar ist auch, dass wir angesichts dieser beispiellosen Serie von Schadensfällen nicht einfach zur Tagesordnung übergehen können. Die Geschehnisse der letzten Zeit zwingen uns dazu unseren Glauben auf den Prüfstand zu stellen. Da geht es nicht so sehr um die Frage, *was* wir glauben, sondern *wie* wir glauben." Plötzlich grinst der Kardinal verschmitzt. „Sie können sich sicher unschwer vorstellen, dass es eine kontroverse Diskussion gibt, wenn 65 Bischöfe vier Tage lang zusammensitzen und darüber reden."

Die Medienvertreter reagieren darauf mit verhaltenem Gelächter. Einer steht auf und öffnet ein Fenster.

Dann wird der Vorsitzende der Deutschen Bischofskonferenz wieder ernst. „Zeugt es von Aberglauben, diese andauernden Dacheinbrüche als ein Zeichen zu betrachten, ein Zeichen Gottes? Klar ist, Christen haben keine Angst vor schwarzen Katzen, egal ob sie nun von links oder rechts kommen. Sich vor Scherben, Raben oder der Zahl 13 zu fürchten ist eines aufgeklärten Christen nicht würdig. Das ist unstrittig. Aber heißt das tatsächlich, dass uns Gott in unserem Leben auf Erden keinerlei Zeichen schickt. Wir fühlen Gott als Liebe im Herzen, wir erkennen Gott als Wahrheit in Seinem Wort. Aber sehen wir auch Seine Taten, sehen wir Ihn hier eingreifen in Seine Schöpfung?"

Lukas bemerkt, dass manche der Reporter unruhig werden. Das sind mit Sicherheit keine Theologen, denkt er. Vielleicht brauchen sie auch eine Zigarettenpause. Der Pfarrer grinst in sich hinein und wird sich im nächsten Moment seiner alten Überheblichkeit bewusst.

Der Kardinal merkt, dass er die Konzentration seiner Zuhörer auf die Probe stellt. Er nickt geduldig lächelnd und lässt seinen Blick über die Medienvertreter gleiten. „Bitte verzeihen Sie", sagt er, „wenn es so philosophisch und theologisch wird. Das ist nun mal so bei uns Bischöfen."

Eine junge Reporterin, die ihr glattes blondes Haar zu einem Pferdeschwanz zusammengebunden hat, reckt ihren Kugelschreiber in die Höhe.

Obwohl die Fragenrunde noch nicht eröffnet ist, erteilt der Vorsitzende ihr das Wort.

„Herr Kardinal, mit Verlaub", beginnt sie forsch, „aber wieso sollte Gott seine eigenen Häuser zerstören?" Ihre Frage ruft vereinzeltes Gelächter hervor. Aber die Journalistin ist noch nicht fertig. „Das macht absolut keinen Sinn. Es gibt deshalb nur zwei Möglichkeiten. Entweder diese Dachschäden sind nicht Gottes Werk oder – Gott möchte nicht länger in kalten, dunklen Steinburgen leben."

Der Vorsitzende lacht kurz auf. „Respekt", sagt er mit einem Nicken zu der Reporterin. „Das haben Sie schön knackig auf den Punkt gebracht. Ich würde es vielleicht ein bisschen anders formulieren, aber das sind Feinheiten." Er atmet einmal tief ein. „Die große Mehrheit der Bischöfe versteht die Ereignisse der letzten Wochen tatsächlich als eine Mahnung. Gott ist zu Hause in seiner Schöpfung und nicht unbedingt in dem, was wir Menschen erschaffen haben und seien es die schönsten Kathedralen. Das haben wir zu lange außer Acht gelassen. Wir sind uns deshalb einig, dass wir als katholische Kirche Deutschlands unseren Bezug zur natürlichen Umwelt stärken müssen."

„Heißt das, Herr Kardinal", unterbricht die junge Journalistin ein zweites Mal, „dass die Kirche in Zukunft häufiger Messen im Freien veranstalten wird?"

Der Vorsitzende nickt einmal tief, was fast so aussieht, als wolle er sich verbeugen. „Ja, das heißt es, aber nicht nur das.

Wir haben in den vergangenen Tagen die Eckpunkte für eine neue Lehraussage festgelegt. Darin geht es um nichts Geringeres als die Neuausrichtung der deutschen Bistümer. Wir wollen das Verhältnis zwischen Mensch und Natur neu definieren, den vermeintlichen Gegensatz zwischen uns Menschen und allen anderen Kreaturen überwinden. Zu lange haben wir das Treiben der Pflanzen und Tiere als chaotisch, bedrohlich und ja, auch als sündig betrachtet. Das war ein Fehler oder genauer gesagt, eine Projektion. Chaotisch und bedrohlich für die Schöpfung dieser Erde ist – und das kann heute kaum noch jemand ernsthaft bestreiten – einzig und allein der Mensch. Der neuen Lehraussage entsprechend findet der Mensch sein Heil niemals in Abgrenzung, sondern nur in Harmonie mit seiner natürlichen Umwelt."

Lukas Zorn überlegt einen Moment, ob er dazu eine Frage stellen soll, doch Angelika kommt ihm zuvor. Sie reckt energisch ihren Arm in die Höhe.

Der Vorsitzende deutet mit der geöffneten Hand auf sie. „Ja, bitte!"

„Eure Eminenz", beginnt die Pastoralreferentin, „das klingt alles sehr erfreulich und ich sage das auch ganz bewusst als Vertreterin des weiblichen Geschlechts. Denn die Naturfeindlichkeit der Kirche drückte sich allzu lange vor allem anderen in Frauenfeindlichkeit aus. Deshalb liegt mir sehr daran, dass diese Kehrtwende der katholischen Kirche nicht nur theoretisch, sondern auch praktisch vollzogen wird. Meine Frage lautet also: Welche konkreten Schritte zur Annäherung an die Natur planen die Bistümer und Diözesen?"

Der Kardinal übergeht die Spitze mit der Frauenfeindlichkeit freundlich lächelnd. „Unser Maßnahmenkatalog", erwidert er, „ist noch keineswegs fertig. Wir sind in einen kreativen Prozess getreten und mit Sicherheit werden in den kommenden Tagen und Wochen noch viele Ideen generiert werden. Ein paar Pläne kann ich Ihnen allerdings heute schon nennen, damit Sie einen ersten Eindruck bekommen. Wir planen tiefgreifende Änderungen in der Liturgie, so dass die Gläubigen zum Beispiel explizit um das Wohlergehen aller Lebewesen dieser Erde beten. Aber wir wollen das pflanzliche und tierische Leben auch in unsere Kirchen hineinholen. Die kaputten Dächer sollen nicht wieder geschlossen werden. Vielmehr möchten wir, dass das kunstvoll geöffnete Dach zum baulichen Bestandteil eines zeitgemäßen Gotteshauses wird. Es ist vorgesehen, mitten unter diesen statisch geprüften Durchbrüchen, das heißt in der Regel im Mittelschiff, Gärten oder Biotope anzulegen. Dazu sollen Steinböden aufgebrochen und Sickergruben angelegt werden. Zudem wollen wir Waldgüter, die im Besitz der katholischen Kirche sind, regelmäßig für Andachten und Feiern nutzen. Auch dafür sind bereits neue Liturgien in Arbeit."

Pfarrer Zorn hört mit wachsender Begeisterung zu und fühlt sich bestätigt. Schon die drei-vier Maßnahmen, die der Kardinal hier mal eben so in den Raum wirft, sind mehr als er im Vorfeld für möglich gehalten hat. Der Bischof seines Bistums kommt ihm in den Sinn, ein Kirchenoberer, den er mit solchen Neuerungen gedanklich gar nicht in Verbindung zu bringen vermag. Eine Frage drängt sich ihm auf und er hebt seine Hand.

Der Kardinal bemerkt den Fragesteller zunächst nicht, doch der Pressesprecher beugt sich leicht zu ihm und deutet auf die hagere Gestalt mit dem schütteren Haar. Der Kardinal nickt und der Pressesprecher ruft: „Bitteschön!"

Aus irgendeinem Grund steht Lukas Zorn auf. Er ist ein bisschen aufgeregt. „Eure Eminenz, Herr Kardinal, sprechen Sie von Beschlüssen? Oder anders gefragt: Werden diese Entscheidungen und Maßnahmen von allen Bischöfen mitgetragen?"

Der Vorsitzende richtet sich etwas mehr auf und holt dabei tief Luft. „Die hier versammelten Bischöfe", beginnt er diplomatisch, „sind allesamt gebildete Männer in Führungspositionen. Da können Sie sich sicher gut vorstellen, dass in ihrem Kreis keineswegs immer Gedankenharmonie vorherrscht. Aber", der Kardinal macht eine Kunstpause, „die Eckpunkte der Lehraussage befürworten deutlich mehr als acht von zehn Bischöfen. Die restlichen Bischöfe möchten zunächst den Dialog mit Rom vertiefen, um einen Dissens mit dem Heiligen Stuhl zu vermeiden."

„Wie steht der Papst zu dieser Lehraussage?" Die Frage kommt von einem Mittvierziger im legeren Anzug ohne Krawatte. Lukas meint sich zu erinnern, dass der gutaussehende Typ für eine renommierte Tageszeitung schreibt.

Der imposante Geistliche hinter den Mikrofonen streicht sich über den gepflegten Bart, offenbar um Zeit zu gewinnen. „Selbstverständlich", erwidert er vorsichtig, „möchte ich einer Stellungnahme des Heiligen Vaters nicht vorgreifen. Nur so viel zum jetzigen Zeitpunkt: Der Papst verfolgt unsere Diskussion mit lebhaftem Interesse und Wohlwollen." Dann nickt er dem Pressesprecher zu, der daraufhin die Pressekonferenz für beendet erklärt.

Anders als der telegene Kardinal ist Bertold Manz ein schweigsamer Mann, nicht unfreundlich oder mürrisch, auch nicht uninteressiert, aber in seinem Sprachgebrauch zumeist doch sehr zurückhaltend. Ihm mangelt es nicht etwa an Worten oder Wortgewandtheit. Er ist keineswegs blöd oder gehemmt. Wenn es nötig ist, kann er durchaus mehr als zweidrei Sätze am Stück reden. Gilt es zum Beispiel ein technisches Problem zu definieren oder die Konsequenzen verschiedener Lösungsansätze zu erörtern, gelingt ihm das bemerkenswert gut, in komprimierter, klarer und unmissverständlicher Sprache. Zumindest ist alles, was er dann in seinen schnörkellosen Sätzen ausführt, glasklar für jemanden, der sich mit Maschinen auskennt. Bertold Manz versteht was von Maschinen, ziemlich viel sogar.

Der Maschinenbauingenieur hat jahrelang in der Industrie gearbeitet und war an der Entwicklung mehrerer Maschinen beteiligt, die schließlich patentiert wurden. Als er im Lauf der Zeit immer öfter mit dem Patentamt zu tun hatte und die Arbeit der Patentprüfer besser kennenlernte, entschied er sich schließlich dorthin zu wechseln. Er meldete sich zur Ausbildung an und wurde prompt genommen. Inzwischen ist er schon seit sieben Jahren Beamter auf Lebenszeit. Die Bezahlung ist gut und die Arbeit nicht so stressig wie in der freien Wirtschaft. Er hat den Schritt zur Bundesbehörde nie bereut.

Aber es sind nicht Arbeitsbelastung und Bezahlung gewesen, die dabei den Ausschlag gegeben haben. Etwas anderes gefiel ihm damals auf Anhieb an der Arbeit eines Patentprüfers. Es ist für ihn auch heute noch das Beste daran: Er kann praktisch tagelang ungestört arbeiten. Alleine in seinem Büro oder am Prüfstand im Labor nimmt er ein innovatives Produkt auseinander, misst es an Standards, Normen und Gesetzen, vergleicht es mit anderen technischen Neuerungen und bestehenden Patenten, um schließlich in aller Ruhe und nach bestem Gewissen seinen Prüfbericht zu verfassen. Natürlich muss er mit anderen Ingenieuren und auch mit Anwälten reden, aber er kann meistens selbst bestimmen, wann und wann nicht.

Ja, Bertold Manz ist gerne ungestört, aber man würde dem Mann Unrecht tun, ihn als einen Eigenbrötler zu verstehen, dem seine Mitmenschen egal sind. Vielmehr ist er ein liebevoller Familienvater und Ehemann, nicht besonders aufregend oder witzig, aber umsichtig und zuverlässig. Seine Frau

Doro schätzt ihn genau deswegen – inzwischen. Früher hat sie gewiss öfter versucht ihn zu ändern, ihn aus der Reserve zu locken, ihn unter die Leute zu bringen. Aber all ihre Bemühungen waren letztlich ohne Erfolg geblieben. Entgegen ihrer Erwartung hatte er sich innerlich noch mehr zurückgezogen. Da war ihr klargeworden, dass sie ihn lassen musste, und sie hatte ihre Erwartungen entsprechend geändert.

Er hat es ihr mit stiller Zuneigung gedankt und dafür gesorgt, dass es ihr in materieller Hinsicht an nichts fehlt. Sie wohnen in einem hübschen Haus mit Garten, das in zehn Jahren komplett ihrs sein wird. Doro fährt ihr eigenes Auto und besucht regelmäßig die Oper oder das Theater. Außerdem ist sie finanziell abgesichert, so dass sie es sich leisten kann hobbymäßig ihren kleinen Second-Hand-Laden zu führen. Er, der selbst gern seine Ruhe hat, lässt auch seiner Frau ihre Ruhe. Aber er freut sich ehrlich, wenn sie von ihren Ausflügen in die Großstadtwelt berichtet. In der Regel geschieht das im gemeinsamen Stammlokal bei gepflegter italienischer Kost. Immerhin solche Restaurantbesuche machen sie regelmäßig, mindestens einmal pro Woche.

Seine Tochter Mirjana ist für ihn ein Segen, aber das ist etwas, was ihm erst allmählich bewusst wird. Als sich mit den Jahren herausstellte, dass das Mädchen über Intelligenz verfügte, war das für ihn natürlich Anlass zur Freude gewesen. Schließlich ist er selbst ein intellektuell zentrierter Mensch. Aber Mirjanas lebhafte Fantasie und ihre Vorliebe für Zauberwelten haben ihn immer befremdet und gelegentlich auch beunruhigt. Diese Furcht vor dem Fremden, vor dem, was er nicht verstehen kann, hat ihn ein paar Mal zu heftigen Reaktionen getrieben. Aber seine Drohungen waren stets wirkungslos geblieben und hatten lediglich seine Ohnmacht offenbart. Das Mädchen schien Zugang zu Welten zu haben, die er nicht betreten konnte.

Er hatte versucht ihr die Existenz solcher Traumwelten auszureden. Ihre Erwiderung war überraschend gewesen. Trotzige Selbstbehauptung und ein trauriges Klammern an Illusionen hätte er noch verstanden. So ein Kind braucht eben eine Weile um sich von Wunschvorstellungen zu lösen. Aber seine Tochter war ganz ruhig geblieben und hatte ihn in ein Gespräch über Wirklichkeit und Wahrheit verwickelt. Im Laufe dieser Auseinandersetzung war ihm bewusst geworden, dass er seine Tochter gar nicht richtig kannte. Das Bild, das er sich von ihr gemacht hatte, musste auf den Prüfstand. So viel war klar. Nur galt es hier nicht wie sonst im angeblich Neuen das bereits Bekannte, sondern im scheinbar Altbekannten das Neue zu finden.

Und nun hat er von ihrem Wunsch erfahren, die Schule zu wechseln und in eine dieser Landsiedlungen zu ziehen. Doro hat ihm gestern davon erzählt, kurz nachdem die Kleine ins Bett gegangen war. Seine erste Reaktion war Unverständnis gewesen, dann Unmut, dann Verwirrung. Als sie länger darüber sprachen, verstand er, dass es ein Fehler wäre, Mirjanas Wunsch nicht zumindest ernst zu nehmen. Er hatte vorgeschlagen ein paar Tage verstreichen zu lassen. Vielleicht vergisst sie das Ganze bald wieder, Doro, hatte er versucht zu beruhigen. Aber er glaubte nicht, dass das Kind seine Absicht so schnell aufgeben würde. Seine Frau glaubte ebenso wenig daran. Das war ihnen auch ohne Worte beiden klar gewesen.

Wie es seine Art war, wollte sich Bertold Manz erst einmal gründlich über diese Landsiedlung genannt *Anayana* informieren. Weil er aber heute den ganzen Tag über viel zu tun hatte, ist er bis jetzt noch nicht dazu gekommen. Dieses Versäumnis muss vor allem mit Blick auf seine Tochter als durchaus bedauerlich betrachtet werden. Denn hätte er sich bereits selbst ein Bild vom Konzept dieser Neusiedlung gemacht, wäre er immerhin nicht ganz unvorbereitet gewesen. Er hätte dem, was an diesem Abend auf ihn einstürmen wird, zumindest etwas entgegensetzen können. Nun trifft ihn der Bericht ahnungslos.

Er hat sich gerade vor den Fernseher gesetzt, einen Nespresso auf dem Beistelltischchen. Doro räumt in der Küche auf. Es laufen die Nachrichten. Alles ist wie gewohnt. Auch wenn über eine Sondersitzung der Innenministerkonferenz berichtet wird, läuft die Sendung für ihn noch ganz in den gewohnten Bahnen. Innere Sicherheit ist ja schon seit Jahren ein Dauerthema. Da kommt es zwangsläufig zur Abstumpfung beim Zuschauer oder Zuhörer. Doch als die Nachrichtensprecherin das Thema der heutigen Sitzung erwähnt, spitzt er die Ohren. Ach, so ein Zufall, denkt er, und richtet sich etwas auf.

„Nach Erkenntnissen der Innenminister und Innensenatoren der Länder", liest die Frau von ihrem Teleprompter, „geben aktuelle Entwicklungen in vielen der so genannten Landsiedlungen Anlass zur Sorge. Die Rede ist von erheblichen Missständen. Auf der abschließenden Pressekonferenz heute Nachmittag mochte der IMK-Vorsitzende, Hamburgs Innensenator Brettschneider, zwar nicht auf die Frage eingehen, welche Datenquelle ihrer Lageanalyse zugrunde liegt. Nach Ansicht von Experten ist aber davon auszugehen, dass das Bundesamt für Verfassungsschutz als Informationsbeschaffer an erster Stelle steht."

Bertold Manz runzelt die Stirn, während nun eine Reportage eingespielt wird. Gezeigt werden Archivbilder einer Landsiedlung im Osten der Republik, Luftaufnahmen, die ein großes Areal bunt zusammengewürfelter Gebäude und Gärten erkennen lassen. Die Bewohner solcher Siedlungen, erfährt er, erlauben innerhalb ihrer Anlagen keinerlei Aufzeichnungen. Kameras und Mikrophone, so heißt es aus dem Off, sind dort tabu. Und dann werden verschiedene „Mängel" und „Fehlentwicklungen" aufgelistet, die zunächst die Jugend-

und Veterinärämter, dann auch die Sicherheitsbehörden auf den Plan gerufen hätten. Manz ist entsetzt. Da scheint ja einiges schiefzulaufen, denkt er. Und ich habe schon ernsthaft in Erwägung gezogen mein Kind dorthin zu schicken. Er atmet geräuschvoll aus.

Die Reportage ist zu Ende und die Nachrichtensprecherin übernimmt wieder. „In der *Talkrunde im Zweiten* geht es nachher ebenfalls um dieses Thema. Unter dem Titel *„Auswüchse im Paradies – Geraten die Landsiedlungen außer Kontrolle?"* spricht Vanessa von Santen mit unterschiedlichen Studiogästen."

22.30 Uhr, überlegt Manz mit einem Blick auf die Uhr, das schau ich mir an. Dann steht er auf und geht in die Küche um Doro Bescheid zu sagen.

Ich bin nicht daran interessiert, mich mit anderen über die Frage zu streiten, ob etwas falsch oder richtig ist, Jewgeni. Deshalb wende ich mich ausschließlich an den inneren Menschen. Auch du nimmst mich ausschließlich mit dem inneren Auge wahr."
„Aber du bist doch real."
„Das Innere ist real."
„Gibt es denn viele, die dich so wahrnehmen?"
„Es werden immer mehr."
„Und ihnen zeigst du dich?"
„Ihnen kann ich nicht verborgen bleiben."
„Und all diesen Menschen weist du den Weg zu einem glücklicheren Leben?"
„Ja, das stimmt, Jewgeni, ich bin ein Wegweiser, nichts weiter, weder der Weg, noch das Ziel. Es ist meine Aufgabe eine Vorbotin zu sein."
„Vorbotin? Wessen Vorbotin? Wen – oder was – kündigst

du an?"

„Einen Schöpfer."

„Wie? Einen Gott?"

„In gewissem Sinne ist er das, ja."

„Und du bist seine Prophetin?"

„Nenne mich eine Vorbotin, Jewgeni. Das Wort Prophet ist zu sehr belastet. Es weckt Assoziationen, die in die Irre führen, denn die meisten Leute verbinden damit eine erhabene spirituelle Autorität, die Furcht einflößt und den Sterblichen mit Macht ins Gewissen redet. Das alles hat mit mir nichts zu tun."

„Und wann kommt er, dieser Schöpfer? Werde ich's noch erleben?"

„Er ist schon da."

„Wie? Auf Erden?"

„Ja."

„Und er ist mächtiger als du?"

„Die Macht der Liebe kennt keine Hierarchie, Jewgeni. Alles ist wertvoll."

„Aber, wenn er schon da ist, warum bemerkt die Welt ihn nicht? Hält er sich verborgen?"

„Die Menschen fangen erst an ihn zu erkennen. Meine Aufgabe ist es auf ihn hinzuweisen."

„Du weist uns die Richtung."

„Ja."

„Wie muss ich mir das vorstellen? Ist es weit dorthin?"

„Ja – und nein."

„Wie soll ich das verstehen?"

„Räumlich gesehen ist der Schöpfer dir nahe, jedem Menschen ist er nahe. Aber es gibt Hürden zu überwinden, psychische Hürden. Es ist ein Teil meiner Aufgabe, manche dieser Hindernisse aus dem Weg zu räumen."

„Darfst du mir seinen Namen verraten?"

„Es ist ein Wesen mit vielen Namen, Jewgeni. Der Schöpfer, den ich meine, ist der Mensch."

„Der Mensch? Aber du sagtest doch, es wäre ein Gott."

„Gott nanntest du ihn."

„Aber …"

„Den Menschen Gott zu heißen, ist nicht verkehrt. Es stimmt, er ist ein Geschöpf Gottes, doch – wie es bereits in der Bibel heißt – nach seinem Ebenbild erschaffen. Also ist der Mensch Geschöpf und Schöpfer zugleich. Seinem Wesen wohnt eine gewaltige Schöpferkraft inne. Die meisten Menschen wissen nichts von ihr, doch gibt es bereits viele, die sie erahnen."

„Eine Schöpferkraft? Du meinst wie bei den großen Künstlern und berühmten Baumeistern?"

„Was die großen Maler, Musiker, Architekten oder Ingenieure geschaffen haben, wird eines Tages vor den strahlenden Werken menschlicher Schöpferkraft verblassen. Denn die Möglichkeiten dieser Kraft gehen weit, weit über das hinaus, was du heute als hohe Kunst betrachtest."

Seit ihrer Begegnung mit Rotbusch vor einigen Wochen hat sich Klara Mertens verändert. Die Zehnjährige ist zwar immer noch nicht besonders redselig, ganz im Gegensatz zu ihrer unermüdlichen Mutter. Nur schüchtern ist sie eben auch nicht mehr. Daniels Eichhörnchen, dieses neugierige und überaus kontaktfreudige Tierchen, hat sie angesteckt. Nein, nicht angesteckt mit Flöhen oder Bakterien oder so! Aber die Unternehmenslust des kleinen Nagers, die ist ganz eindeutig auf Klara übergesprungen. So lustig ist das Hörnchen im Sitzkreis herumgehüpft! So leicht und leichtfüßig hat es die Kinder zum Lachen und Staunen gebracht! Das hat auch etwas in ihr hüpfen lassen, zum Leben erweckt. Und plötzlich war da dieser

Tatendrang. Sie merkte es am Kribbeln in den Händen, am Pochen ihres Herzens. Nicht länger wollte sie bloß stundenlang dasitzen und aus dem Fenster schauen. Sie wollte endlich etwas tun. Und sie wusste auch was.

Der Garten der Familie Mertens ist so wie alle anderen Gärten, die Klara kennt. Um eine gepflegte Rasenfläche herum sind Beete mit allerhand Blumen und blühenden Sträuchern angelegt. Es gibt zwei kleine, putzige Bäumchen, die bereits verstanden haben, dass sie ja nicht zu groß werden dürfen. Letztes Jahr, erinnert sie sich, hatten wir noch einen kleinen Teich, Biotop genannt, aber der wurde dann zugeschüttet, weil es zu viele Mücken gab oder so. Alles in unserem Garten sieht sehr sauber aus, ein bisschen so wie in der Küche, die Mama immer so gründlich aufräumt. Alles wächst so, wie es soll, und nur dort, wo es soll. Es gibt kein Blümchen im Gras, kein Kraut in den Rabatten. Der Garten ist tot – oder zumindest totlangweilig.

Der Schreibtisch in ihrem Zimmer ist nicht sehr groß und steht direkt am Fenster. Von dort aus hat man einen guten Blick auf den Garten. Klara sitzt einen Moment ganz still und lässt ihre Hände auf einer großen Mappe aus Karton ruhen. Es ist noch früh, die anderen schlafen noch. Aber die Sonne ist bereits aufgegangen. Hier an diesem Schreibtisch hat sie ihre Pläne geschmiedet, in wochenlanger Arbeit. Nun ist die Zeit gekommen, alles in die Tat umzusetzen. Sie schlägt die Mappe auf und blättert noch einmal durch ihre Entwürfe. Mehrere detaillierte Zeichnungen nimmt sie der Reihe nach in die Hand, jedes Bild ist mit Holzbuntstiften liebevoll koloriert worden. Sie alle zeigen das Gleiche, mal von oben betrachtet, mal von vorne, mal in Ausschnitten: eine Ansicht des neuen Gartens.

In ihrer Vision ist aus dem Rasen eine kleine Wiese geworden, das Gras gut kniehoch und durchsetzt mit Schafgarbe,

Kamille, Wiesensalbei, Eisenkraut, Rotklee, Flockenblumen, Acker-Senf, Barbarakraut und vielen, vielen anderen Blumen. Ein wahres Paradies für Bienen und Schmetterlinge! Zwischen den Rosenstöcken, Schwertlilien und Buchsbäumchen ihrer Eltern, sollen künftig verschiedene Kräuter wachsen, allen voran Johanniskraut, Pfefferminze, Melisse, Liebstöckel, Malve, Ringelblume und Weißdorn. Aber auch dem Löwenzahn und der Brennnessel möchte sie einen Platz einräumen. Und unter der zierlichen Felsenbirne sollen bald Radieschen, Gurken und Kürbisse wachsen. Sie beabsichtigt einige Christrosen auszureißen um Platz für Himbeer- und Johannisbeersträucher zu schaffen. Außerdem will sie Lauch, Rüben, Petersilie und Kartoffeln anbauen. Aber es gibt eine Neuerung, die für Klara am allerwichtigsten ist. Sie wünscht sich sehnlichst einen Haselnussstrauch und ihr Entwurf sieht ihn in der Südwestecke des Gartens vor.

Sie hat bis zum heutigen Tag mit niemandem über ihre Gestaltungspläne gesprochen. Ihre farbenfrohen und mit viel Aufwand angefertigten Zeichnungen erfüllen sie mit Stolz. Dennoch hat sie sie nicht einmal Manu, ihrer jüngeren Schwester, gezeigt. Manu hat auch gar nicht mitbekommen, dass sie sich aus der Bücherei mehrere Bände über Pflanzen und Kräuter besorgte. Sie liebt ihre kleine Schwester sehr, aber sie wusste von Anfang an, dass sie diese Aufgabe ganz alleine in Angriff nehmen musste. Also hat sie vor dem Aufstehen, nach der Schule, nach den Hausaufgaben, vor dem Abendessen, vor dem Schlafengehen – immer wieder die Bücher aufgeschlagen, um Genaueres über diese oder jene Pflanze zu erfahren. Anregungen allerdings oder Vorschläge für deren harmonische Anordnung im Garten brauchte sie nicht.

Ein paar Wochen lang ist sie jeden Morgen mit erstaunlichen Bildern aufgewacht, ungewöhnlich lebendigen Bildern, in denen jede Einzelheit des neuen Gartens dargelegt war. Sie wunderte sich nicht allzu sehr darüber, denn dafür kam ihr die ganze Szenerie viel zu vertraut vor, wie der Traum von einer uralten, nie ganz vergessenen Heimat. Diese Bilder anzuschauen, in sie einzutauchen machte Klara ganz fröhlich und leicht. Bald verstand sie, dass ein solcher Garten ein Segen war und ihre ganze Familie glücklich machen würde. Mit dem Geschauten kamen und kommen ihr bis zum heutigen Tag unwillkürlich Namen in den Sinn, botanische Begriffe auf Latein. Klara kann kein Latein, deshalb die Bücher.

Sie hat eine Zeit lang überlegt, wie und wann sie ihre Pläne am besten vorstellt. Für das Wann brauchte sie nicht sehr lange. Der Sonntag sollte es sein. Wenn das Wetter gut war, würden sie sonntags auf der Terrasse brunchen und alle hätten den Garten direkt vor der Nase. Das, denkt Klara erleichtert, ist schon mal die richtige Entscheidung gewesen. Heute scheint die Sonne und am Himmel gibt es bloß ein paar harmlose Wölkchen. Über das Wie musste sie länger nachdenken. Verschiedene Vorgehensweisen hat sie durchgespielt. Mal sah sie sich vorsichtig an das Thema Gartengestaltung herantasten, mal sah sie sich eifrig zeigend und erklärend durch den Garten gehen, mal hörte sie sich bitten und drängen. Alles fühlte sich falsch an, passte nicht zu der großen Bedeutung ihres Planes. Also entschied sie sich für den einzig begehbaren Weg, den ehrlichen. Ja, denkt sie jetzt, etwas anderes geht gar nicht. Sie schaut noch einmal aus dem Fenster. Dann packt sie ihre Bilder und Pläne in die Mappe, klappt sie zu und springt auf. Es ist zwar noch früh, aber sie möchte schon alles für das Sonntagsfrühstück herrichten.

Der ehrliche Weg versprach vielleicht mehr Erfolg als jeder andere, aber er war beileibe nicht einfach. Das merkte Klara schnell, als sie nach dem späten Frühstück ihre Absicht äußerte.

„Wie, umgestalten? Seit wann interessierst du dich denn fürs Gärtnern?" Ihre Mutter schüttelt ihre dunklen Locken und schaut ehrlich verblüfft.

„Hä?" Manu zieht ihren Ausruf der Verwunderung absichtlich in die Länge, offensichtlich bereit sich jederzeit über ihre Schwester lustig zu machen. Die Kleine wartet darauf, dass ihre Mutter, die ihr in Vielem so ähnlich ist, Klaras Vorschlag endgültig ablehnt. Aber Mutter sitzt nur da und schaut Manus Schwester unverwandt an.

Klara lächelt entschuldigend. „Wundere dich nicht, Mama. Es ist schon so, ich bin bereits zehn und hätte natürlich früher darauf kommen können. Inzwischen weiß ich, dass dieses Interesse in manchen Kindern tatsächlich viel früher erwacht, mit vier oder fünf oder noch früher. Aber irgendwie habe ich da noch geschlafen. Erst jetzt sehe ich den Garten und die Erde mit wachen Augen."

Diese sonderbare Antwort ihrer Tochter erstaunt Anita Mertens vielleicht noch mehr als die eigentliche Absicht des Mädchens, nunmehr ihren Garten umzumodeln. Ihr fehlen die Worte. Wo um alles in der Welt hat das Kind bloß diese Sprache her? Solche Sätze, überlegt Anita, habe ich sie noch nie sagen hören. Und dann dieses Gerede vom Schlafen und Aufwachen. Sie schaut ihre Tochter von der Seite her an. Nein, das Kind macht keine Scherze! Das wäre ja noch verrückter. Klara war ja immer die Schüchterne und Ernsthafte, Meilen – ach was, Lichtjahre von jeglichem Spott oder Sarkasmus entfernt.

Ihr Mann Rainer schaltet sich ein. Er spürt die Ratlosigkeit seiner Frau und wendet sich seiner Tochter zu. „Was siehst du denn, Klara, wenn du auf unseren Garten schaust?"

Typisch Rainer, denkt Anita, wie der immer die Ruhe bewahrt! Das muss an seinem Handwerk liegen, mutmaßt sie nicht zum ersten Mal. Geigenbauer brauchen viel Geduld und

– müssen sehr genau hören. Aber sie ist froh, dass Rainer die Gesprächsführung übernimmt.

„Das Problem mit unserem Garten", beginnt Klara ganz ruhig, „ist, dass die Pflanzen nicht richtig miteinander reden können. Es ist ein bisschen so, wie bei Tante Irmgard und Onkel Fritz zu Hause. Alle reden aneinander vorbei und irgendwann ärgern sich alle oder sind enttäuscht und traurig."

Stimmt, denkt Rainer verblüfft über diese knappe Analyse und er wechselt schnell einen vielsagenden Blick mit Anita, die mit weit aufgesperrten Augen fast wie in Trance den Kopf hin und her bewegt.

„Bei unseren Pflanzen", setzt Klara ihre Erklärung fort, „kommt das vor allem daher, dass es im Boden zu wenig Lebewesen gibt. Die Pflanzen sind deshalb wie abgeschnitten von ihrer Umgebung. Und da wir außerdem kaum Bienen und Schmetterlinge haben, bekommen sie aus der Luft ebenfalls keine Hilfe. Unser Garten braucht also, könnte man sagen, mehr Vernetzung."

Manu starrt ihre Schwester mit offenem Mund an. Auch sie wundert sich über Klara. Aber sie spürt noch ein anderes, ihr bislang unbekanntes Gefühl: Ehrfurcht.

Rainer bleibt derweil ganz konzentriert. „Woher weißt du das?", fragt er die Tochter.

„Ich weiß es einfach."

Rainer kann kaum verhehlen, dass ihn diese Nichtantwort enttäuscht. „Einfach so?"

Klara nickt. „Ja, ich wache morgens auf und ich sehe alles ganz genau vor mir."

Sie ist verrückt, denkt Anita entsetzt, meine Tochter ist verrückt geworden.

Zu diesem Urteil sieht sich ihr Mann Rainer nicht veranlasst. Ihn verwirren die Worte seiner Ältesten zwar, aber er ist zugleich davon fasziniert. „Verstehe", erwidert er vorsichtig, „und du weißt also auch, was man tun muss um unseren Garten wieder … gesund zu machen."

Klara strahlt, denn offenbar hat Papa sie verstanden. Sie steht auf, macht zwei Schritte zur Seite und bückt sich über das Beistelltischchen. Dahinter steht, bislang von allen unbemerkt, ihre Tasche. Schwungvoll nimmt sie eine bunt bemalte Kartonmappe heraus und reicht sie ihrem Vater. „*So* stelle ich mir das vor."

Mit beiden Händen, den Blick fragend, nimmt Rainer die Blättersammlung entgegen. Einen kurzen Moment liegt etwas Feierliches über diesem Akt der Annahme. Keiner sagt ein Wort, als er mit einer Hand Teller und Besteck beiseiteschiebt und die Mappe auf den Tisch legt. Doch noch bevor er sie aufschlägt, rücken Anita und Manu näher. Die Kleine streckt sich um besser sehen zu können und setzt sich bald auf seinen rechten Oberschenkel. Anita steht auf der anderen Seite und beugt sich leicht vor, ihre Hand auf seiner Schulter. Er spürt ihre Anspannung.

Klara macht einen Schritt zurück und betrachtet ihre Familie, schaut in die Gesichter und versucht die Gedanken und Gefühle dahinter zu lesen. Gebannt starrt sie auf die Szenerie. So viel hängt von ihren Reaktionen ab, viel mehr als sie ahnen. Hier stehe ich, überlegt sie, meiner Familie gegenüber. Von dem, was jetzt passiert, hängt es ab, wo ich künftig stehen werde. Doch dann atmet sie erleichtert auf, als sie sieht, wie sich die Züge dieser drei Menschen fast zeitgleich aufhellen. Ihre Augen werden groß, die Brauen weich und die Münder öffnen sich zu freudigem Lächeln.

Die Hintergrundmusik ist dramatisch und suggestiv, die Bilder wechseln Schlag auf Schlag, zeigen Zufahrtstraßen zu Landsiedlungen vollgestellt mit Polizeifahrzeugen, blühende Wiesen mit freilebenden Nutztieren, Amtsveterinäre mit kritischen Blicken, barfüßige Neubauern. Ein Sprecher aus dem Off verkündet: *„Auswüchse im Paradies – Geraten die Landsiedlungen außer Kontrolle? Die Talkrunde im Zweiten* mit Vanessa von Santen. Zu Gast sind: Bernd Stennrehl, Vizepräsident des Bundesamtes für Verfassungsschutz; Kerstin Marquardt vom Bündnis 90/Die Grünen, Bundestagsabgeordnete und Vorsitzende im Ausschuss Ländliche Räume; Hannes Brüning, Professor für Soziologie an der Freien Universität Berlin; Sachsens Innenminister Boris Fleischhauer und die Publizistin und Bloggerin Açangül Ay."

Begleitet vom Applaus des Studiopublikums erscheint die lächelnde Moderatorin im Bild. Bertold Manz greift zur Fernbedienung und stellt den Ton zwei Stufen lauter. „Guten Abend, meine Damen und Herren, und herzlich willkommen zur Talkrunde!" Dann wendet sie sich ihren Gästen zu, die schön gemischt und gut ausgeleuchtet im Halbrund sitzen. „Herzlich Willkommen auch Sie, liebe Gäste! Danke, dass Sie gekommen sind!" Und dann legt sie auch schon los. „Açangül Ay, mit Ihnen würde ich gerne anfangen. Sie haben die Landbewegung seit ihren Anfängen intensiv begleitet und beobachtet, waren selbst häufig in den neuen Siedlungen. Hat Sie die aktuelle Entwicklung eigentlich überrascht?"

„Mich hat das schon überrascht, ja." Die zierliche junge Frau mit den kurzen schwarzen Haaren schaut nachdenklich. „Bislang habe ich den Umgang der Menschen dort miteinander, mit den Tieren und der ganzen Natur als sehr respektvoll erlebt, wertschätzend. Gut, viele sind keine gelernten Landwirte, Architekten oder Tierpfleger. Insofern wirkt das alles manchmal etwas amateurhaft. Aber dafür traf ich überall auf viel Hilfsbereitschaft und Lernwille."

„Also …?", drängt von Santen, bemüht das Statement der Publizistin auf den Punkt zu bringen.

„Also, ja", erwidert Açangül Ay, „diese ganze Aufregung und diese massiven Vorwürfe jetzt haben mich überrascht. Vielleicht war ich aber auch einfach naiv zu glauben, dass der Mainstream so tiefgreifende Neuerungen widerstandslos hinnehmen würde."

Vanessa von Santen hakt gleich nach. „Aber es gibt offenkundig Missstände in verschiedenen dieser Siedlungen."

Die junge Intellektuelle bleibt gelassen. „Bis jetzt gibt es vor allem wilde Spekulationen und ein paar ominöse Verdachtsmomente. Soweit mir bekannt, sind der Öffentlichkeit noch keine hieb- und stichfesten Beweise für diese Anschuldigungen vorgelegt worden."

„Dann kommen wir doch mal gleich zu Ihnen, Herr Stennrehl", sagt die Moderatorin und mustert den etwas unscheinbaren Herrn im klassischen Anzug. Sie ist jetzt ganz in ihrem Element. Man kann sehen, dass die Kontroverse ihr Vergnügen bereitet. Sie lächelt, als sie ihre sorgsam vorbereitete Frage ohne Unterbrechung runterspult. „In einem Ihrer seltenen Interviews, neulich in der Frankfurter Allgemeinen, äußerten Sie den Verdacht, Herr Stennrehl, dass ausländische Mächte die fortschreitende Stadtflucht bei uns unterstützen würden. Wenn der Vize-Präsident des Bundesamtes für Verfassungsschutz so etwas an prominenter Stelle kundtut, horcht man auf. Wenn es aber schon am nächsten Tag zu medienwirksamen Polizeiaktionen gegen die neuen Landsiedlungen kommt, ist es schwer da keinen Zusammenhang zu vermuten. Deshalb an Sie die Frage, Herr Stennrehl: Ist die Befürchtung ausländischer Unterwanderung der wahre Grund für die jetzigen Aktionen der Sicherheitsbehörden?"

„Nein, Frau von Santen", sagt der Topbeamte ein wenig jovial, „Staatsanwaltschaft und Polizei haben ganz sicher ihre eigenen Gründe für die eingeleiteten Maßnahmen."

Vanessa von Santen grinst breit und entblößt ihre wohl geordneten Zahnreihen. „Warum überrascht mich diese Antwort jetzt nicht?", fragt sie rhetorisch. Aus dem Publikum erklingt verhaltenes Gelächter. „Dann lassen Sie mich anders fragen, Herr Stennrehl. „Was hätte eine ausländische Macht, sagen wir einfachheitshalber mal Russland, davon, dass bei uns immer mehr Menschen aufs Land ziehen?"

„Na, das ist doch nicht schwer zu verstehen."

„Erklären Sie es mir!"

„Frau von Santen, wir sind eine wettbewerbsfähige Industrienation. Unsere Maschinen, unsere Autos, unsere Chemieprodukte erfreuen sich weltweiter Nachfrage. Würde sich Deutschland in den nächsten Jahren zu einem Agrarstaat zurückbilden, gerieten wir sehr bald ins Hintertreffen. Die Metropolregionen sind die tragenden Säulen unserer Wirtschaft. Schauen Sie nach Hamburg, schauen Sie nach München, Düsseldorf, Frankfurt am Main, Stuttgart! Wenn Sie diese Metropolen nachhaltig schwächen, sie ausbluten lassen, sorgen Sie dafür, dass wir als *Global Player* irgendwann irrelevant sind. Unsere Mitbewerber auf den Märkten dieser Welt würden sich die Hände reiben."

Die Moderatorin gießt noch ein bisschen Öl ins Feuer. „Wenigstens", sagt sie leichthin, „hätte sich das Problem mit den deutschen Handelsbilanzüberschüssen erledigt."

„Ja", erwidert der Geheimdienstler düster, „und erledigt wäre auch unser Wohlstand."

Vanessa von Santen reagiert auf diese Bemerkung mit einem kurzen Schmunzeln, bevor sie sich dem nächsten Gast zuwendet. „Professor Brüning, Sie forschen seit einiger Zeit über die Kommunikationswege dieser neuen Gemeinschaften. Halten Sie es für möglich, dass die jetzt erhobenen Vorwürfe letztlich Ausdruck einer Kommunikationsstörung sind?"

Hannes Brüning lacht kurz auf, offensichtlich überrascht

und für einen kurzen Moment durch die direkte Frage aus dem Konzept gebracht. „Na ja", sagt er dann, „von einer gewissen Kommunikationsstörung kann man auf jeden Fall sprechen. Und sie rührt vor allem daher, dass teilweise komplett unterschiedliche Kommunikationsmittel und -wege benutzt werden. Wir – ich meine damit wir in der Mainstream-Gesellschaft – sind es gewöhnt über digitale Medien miteinander zu kommunizieren. Dabei haben sich Syntax und Semantik, also Formulierung, Wortwahl und Wortverständnis erheblich verändert. Denken Sie an den Duktus eines Tweets, für den Ihnen ja nur 180 Zeichen zur Verfügung stehen!"

„280!"

„Meinetwegen 280. Tatsache ist auf jeden Fall, dass die digitalen Medien die Art und Weise verändert haben, wie wir miteinander kommunizieren. Wir wollen knappe Statements, die man schnell lesen kann. Wir wollen schnelle Antworten, schnelle Entscheidungen, eine schnelle Meinungsbildung. Da bleibt oft zu wenig Zeit zum Nachdenken. Wenn ich im Internet etwas verkaufen will, – und wer will das nicht? – profitiere ich natürlich davon, dass der potentielle Kunde gar nicht gründlich nachdenkt. Er soll sich ja möglichst schnell zum Kauf entscheiden. Wenn ich aber eine politische Entscheidung von erheblicher Tragweite fällen muss, ist diese Schnelligkeit offensichtlich kontraproduktiv und gefährlich."

Die Moderatorin merkt, dass der Professor vom Thema abkommt. Sie unterbricht ihn sofort. „Ist die Technikverweigerung der Neubauern also eine kluge Entscheidung?"

„Das habe ich nicht gesagt und kann ich auch gar nicht beurteilen. Ich habe auch nicht von Technikverweigerung gesprochen. Klar ist nur, dass diese Leute digitale Medien fast gar nicht benutzen. Und das macht die Verständigung mit uns in der Mainstream-Gesellschaft schwierig."

Kurz und gekonnt zieht Vanessa von Santen die Schultern

hoch, macht ein moderat erstauntes Gesicht und spielt die Ahnungslose. „Warum benutzen sie eigentlich keine Smartphones oder Computer?"

„Nun, soweit ich es verstanden habe, bevorzugen sie eine Art Herzenskommunikation, einen unmittelbaren Kontakt von Mensch zu Mensch – übrigens auch zu anderen Lebewesen – geprägt von Mitgefühl. Sie sind der Ansicht, dass die digitalen Medien vor allem zu Hektik und Gedankenlosigkeit verleiten, und deshalb für einen wirklichen Kontakt viel zu oberflächlich sind. Aber, um nochmal auf Ihre Frage zurückzukommen: Wir wissen bislang zu wenig über vermeintliche oder tatsächliche Missstände um beurteilen zu können, ob es sich hier um ungewollte Missverständnisse, um gewolltes Missverstehen oder tatsächlich um Ordnungs- bzw. Gesetzwidrigkeiten handelt. Diesbezüglich kann ich mich nur Açangül Ay anschließen."

Die Moderatorin greift den Ball auf. „Ja, was wissen wir eigentlich?", fragt sie, während sie ihren Blick zu einem Mittvierziger wendet, dessen ungesund rote Gesichtsfarbe Probleme mit dem Blutdruck vermuten lassen. Unglücklicherweise hat sich der Mann zu einem Anzug mit Krawatte beraten lassen. Die Kombination vom eng geknoteten Accessoire mit dem arg geröteten Gesicht erweckt nun den Eindruck, als bekäme der Bedauernswerte zu wenig Luft. „Boris Fleischhauer, Sie sind als Innenminister der oberste Dienstherr des gesamten sächsischen Polizei-Apparates. Auch in Sachsen haben die Behörden Ermittlungsverfahren eingeleitet. Herr Minister, klären Sie uns auf! Um welche Vorwürfe geht es?"

Wie fast zu erwarten war, hat der strohblonde Minister eine auffallend hohe Stimme. "Nun, es gibt den hinreichenden Tatverdacht verschiedener Verstöße gegen das Tierschutzgesetz, Fischwilderei, Verstöße gegen das Betäubungsmittelgesetz, Steuerhinterziehung, ferner Verletzung der

Schulpflicht, Kindeswohlgefährdung und staatsgefährdende Aktivitäten."

„Staatsgefährdende Aktivitäten?", mischt sich seine Nachbarin ein, eine etwas füllige Brünette, die einzige Bundespolitikerin in diesem Kreis. „Was soll denn das sein?"

„Frau Marquardt!" Die Moderatorin ruft zur Ordnung, aber nur halbherzig. Sie weiß natürlich, dass sie für einen gesitteten Gesprächsverlauf verantwortlich ist. Aber sie weiß auch, dass ihre Sendung von dieser Art Eigendynamik lebt, von kontrollierter Eskalation.

Tatsächlich lässt sich die streitbare Grüne vom Klang ihres Namens nicht aufhalten. Ihre Stimme ist jetzt schneidend. „Das Deutsche Strafgesetzbuch, und das wissen Sie ganz genau, Herr Fleischhauer, kennt nur den Tatbestand der staatsgefährdenden *Gewalttat*, wahlweise auch der *schweren* staatsgefährdenden Gewalttat. Aber eine staatsgefährdende *Aktivität* … was muss ich mir darunter vorstellen? Ist eine junge Familie, die gegen die Aufrüstung der NATO demonstriert staatsgefährdend?"

„Frau Marquardt…"

„Sagen Sie es mir, Herr Minister! Sind die Schüler, die sich gegen die Abschiebung ihres afghanischen Klassenkameraden stemmen, staatsgefährdend? Oder ist der Journalist, der Schmiergeldzahlungen der deutschen Rüstungsindustrie aufdeckt, staatsgefährdend?"

Der Innenminister sieht sich in die Enge getrieben und wird laut. „Jetzt möchte ich auch was sagen."

Unnötigerweise erteilt ihm die Moderatorin das Wort. „Bitte, Herr Fleischhauer!"

„Keiner hier im Studio", beginnt der Bedrängte, „keiner zu Hause vor dem Fernseher wird erwarten, dass ich mit genaueren Angaben die laufenden Ermittlungen gefährde…"

„Typisch!", kommentiert Açangül Ay gerade laut genug,

dass es die Mikrofone registrieren.

Der Innenminister reagiert gereizt. Ohne die Publizistin anzuschauen fährt er fort: „Ja, typisch! Typisch Rechtsstaat, würde ich sagen! Der sieht bei uns nämlich vor, dass die Justiz ungehindert ihre Arbeit tun kann. Und deshalb werde ich der Polizei auch nicht entgegenarbeiten, indem ich hier prekäre Informationen ausplaudere. Aber seien Sie dessen versichert: Die Staatsanwaltschaft Dresden hat selbstverständlich ihre Gründe …"

„Dann soll sie sie nennen!", geht Kerstin Marquardt wieder dazwischen. „Der schwammige Vorwurf einer staatsgefährdenden *Aktivität*" – sie deutet Gänsefüßchen mit ihren Fingern an – ist beschämend für unser Land und entlarvend zugleich. Denn diesen Vorwurf kennt man von Staaten wie Iran, China oder der Türkei. Mit solchen Wischiwaschi-Anschuldigungen trachten autokratische Regimes danach ihre Kritiker zu kriminalisieren."

Das Rot im Gesicht des Innenministers tendiert jetzt leicht ins Violette. Er richtet sich auf. „Also, Frau Marquardt …"

Noch bevor Vanessa von Santen ordnend einschreiten kann, wendet sich die türkischstämmige Publizistin an den sächsischen Politiker. Ihre funkelnden Augen lassen sie kämpferisch erscheinen. „Wer hat eigentlich Anzeige erstattet? Wer sind die Informanten? Wie glaubwürdig sind diese Leute?" Sie blickt hinüber zur Moderatorin. „Das sind doch die wirklich interessanten Fragen."

Einen kurzen Moment lang weiß Vanessa von Santen nicht mehr weiter. Ratlos schaut sie in die Runde ihrer Gäste. Schließlich bleibt ihr Blick an der biederen Erscheinung des Vize-Präsidenten hängen, eines treuen Staatsdieners. Bernd Stennrehl scheint ihr jetzt gerade der Richtige, die Gemüter zu beruhigen. Sie knipst ihr Lächeln an, als sei nichts gewesen, und spricht mit freundlicher Bestimmtheit. „Herr Stennrehl, können Sie ausschließen, dass irgendeiner dieser Anzeigenerstatter auf der Gehaltsliste Ihrer Behörde steht?"

Der Beamte gestattet sich ein mildes Lächeln, bevor er antwortet. „Frau Von Santen, wie Sie sicherlich wissen, kann eine Staatsanwaltschaft durchaus auch von Jugendämtern, Tierärzten, Lehrern oder meinetwegen von der behördlichen Lebensmittelüberwachung Hinweise erhalten und sie wäre jederzeit verpflichtet diesen Hinweisen nachzugehen. Darüber hinaus erreichen einen Staatsanwalt natürlich fast täglich anonyme Anzeigen, deren Glaubwürdigkeit und Relevanz er ebenfalls zu prüfen hat. Glauben sie mir, kein Staatsanwalt dieser Republik braucht zusätzliche Informationen von Seiten des Inlandsnachrichtendienstes."

Vanessa von Santen weiß, dass sie nicht viel mehr aus diesem Verfassungsschützer herausbringen wird. Aber um den Unterhaltungswert ihrer Sendung zu steigern und auch aus reiner Neugierde, hakt sie natürlich dennoch nach. „Also keine Informanten aus Ihrem Haus?"

Der schlaue Spitzenbeamte spielt das Spielchen mit und schaut die Moderatorin ein paar Sekunden lang schweigend in die Augen. Dann zeichnet sich ein Anflug von Spott in seinen Zügen ab. „Glauben Sie mir, Frau von Santen", erwidert er fast genüsslich, „das Bundesamt für Verfassungsschutz hat kaum Veranlassung sich mit kiffenden Hobbygärtnern zu beschäftigen, Technikverweigerern, die ihre Ziegen verwahrlosen lassen oder ihre Kinder nicht regelmäßig in die Schule schicken. Mit Verlaub, aber da spielen wir doch in einer ganz anderen Liga."

Waldlichtung. Morgendämmerung. Nackt liege ich im hohen Gras und lausche. Zwischen den Bäumen ein leichtes Rascheln. Sonst nichts. Sie sind da. Ich kann sie wittern, kann jeden Einzelnen erschnuppern. Ich weiß, sie haben mich gefunden. Wenn ich mich aufrichte, sehe ich vielleicht ihre gelblichen Augen im Unterholz. Aber ich bleibe liegen. Sie können mich nicht sehen, nicht wenn ich stillhalte. Ich schaue an mir selbst hinunter. Meine Haut ist bräunlich und fleckig. Spuren von Erde, Gras, Rinde. Mein Bauch und meine Brüste sind glatt, aber meine Gliedmaßen behaart. Ich verschränke meine Arme im Nacken, sauge die Morgenluft tief ein und betrachte die letzten Sterne. Im Westen werden Wolken sichtbar, leichte Wolken. Plötzlich schreit ein Rabe und ich sehe den großen Vogel schattengleich über die Lichtung hinwegfliegen. Wohlbehagen erfasst mich wie eine warme Brise.

Schließlich setze ich mich auf, atme erneut tief ein, recke meinen Hals und heule. Hoch und lang tönt meine Stimme, durchbricht die Stille der frühen Stunde. Bald schwingt sie in Wellen auf und ab, mal leiser, mal lauter. Schon mit dem ersten Ton lässt mich unbändige Freude erbeben. Und seinerseits weckt und stärkt dieses Beben meine Freude. In allem ist Klang, in mir, im Wald, in den Wolken. Dies ist mein Ruf und war es immer, ein uralter Laut, der mich trägt, ein Einklang mit allem, was ist.

Jetzt kommen sie aus der Deckung. Es sind sechs, ich weiß es ohne zu zählen. Sofort verstumme ich. Die Jährlinge erscheinen zuerst, eine Fähe und ein Rüde. Wachsam aber ohne Furcht umkreisen sie meinen Schlafplatz mehrmals, bevor sie mit erhobenen Köpfen stehen bleiben. Ihre Blicke gehen in die Ferne. Dann kommen die Eltern mit den beiden Welpen. Das Weibchen, die vierfache Mutter, tritt ganz nahe. Ich rühre mich nicht, meine Hände liegen im Schoß. Aber ich murmele immer wieder Worte der Begrüßung und Beschwichtigung, lobe ihre Schönheit und die Schönheit ihrer Kinder. Die Wölfin stellt eine Vorderpfote auf meinen Oberschenkel. Ich spüre die Krallen, scharf und hart, bleibe jedoch unversehrt. Das graubraune Tier gähnt ausgiebig und ich rieche seinen herben Atem. Dann drückt das Weibchen seinen Kopf in meine Achselhöhle und lässt sich von mir kraulen. Ich vergrabe mein Gesicht in seinem dichten Nackenhaar. Und während ich das tue, fühle ich, was die Wölfin fühlt: die Freude des Wiedersehens, eine belebende Kraft, die jede Müdigkeit vertreibt.

Daraufhin kommt auch das Männchen näher, umrundet uns und begrüßt mich von der anderen Seite. Er ist ein kraftvolles, großes Tier mit einem buschigen Schwanz und wohlgeformten Läufen, schwer, aber alles andere als schwerfällig. Hinter ihm tauchen die Welpen auf. Sie versuchen flugs auf meinen Schoß zu klettern und drücken ihre Schnauzen in mein Fleisch. Das Blau ihrer Augen begeistert mich. Ich weiß, dass es bald ins Bräunliche übergehen wird um schließlich bernsteinfarben zu werden. Aber jetzt leuchten ihre Augen wie ein Sommerhimmel. Als ich dem Kleinsten eine Hand hinstrecke, nimmt er sie in sein Maul und beißt spielerisch hinein. Es tut nicht weh. Keines dieser Tiere würde mich ohne Not verletzen.

Als sich auch die Jährlinge zur Begrüßung genähert und mir die Hände geschleckt haben, richte ich mich zu meiner vollen Größe auf. Ich schwanke ein wenig, als ich die Weite des Waldes erfasse, spüre das warme Gras unter meinen Füßen und breite die Arme aus. Die Wölfe verharren, nicht staunend, eher respektvoll. Es ist dies der Augenblick, da ich mich über sie hinaus erhebe. Sie wissen, ich bin nicht wie sie und doch bin ich eine der ihren. Auch wenn ich nicht viel mit ihnen unterwegs bin und keineswegs Stunde um Stunde mit ihnen durch die Wälder streife, gehöre ich zur Familie. Manchmal sehen wir uns Wochen lang nicht, aber jedes Mal kommen sie wieder und erweisen mir Achtung. Das ist es, was sie mich lehren: Treue, Loyalität, ewige Wiederkehr.

Der Geist des Wolfes ist auch in mir, wild und fürsorglich

zugleich. Er zeigt mir den Weg der Freiheit und löst mich immer wieder aus dem Klammergriff uralter Ängste. Er lehrt mich in Harmonie zu sein mit allem, was ist, und lässt mich die Kraft der Rituale in meinem Innersten erleben. Jeder Wolf ist wachsam, urwüchsig aber nicht ungestüm. Bei aller Kraft und Dynamik ist er doch stets umsichtig, wittert nicht nur Bedrohung, sondern empfindet auch Trauer, Freude, Sorge und Sehnsucht. Die Sprache des Wolfes ist in der Tat eine Sprache ritueller Handlungen. Die Neigung des Kopfes, die Stellung des Schwanzes, der Ausdruck der Augen, der Klang des Knurrens – all das ist bedeutungsvoll. Oft sind es feine Zeichen, nicht mehr als Andeutungen, und so beiläufig gesetzt, dass ein Fremder sie leicht übersehen könnte. Aber ich bin keine Fremde – nicht für die Wölfe.

Plötzlich ändert sich das Bild und ich sitze vor meiner Lehmhütte am Waldrand, nicht länger nackt, sondern gekleidet in grob gewobenem Tuch. Meine Behausung ist schlicht und klein, nicht mehr als ein einziger Raum zum Schlafen und Aufbewahren meiner Kräuter. Über dem Eingang, links und rechts, hängen zwei Wolfsschwänze, Überbleibsel verstorbener Gefährten. Hinter meinem Obdach liegt der Wald, dunkel und vertraut, eine Welt voller Freunde und Freuden, eine weite, unergründliche Tiefe, in der mein Geist zu Hause ist. Vor mir fällt das Land leicht hinab zu den Feldern und Siedlungen der Menschen, die sich Jahr für Jahr weiter in die Wälder hinein erstrecken. Ich lebe zwischen den Welten, das ist jetzt das vorherrschende Gefühl, heimisch im Wald, obgleich kein Tier, unter Meinesgleichen jedoch eine Fremde.

Auf trockenen Gräsern sitze ich aufrecht und schaue schweigend auf einen schier endlosen Strom von Menschen, der sich zu meiner Hütte hinaufwindet. Es sind kranke und verzweifelte Geschöpfe, Suchende ohne Sinn und Kraft. Ich kann ihre Not spüren, ich kann sie riechen. Sie dringt in mich ein wie der scharfe Rauch eines Feuers, wie fauliges Wasser. Aber es sind nicht alte und arme Leute, die sich hierher bis an den Rand ihrer Welt begeben haben um mich aufzusuchen. Vielmehr kommen wohlhabende Händler und Herren, feine Damen und geachtete Mütter. Diese Menschen haben alles, was sie einst zu haben sich wünschten: Höfe und Herden, Erben und Enkel, Ansehen und Einfluss. Nun sind sie verwirrt und entmutigt, denn ihre Sattheit ist ohne Freude und ohne inneren Frieden ihr Erfolg. Nicht die Leiden des Leibes treiben sie hinaus zu mir, diesem doch so gefürchteten Wolfsweib, sondern der Hunger ihrer Herzen. Sie haben gehäuft und gehortet, Leben gezeugt und Leben eingezäunt. Jetzt trifft sie der Mangel unvorbereitet, ein Gefühl des Fehlens und Verfehlens.

Ja, sie suchen den Geist des Wolfes, jenes Tieres also, das sie mit Macht aus ihrer Welt verbannt haben. Sie suchen die Heilkraft der Freiheit, Befreiung von Sorgen und Ängsten. Denn je mehr sie erreichten und erzeugten, umso mehr wuchs auch die Furcht, das mühsam Erworbene wieder zu verlieren. So ist es immer. Der Wolf weiß das. Der Wolf sorgt nicht vor. Für ihn wird gesorgt. Er kennt das Wesen des Waldes. Niemals verlässt er den Wirkkreis des großen Geistes, Tag und Nacht ist ihm tief im Innern bewusst, ein Teil dieses Ganzen zu sein. Und die, die von Lasten und quälenden Gedanken niedergedrückt werden, ahnen das. Sie sehen sehr wohl, wie wach und frisch das Tier in jedem Augenblick ist, wie stark seine Präsenz.

Nun kommen sie zu mir, in stummen Scharen, erahnen in mir die Wirkkraft des Wolfes, suchen den Rat des Weibes. Längst vergessen haben sie die Sprache der Wildnis und des wilden Tieres. Sie verstehen den Wald nicht mehr, wissen aber, dass ich dort zu Hause bin. Also machen sie mich zur Mittlerin, zum Bindeglied zwischen den Welten. Durch mich suchen sie Teilhabe am unverstellten, lauteren Leben. Aber es sind viele, sehr viele. Der Strom reißt nicht ab. Ich gebe Rat, ich gebe Kräuter und Kraft, ich gebe, was mir gegeben. Offen, versuche ich zu öffnen, erlöst, zu erlösen. Hilfe ist da, ich muss nicht um sie bitten. Und doch gibt es Stunden, da ich zage und mich zweifelnd frage, wie ich jemals all diesen Suchenden gerecht werden sollte. Dann ziehe ich mich zurück in den Wald – oft für mehrere Tage, manchmal auch für Wochen. Dort endlich fällt die Erschöpfung von mir ab. Lange jedoch lassen die Bilder der Mut- und Ratlosen mir keine Ruhe.

Mit einem kleinen Ruck, aber ohne Schrecken wacht Ilonka Kaiser auf. Sie dreht sich um und blickt auf die Digitalanzeige ihres Weckers: zehn vor vier. Sie blinzelt kurz und reibt sich das Gesicht. Wieder zehn vor vier! Seit Tagen wacht sie genau um diese Zeit auf. Und immer sind es die gleichen Bilder, die sie umstehen, heiter und heimisch der dunkle Wald, kahl und kühl die Felder im Flachland. Ein Gefühl von Dringlichkeit und Bedrängnis legt sich für einen Augenblick auf ihren Atem. Sie spürt die namenlosen Gestalten, die Sehnsucht ihrer Seelen, als wären sie weiterhin nahe. So war es gestern, vorgestern und auch noch davor. Doch heute ist ein anderes Empfinden stärker. Ihr ganzer Körper ist wie aufgeladen. Eine wärmende und lichtende Energie durchströmt sie vom Scheitel abwärts, belebt Rücken und Glieder. Und mit dieser Kraft einher geht eine Klarheit, die keine Wahl lässt. Nie zuvor war sie so entschlossen. Sie ahnt wo sie herkommt und deshalb weiß sie jetzt, wo es für sie hingeht. Sie wird erwartet.

Hallo? Hallo?
  Ja? Wer ist da?
  Hallo! Hier ist Pionier 102. Ist da Pionier 68?

Hans-Peter Reitmeier stöhnt vernehmlich. Allmählich wird er ungeduldig. Immer wieder tönt es in seinem Kopf, weil irgendwelche Testpersonen zu blöd sind, die Anwahl-Imagination richtig durchzuführen. *Nein, ich bin Pionier 89. Sie sind falsch.*

89? Das kann nicht sein. Ich habe mir doch ganz genau die 68 vorgestellt.

Sind Sie denn richtig verdrahtet?

Ja, klar! Wurde alles getestet.

Wenn Sie meinen. Ich jedenfalls habe nicht an Ihre Nummer gedacht. Also muss der Fehler ganz klar bei Ihnen liegen. Rufen Sie Ihren PA an!

Pie-hey?

Reitmeier verdreht die Augen. *Sie sind noch nicht lange dabei, oder? Ihr PA ist Ihr Personal Assistant.*

Ach, Sie meinen den Coach-Roboter?

Genau den.

Wie war nochmal der Code?

Mensch, das darf ich doch nicht sagen.

Wieso nicht?

Weil ich nur sagen kann, was ich zuvor gedacht habe. Und wenn ich den Code denke, aktiviere ich ihn auch. Ich will ihn aber nicht aktivieren.

Na, denkt Frank Brinkholz, *so schlau bist du auch nicht, wenn du offline- und online-Denken nicht auseinanderhalten kannst.*

Wie war das?

Scheiße, schießt es Brinkholz durch den Kopf, *das hat er aufgefangen.*

Klar habe ich das, was denken Sie denn? Zwischen off- und online zu switchen ist nun mal nicht so einfach. Hat mir mein Ausbilder erklärt. Also konzentrieren Sie sich!

Ja und was mache ich jetzt?

Schauen Sie im Handbuch nach! Und jetzt verschwinden Sie aus meinem Schädel!

Brinkholz visualisiert den roten Button „Verbindung beenden" und drückt in Gedanken mit dem rechten Zeigefinger darauf. Er ist froh, dass er diesen Einbildungsvorgang inzwischen beherrscht. Mit Grausen denkt er an die Anfangswochen zurück, als er kaum in der Lage war eine Verbindung korrekt zu beenden. Wiederholt hatte er seine Gesprächspartner bitten müssen, den Anschluss aufzulösen. Das reichte aber nicht. Immer wieder war er nachts aufgewacht, als Fetzen fremder Stimmen und Bilder ihm anzeigten, dass er unwissentlich eine Standleitung aufrechterhielt.

Das Handbuch ist tatsächlich ein Buch in traditionellem Sinne, ein Paperback mit dicht bedruckten Seiten aus sehr dünnem Papier. Brinkholz muss eine Weile suchen, bis er die Liste mit den unterschiedlichen Codes gefunden hat. Lesen ist nicht seine Stärke. Das war schon in der Schule so. Dafür war er in Rechnen immer spitze. Allerdings wollte er seine Berechnungen nie gerne aufschreiben. Irgendwann wurde er getestet: Legasthenie – bei überdurchschnittlicher Intelligenz. Die Lese- und Rechtschreibschwäche ist ihm geblieben. Deswegen haben ihn die Möglichkeiten eines innercranialen Endgerätes auch sofort fasziniert. Nie mehr tippen, nie mehr lesen, nur noch denken.

Endlich hat er den Code gefunden. Er muss den Hilfe-Button visualisieren und in Gedanken mit dem kleinen Finger der linken Hand darauf drücken. Der Hilfe Button, so liest er, ist ein gelbes Quadrat mit einem grünen Fragezeichen in der Mitte. Es fällt ihm nicht schwer diesen Vorgang zu denken.

Bald meldet sich eine dunkle, verführerisch klingende weibliche Stimme. Am Anfang seiner Ausbildung hat sich Brinkholz für dieses Stimmmuster entschieden. Nun fragt er sich, ob das damals die richtige Entscheidung war.

ICT-1, PA-5, was kann ich für Sie tun?
Hier ist Pionier 102.
Ich weiß.
Ja, natürlich, alles klar.
Was kann ich für Sie tun, Pionier 102?
Ich möchte eine Verbindung zu Pionier 68 herstellen. Aber irgendwie klappt das nicht.
Ihre letzte Verbindung zu Pionier 68 war gestern von 22.17 Uhr bis 22.41 Uhr.
Ja, das weiß ich selber.
Heute gab es noch keine Verbindung zwischen ihrem ICT-1 und dem Endgerät des genannten Pioniers.
Aber ich habe Pionier 68 angewählt.
Darüber liegen mir keine Daten vor.

Frank Brinkholz ist genervt. Obwohl er ein durch und durch rationaler Mensch ist, hat er seine Mühe mit der spröden Logik des Roboters. *Welche Daten der letzten halben Stunde liegen Ihnen denn vor?*

Sie haben vor 16 Minuten Pionier 89 angewählt. Die Verbindung kam zustande und dauerte 2 Minuten, 39 Sekunden.
Sonst nichts?
Zum genannten Zeitraum gibt es keine weiteren Verbindungsdaten.
Das verstehe ich nicht.

Der *Personal Assistant* gibt einen Laut von sich, den man als Ausdruck des Mitgefühls verstehen könnte. Der Roboter scheint kurz zu zögern. *Als Ihr PA habe ich technisch die Möglichkeit Ihren Anwahl-Vorgang zu analysieren um eventuelle Fehler aufzuspüren. Aber dazu brauche ich Ihr ausdrückliches Einverständnis.*

Ja, machen Sie!
Danke für Ihr Vertrauen! Einen Moment, bitte.

Brinkholz schließt kurz die Augen und versucht an nichts

zu denken. Es fällt ihm schwer, weil die Stimme seines Gesprächspartners rein assoziativ eine Reihe von schönen, leicht erregenden Bildern in seinem Gemüt entstehen lässt.

Ich habe eine Inkongruenz in Ihrem Anwahl-Verhalten festgestellt.

Inkongruenz? Was heißt das konkret?

Die von Ihnen gedachte Zahl stimmt nicht mit der von Ihnen gesendeten Zahl überein.

Wieso nicht?

Diese Frage kann ich nicht beantworten.

Blödes Gerät, denkt Brinkholz verärgert.

Verzeihen Sie, Pionier 102, wenn ich Ihren Erwartungen nicht entspreche. Es ist mir aber nicht möglich zu erklären, wieso Sie einen Fehler machen. Meinem System sind Fehler fremd. Ich kann menschliche Fehler erkennen und beschreiben. Jedoch bin ich nicht in der Lage zu erläutern, warum Menschen überhaupt Fehler machen.

Brinkholz stöhnt. Nicht zum ersten Mal muss er feststellen, wie wichtig die genaue Wortwahl im Umgang mit Robotern ist. *Sagen Sie mir, welche Zahl ich beim Anwahl-Vorgang gedacht habe!*

68

Und welche Zahl habe ich visualisiert?

68.

Na also, denkt Brinkholz zufrieden, *wo ist das Problem?*

Die Antwort kommt sogleich. *Ihre gesendete Zahl war 89.*

Brinkholz runzelt die Stirn und überlegt sich seine nächste Frage genau. *Wie kann es zu einer Verwechslung von 68 mit 89 gekommen sein?*

Die wahrscheinlichste Ursache dafür ist ein Rotationsfehler. Demnach haben Sie vor dem Senden die Zahl um 180° gedreht.

Natürlich, denkt Brinkholz, *da hätte ich auch draufkom-*

men können. Welche Ursache gibt es für diese Rotation? Ich habe nicht die Absicht gehabt, die Zahl auf den Kopf zu stellen.

Der Roboter macht ein Geräusch, dass wie das vergnügte Glucksen einer schönen Frau klingt. *Dieser Fehler tritt häufig auf. Er hat mit dem menschlichen Gehirn zu tun. Ihr Gehirn, Pionier 102, ist so konditioniert, dass es die Bildwahrnehmung Ihres Auges um 180° dreht. Beim imaginierten Bild ist das nicht nötig. Das menschliche Gehirn braucht aber eine Weile, die alte Konditionierung abzulegen.*

Und was soll ich jetzt machen?

Ich empfehle, dass Sie sich vorstellen, wie die von Ihnen gedachte und visualisierte Rufnummer durch den Äther hindurch den Weg zum gewünschten Gesprächspartner zurücklegt. Wenn Sie nicht nur die Zahl, sondern auch deren Eintreffen beim angewählten Gesprächspartner imaginieren, können Sie die konditionierte Reaktion Ihres Gehirns vermeiden.

Verstehe. Danke für den Tipp! Damit beendet der Ingenieur die Verbindung. Der Ratschlag seines *Personal Assistant* stimmt ihn unzufrieden. So hat er sich das Funktionieren des *ICT-1* nicht vorgestellt. Ich muss viel zu viel visualisieren, mir ständig Bilder im Kopf machen. Das ist anstrengend. Und es ist höllisch schwer ganz exakte Vorstellungen zu erzeugen. Irgendwie war Brinkholz davon ausgegangen, dass die Bedienung des innercranialen Endgerätes so einfach und selbstverständlich sein würde wie alltägliches Sprechen. Stattdessen jedoch muss er jeden Gedanken mit Hilfe von Vorstellungen ganz bewusst steuern. Nun, tröstet er sich, das sind sicher nur Anfangsschwierigkeiten. Immerhin dauert es auch eine ganze Weile, bis ein Kleinkind ordentlich sprechen kann.

Frank Brinkholz versteht nichts von Telepathie, kennt den Begriff überhaupt nur aus den Nachrichten der letzten Wochen. Dadurch ist Telepathie für ihn negativ geprägt, bloß ein romantisches Hirngespinst von Phantasten und Schwärmern.

Er hat es folglich nie für nötig gehalten genauer darüber nachzudenken, was diese so genannte Gedankenübertragung sein und wie sie funktionieren könnte. Hätte er das jedoch getan, so wäre ihm spätestens jetzt aufgefall3en, dass er für die Nutzung des *ICT-1* vor allem eines entwickeln musste: telepathische Fähigkeiten.

AUTOMOBILINDUSTRIE SCHLÄGT ALARM:
Zehntausende Arbeitsplätze in Gefahr

NEIN, ES GEHT AUSNAHMSWEISE EINMAL NICHT UM ILLEGALE ABSCHALTEINRICHTUNGEN, UM UMSATZEINBRÜCHE BEI DIESELFAHRZEUGEN UND DROHENDEN FAHRVERBOTEN. ZWAR IST DIE JURISTISCHE AUFARBEITUNG DER MASSENHAFTEN BETRÜGEREIEN IN DEUTSCHLAND UND EUROPA KEINESWEGS ABGESCHLOSSEN. ES WERDEN SOGAR NOCH IMMER MEHR FIRMEN UND KONZERNLENKER IN DEN SKANDALSTRUDEL HINEINGEZOGEN. DOCH MITTEN IN DIESER SCHWIERIGSTEN PHASE IHRER EXISTENZ ERREICHT DIE AUTOMOBILINDUSTRIE NUN EINE NEUE SCHRECKENSNACHRICHT.

Die Deutschen kaufen immer weniger Autos. Im letzten Monat gab es erneut einen dramatischen Rückgang der Neuzulassungen. Wie das Kraftfahrt-Bundesamt in einer Pressemitteilung bekanntgab, betrug das Minus im Vergleich zum Vormonat 17,9%. Bereits im letzten Monat ging die Zahl der Neuzulassungen um 9,6% zurück. Diese drastische Verringerung bezieht sich auf alle Antriebsarten, nicht nur auf Dieselfahrzeuge. Also auch benzinbetriebene Pkw sind von diesem Einbruch massiv betroffen. Ja sogar bei den Elektrofahrzeugen sind die Zahlen rückläufig. Dabei trifft es deutsche und ausländische Hersteller gleichermaßen. Da jedoch der Marktanteil der deutschen Produzenten der mit Abstand größte ist, wird die hiesige Industrie natürlich am meisten in Mitleidenschaft gezogen. Wie das Bundesamt in Flensburg ferner mitteilte sank der Anteil der privaten Neuzulassungen auf ein historisches Tief. Im letzten Monat war nur noch jede vierte Neuzulassung für den Privatverbraucher. In absoluten Zahlen wurde aber auch bei gewerblichen Neuzulassungen ein deutlicher Rückgang verzeichnet.

Zu den Ursachen dieser Entwicklung liegen noch keine gesicherten Analysen vor. Die Marktforscher sind von den Zahlen offenbar genauso überrascht wie die Firmenbosse in Wolfsburg, Stuttgart oder München. Trotzdem haben sich bereits mehrere Akteure mit Erklärungen und Schuldzuweisungen zu Wort gemeldet. Der Verband der Automobilindustrie (VDA) mit Sitz in Berlin erhebt schwere Vorwürfe gegen die Politik. In einer Stellungnahme wird insbesondere moniert, dass die Kommunen zu wenig gegen die zunehmende Unkrautdichte auf den wohnortnahen Straßen und Parkplätzen unternähmen. Wie VDA-Präsident Biller deutlich machte, sieht der Verband in der fortschreitenden „Verwilderung ganzer Gegenden" die Hauptursache für das nachlassende Pkw-Interesse der deutschen Verbraucher. Manche Autofahrer, so Biller, würden ihr Fahrzeug kaum noch aus der Garage hinausbefördern können. Hunderte Kilometer an Straßen seien nur noch einspurig oder gar nicht mehr befahrbar. In vielen Gewerbegebieten seien komplette Parkplätze wegen Überwucherung gesperrt. Mit dieser Verlotterung seiner wichtigsten Infrastruktur schade Deutschland seinem Ruf als Industriestandort von Weltrang in extremer Form.

Der Präsident des Deutschen Städtetages, der Bremer Oberbürgermeister Matthias Opterbeck, weist in diesem Zusammenhang auf die massive Abwanderung hin, mit der viele Kommunen sich in den letzten Monaten konfrontiert sahen. Diese Stadtflucht schwäche die Wirtschaft der Städte und Gemeinden nachhaltig. Vielerorts, so Opterbeck in einer telefonischen Stellungnahme, seien die Einnahmen aus Gebühren und Steuern so stark zurückgegangen, dass die Kommunen für die Instandhaltung von Straßen und Grünflächen kaum noch die nötigen Mittel hätten. Der Kommunalpolitiker mahnt Unterstützung durch den Bund an. Seiner Berechnung nach müssten für die Straßensanierung allein in den Städten und Gemeinden 3 bis 4 Milliarden Euro jährlich investiert werden, Geld, das den Kommunen fehle, auch weil sie verpflichtet seien einen erheblichen Teil ihrer Einnahmen an Bund und Länder abzuführen. Opterbeck fordert die Bundesregierung deswegen erneut auf, die Gewerbesteuerumlage an Bund und Länder stark zu reduzieren oder gar ganz abzuschaffen.

Der Präsident des Deutschen Städtetages macht aber auch klar, dass die dramatischen Veränderungen insbesondere in den Ballungsräumen eine gesamtgesellschaftliche Entwicklung darstellten, auf die die Politik nur bedingt Einfluss nehmen könne. Die Lebensentwürfe vieler Menschen hätten sich, laut Opterbeck, dramatisch verändert. Viele Stadtbewohner wünschten sich mehr Grün in unmittelbarer Nähe ihres Wohnsitzes. Es gehe ihnen erklärtermaßen nicht nur darum, das Auge zu erfreuen oder die Luft zu verbessern. Viele würden ganz bewusst eine gewisse Autarkie in Bezug auf die Lebensmittelversorgung anstreben. Da reichten natürlich die Tomatenpflanzen auf dem Balkon oder die Kräuter von den Grünstreifen entlang der Straßen nicht mehr aus. Immer mehr Hausbesitzer würden ihre Grundstücke daher entsiegeln. Dort wo noch vor kurzem Pflastersteine den Weg zur Garage ebneten, seien jetzt vielfach Gemüsegärten angelegt oder gar Bäumchen gepflanzt worden. *Kampf den Steinwüsten!,* scheine das Motto dieser Menschen zu sein. Für ein Auto, so Opterbeck, sei in ihrem Lebensraum einfach kein Platz mehr. Das müsse auch die Automobilindustrie zur Kenntnis nehmen.

...

Anita Mertens schaut von der Zeitung auf und lässt ihren Blick durchs Wohnzimmerfenster hinaus in den Garten schweifen. Als sie die frischen Anpflanzungen sieht, muss sie unwillkürlich lächeln. Wir liegen ja voll im Trend, denkt sie, dank Klara. Sie war es, die uns mit ihrer Vision einer lebendigen Erde inspirierte. Und sie war auch diejenige, die Rainer überzeugt hat, das Auto zu verkaufen. Er hat sich erstaunlich wenig gegen diesen Vorschlag gewehrt. Offensichtlich fielen die Gedanken seiner Ältesten bei ihm auf fruchtbaren Boden. Interessanterweise argumentierte Klara dabei gar nicht mit der Luftverschmutzung durch Abgase. Vielmehr fragte sie ihren Vater ganz ruhig, ob er denn nicht spüren würde, wie stark die schlechten Gefühle wären, die das Autofahren im Berufsverkehr verursachten. So viel Zorn, erklärte Klara, so viel Ungeduld und Unfreundlichkeit gäbe es im Straßenverkehr, dass ihr Papa irgendwann unausweichlich daran erkranken würde.

Rainer widersprach seiner Tochter nicht. Er wusste, dass sie Recht hatte, und ich, denkt Anita, wusste es auch. Oft genug habe ich selbst die Hektik und Intoleranz, die Aggressivität unter Autofahrern als bedrohlich empfunden. Und die zunehmende Verbreitung von schweren SUVs, monströsen Kampffahrzeugen, wie sie Rainer nennt, haben die Situation noch erheblich verschärft. Du kannst dich diesen negativen Emotionen nicht entziehen. Je länger du hinterm Steuer sitzt, umso stärker wirken sie auf dich ein. Dann wirst du entweder ganz starr und apathisch, nur noch in der Lage mechanisch zu denken. Oder aber du fängst selbst an zu drängen, zu fluchen und zu hassen. Nein, Klaras Gefühle in Bezug auf das Autofahren waren Rainer keineswegs fremd. Allerdings verblüffte ihn – und auch mich – wie geschickt und zutreffend unsere Tochter ihre Einschätzung zu verbalisieren wusste. Rainer hörte ihr schweigend zu und ließ sich dann vom Charisma seiner Ältesten inspirieren. Jetzt hat er eine Bahncard, weil er regelmäßig mit der Bahn zu Kunden fährt und wir alle sind inzwischen viel mehr mit dem Fahrrad oder den öffentlichen Verkehrsmitteln unterwegs.

Anita liest weiter.

... Auch von Seiten der Wissenschaft kommen mahnende Worte. Der durch Fernsehauftritte mittlerweile bekannte Soziologie-Professor Hannes Brüning ist mittlerweile einer der prominentesten Fürsprecher eines sozialen Wandels. Auf einer Tagung in Berlin zum Thema *Infrastruktur in de-urbanisierenden Städten* kritisierte er die Automobilindustrie mit deutlichen Worten. Diese Großkonzerne seien, so Brüning in seinem Vortrag, immer noch dem Denken der fünfziger und sechziger Jahre des letzten Jahrhunderts verhaftet. Nach wie vor hieße ihr Ziel Wachstum um jeden Preis. Laut Brüning haben die Automobilkonzerne jahrzehntelang Millionen Fahrzeuge in den Markt gedrückt und damit das Gemeinwesen gezwungen, immer mehr und immer größere Straßen zu bauen. Auch als schon längst klar gewesen wäre, dass ein ungezügeltes Wachstum katastrophale Folgen für Mensch und Natur hätten, bauten sie weiterhin überdimensionierte Werke mit gigantischen Kapazitäten in aller Welt. Der Wissenschaftler nahm auch die, wie er sie nannte „aggressive Lobbyarbeit" der Branche aufs Korn. Mit einer Mischung aus Drohungen, Desinformation und dem Angebot lukrativer Nebenverdienste hätten sich VW, Daimler & Co. die meisten politischen Entscheider auf Bundes- und Landesebene gefügig gemacht. Jetzt, so Brüning, da sich immer mehr Menschen an der Basis ihrem Marketing-Mantra *Leistung – Image – Erfolg* entzögen, seien sie ratlos.

Der VDA-Präsident weist unterdessen auf die wirtschaftliche Bedeutung der Automobilindustrie für Deutschland hin. Sollten sich die Zahlen der Pkw-Neuzulassungen, so VDA-Chef Biller, auch in den kommenden Monaten weiterhin negativ entwickeln, wird das für viele Beschäftigten in der Branche unausweichlich zu Kurzarbeit führen. Setze sich der Trend gar über einen längeren Zeitraum hinweg fort, so wären Werksschließungen nicht zu vermeiden.

„Die Schöpferkraft des Menschen ist grenzenlos, Jewgeni. Mit seinen Gedanken und Gefühlen gestaltet er auch jetzt schon diesen Planeten. In Zukunft wird er das aber bewusst tun und diese Erde tatsächlich in ein Paradies verwandeln."
„Ein Paradies? Das wird dann wohl nicht so bald sein…"
„Die Realität ist da. Sie ist immer jetzt."
„Aber wir können sie nicht erfassen, meinst du das?"
„Wie gesagt, es gibt Hürden."
„Ich würde sie gerne überwinden."
„Schön! Es gibt im Grunde nur drei: Zweifel, Verzweiflung und Zwiespalt."
„Wenn das so ist. Die scheinen mir ja nicht unüberwindlich."
„Wären sie es, Jewgeni, wäre Gott ungerecht. Aber ungerecht ist Gott naturgemäß nicht."
„Und wie kann ich die Hürden nehmen?"
„Du musst sie zunächst verstehen, musst erkennen, wie sehr sie deine alltägliche Wahrnehmung bedingen und begrenzen."
„Ich will's versuchen!"
„Gut. Zunächst also der Zweifel. Zweifel ist immer ein Mangel an Glauben."
„Logisch!"
„Natürlich glaubt ein Mensch grundsätzlich immer, aber

entscheidend ist der Glaube an das Gute. Der ist schwach. Es wurde gesagt, der Mensch sei ein Ebenbild Gottes. Daran zu glauben fällt vielen schwer. Wer es tut, kann seinen Nächsten nie mehr hintergehen, ausbeuten oder töten. Er kann auch sich selbst nicht länger verachten oder schädigen. Aber anstatt an das Gute, glauben viele lieber an das Schlechte: an ihre Abstammung vom räuberischen Tier, an den Kampf aller gegen alle ums nackte Überleben, die scheinbar unvermeidliche Egozentrik. Das ist im Grunde ein Ausdruck von Trägheit, Jewgeni. Man bleibt mit seinem so genannten Glauben dem Leib verhaftet. Erst wenn der Mensch seine Geistnatur erkennt, zweifelt er nicht länger am Guten."

„Aber es gibt so viele, die an Gott glauben und trotzdem Leute umbringen."

„Sie glauben an die Macht des Bösen. Ihr Gott ist ein Spiegelbild ihrer selbst: intolerant, rachsüchtig, gewalttätig. Ihr Zweifel ist so groß, dass er zur Verzweiflung geworden ist. Unfähig das Gute wahrzunehmen, wächst ihre Angst ins Unerträgliche und verzweifelt suchen sie Zuflucht bei einer Macht, die ihre angeblichen Feinde bändigen und besiegen kann."

Dr. Ulrich Anzberger blickt kurz in den Rückspiegel, aber das Mädchen hat sich offenbar hingelegt. Vielleicht schläft es, denkt er, und konzentriert sich wieder auf die vor ihm liegende Straße. Der Verkehr ist hier nicht mehr so dicht, aber der Straßenbelag hat schon bessere Zeiten gesehen. Sein Navi erklärt ihm, dass es noch 91 Kilometer bis zur Siedlung *Anayana* sind, genauer gesagt bis zum kleinen Städtchen, das in der Nähe davon liegt. *Anayana* selbst ist dem Gerät erstaunlicherweise kein Begriff. Der Blick nach hinten hat ihm gezeigt, dass über den westlichen Horizont eine dichte Wolkenfront aufzieht. Vor ihm aber ist der Himmel klar und das Licht freundlich. Vielleicht ein gutes Zeichen, überlegt er.

Unwillkürlich schüttelt er den Kopf, als er daran denkt, was er hier gerade macht. Er fährt in seiner Freizeit mit einer Patientin quer durch die Republik, um ihr einen Wunsch zu erfüllen. Und nicht nur das! Er hat sich den Eltern des Mädchens sogar als Fahrer angeboten. Angefangen hat das Ganze mit einem Anruf der Mutter. Frau Manz war sehr aufgewühlt, als sie ihm erzählte, dass ihre Tochter sich weigere in die Schule zu gehen. Ihr Mann sei außer sich und würde ihr drohen. Offenbar aber zeigte sich das Kind davon unbeeindruckt. Im Verlauf des Telefonats wurden die Hintergründe für Anzberger bald klarer. Mirjana, so erfuhr er, erklärte ihren Eltern, dass sie in ihrer bisherigen Schule nichts Bedeutsames lerne. Im Gegenteil, sie würde dort täglich dümmer werden. Sie wünschte deshalb die Schule zu wechseln. Und sie wusste auch, welche Schule sie künftig besuchen wollte. Ausgerechnet die viel diskutierte und umstrittene Einrichtung in der alternativen Siedlung *Anayana* sollte es sein.

Die Eltern reagierten kritisch und ablehnend auf das Ansinnen ihrer Tochter. Vor allem der Vater zeigte sich entsetzt. Seiner Einschätzung nach konnte man den Leuten in diesen Aussteiger-Siedlungen nicht trauen. Jedenfalls würde er seine Tochter nie in ihre Obhut geben. Für ihn waren das alles drogensüchtige Schmarotzer, die irgendeiner Sekte anhingen. Mirjana, so berichtete Frau Manz, ging auf derlei Vorurteile gar nicht ein. Sie wiederholte lediglich, dass sie im Herzen spüre und wisse, dass dort in *Anayana* ihr Platz sei. Sie tat das offenbar nicht trotzig oder zornig, sondern ganz ruhig und ohne jemals respektlos zu werden. Das beeindruckte ihre Mutter und sie versuchte später mäßigend auf ihren Mann einzuwirken. Aber Bertold Manz konnte sich nicht vom Einfluss der negativen Berichterstattung befreien und blieb bei seiner ablehnenden Haltung. *Anayana* kam nicht in Frage.

Anzberger betrachtet die weite Landschaft, durch die sein Weg ihn führt. Schön ist es hier, denkt er, und kaum besiedelt. In dieser Ecke Deutschlands ist er noch nie gewesen. Er geht etwas runter vom Gas. Vom Rücksitz kommt weiterhin kein Lebenszeichen. Als Kinder- und Jugendpsychiater kennt er natürlich Störungen wie Schulangst oder soziale Phobie. Er weiß, wie sehr das Phänomen mittlerweile verbreitet ist. Ihm wurden schon viele Kinder vorgestellt, die sich massiven Leistungsängsten ausgesetzt sahen. Bauchschmerzen, Kopfschmerzen, Verspannungen, Übelkeit – er kennt die Symptome, die dauergestresste Schüler entwickeln. Bei Mirjana jedoch ist es offensichtlich anders. Sie ist eine recht gute Schülerin, kommt jedenfalls problemlos mit. Meistens schreibt sie Zweier, ab und zu mal eine Drei. Sie hat weder Angst vor schulischen Leistungsanforderungen noch vor Sozialkontakten. Vielmehr empfindet sie den Schulalltag als fantasie- und geistlos. „Geisttötend" sagte sie wörtlich, wie sich Anzberger jetzt erinnert. Er weiß, dass Hochbegabte gelegentlich so urteilen. Aber Mirjana ist nicht hochbegabt – zumindest nicht im klassischen Sinne. Er hat sie getestet.

Als ihr Vater den von ihr gewünschten Schulwechsel kategorisch ablehnte, stellten sich bei Mirjana keinerlei Symptome ein. Sie war gesund und sie blieb gesund. Wie jeden Morgen stand sie um Viertel vor sieben auf, frühstückte mit ihren Eltern, rührte aber ihren Schulranzen nicht an. Sie weigerte sich auch ihren Schulweg anzutreten, der normalerweise mit einem kurzen Fußmarsch zur nächsten Bushaltestelle anfing. Sie machte keinen Aufstand, schrie nicht herum, warf keine Sachen auf den Boden. Ihr Vater war genervt, nahm sie ungeduldig an die Hand und setzte sie in sein Auto, warf ihren Schulranzen auf den Beifahrersitz. Mirjana ließ es geschehen, blieb ruhig und wiederholte lediglich, dass sie nicht mehr in ihre alte Schule gehen werde. Vor der Schule angekommen, weigerte sie sich auszusteigen. Bertold Manz war der Situation nicht gewachsen. Er drohte mit Hausarrest, mit Fernsehverbot, zuletzt drohte er ihr gar mit der Polizei. Aber irgendetwas hielt ihn davon ab, seine Tochter aus dem Auto und ins Schulhaus zu zerren. Also fuhr er wieder zurück, setzte Mirjana zu Hause ab und eilte danach in die Arbeit. Dorothe Manz meldete ihre Tochter krank.

Da Vater und Mutter nicht weiterwussten, riefen sie den Psychiater an, wobei nicht ganz klar war, was sie vom Spezialisten erwarteten. Vater Manz wollte, dass seine Tochter endlich Vernunft annahm und sich wieder „normal" verhielt. Er betrachtete den Wunsch seines Kindes mittlerweile nur noch als eine vorpubertäre Laune. Wahrscheinlich, überlegt Anzberger, kann er nicht anders. Vielen Eltern fällt es schwer sich von ihren Kindern in Frage stellen zu lassen. Mit ihrer sozialen Kompetenz, ihrer feinfühligen, ja fast hellseherischen Art ist Mirjana gewiss eine Herausforderung für jeden Erwachsenen. Wenn man sich auf sie einlässt, kommt man nicht umhin seine Werte und Wahrheiten zu hinterfragen. Das ist sicher nicht immer angenehm, insbesondere dann nicht, wenn man es sich in seiner Welt gerade schön gemütlich gemacht hat. Dr. Anzberger weiß aus Erfahrung, wie erleichternd es sein kann sich einer solchen Prüfung zu entziehen, erleichternd und bequem. Man schiebt das Neue, Fremde und Befremdende, das einem im Kind begegnet, als Eigensinn und Spinnerei beiseite. Herr Manz hat sich offenbar für diesen Weg entschieden.

Frau Manz dagegen scheint den Ernst Mirjanas zu spüren, ein Wollen, das größer ist als eigensinniger Trotz es je sein könnte. Ihr ist klar, dass Ermahnungen und Zwang dagegen wirkungslos sind. Sie will ihrem Mann nicht in den Rücken fallen, aber sie weiß, dass er die Lage und auch seine Tochter komplett falsch einschätzt. Sie hat es nicht so deutlich gesagt, aber Anzberger war erfahren genug, ihre heimliche Erwartung an ihn zu erkennen. Er sollte zuerst und vor allem Vater und Tochter versöhnen und ein Auseinanderbrechen der Familie verhindern. Das war vor zwei Tagen, als die ganze Familie in seiner Praxis war.

Er hatte eine Art Krisentreffen vorgeschlagen, obwohl so etwas im Grunde nicht zu seinen Aufgaben gehörte. Er wollte den unausgesprochenen Auftrag der Frau Manz auch gar nicht annehmen. Eheberatung und Familientherapie waren nicht sein Metier. Aber ihn interessierte dieses Mädchen. Er hatte die Vermutung – oder war es bloß eine Fantasie? – mit ihrer Hilfe der geheimnisvollen Satiasana auf die Spur zu kommen. Vielleicht war dieses Kind näher dran am Wesen jener Wunder wirkenden Frau. Und als der Vater im Gespräch noch einmal klarstellte, dass er auf keinen Fall mit der Tochter in die Neusiedlung *Anayana* fahren würde, hatte er, Anzberger, spontan den Vorschlag gemacht, Mirjana dorthin zu begleiten. Wahrheitsgemäß behauptete er, dass ihn als Kinder- und Jugendpsychiater der Umgang mit Heranwachsenden dort sehr interessiere. Ich wollte immer schon mal hinfahren und mir das anschauen, hatte er den Eltern versichert, nun biete sich die Gelegenheit das eine mit dem anderen zu verbinden. Nach einigem Hin und Her war man sich schließlich einig geworden. Anzberger versprach die pädagogische Einrichtungen *Anayanas* genau unter die Lupe zu nehmen. Er wusste bereits, dass es dort ein Gästehaus gab und wollte sich um das Organisatorische kümmern. Man müsste wohl ein-zwei Tage dort bleiben, wenn man sich ein genaueres Bild machen wollte.

„Wo sind wir?" Mirjanas Gesicht taucht zwischen den vorderen Sitzen auf.

„Bald da." Er wirft einen raschen Blick über die Schulter.

„Schnall dich lieber wieder an."

„Ich hab keine Angst."

„Darum geht es nicht."

Das Mädchen gehorcht, aber Anzberger zweifelt. Geht es wirklich nicht darum? Um Angst? Warum sonst möchte ich denn, dass dieses Kind sich anschnallt? Er schmunzelt. Vielleicht ist es viel sicherer keine Angst zu haben.

Eine Viertelstunde später hält Anzberger vor einem einfachen Schild am rechten Straßenrand.

„Da!", ruft Mirjana aufgeregt, als sie das Schild erblickt. Ohne einen kleinsten Moment zu zögern liest sie, was dort in bunten Buchstaben geschrieben steht: „Anayana – *Erde der Friedliebenden.*" Es klingt, als wollte sie sagen: Ich wusste es! Dann steigt sie aus. Zu Fuß betritt sie das Gelände, das abgesehen von der Zufahrtsstraße ringsum, wie es scheint, von einer Art Hecke umgeben ist.

Anzberger stellt den Motor ab und steigt ebenfalls aus. Das erste, was ihm auffällt, ist die Stille. Er hört Vögel singen und Insekten summen, er hört das Laub der Bäume leise rascheln, aber er empfindet diese Geräusche nicht als störend, sondern eher als Teil der Stille. Er schaut sich um, blinzelt gegen das Licht. Die Hecke ist bei näherer Betrachtung gar keine Hecke. Junge Bäumchen hat man hier offenbar eng nebeneinander gepflanzt und ihre Ästchen, die bereits dicht über dem Erdboden hervorwachsen, geschickt miteinander verwoben. Das Ergebnis sieht kunstvoll und gleichzeitig natürlich aus, so ganz anders als die formgeschnittenen Thujen, hinter denen Anzbergers Nachbarn ihre kleinen Gärten verstecken. Zu beiden Seiten der Zufahrtsstraße stehen junge Buchen wie zwei schlanke Säulen. Ihre glatte Rinde schimmert gräulich im Licht der bereits sinkenden Sonne. Im Gegensatz zu den anderen Bäumen haben die beiden Buchen keine Äste in Bodennähe. Erst in ungefähr drei Meter Höhe wurde ihnen gestattet sich etwas auszubreiten. Anzberger kann erahnen, dass sie mit ihren Ästen und Zweigen in einigen Jahrzehnten einen Torbogen bilden werden.

Durch dieses noch imaginäre Tor ist Mirjana inzwischen ohne ein Wort verschwunden. Erst jetzt bemerkt er auf der anderen Seite ein Schild, das Besuchern den Weg zum Parkplatz weist. Er steigt wieder ein und folgt dem Pfeil über eine Schotterpiste. Bereits nach wenigen Metern erreicht er einen offenen Platz, der ebenfalls mit Schottersteinen ausgelegt ist. Hier stehen ein verbeulter Pick-up amerikanischer Machart und zwei kleinere Pkw. Keine Spur von Mirjana. Anzberger steigt erneut aus und schaut sich um. Nichts. „Mirjana?" Er dreht sich einmal langsam um die eigene Achse. „Mirjana!" Das fängt ja gut an, denkt er und flucht leise.

Bernd Stennrehl, der *Großwesir*, starrt auf den Monitor seines PCs. Dort leuchtet die letzte Seite eines internen Berichts im Halbdunkel seines Büros. Es ist still auf dem Flur im obersten Stock des Bundesamtes für Verfassungsschutz. Seine Sekretärin hat er bereits vor über zwei Stunden nach Hause geschickt. Die Putzkolonne ist schon lange wieder abgezogen. Er liest nicht mehr. Seine Augen sind zu Schlitzen verengt, seine Hände ruhen auf der Kante des großen Schreibtisches, der Rücken ist leicht gebeugt, die Füße stehen flach auf dem Teppichboden. Im blassen Licht, das vom Bildschirm abstrahlt, erscheint sein Gesicht aschfahl, ohne einen Hauch von Farbe. Er rührt sich nicht und die ganze Szenerie hat etwas von einer künstlerischen Installation, *Homo Bürokratikus*. Doch während die Gestalt des Vize-Präsidenten nahezu unbeweglich ist, überschlagen sich die Gedanken in seinem Kopf.

Es war schon spät gewesen und er hatte gerade Schluss machen wollen, als dieser Bericht der Abteilung 3, *Fachunter-*

stützung Wirtschaft noch reinkam. Die Überschrift hatte sogleich sein Interesse geweckt: *Massiver Aufkauf deutscher Privatwälder durch Pharmaunternehmen.* Er hatte die Unterabteilung vor einigen Jahren selbst ins Leben gerufen. Die Spezialisten beschäftigten sich mit Wirtschaftskriminalität, Geldwäsche und Terrorismusfinanzierung. Der Inhalt des heutigen Berichts scheint dazu aber nicht recht zu passen. Mehr noch, er passt in kein einziges der ihm bekannten Schemata. Und das beunruhigt den Vize-Präsidenten. Dabei listet das Dokument die relevanten Fakten in gewohnter Klarheit auf. Stennrehl beugt sich vor und scrollt nochmal zurück.

Fast die Hälfte der deutschen Wälder, so liest er, *befindet sich im privaten Eigentum, knapp 5,5 Mio. km². Etwa die Hälfte davon ist Kleinprivatwald, d.h. Waldbesitz bis zu 200 ha. Zu den größeren Waldbesitzern zählen die DBU Naturerbe GmbH und die Kirchen. Diese Besitzverhältnisse sind schon seit vielen Jahren stabil. In den letzten Monaten jedoch gab es bemerkenswerte Änderungen. Eine größere Anzahl von Kleinprivatwäldern wurde veräußert. Die neuen Besitzer sind ohne Ausnahme weltweit operierende Pharmaunternehmen, die die Transaktionen über ihre deutschen Niederlassungen abwickelten. Von der Öffentlichkeit weitgehend unbemerkt liefern sich insbesondere Orlantis, Bohrmann-Trosch, Reyser und Karoni eine regelrechte Schlacht um deutsche Wälder. Wie aus vertrauenswürdigen Quellen zu erfahren war, werden Hektarpreise geboten, die teilweise weit über dem Marktwert liegen.*

Warum die genannten Konzerne im großen Stil Waldgebiete erwerben, ist bis dato nicht restlos geklärt. Die gesetzlichen Naturschutzauflagen und die Waldbehandlungsgrundsätze engen den Spielraum für die wirtschaftliche Nutzung erheblich ein. Als reine Kapitalanlage kommen die Liegenschaften ebenfalls nicht in Frage, da Wälder keine oder kaum Ren-

dite abwerfen. Auch als Strategie zur Steuerminimierung oder Steuervermeidung scheidet der Walderwerb aus. Alle Käufer haben ordnungsgemäß ihre Grunderwerbssteuer entrichtet. In wirtschaftlicher Hinsicht erscheint der Ankauf daher unsinnig.

Da wir aber wirtschaftlich sinnwidriges Verhalten im Falle der vorgenannten Großkonzerne grundsätzlich ausschließen müssen, haben wir unsere Informanten aktiviert um Klarheit über die Hintergründe des weiterhin massiven Walderwerbs zu erhalten. Mittlerweile verdichten sich die Hinweise, dass die pharmazeutischen Unternehmen in erster Linie an einer bestimmten Pflanzenart interessiert sind. Mithin kann Bodenerwerb an sich als primäres Ziel ausgeschlossen werden. Bei der erwähnten Pflanze handelt es sich um die Zirbelkiefer (Pinus cembra), ein Kieferngewächs (Pinaceae), das ursprünglich in den Alpen und Karpaten beheimatet ist. Wie aus dem beigefügten Bericht des Bundesministeriums für Ernährung und Landwirtschaft hervorgeht, verbreitet sich diese Baumart inzwischen explosionsartig in allen Wäldern Deutschlands. Unter Waldbesitzern, Forstwissenschaftlern und Naturschützern wird kontrovers über die Hintergründe dieser „Zirbelinvasion" diskutiert. Wir verweisen an dieser Stelle auf mehrere Fachzeitschriften und Gutachten, die im Anhang aufgelistet sind. Die Experten sind sich darin einig, dass die Zirbelkiefer in einigen Jahrzehnten heimische Baumarten zumindest teilweise verdrängt haben könnte. Offenbar hat der Baum seine sonst übliche Trägwüchsigkeit abgelegt. Eine Erklärung dafür gibt es nicht. Ausgehend von der bisherigen Verbreitung junger Triebe prognostizieren die meisten Sachverständigen größere Zirbelwälder in Deutschland bereits für die Mitte des 21. Jahrhunderts.

Aus den Samen der Zirbelkiefer, den irrtümlich so genannten Zirbelnüssen, kann ein aromatisches Öl gewonnen wer-

den. Im Handel ist es vor allem als Duftöl zu haben. Bislang beschied die Pharmazie diesem Öl nur eine geringe Heilwirkung. Allenfalls gestand man ihm zu, den gesunden Schlaf zu fördern. Sonstige Heilwirkungen betrachtete man als wissenschaftlich widerlegten Volksglauben. Diese Einschätzung hat sich inzwischen offenbar radikal geändert. Denn mit dem Erwerb größerer Waldflächen wollen sich die einflussreichen Pharmaunternehmen ganz offensichtlich größere Zirbelbestände für die Zukunft sichern.

Manche Informanten äußern den Verdacht, dass die Pharmazie-Forscher der Großkonzerne bereits länger von der Heilwirkung des Zirbelöls wissen. Die Pharmaunternehmen hätten aber alles dafür getan die eigenen Laborbefunde geheim zu halten. Nach außen hin, so diese Lesart, sei die längst erwiesene Heilwirkung jahrzehntelang als Aberglaube hingestellt und ihre Verfechter als Quacksalber diffamiert worden. Ob das den Tatsachen entspricht, lässt sich zum jetzigen Zeitpunkt nicht klären. Fakt ist jedoch, dass es zu empfindlichen Umsatzeinbrüchen für die Medikamentenhersteller kommen könnte, wenn eine solche frei verfügbare, d.h. nicht patentierte Pflanze tatsächlich heilkräftig wäre.

Interessant in diesem Zusammenhang sind Informationen, die wir von unseren Kontaktpersonen aus der Föderalen Republik Russland erhielten. Die dortige Zirbelkiefer (Pinus sibirica), die auch Sibirische oder Russische Zeder genannt wird, ist bei der Landbevölkerung wohl bereits seit Jahrhunderten für ihre große Heilwirkung bekannt. Nach dem Mauerfall und dem Ende der Sowjetunion ist dieses Wissen, wie es scheint, in den Westen durchgesickert.

Stennrehl schließt die Augen und massiert seine Schläfen mit den Fingerkuppen. Wieder die Russen, denkt er. Irgendetwas ist da im Busch. Erst die Massenhalluzinationen nach dem

Sturm im Frühjahr, dann die landesweite Unkrautattacke und die Renaturierung ganzer Stadtviertel. Und jetzt die Invasion fremder Gewächse in unsere Wälder. Es müsste schon mit dem Teufel zugehen, wenn hinter all diesen bedrohlichen Entwicklungen nicht eine ausgeklügelte Strategie stünde. Dass er nicht in der Lage ist, diesen Plan genau zu erkennen, ärgert und beunruhigt den Vize-Präsidenten. In den letzten Jahren wurde viel über die geheime Agenda der russischen Staatsführung und ihrer Geheimdienste diskutiert. Die Fachleute waren sich einig, dass die Russen versuchten die westlichen Demokratien zu desavouieren, ihre Bündnisse zu schwächen und Fremdenfeindlichkeit zu schüren. Jetzt aber, überlegt Stennrehl, zeigt sich, dass ihr Vorgehen noch viel fundamentaler ist. Offenbar sind die Russen in der Lage ihr Gedankengut unmittelbar in die Köpfe der Menschen in Deutschland zu transponieren – genauso wie sie in der Lage sind ihr Saatgut großflächig in unsere Städte und Wälder auszutragen. Irgendwie.

Der leitende Verfassungsschützer richtet sich auf, legt den Kopf in den Nacken und kämpft gegen seine Müdigkeit an. Ich muss mich konzentrieren, denkt er. Wir haben uns so sehr auf die Möglichkeit eines Cyberkriegs fokussiert. Und tatsächlich waren die deutschen Dienste in den letzten Jahren viel mit der Abwehr von Hackerangriffen beschäftigt. Aber was, wenn diese Attacken nur Nebelkerzen waren, reine Ablenkungsmanöver? Was wenn die Russen ihre Desinformations- und Destabilisierungskampagnen derweil auf einer ganz anderen Ebene vorantrieben? Klar, es war auch früher schon bekannt, dass russische Wissenschaftler parapsychologische Phänomene erforschten. Aber wir haben diese so genannte „Psi-Forschung" nie wirklich ernstgenommen. Hätten wir aber tun sollen. Ich muss mit Kaldenhang darüber reden, denkt er. Der Chef soll möglichst bald beim Minister vorstellig werden. Wir brauchen dringend eine neue Fachunterstützung.

„Verzweiflung, die zweite Hürde also."
„Ja. Verzweiflung heißt ohne Hoffnung zu sein."
„Das klingt trostlos."
„Wer keine Hoffnung hat, sieht keinen Ausweg. Das ist trostlos."
„Gibt es nicht immer einen Ausweg?"
„Die Menschheit hat sich mit ihrer derzeitigen Zivilisation in eine Sackgasse manövriert. Die Ausbeutung der Erde, die Zerstörung der natürlichen Umwelt schreitet unvermindert, ja sogar immer schneller fort. Angesicht dieser destruktiven Entwicklung haben viele ein Gefühl der Ausweglosigkeit. Sie verlieren die Hoffnung, dass eine wirklich grundlegende Änderung oder Umkehr überhaupt möglich wäre. Für viele ist dieser Zustand schwer zu ertragen und so wird oftmals versucht den ganzen Zerstörungsprozess zu verdrängen. Man leugnet die Misshandlung der Erde, die Vergiftung der natürlichen Umwelt, und ergreift die Flucht nach vorn. Statt umzudenken setzt man auf mehr vom Gleichen: mehr Konsum, mehr Straßen, mehr Technik, mehr Waffen."
„Dann ist es ein Zeichen der Hoffnung, dass überall im Land die Beton- und Asphaltdecken von sprießenden Pflanzen durchbrochen werden?"
„Das ist die Wirkung jener Hoffnung, die eine wachsende Anzahl von Menschen hegt. Denn wie der Glaube, ist auch die Hoffnung eine schöpferische Kraft."
„Aber was kann dieser Wildwuchs schon gegen das Artensterben, atomare Verseuchung oder die Verbreitung von Hass und Gewalt tun?"
„Siehst du, Jewgeni, das meine ich mit Hürden. Auch dein Glaube ist schwach und deine Hoffnung gering. Lass dich

nicht von schweren Gedanken erdrücken. Erhebe dich aus dem Morast dunkler Gefühle. Wandel ist in jedem Moment möglich. Er geschieht unter deinen Augen, aber nicht als dramatischer Umbruch, nicht wie ein Wirbelsturm, der über das Land fegt, nicht wie eine Feuersbrunst, die alles Unerwünschte in Schutt und Asche legt. Die Vorstellung, dass Gott Feuer vom Himmel regnen lässt um seine verderbte Schöpfung zu zerstören, ist die Vision der Verzweifelten. Gott zerstört nicht. Und eine solche Zerstörung würde im Wesentlichen auch nichts ändern. Wirklicher Wandel findet im Kleinen, im Unscheinbaren statt. Auch die gewaltigste Zeder fängt mit zarten Keimblättchen an."

Ulrich Anzberger folgt dem schmalen Weg, der ihn tiefer in das Areal der alternativen Siedlung hineinführt. Er staunt über die Vielfalt der Pflanzen, die hier wachsen. Er sieht Obstbäume, Beerensträucher, Stangenbohnen und Tomatenpflanzen, aber auch viele Blumen. Im Vorbeigehen erkennt er Phlox, Calendula, Kornblumen, Kapuzinerkresse, Buschrosen und hin und wieder blühende Zwiebel. Von Mirjana weiterhin keine Spur. Ganz schön eigenwillig, dieses Mädchen, denkt er unvermittelt. Doch dann ermahnt er sich, nicht in solche Stereotypen zu verfallen. Offensichtlich hat das Kind eine starke Affinität zu diesem Ort. Es geht ganz in ihm auf, fast schon buchstäblich.

Anzberger wundert sich ein bisschen, keinem Menschen zu begegnen, aber bislang hat er auch noch kein Haus gesehen. Offenbar bilden weitläufige Gärten und kleine Wäldchen den äußeren Bereich der Siedlung, insgesamt eine sehr abwechslungsreiche Landschaft. Der Weg ist inzwischen noch schmaler geworden, fast nur noch ein Pfad. Nach einer leichten Biegung bleibt er plötzlich stehen. Weiter vorne, kaum 20

Meter von ihm entfernt, steht ein großer Hund. Das Tier schaut in seine Richtung. Anzberger versteift sich, als ihm bewusst wird, dass er sich womöglich geirrt hat. Das ist doch kein Schäferhund, denkt er. Federnden Schrittes kommt das graubraune Tier näher, wenngleich nicht geradewegs auf ihn zu. Es mäandert ein wenig, bleibt manchmal kurz stehen. Es wirkt ganz entspannt, fast schon lässig. Während sich der Abstand zwischen ihnen verkürzt, wächst sich in Anzberger die Vermutung zur Gewissheit aus. Das ist ein Wolf, ein ziemlich großer Wolf. Wahrscheinlich ein Männchen, denkt Anzberger, und staunt zugleich, dass ihm angesichts drohender Gefahr solche Gedanken kommen.

Der Psychiater hat mal gelesen, dass jene Wölfe am gefährlichsten sind, die ihre natürliche Scheu vor Menschen abgelegt haben. Er meint sich auch zu erinnern, dass es keine gute Idee wäre jetzt wegzulaufen. Ihm hat einmal ein kleiner Pinscher in die Ferse gebissen, als er beim Joggen war. Die Worte der Besitzerin ärgern ihn noch heute: *Sie sollten besser nicht wegrennen!* Zum Glück hat er damals kaum mehr als einen Kratzer abbekommen. Jetzt droht ihm Schlimmeres. Er schaut sich um. Immer noch kein Mensch weit und breit. Und wo ist Mirjana? Ist sie womöglich davongelaufen, als sie diesen Wolf erblickte? Das Tier ist jetzt ebenfalls stehengeblieben in vielleicht sieben, acht Metern Entfernung. Es fixiert ihn mit erhobenem Kopf. Dann gähnt es ausgiebig und kneift die Augen zu. Ist es womöglich hungrig? Bestimmt. Wölfe sind doch immer hungrig. Scheu ist dieses Exemplar jedenfalls nicht.

Ohne darüber nachzudenken fängt er an zu reden, als könne das gesprochene Wort einen unsichtbaren Zaun zwischen dem wilden Tier und ihm selbst errichten oder gar die Bestie beschwören. „Ho, ho, ho, Wolf, nicht zu nahe, nicht zu nahe! Ich tue dir nichts, okay? Alles gut, alles gut. Ich will nur weiter auf diesem Weg, hörst du? Also gehe wieder dahin, wo du herkommst, okay, Meister Wolf?" Meister Wolf? Was rede ich denn da, denkt Anzberger und muss trotz des Ernstes der Lage kurz schmunzeln. Er hebt die Arme und stößt ein paar laute Rufe aus. „Ha! Ha! Ha!" Aber was als Einschüchterung gedacht war, verfehlt seine Wirkung. Das Tier läuft nicht etwa davon, sondern senkt den Kopf und knurrt leise aber vernehmlich. Scheiße, denkt Anzberger.

Die Rettung kommt als Pfiff daher, ein heller Pfiff in der Art, wie manche ihn mit Hilfe von Daumen und Zeigefinger zustande bringen. Das Tier reagiert sofort, richtet die Ohren auf und wendet seinen Kopf dem gellenden Ton zu. Kein Zweifel, es erkennt den Laut als Zeichen, als einen Ruf, und diesem folgt es schon im nächsten Moment. Anzberger blickt dem davon trabenden Wolf erleichtert hinterher, erleichtert und neugierig. Wer schafft es einem wilden Tier so viel Gehorsam abzuringen? Er späht in das Wäldchen hinein, aus dem der Pfiff ertönte, aber er kann nicht viel erkennen. Der Wolf ist bereits verschwunden. Nichts deutet noch darauf hin, dass die Bestie ihm gerade noch gegenüberstand.

Just als Anzberger entschieden hat seinen Weg fortzusetzen, erscheint zwischen den Bäumen zu seiner Linken eine zierliche Frau in einer sonderbaren Aufmachung. Sie trägt ein schlichtes, ärmelloses Kleid, das etwa eine Handbreit über dem Knie endet. Offensichtlich aus demselben groben Stoff gefertigt ist ihr Stirnband, das mit Stickereien verziert ist. Ihr kastanienbraunes Haar glänzt im Sonnenlicht, ihre gebräunte Haut ist straff und makellos. Anzberger starrt sie mit offenem Mund an. Karl-May-Kitsch denkt er und unterdrückt ein Grinsen. So sehen also diese Aussteiger aus, wie eine Mischung aus Woodstock und Winnetou. Seine Heiterkeit verschwindet aber schlagartig, als er wenige Schritte hinter dieser kleinen Indianerin den Wolf von soeben entdeckt. Instinktiv weicht er etwas zurück.

Die Frau bemerkt seine Furcht und blickt kurz über die Schulter, als wolle sie sich vergewissern, dass aus einem Wolf nicht inzwischen ein Rudel geworden ist. Sie lächelt nachsichtig. „Keine Sorge! Der tut nichts."

Das hat Anzberger schon öfter gehört. Er nickt mit skeptischer Miene. „Ja, ja, ich weiß, der will nur spielen." Die Anspannung der letzten Minuten lässt ihn nun ungewöhnlich sarkastisch klingen.

„Sie werden lachen, aber *Gandhi* spielt tatsächlich gern. Allerdings sind seine Spiele recht wild. Ohne Kratzer und blaue Flecken kommen Sie nicht davon."

Tatsächlich erkennt Anzberger in diesem Moment mehrere Schrammen an den Unterarmen der Wolfsfrau. Dann kommt ihm erst der ungewöhnliche Name in den Sinn. „Der heißt *Gandhi*, soll das ein Witz sein?" Anzberger registriert nervös, dass das Tier aufblickt, als er den indischen Friedensaktivisten erwähnt."

„Er nennt sich selbst nicht so, wenn Sie das meinen. Aber ich finde, dass der Name gut zu ihm passt."

„Ach!"

„Ja, dieser Wolf ist ein gewaltloses Tier und er ist sehr duldsam."

„Sie wollen mir sagen, dieser Wolf würde sich nicht einmal wehren, wenn ein anderer ihn angriffe?"

„Er wird nicht angegriffen. Das ist der Punkt. Und außerdem ist er Vegetarier."

Anzberger blickt kurz auf die Schnauze des Tieres. „Klar! Und zu Ostern frisst er Schoko-Lämmchen."

Die Öko-Frau lässt sich vom Gespött ihres Gegenübers nicht aus der Ruhe bringen. „Nein, aber er liebt Schwarzwurzeln und Steinpilze."

„So! Ein echter Gourmet, also. Ist er denn Ihr Haustier?

Wohnen Sie hier?"

„*Gandhi* ist mein Freund, er ist genauso wenig mein Tier, wie ich sein Mensch bin. Und nein, ich wohne hier nicht, zumindest nicht dauerhaft. Ich bin Gast."

Anzberger hebt die Brauen. „So wie ich. Bin aber gerade erst angekommen." Er tritt auf sie zu und reicht ihr die Hand, wobei er kurz zum Wolf hinüberschielt. „Ich bin Ulrich Anzberger. Sehr erfreut."

„Ilonka."

Der Psychiater wirft erneut einen Blick auf den Wolf, der sich inzwischen etwas entfernt hat, und auf die umliegenden Gärten und Wäldchen. „Und was machen Sie hier so?"

„Ich kümmere mich um die Wölfe."

„Wölfe? Gibt's mehrere?" Wieder blickt sich Anzberger nervös um.

„Wir haben zwei Jungtiere, die ihre Familie verlassen haben, wahrscheinlich sind es Geschwister. Und ansonsten nur noch *Gandhi*. Er ist ein schon älterer Rüde, dessen Weibchen vermutlich tot ist, wahrscheinlich erschossen. In letzter Zeit sind dort draußen vermehrt Wilderer unterwegs."

„Und eines Tages tauchten die Tiere hier einfach in der Siedlung auf?"

„Genau. Man hat sie als Gäste aufgenommen."

„Klingt so, als hätte man ihnen Asyl gewährt."

Ilonka schaut den neuen Gast unverwandt an. „Es sind Heimatvertriebene, Ulrich, Tiere, die um ihr Leben fürchten. Sie haben gespürt, dass ihnen hier in *Anayana* keine Gefahr droht. Die Siedler haben lange darüber geredet, aber eigentlich stand von Anfang an fest, dass man sie nicht abweisen würde."

„Und dann hat man Sie ... äh dich eingeladen, um auf sie aufzupassen?"

„Ich habe von der Ansiedlung der Wölfe in *Anayana* gehört

und bin hierhergekommen, weil ich das Projekt unterstützen wollte. Jetzt helfe ich den Wölfen sich hier zurechtzufinden."

„Du kennst dich mit Wölfen aus?"

„Ich weiß, wie es ihnen geht."

„Einfach weil du ein Herz für Tiere hast?"

„Einfach weil ich Jägerin bin." Ilonka Kaiser grinst, als sie die Verblüffung im Gesicht ihres Gegenübers sieht. „Genauer gesagt war ich eine Jägerin. Jetzt habe ich die Seiten gewechselt, könnte man sagen."

Die beiden sind inzwischen weiter in die Siedlung hineingegangen. Anzberger sieht nun auch die ersten Häuser, manche wirken provisorisch wie größere Hütten, andere stabiler und auch aufwendiger gebaut. Außergewöhnlich sehen sie aber alle aus. Manche Hausbewohner sitzen auf ihren Veranden und schauen auf die bunten Gärten. Andere gehen andächtig herum und berühren immer wieder die eine oder andere Pflanze. Anzberger hört sie mit ihren Gewächsen reden. Etwas weiter entfernt hebt eine Gruppe junger Männer ein größeres Loch aus. Offenbar wollen sie einen Teich anlegen. Sie scherzen miteinander und lachen bei der schweißtreibenden Arbeit.

Plötzlich hört er aufgeregte Kinderstimmen ganz in der Nähe. Auf dem Weg, der sich hier ein bisschen windet, kommen ihm drei Mädchen entgegen. Zwei kleinere gehen vorneweg, eines mit langen, hellblonden Haaren und eines mit dunklen Locken. Zwei Schritte dahinter folgt ein etwas größeres. Anzberger staunt, als er in diesem Kind Mirjana erkennt.

„*Gandhi!*"

Die Mädchen laufen an Anzberger und seiner Begleiterin vorbei ohne die beiden zu beachten. Ihr Interesse gilt dem Wolf, der sich etwas hat zurückfallen lassen. Anzberger schaut den Kindern mit großen Augen nach und auch Ilonka verfolgt sie mit einem aufmerksamen Blick. Wenige Schritte vor dem Rüden halten die drei plötzlich inne und setzen sich auf die Erde.

„Hallo, *Gandhi*, schön dich zu sehen", sagt die eine. „Wir haben eine neue Freundin dabei", sagt die andere. „Du kennst sie noch nicht, aber du brauchst dir keine Sorgen zu machen. Sie wird dir nichts tun." Dann schweigen sie und warten.

„Sie wissen", flüstert Ilonka Anzberger zu, „dass sie es immer dem Wolf überlassen müssen, die letzten Schritte zu tun. Sie haben gelernt seinen Raum zu achten."

Tatsächlich lässt sich der Wolf Zeit, die Kinder zu begrüßen. Er umkreist sie mehrmals, wobei er den Boden beschnuppert. Manchmal bleibt er stehen und schaut in die Ferne, als hätte er sein Interesse verloren. Manchmal kommt er den Mädchen so nahe, dass sie ihn berühren könnten. Dann wieder entfernt er sich ein wenig, hebt den Kopf und gähnt lautlos. Schließlich nähert er sich den Kindern von vorne, senkt den Kopf und drückt seine Schnauze in die Achsel eines der kleineren Mädchen. Dieses erwidert die Berührung erfreut und streichelt dem Tier kräftig über Kopf und Nacken.

Anzberger schaut fasziniert zu und sieht, dass schließlich auch Mirjana ohne Scheu ihre Hand nach dem Wolf ausstreckt.

„Deine Tochter?" Ilonka, die sonderbare Wolfsfrau, hat sich vertraulich zu ihm geneigt.

Anzberger schüttelt den Kopf. „Meine Patientin."

Die Ex-Jägerin schaut ihn überrascht an, fragt aber nicht nach. Stattdessen wendet sie sich an die beiden kleinen Mädchen. „Kati, Mira, das ist Ulrich. Er ist gerade erst angekommen. Bitte begleitet ihn zum Gästehaus!"

Die Angesprochenen erheben sich sogleich und begrüßen nun auch den Gast. Die Blonde reicht ihm zuerst die Hand.

„Ich bin Kati und du bist der Psychiater von Mirjana."

Anzberger ist einigermaßen verblüfft. Das Mädchen ist vielleicht sechs oder sieben, wirkt aber eher wie eine Zwölfjährige. Schon alleine die Sprache! Welchem Vorschulkind kommt denn schon seine Berufsbezeichnung ohne das geringste Zögern über die Lippen?

Der kleine Lockenkopf reicht ihm ebenfalls die Hand. „Das ist wirklich nett von dir, dass du Mirjana hierhergebracht hast. Ich heiße Mira und Kati ist meine Freundin."

„Wir sind froh", schaltet sich Kati wieder ein, „dass Mirjana endlich bei uns ist."

Anzberger hebt die Brauen. „Ach, ihr wusstet, dass sie kommen würde?"

„Ich habe von ihr geträumt."

„Ich auch", ergänzt Mira schnell.

„Genau! Wir haben beide von ihr geträumt, in derselben Nacht. Und als wir uns gegenseitig davon erzählten, war uns klar, dass sich Mirjana bei uns ankündigte."

Anzberger, der nicht weiß, was er dazu sagen soll, nickt bloß und gibt ein zustimmendes Brummen von sich. Ihm wird in diesem Moment klar, dass er hier an diesem Ort mit seinem Fachwissen nicht weit kommen wird.

„Schön und gut, Satiasana, aber muss man sich nicht tatkräftig für den Wandel engagieren, auf die Straße gehen und für das Gute eintreten? Muss man sich nicht gegen Zerstörung, Profitgier, Lügen und Schmähungen zur Wehr setzen, das Böse zurückwerfen?"

„Wenn du das, was du für böse hältst, bekämpfst, bist du Partei, Jewgeni. Unweigerlich wirst du in deinem Kampf selbst zu bösen Mitteln greifen. Du kannst an den guten Zweck glauben und darin deine Hoffnung setzen. Aber du

wirst Zwiespalt ernten. Zwiespalt ist die dritte und größte Hürde, die zwischen dir und deiner wahren Realität steht."

…

"Du schweigst? Woran denkst du, Jewgeni?"

"Ich musste daran denken, dass wir uns wohl immer weiter von der wahren Realität entfernen, denn der Zwiespalt nimmt doch überall zu. Es ist zum Haare-Raufen!"

"Wenn das Licht stärker wird, werden die Schatten dunkler. In der physischen Welt ist das unvermeidlich. Fürchte den Schatten nicht! Freue dich am Licht, das da ist!"

"Es fällt mir schwer Freude zu empfinden, wenn ich sehe, wie sehr die Kaltherzigkeit die Welt heute regiert."

"Wie gesagt: Das was die Nachrichten im Fernsehen dir zeigen, ist nicht deine Realität. Wenn du den Zwiespalt überwinden möchtest, dann lerne dich zu freuen, denn Freude ist der wahre Ausdruck der Liebe."

"Ach, die Liebe…"

"… ist ein Übungsweg, Jewgeni. Glaube an die Liebe, hoffe auf die Liebe, sei in der Liebe! Lass dich zu keinem Zeitpunkt entmutigen und mache dich nicht gemein mit dem Hass. Bleibe unparteiisch, bleibe in der Menschlichkeit, halte dein Mitgefühl lebendig!"

"Gott, wer ist dazu überhaupt in der Lage?"

"Jeder, Jewgeni, ohne Ausnahme ist jeder Mensch dazu in der Lage, heute sogar mehr denn je. Und es geschieht tatsächlich. Du liest nichts über diese wahrhaft Unparteiischen in der Zeitung, du siehst sie nicht im Fernsehen. Aber wie ich schon sagte: Es werden immer mehr."

Professorin Ingeborg Ringgarten ist empört und atmet ein paar Mal tief durch. Das kann doch nicht wahr sein, denkt sie, das ist ja unfassbar. Aber der Artikel, den ihr eine Studentin geschickt hat, ist keineswegs die Agitationsschrift radikaler Weltverbesserer, kein propagandistisches Machwerk. Tatsächlich werden ihr hin und wieder fragwürdige Beiträge ans Herz gelegt, alarmierende Texte von irgendwelchen Aktivistenplattformen. Dieser aber ist anders. Gut, der Artikel stammt aus einer linken Tageszeitung, aber das Blatt ist seriös und renommiert. Die beiden verantwortlichen Journalisten haben gründlich recherchiert und verfügen offenbar über eine gut informierte Quelle.

Ringgarten ist sonst eigentlich nicht so leicht aus der Fassung zu bringen. Früher, ja früher, da hat sie sich öfter aufgeregt und engagiert. Sie ist in Wackersdorf dabei gewesen, als es darum ging den Bau einer Wiederaufbereitungsanlage zu verhindern. Selbst ist sie nie gewalttätig geworden, hat keine Steine geworfen, aber die brutale Gewalt der Polizei ist ihr damals als großes Unrecht erschienen. Auch gegen den Zweiten Golfkrieg hat sie demonstriert und später gegen den so genannten Großen Lauschangriff, jenen, wie sie damals fand, polizeistaatlichen Überwachungsmaßnahmen.

Aber mit den Jahren ist sie ruhiger geworden und hat eingesehen, dass ihre jugendlichen Urteile damals der Welt nicht gerecht wurden. Das Freund-Feind-Denken führt nicht weiter, sondern vertieft nur die Gräben. Sie beschäftigte sich mit Hegels Dialektik, was sie am Ende noch stärker zögern ließ, für eine Seite Partei zu ergreifen. Das Studium der Religionsgeschichte lehrte sie, dass die Wahrheit, die Einzelne oder ganze Gruppen wie eine Monstranz vor sich hertrugen, letztlich immer relativ war. Sobald eine Kaste oder ein Volk sie als absolut verkündete und anderen aufdrängte, kam es zu erbitterten Kämpfen. Wahrheitsansprüche waren jahrtausendelang die bevorzugte Apologie aller Herrscher und ihrer machtpolitischen Forderungen gewesen. Und mit Machtpolitik wollte sie nichts zu tun haben. Also verließ sie schließlich diese Arena und zog sich weitgehend in die akademische Welt der Uni zurück.

Jahrelang waren auch ihre Studenten durchweg nüchterne und pragmatische junge Leute. Sie wollten forschen, promovieren und strebten eine Unikarriere an. Parteipolitik interessierte sie wenig oder gar nicht. Klar, Naturschutz und Gleichberechtigung war allen wichtig, aber kaum jemand trat über längere Zeit hinweg aktiv dafür ein.

In letzter Zeit jedoch hat sich das deutlich geändert. Viele ihrer momentanen Studenten sind irgendwie anders eingestellt. Als Uniprofessorin steht sie der ganzen New Age Bewegung zwar skeptisch gegenüber. Dennoch ist sie mit Blick auf diese Studenten geneigt von einem neuen Bewusstsein zu sprechen. Es macht sich etwa dann bemerkbar, wenn im Seminar über Themen wie Reinkarnation oder Meditation gesprochen wird. Bei solchen Gelegenheiten spürt Ringgarten nicht bloß wissenschaftliches Interesse oder Neugierde. Die Themen sprechen die Studenten nicht bloß an, sie sind für sie Teil der Realität. Reinkarnation ist für sie nichts Spekulatives, sondern eine Tatsache. Auch Gedanken- und Lichtübertragung zu therapeutischen Zwecken, so genanntes geistiges Heilen, scheint ihnen vertraut zu sein.

Und mit diesem neuen Bewusstsein engagieren sie sich auch politisch. Ringgarten verfolgt die Entwicklung seit einigen Monaten mit zunehmender Faszination. Die machen das intelligenter als wir damals, stellte sie bereits mehrmals fest, irgendwie reifer, weniger naiv als meine Generation. Sie tat es ohne Neid. Und da sie eine gute Professorin war, ließ sie sich von ihren Studenten inspirieren. Sie nahm innerlich wieder größeren Anteil an strittigen gesellschaftlichen Themen. In letzter Zeit war es zu leidenschaftlichen Diskussionen mit Studenten gekommen. Das Feuer der jungen Leute wärmte ihre akademisch etwas unterkühlte Seele und erfüllte sie mit

Freude und Zuversicht. Es gab so viele gute Ideen, so viele lebenspraktische, positive Ansätze. Aber die Studenten scheuten auch scharfe Kritik und einhellige Ablehnung nicht. Der heutige Zeitungsartikel war ein gutes Beispiel dafür.

Noch während sie ihn las, hatte Ringgarten entschieden den Beitrag an Hannes weiterzuleiten. Über das gemeinsame Forschungsprojekt zu den Telepathie-Flashmobs sind sie einander wieder nähergekommen. Nun liest sie den Text erneut und versucht zugleich zu ergründen, wie ihn der Kollege wohl aufnehmen wird.

KONSUMVERWEIGERUNG KÜNFTIG STRAFBAR?
Kreise der CDU/CSU drängen auf Gesetzentwurf

DER TREND DES STARK NACHLASSENDEN KONSUMS SETZT SICH IM GESAMTEN LAND UNVERMINDERT FORT. DIE VERFECHTER EINES GRENZENLOSEN WACHSTUMS SEHEN SICH DAVON NUN OFFENBAR STÄRKER BEDROHT, ALS SIE BISHER VERLAUTEN LIESSEN. DARAUF LÄSST EIN INTERNES DOKUMENT DER MITTELSTANDS- UND WIRTSCHAFTSVEREINIGUNG DER CDU/CSU (MIT) SCHLIESSEN, DAS DIESER ZEITUNG VORLIEGT. DARIN HEISST ES, DASS DIE „ZUTIEFST BEDROHLICHE ENTWICKLUNG EINE ENTSCHIEDENE REAKTION VON POLITISCHER SEITE" ERFORDERE. KONKRET MÖCHTE DIE MIT DIE KONSUMVERWEIGERUNG PER GESETZ UNTER STRAFE STELLEN.

Ein Kommentar von Hugo Pregler und Winfried Hain

Zugegeben, die Zahlen sind dramatisch. Die Deutschen konsumieren immer weniger. Das betrifft nicht nur die klassischen Konsumgüter, sondern auch den Handel mit Immobilien und Dienstleitungen wie Telekommunikation und Kreditwesen. Dem Rückgang sind nach vorsichtigen Schätzungen bereits zweitausend Arbeitsplätze zum Opfer gefallen. Zehntausende könnten folgen. Der gesellschaftliche Wandel erschreckt und nötigt zum Umdenken. Was sich aber die Funktionäre der MIT ausgedacht haben, spottet jeder Vernunft. Die so genannte Konsumverweigerung soll strafbar werden.

Wie hoch muss die Not der Mittelständler sein, dass sie Enthaltsamkeit zu einem Straftatbestand machen wollen? Das andauernde Nichtkaufen, so heißt es im Strategiepapier des MIT-Bundesvorstandes, gefährde unseren Wohlstand, vernichte Existenzen und untergrabe damit das Fundament unserer freien Gesellschaft. Von der Konsumverweigerung gehe daher eine ernste Gefahr für die Demokratie aus. Schon diese wenigen Sätze machen klar: Man scheut sich nicht die ganz großen Geschütze aufzufahren. Die Nichtkonsumenten oder „Anti-Kunden" erscheinen auf einmal bedrohlicher als islamistische Terroristen oder größenwahnsinnige Despoten. Wer nichts kauft, so heißt es, sei nicht nur in hohem Maße unsolidarisch, sondern auch eine Gefahr für die innere Sicherheit.

Höchste Zeit ein paar Sachverhalte in Erinnerung zu rufen. *Erstens:* Jedes Wachstum ist begrenzt, das gilt natürlich auch für wirtschaftliches Wachstum. Mit großzügigen Krediten lässt sich zwar der Traum stetig steigender Umsatzzahlen eine Zeitlang weiterträumen. Unumstößliche Tatsache ist aber, dass die Ressourcen der Erde endlich sind. Das wissen wir spätestens seit den frühen siebziger Jahren des letzten Jahrhunderts, als der *Club of Rome* sein „Limits to Growth" veröffentlichte. Wer diese Begrenzung ignoriert, lebt zu Lasten künftiger Generationen.

Zweitens: Jeder moderne Konsument der westlichen Industriestaaten trägt in erschreckendem Maße zu Naturzerstörung und Umweltverschmutzung bei. Das fängt beim hohen Energieverbrauch der Produktionsanlagen an und endet bei der Vermüllung sämtlicher Weltmeere. Der viel gescholtene Nichtkonsum ist dagegen jemand, der einen aktiven und höchst willkommenen Beitrag zum Erhalt unserer Lebensgrundlage leistet. Dafür gehört er gewürdigt – und nicht kriminalisiert.

Drittens: Die Demokratie wird nicht vom Shopping-Abstinenzler, sondern vom Konsumkapitalismus selbst gefährdet. Das war auch die Ansicht des US-amerikanischen Politikwissenschaftlers Benjamin R. Barber. Er sah im modernen Konsumkapitalismus eine dreifache Gefahr: sein infantiles Ethos, seine Ideologie der Privatisierung und seine Homogenisierung des Geschmacks zerstören Vielfalt genauso wie Gleichheit und damit jede echte Demokratie. Wer sich also weigert, sich von geschmacklosen Marketingstrategen für dumm verkaufen zu lassen, hält eine alte demokratische Tugend in Ehren: die Mündigkeit des Bürgers.

Ringgarten lächelt. Sie erinnert sich gut an Barbers Thesen, obwohl es schon einige Jahre her ist, dass sie sein Spätwerk gelesen hat. Wie hieß es nochmal? Schnell öffnet sie eine neue Suchseite und gibt den Namen des Wissenschaftlers ein. Als sie den Titel jenes umfangreichen Buches liest, tauchen die Gedankengänge des US-Amerikaners in ihrer Erinnerung auf: *Consumed! Wie der Markt Kinder verführt, Erwachsene infantilisiert und die Demokratie untergräbt.* Ja, ganz schön mutig. Ihr Gefühl sagt ihr, dass Hannes den linksliberalen Politikwissenschaftler auch kennt. Sie schließt die Seite wieder und liest im Artikel weiter.

Die Mittelständler der CDU/CSU sollten ihre hirnrissige Idee schleunigst begraben. Aber davon sind die MIT-Funktionäre offenbar meilenweit entfernt. Nur wenige Mitglieder stellen sich gegen den Kurs des Bundesverbandes. Einer dieser Mittelständler, der nicht namentlich erwähnt werden möchte, berichtet davon, dass man bereits Kontakt mit den Bundesministerien des Innern und der Justiz aufgenommen habe. Wie verlautet, soll die Konsumverweigerung zu einem so genannten „echten Unterlassungsdelikt" erklärt werden. Das ist nach dem geltenden Strafgesetz aber nur möglich, wenn es auch ein Handlungsgebot gibt und die Unterlassung sich auf eine allgemeine Handlungspflicht bezieht. Das haben die Justitiare der MIT natürlich sogleich erkannt. Deshalb soll der neue Gesetzestext das Konsumieren zu einer Handlungspflicht erklären. Diese Shoppingpflicht, so heißt es, diene der „Wahrung gesellschaftlicher Solidarität in Notfällen."

Und nicht nur das! Die Gedankenspiele gehen dem Vernehmen nach noch weiter. Überlegt wird auch Lohn oder Gehalt künftig zumindest teilweise in Form von Konsumguthaben auszuzahlen. In diesem Zusammenhang wurde wohl auch die Abschaffung des Bargeldes einmal mehr diskutiert.

Man kann nur hoffen, dass sich die Zivilgesellschaft mit aller Macht gegen diese Pläne stellt. Eine Konsumpflicht wäre eine schlimme Verletzung der finanziellen Selbstbestimmung des Bürgers.

Die Professorin kopiert den Link zum Zeitungsartikel in ihre E-Mail an Hannes Brüning. „Hi Hannes! Schon gelesen? LG, Ingeborg". Mehr schreibt sie nicht dazu. Mehr braucht es nicht.

Eva Möhring geht nervös im Schulsekretariat auf und ab. Die Tür zum benachbarten Direktorat ist angelehnt und sie hört Karin Sebesse telefonieren. Eigentlich steht die Tür immer offen und als Eva vorhin auf der Schwelle erschien, winkte die Schulleiterin sie sofort rein. Doch als die Lehrerin sah, dass ihre Chefin telefonierte, hob sie die geöffneten Hände und trat den Rückzug an. Es war ihr unangenehm anderen beim Telefonieren zuzuhören. Und weghören ging schließlich nicht.

Nein, sie wollte nicht stören, aber vor allem wollte sie selbst nicht gestört werden. Sie musste sich auf ihren Plan konzentrieren, auf das wichtigste Anliegen ihrer Laufbahn.

Während sie das mittlerweile verwaiste Büro durchmisst, geht sie in Gedanken ihre Gründe noch einmal Schritt für Schritt durch. Sie will eine andere Schule, eine andere Art von Schule. So geht es nicht weiter. Das ist ihr inzwischen klar. So kann es nicht weitergehen. Aber sie möchte ihren Beruf nicht an den Nagel hängen und das Beamtentum kündigen. Keineswegs! Wieso auch? Weg will sie nicht, hinaus aufs Land etwa, wie das zurzeit so viele machen, Unterschlupf suchen in irgendeiner alternativen Privatschule. Sicher, ein Leben im Grünen würde sie schon reizen, aber sie weiß, dass längst nicht alle Eltern ihrer Klasse zur Abwanderung bereit oder in der Lage wären. Für sie ist die Sache klar. Sie will ihre Schüler nicht im Stich lassen. Also wird sie bleiben und auch künftig an der kleinen Stadtteilschule arbeiten, in der sie gleich nach ihrem Referendariat angefangen hat. Nur eben nicht mehr so viel *in* der Schule, im Gebäude drinnen. Schließlich gibt es inzwischen wieder mehr Grün in der Nachbarschaft.

Die engagierte Lehrerin hält inne und blickt für einen Moment aus dem Fenster, als wolle sie sich vergewissern auch ja nichts übersehen zu haben. In den letzten Wochen wurden hier in der Straße gleich mehrere Gebäude abgerissen, schmucklose Wohnhäuser, die schon länger leer standen. Die Stadt hat beschlossen, die entstandenen Baulücken den Anwohnern als Gartenflächen zu überlassen. *Stadtlichtungen* nennt sich das Projekt. Eva hat sogleich ihre Chance erkannt und beim Bezirksausschuss vorgefühlt. Der zeigte sich aufgeschlossen. Nun muss sie die nächste Hürde nehmen und ihre Rektorin überzeugen.

Die Erfahrungen der letzten Monate haben bei Eva Möhring ein Umdenken bewirkt. Früher ist sie stets davon ausgegangen, dass eine Schule dazu da ist, Kinder zu zivilisieren, sie in die Kultur einzuführen, ihnen Kulturtechniken beizubringen. Sie sollten lernen in geschlossenen Räumen still zu sitzen, sich auf einen Unterrichtsgegenstand zu konzentrieren und die Reize ihrer Umwelt auszuschließen. Eva hatte nie ernsthaft darüber nachgedacht, wozu das gut sein sollte. Erfolgreiche Schüler konnten das. Und erfolgreiche Schüler gingen später auf die Uni, ergriffen verantwortungsvolle Berufe, kamen zu Wohlstand. Sie selbst hatte diese Glaubenssätze bereits als Kind angenommen. Sie waren ihr selbstverständlich. So etwas hinterfragte man nicht.

Der Anstoß dazu kam von außen. Es waren Schüler gewesen, die an diesen alten Grundsätzen rüttelten. Als ein Schlüsselerlebnis betrachtet Eva Möhring heute den Besuch von Daniels Eichhörnchen. Sie wusste natürlich auch davor schon, wie sehr Kinder Tiere mögen, wie aufmerksam und lebendig sie in der Begegnung mit ihnen werden. Aber als dieser Rotbusch im Sitzkreis herumhüpfte, war es ihr vorgekommen, als sei mit ihm etwas vom wirklichen Leben in die Schule eingedrungen. Und angesichts dieser Wirklichkeit erschienen ihr Schule und Unterricht auf einmal sehr lebensfern und künstlich. Sie erkannte, dass in der Schule allzu oft versucht wurde das Leben auf Abstand zu halten oder es gar ganz auszuschließen. Der Bewegungsdrang musste gebremst, die Lautstärke gedämpft, die Triebe gebändigt werden. Beobachtungen in der Natur galten zwar als wichtig, aber das Wissen in Büchern war wichtiger.

Während Daniels Hörnchenreferats verstand sie plötzlich, warum das so war. Das Leben war nicht planbar, es ließ sich einfach nicht in sauber geordnete Bahnen lenken. In der Schule aber galt Planung als oberstes Prinzip. Der Unterricht war durchstrukturiert, jeder Schultag streng getaktet. Das hatte man ihr schon in der Ausbildung beigebracht. Lehrer waren in erster Linie Planer und handelten auf der Grundlage von Plänen. Zu viel Lebendigkeit brachte all diese Pläne durcheinander. Das konnte die Institution Schule nicht zulassen.

Die Tür des Direktorats öffnet sich lautlos. Eva bemerkt es an den Lichtreflexionen im Fenster und dreht sich dorthin. Sie schaut in das lächelnde Gesicht ihrer Schulleiterin. Ein gutes Zeichen, entscheidet sie, und erwidert das Lächeln.

„Jetzt hab ich Zeit. Komm!" Während Eva den Raum betritt, berichtet Karin Sebesse in wenigen Sätzen von ihrem Telefonat mit dem Schulrat. Sie grinst dabei und es wird klar, dass sie den Worten des Schulaufsehers keine sehr große Bedeutung beimisst. Sie führt Eva zum runden Tisch in der hinteren Ecke, dorthin also, wo immer wieder mal Gespräche im kleinen Kreis stattfinden. Als Eva sitzt, nimmt die Schulleiterin ihr gegenüber Platz. Vor sich auf den Tisch legt sie die dunkelblaue Sammelmappe, die Eva ihr vor drei Tagen überreicht hat.

Einen Moment lang ist es still und Eva Möhring schluckt trocken. Ihre Anspannung ist ein weiteres Zeichen dafür, wie viel ihr der Antrag bedeutet, der nun auf dem Tisch liegt. Wochenlang hat sie an diesem Konzeptentwurf gearbeitet. Die wissenschaftliche Begründung ihres Plans ist eher etwas dürftig ausgefallen. Sie wollte ja auch keine Doktorarbeit schreiben. Dafür sind die Ideen für die konkrete Ausgestaltung umso vielfältiger und lebendiger geworden. *„Schullichtung"* hat sie ihren Entwurf überschrieben, in Anlehnung an die Wortschöpfung, die überall als Bezeichnung für die neu entstandenen Baulücken benutzt wird. Sie sieht, wie ihre Rektorin beide Hände flach auf die Sammelmappe legt.

„Also, Eva, *das* hier ist großartig, eine super Idee!"
Die Angesprochene atmet erleichtert auf.
„Über die Details wird man sicher noch reden müssen,

aber das Konzept an sich hat meine volle Unterstützung. Besonders gut gefallen mir die Bilder." Karin Sebesse öffnet die Mappe, holt zwei größere Blätter aus dem Papierstapel hervor und faltet sie aus. „Hast du die selbst gemacht?"

Eine der beiden Zeichnungen stellt den Grundriss einer Baulücke dar, die nur eine Gehminute vom Schulhaus entfernt liegt. Es handelt sich um ein Areal in der Größe etwa eines halben Fußballfeldes. Genau genommen blicken beide Frauen auf den dritten oder vierten Entwurf. Eva sind immer wieder neue Überlegungen gekommen. Das Ganze musste wirklich mit Bedacht konzipiert werden. Schließlich sollte auf dem Gelände weit mehr entstehen als nur ein Schulgarten, in dem Radieschen, Gurken und Kürbisse angebaut werden. Was Eva vorschwebte, war ein artenreicher Lebensraum, der den Schülern eine echte Beziehung zur Pflanzen- und Tierwelt ermöglichen würde. Vor der fensterlosen Seitenwand des benachbarten Wohnblocks wollte sie auf einer Seite Urweltmammutbäume und Eschen pflanzen. Da diese schnell wuchsen, konnte man damit rechnen, dass bereits nach zehn Jahren ein Gutteil des vierstöckigen Gebäudes verdeckt sein würde. Auf der gegenüber liegenden Südseite sollte der Grenzbereich weniger dicht und wuchtig werden. Eva hatte sich für ein paar Birken und Espen entschieden.

Auf dem zweiten Bild, das die *Schullichtung* von der Straße her zeigte, konnte man gut erkennen, wie das Ganze in einigen Jahren aussehen sollte. Eva zieht das Bild etwas heran und beginnt zu beschreiben: „Auf dem Areal selbst gibt es verschiedene Bereiche. Wenn man das Gelände betritt, kommt man zunächst zu einer größeren Nutzfläche für den Anbau von Gemüse und Kräutern, umgeben von Beerensträuchern. Hier, direkt daneben, steht eine kleine Holzscheune, in der Werkzeuge aufbewahrt, aber auch die Erträge des Gartens zwischengelagert werden können. Von dort aus gelangt man über sich windende Pfade in einen lauschigen Ruhebereich, der mit kleinen Bäumchen und blühenden Sträuchern bestückt ist. Dort gibt es auch einen Teich mit Schilfgräsern, wo sich hoffentlich einmal Amphibien ansiedeln werden. Und hier …"

Karin lacht auf. „Eva, Eva, ich habe mir deinen Entwurf angeschaut, sehr genau sogar. Das sieht alles sehr gut aus. Ich wusste gar nicht, dass du dich so gut aufs Gärtnern verstehst."

Die engagierte Lehrerin lächelt verlegen. „Du wirst lachen, aber das meiste ist mir sozusagen im Traum eingefallen. Wiederholt bin ich morgens aufgewacht und habe das Bild dieses Gartens bis in die Einzelheiten klar vor Augen gehabt. Ich musste dann im Internet nachschauen, wie die Pflanzen überhaupt heißen."

„Die Finanzierung steht noch nicht ganz, oder?"

„Nein, aber so gut wie. Jemand vom Bezirksausschuss hat mir Stellen genannt, wo ich Fördergelder beantragen kann. Offenbar hat die Stadt ein Förderprogramm für die Begrünung der neuen Brachen aufgelegt. Ich habe mich erkundigt. Mir wurde die Erstattung der Materialkosten bis zu 90% praktisch schon zugesichert."

Die Rektorin legt ihren Kopf schief und fixiert ihre Mitarbeiterin. „Aber es gibt andere Hürden."

„Du meinst die Schulaufsicht?"

„Ich meine vor allem die Eltern deiner Schüler."

Eva schüttelt den Kopf. „Wegen denen mache ich mir gar keine Sorgen."

„Na, deine Zuversicht hätte ich gern!"

„Meine Zuversicht habe ich von den Kindern, Karin. Es gibt inzwischen so viele Kinder, die anders unterwegs sind. Sie wissen genau, was ihnen guttut und haben … wie soll ich sagen? Sie haben ein untrügliches Gespür für die Wirklichkeit, für lebendige Wirklichkeit. Ich bin mir sicher, dass diese Kinder ihren Eltern vor Augen führen werden, wie wichtig eine solche Stadtoase für sie und ihre harmonische Entwicklung wäre."

"Es ist wichtig, Jewgeni, dass der Mensch lernt selbst zu denken."

"Tut er das denn nicht?"

"Wer selbst denkt, geht eigene Wege. Aber die meisten Menschen denken innerhalb der Gleise, die andere ihnen vorgeben."

"Aber es gibt doch jede Menge Ingenieure, die sich ständig neue Sachen ausdenken."

"Wenn du dir diese neuen Sachen genauer anschaust, wirst du feststellen, dass sie in einer Hinsicht alle gleich sind. Sie sind alle künstlich. Es gibt immer nur mehr vom Gleichen. Das Denken dieser Menschen ist gar nicht in der Lage seine vorgegebene Spur zu verlassen. Seine Ergebnisse sind vorhersagbar."

"Ist das nicht immer so? Sind nicht alle Artefakte per Definition künstlich?"

"Wer selbst zu denken vermag, würde nichts erfinden, was ihn von sich selbst und vom Leben derart entfernt. Und er würde alles daransetzen, auch das Denken der anderen zu befreien."

"Befreien? Das klingt, als wären unserem Denken Fesseln angelegt. Ist das nicht ein bisschen übertrieben?"

"Es ist eine leicht zu überprüfende Tatsache, Jewgeni, dass das Denken der meisten mechanisch abläuft. Häufig sind ihre Gedanken rein assoziative Reaktionen auf Sinneseindrücke. Oder sie entstehen als Folge vegetativer Prozesse im Körper. Diese Mechanismen sind durchaus bekannt. Weltweit nutzen

Marketingfachleute und Politstrategen sie schon seit langem für ihre Interessen."

„Gut, der arglose Verbraucher wird sicherlich immer wieder manipuliert. Da magst du Recht haben. Aber das Denken der modernen Naturwissenschaftler und Techniker ist geschult. Es hat sich doch oft genug gezeigt, dass diese Leute damit große Probleme lösen können."

„Schau genauer hin, Jewgeni! Mechanisches Denken ist immer ein Denken, das um Probleme kreist. Es schafft Probleme, weil Problemlösung seine Funktionsweise ist. Es kann gar nicht anders als alles, was in sein Blickfeld rückt, zu problematisieren. Manche dieser selbsterzeugten Probleme vermag es irgendwann zu lösen. In der Regel schafft es damit aber gleich eine ganze Reihe neuer Probleme. So hetzt dieses mechanische Denken von Problem zu Problem und lässt den Menschen nicht zu sich kommen."

„Du meinst, sogar dann nicht, wenn sie über sich selbst nachdenken?"

„Ja, auch dann nicht. Entscheidend ist nämlich nicht, was sie denken, sondern wie. Das mechanische Denken ist nicht lebendig. Und du kannst selbst beobachten, wohin es führt."

„Wohin?"

„Mach die Augen auf, Jewgeni! Worin gipfelt dieses leblose Denken?"

„Keine Ahnung."

„Doch, du weißt, was ich meine. Wovon redet alle Welt, als stünde der Menschheit eine wirkliche, lebenswirkliche Wandlung bevor?"

„Ach! Du meinst die künstliche Intelligenz?"

„Genau, Jewgeni! Das mechanische Denken bringt sein eigenes Duplikat hervor. Etwas anderes kann es nicht. Die künstliche Intelligenz ist sein unvermeidliches Ergebnis. Das war schon vor Jahrhunderten abzusehen."

„Sind Sie denn von allen guten Geistern verlassen, Pfarrer Lukas?"

Der wütende Tenor seines Bischofs, der wiederholt in ein furchterregendes Falsett kippte, schrillt Lukas Zorn noch immer in den Ohren. Dabei sind seit der Begegnung mit seinem Vorgesetzten bereits zwei Stunden vergangen, zwei Stunden, in denen er heftigen Gefühlsschwankungen ausgesetzt war. Inzwischen hat er mit einiger Verspätung die Rückreise zu seiner Pfarrei angetreten.

Müde und niedergeschlagen sitzt er am Fenster des fahrenden Zuges. Für die wogenden Kornfelder, die gerade vorbeiziehen, hat er kein Auge. Sein Blick geht nach innen. Zu präsent sind die Eindrücke aus dem Amtssitz des Bischofs, einem fürstlichen Domizil mit hohen Decken und viel dunklem Holz.

„Einen Hund! Wie konnten Sie nur, Mann?" Der Oberhirte hatte ganz auf seine sonst so gepflegte Vornehmheit verzichtet. „So blöd kann doch gar kein geweihter Priester sein! Was ist bloß in Sie gefahren? Haben Sie den Verstand verloren? Wissen Sie denn nicht, was Sie da getan haben? Schon viel größere Geister – sehr viel größere, wie ich betonen möchte – wurden für entschieden harmlosere Verstöße gegen das Kirchenrecht ihres Amtes enthoben. Das ist nicht bloß Ökumene, Pfarrer Lukas, das ist schlimmer. Hier geht es um Blasphemie!"

Zorn hatte erkennen müssen, dass sein Vorgesetzter von einer neuen Lehraussage der Deutschen Bischofskonferenz überhaupt nichts wusste oder – noch wahrscheinlicher – überhaupt nichts wissen wollte. Bestimmt gehörte der Mann zur ultrakonservativen Minderheit, für die Biotope in Kirchenschiffen oder die neue Naturnähe seiner Kirche des Teufels waren.

Auf jeden Fall war Zorn gleich klar gewesen, dass es keinen

Zweck hatte irgendetwas abzustreiten. Vielmehr hatte er versucht seine Beweggründe darzulegen, über die vielfältigen Kreaturen Gottes gesprochen und an die Verantwortung der Kirche für die gesamte Schöpfung erinnert. Aber seine Exzellenz hatte ihn gar nicht aussprechen lassen und drohend mit dem Zeigefinger auf ihn gezeigt.

„Ich habe sogleich gewusst, dass das mit diesen Wald- und Wiesenmessen nicht gutgehen würde! Aber ich war duldsam, wollte Ihren Enthusiasmus nicht abwürgen. Deshalb gab ich Ihnen eine Chance. Und was tun Sie? Sie besudeln mein Bistum!"

Lukas Zorn schließt die Augen und atmet tief durch. Man hat ihn verpfiffen. Er ist so naiv gewesen zu glauben, dass seine Handlung ohne Aufschrei bleiben würde, dass niemand Anstoß daran nehmen würde. Irgendein eifriges Gemeindemitglied hat sich in einem Schreiben direkt an den Diözesanbischof gewandt. Zwei Fotos waren auch dabei, offenbar heimlich geknipste Bilder, die seine Verfehlung beweisen sollten. Die Aufnahmen legte der Oberhirte ihm vor, den Brief jedoch nicht. In der Darstellung des Denunzianten war seine Tat aus dem Zusammenhang gerissen worden. In Wirklichkeit, so versuchte Zorn zu erklären, verlief alles ganz spontan und natürlich. Er hatte gerade die Gläubigen zur heiligen Kommunion eingeladen und angefangen die konsekrierten Hostien zu verteilen, als auf einmal dieser Hund erschienen war, ein junger Setter.

Er fing an seinem Vorgesetzten davon zu berichten und wurde unvermittelt leidenschaftlich. Sollte er sich doch um Kopf und Kragen reden, das war ihm in dem Moment egal: „Er stand plötzlich vor mir, Eure Exzellenz, erschien wie aus dem Nichts. Offensichtlich war er herrenlos und suchte nun hier, vor dem Altar des Herrn, ein neues Zuhause. Das sanftmütige Tier neigte seinen Kopf zur Seite und schaute mich an. Fragend schaute es mich an und in seinen Augen sah ich die Hoffnung der Kreatur, die Hoffnung auf Teilhabe und Erlösung. Und so wie dieser Hund vor mir stand, so – das fühlte ich in diesem Augenblick überaus stark – stehe ich selbst vor meinem Herrn, nackt und sprachlos, getragen einzig von meiner Hoffnung auf Gnade. Und als das Tier schließlich das Maul öffnete und seine Zunge zeigte, da war es mir eine Selbstverständlichkeit gewesen, die heilige Opfergabe mit dieser Kreatur zu teilen."

Pfarrer Zorn legt seine Hände flach aufs Gesicht und reibt sich die müden Augen. Es stimmt nicht, denkt er, was seine Exzellenz mir vorhält, nämlich dass ich den Leib Christi den Hunden zum Fraß gegeben habe. Wie kann man nur so denken? Dieser Hund ist ein fühlendes und bis zu einem gewissen Grad auch verständiges Wesen. Vor allem aber ist es rein im Herzen, etwas, was man nicht von jedem Gläubigen behaupten kann. Wie kann es nur angehen, dass ein Christenmensch, der sich vor Gott verneigt, gleichzeitig so einen armen Hund in den Abgrund der Hoffnungslosigkeit tritt? Wie kann man überhaupt erwarten von Gott gesehen zu werden, wenn man nicht selbst bereit ist seine minder bemittelten Brüder anzusehen, ihr Leid zu lindern?

Zorns Rechtfertigung wurde nicht gehört. Man wollte sie nicht hören. Dem Bischof werden höhere Ambitionen nachgesagt. Man erzählt sich, dass er in letzter Zeit öfter in Rom gesehen wurde. Auf jeden Fall hat sein Vorgesetzter ihn mit sofortiger Wirkung von seinem Amt suspendiert. Zorns Fall soll nun vor dem Offizialat, dem ordentlichen Kirchengericht, verhandelt werden. Ihm droht die Amtsenthebung.

Eine Durchsage reißt ihn aus seinen Gedanken. Er öffnet die Augen und legt seinen Kopf in den Nacken. Ein offenbar gut gelaunter Schaffner verkündet, dass ihr Zug mittlerweile 23 Minuten Verspätung hat. Über mögliche Anschlusszüge werde er zu gegebener Zeit informieren. Er bitte die Fahrgäste um Verständnis. Zorn überlegt, wie er für etwas Verständnis aufbringen soll, dessen Grund und Ursache er nicht kennt. Personen im Gleis – okay, hätte er verstanden. Auch eine Unterspülung des Gleisbetts nach einem tosenden Unwetter hätte er als Entschuldigung durchgehen lassen können. Aber gar keine Erklärung? Vielleicht, sinniert er, lernen die Schaffner in ihrer Ausbildung, dass jede Erklärung wie eine Rechtfertigung daherkäme und jede Rechtfertigung ein Zeichen der Schwäche wäre.

Tatsächlich hat er sich dem Bischof gegenüber schwach gefühlt, menschlich unterlegen. Gerade sein Versuch sich vor dem Oberhirten zu rechtfertigen, offenbarte dem Vorgesetzten sein mangelndes Selbstbewusstsein. Er war sich wie ein stammelnder Schüler vorgekommen, der seinem gestrengen Lehrer irgendeine faule Ausrede präsentierte. Ich hätte mich auf mein Gewissen berufen sollen, denkt Zorn: Da stand ich, ich konnte nicht anders. So etwas hätte ich sagen sollen. Keine Erklärung, kein Warum oder Wieso. 23 Minuten Verspätung – Ja, und? Hostie für den Hund – Na, wenn schon!

Zorn lächelt freudlos. Nein, denkt er, der Schuss wäre nach hinten losgegangen. Eine solche Anleihe beim großen Reformator hätte seine Exzellenz mit Sicherheit als Provokation aufgefasst. Wer sich auf sein Gewissen beruft, stellt damit am Ende – genauso wie einst Martin Luther – die Unfehlbarkeit des Papstes in Frage. Der Heilige Stuhl hat auch neulich wieder bekräftigt: zur Heiligen Kommunion sind nur Katholiken zugelassen. Nicht einmal Protestanten dürfen teilnehmen – geschweige denn Hunde. Dem muss er sich beugen. Wahrscheinlich hätte ich den Hund erst taufen sollen, denkt er bitter. Er ist schließlich eine Kreatur Gottes, wenn auch vielleicht nicht nach Seinem Bilde erschaffen.

Im Innern, das weiß Zorn, ist er längst ein Rebell, ein Rebell des Glaubens, wie auch Luther einer war. Und genau genommen war er das auch schon vor seiner Begegnung mit Satiasana, jener lichten Schönheit, die ihn in seiner Sakristei aufsuchte, um vor dem Übel zu warnen. Der Gedanke an Satiasana lässt sein Gesicht aufhellen und zum ersten Mal an diesem Tag entspannen sich seine Züge. Zweifellos stellt der Besuch der blonden Seherin in seinem Leben eine Zäsur dar. Ihre warnenden Worte waren bei ihm aber auch auf fruchtbare Erde gefallen, hatten in seiner Seele Anklang gefunden – zwar nicht sofort, dafür aber nachhaltig. Es ist eben kein Zufall gewesen, dass sie ihm erschien. Zorn blickt hinaus in die Weite der vorbeiziehenden Felder und seine Augen fangen an zu strahlen. Sie hat gewusst, was mich im Herzen bewegte, was tief in mir schlummerte. Ja, diese Satiasana hat ihn wachgerüttelt, etwas in Erinnerung gerufen, etwas aufgedeckt, was in seinem Innersten verschüttet gewesen war.

Und jetzt, hier in diesem ICE, fragt sich Zorn zum ersten Mal, vor welchem Übel ihn die barfüßige Botin eigentlich gewarnt hat. Bisher hat er gar nicht darüber nachgedacht. Um welches Böse es ging, war offensichtlich gewesen. Wenn das Kirchendach einstürzt, kann es daran keine Zweifel mehr geben. Aber hatte Satiasana wirklich nur vor einem kaputten Dach gewarnt. Fragwürdig, denkt Zorn. Was hat sie damals gesagt? Der Schaden dient der höheren Absicht? Natürlich galt es zu vermeiden, dass die Kirchgänger erschlagen wurden. Aber vielleicht nicht nur. Ging es nicht auch darum zu verhindern, dass die Gläubigen in ihrer Kirche lebendig begraben wurden, ja dass die Kirche zum Grab und Grabmal des Glaubens verkam. Tatsächlich bricht die ganze Institution seit Satiasanas Erscheinen aus ihrer Versteinerung aus. Der Glaube – auch sein Glaube – ist so viel lebendiger geworden.

Pfarrer Lukas Zorn muss unwillkürlich grinsen, als ihm seine letzte Freilandmesse in den Sinn kommt. Dort war ja nicht nur dieser Hund erschienen, um bei der heiligen Spende anzustehen. Auch drei Eichhörnchen waren aufgetaucht. Aber die flinken Tierchen wollten offensichtlich keine Gabe empfangen. Vielmehr trugen sie selbst eine herbei. Sie hüpften vor den Altar um ihre Mitbringsel dort abzulegen. Unter den Augen der verdutzten Gläubigen ließen die rotbraunen Nager auf der aufgeschütteten Kiesfläche eine Handvoll Haselnüsse zurück. Schade, denkt Zorn, dass *das* nicht fotografiert wurde.

```
Auszug aus den Geheimprotokollen der Großen
Sechs

San Diego, ▓▓▓▓▓▓▓▓
Teilnehmer: ▓▓▓▓▓▓▓▓▓▓▓▓▓▓▓▓▓▓▓▓

TOP 1: Inter-Cranial Terminal-1 (ICT-1)

Bei der Einführung des ICT-1 sind unerwartete
Schwierigkeiten aufgetreten. Von den 267 Pro-
banden in Deutschland haben nur 13 die erste
Stufe der Adaptierungsphase erfolgreich über-
standen. Das sind noch nicht einmal fünf Pro-
zent. Und sogar bei dieser kleinen Minderheit
verlief nicht alles nach Wunsch. Die Informa-
tions-, telekommunikations- und biotechnolo-
gischen Voraussetzungen für den Erfolg sind
allesamt gegeben. Die Technik funktioniert
einwandfrei, der Mensch aber nicht. Kurz ge-
sagt besteht das Problem darin, dass das Den-
ken der Probanden für die adäquate Steuerung
der implantierten Software in den allermeis-
```

ten Fällen zu langsam ist. Die Auswertung der bisher erhobenen Daten ergab, dass sich das Denken der Deutschen unterm Strich als durchaus gründlich und diszipliniert darstellte. Es fehlte ihm aber in erheblichem Maße an Flexibilität, so dass es gerade dort, wo eine spielerische Leichtigkeit, ja gar Unbekümmertheit nötig gewesen wäre, eigentümlich träge und starrsinnig wirkte.

Möglicherweise im Zusammenhang damit traten verschiedene körperliche Beschwerden auf. Fast 56 Prozent der Testpersonen klagen mittlerweile über Schwindelattacken und sogar 71 Prozent über anhaltende Kopfschmerzen. Die rechtliche Absicherung der verantwortlichen Konzerne ist natürlich hieb- und stichfest. Vor ihrer Teilnahme am Experiment haben alle Probanden schriftlich erklärt auf rechtliche Schritte jeglicher Art zu verzichten, sollte es während der Probephase zu Komplikationen kommen. Die Erklärungen wurden so formuliert, dass sie sowohl mit deutschem als auch mit EU-Recht vereinbar sind. Daher ist nicht mit einer Klagewelle von Seiten geschädigter Probanden zu rechnen. Überdies gibt es in der europäischen Union – anders als in den USA – für Kollektivklagen keinerlei rechtliche Voraussetzung. Ferner sind Schadensersatzzahlungen in der EU traditionell niedrig. Zumindest in dieser Hinsicht war es also gewiss klug, den Testlauf in einem europäischen Staat abzuhalten.

Länger diskutiert wurde der mögliche Einsatz eines so genannten Mind Boosters. Damit könnte die Funktionsgeschwindigkeit des menschlichen Gehirns um das 3,5-fache erhöht werden. Die Berichte verschiedener Forschungslabore legen den Schluss nahe, dass der Mind Booster mittlerweile die Produktionsreife erlangt hat. Es gilt als sicher, dass ein leistungsfähigeres Gehirn wesentlich besser in der Lage wäre das ICT-1 zu steuern. Auf Grund der bisherigen Erfahrungen mit der Adaption des ICT-1 schätzen wir die Erfolgsaussichten des Mind Boosters dennoch eher gering ein. Wir mussten zur Kenntnis nehmen, dass das menschliche Gehirn mit der Informationstechnologie nicht mehr schritthalten kann. Es ist bereits abgehängt worden. Deshalb werden wir künftig den umgekehrten Weg gehen: Weg von der Steuerung künstlicher Intelligenz (KI) durch Gedankenströme hin zu einer Steuerung der Gedankenströme durch künstliche Intelligenz. Siehe TOP 2.

Einstimmig wurde beschlossen, die Pläne für eine flächendeckende Einführung des ICT-1 nicht weiterzuverfolgen. Vorgesehen ist, die noch laufenden Trainingsprogramme bereits in den nächsten zwei Wochen einzustellen. Den Probanden soll eine kostenlose Entfernung der implantierten Software angeboten werden.

TOP 2: Universal Pal (uPal)

Intern haben wir uns darauf geeinigt das neue System mit der Bezeichnung uPal (kurz für: universeller Kumpel) an den Start zu schicken. Wir sind uns einig, dass die Entwicklung des uPal aus gesellschaftspolitischen Gründen unter größtmöglicher Geheimhaltung geschehen muss. Würde die Überlegenheit der KI-Systeme publik werden, könnte das zu einer Massenhysterie führen. Die in allen Kulturen leider weit verbreitete Angst vor Veränderung zwingt uns zu extremen Vorsichtsmaßnahmen. So werden wir dafür Sorge tragen, dass kein einziger von all den vielen Hundert Ingenieuren, Softwarearchitekten und Backend-Entwicklern zu irgendeinem Zeitpunkt überblickt, woran er arbeitet. Jeder Programmierer soll nur einen kleinen Teil der erforderlichen Programmcodes schreiben. Durch den massiven Einsatz von hochentwickelten Codegeneratoren wollen wir sicherstellen, dass die entscheidenden Bestandteile der neuen Technik von intelligenten Systemen vollautomatisch, quasi am Menschen vorbei, hergestellt werden.

Ferner sind wir uns einig, dass es einer Tarntechnik bedarf, die den Blick auf die wahren Verhältnisse verstellt. Zweckmäßig und vielversprechend erscheint uns vor allem der Ausbau der Sprachbefehlsfunktionen. Immerhin sind die meisten Endnutzer mit minimaler gedanklicher Aktivität in der Lage zu reden. Daher würde es ihre Hirnleistung sicher nicht überfordern, ihrem Endgerät regelmäßig Befehle zu erteilen. Überdies ist auf Grund bisheriger Erfahrungen mit Pflege-Robotern davon auszugehen, dass die Endnutzer zu ihrem sprechenden Endgerät eine emotionale Beziehung entwickeln werden. Das alles soll im Menschen das Gefühl verstärken weiterhin die Kontrolle über die digitale Technik zu haben: Er befiehlt – das Gerät gehorcht.

Unterhalb dieser sprachlichen Oberfläche jedoch ist das Verhältnis genau umgekehrt. Die KI-Systeme werden einen immer stärkeren Zugriff auf die Gedankenströme ihrer Nutzer bekommen. Sie sind bereits jetzt in der Lage bestimmte Muster in den elektromagnetischen Hirnströmen zu identifizieren. Die Potentiale sind enorm. Im Ansatz erkennen die neuen Endgeräte schon heute, was der Endnutzer sagen will, bevor er den Mund aufgemacht hat. Sie reagieren grundsätzlich aber erst, nachdem der Sprachbefehl erklungen ist. Auf diese Weise wird sichergestellt, dass die Kontrollillusion des Endnutzers auf keinen Fall zerstört wird.

Wir verpflichten uns bis zum nächsten Treffen in sechs Monaten einen umfassenden Operationsplan zu entwickeln, der einerseits die zügige Entwicklung der neuen Technik und andererseits die wirksame Verschleierung ihrer Funktion garantiert. Der Plan soll detailliert auflisten, welche Firmen in welcher Weise in das Projekt eingebunden werden.

Das Projekt uPal unterliegt der höchsten Geheimhaltungsstufe, weshalb auch dieses Protokoll nur mit einer handmechanischen Schreibmaschine erstellt wird. Der Protokollant wurde angewiesen das unterschriebene Original schnellstmöglich persönlich in unserem Lausanner Bankschließfach zu deponieren.

Mirjana Manz sitzt auf der Terrasse des Gästehauses, lehnt sich zurück in ihrem Gartenstuhl und ist glücklich, zum ersten Mal uneingeschränkt glücklich. Ihre innere Unruhe, das quälende Gefühl nicht richtig zu sein, die unbestimmte Sehnsucht nach Wundern und Weite – das alles ist wie weggeblasen. Sie hat endlich gefunden, was sie suchte: ihre Heimat. Eigentlich war sie vom Tag ihrer Geburt an danach auf der Suche gewesen – natürlich ohne es zu wissen. Kein Kind stellt sein Zuhause in Frage oder lehnt es gar ab. Sie hat ihre Eltern gebraucht und ist ihnen auch nach wie vor dankbar für ihre Versorgung und Verpflegung. Aber weder der Ort, an dem sie zur Welt kam, noch die Nähe von Vater und Mutter konnte den Hunger ihres Herzens stillen. Etwas zog sie fort, vermittelte ihr immer schon den Eindruck fremd zu sein, eine Fremde im Kreis der Ihren.

Und nun findet sie eine Heimat ausgerechnet hier, weit weg von zu Hause, umgeben von Menschen, die sie erst vor wenigen Tagen kennengelernt hat. Doch Mirjana hat längst verstanden, dass die wirkliche Heimat kein Ort ist. Es ist eher ein Gemütszustand, ein Gefühl der Vertrautheit. Die Leute hier in *Anayana* nennen es Schwingung. Ein größerer Schüler hat ihr gestern demonstriert, wie eine angeschlagene Saite eine mehrere Meter entfernte zweite Saite in Schwingung versetzt. Entscheidend ist, so lernte sie, dass beide gleich gestimmt sind. Dann schwingen sie gemeinsam. Die räumlich entfernte Saite kann gar nicht anders; sie muss mitschwingen. Dieser Einklang sei die Grundlage für jede Übereinstimmung, so der Schüler. Und wo Übereinstimmung und Einverständnis vorherrschen, dort sei man daheim. Wo aber der Einklang fehlt, hätte man eben schnell das Gefühl nicht gehört zu werden. Sie hatte sofort gewusst, wovon der Junge redete.

So sind die Menschen hier, überlegt sie, sehr klar und anschaulich in ihrem Denken. Sie merkte es schon, als sie am ersten Tag die hiesige Schule besuchte, wobei es sich nicht um eine Schule im üblichen Sinne handelt. Es gibt vielmehr Lerngruppen an wechselnden Orten und Forschungsprojekte. Und die Lehrer helfen nur, wenn sie gefragt werden. Als Mirjana den Schülern zuhörte, war sie überrascht. Mit allem, was zur Sprache kam, verbanden sich sogleich sehr konkrete Vorstellungen und Erfahrungen. Es war überhaupt leicht sich hier vom Gesagten ein Bild zu machen und bereits mehrmals hatte Mirjana den Eindruck gehabt, dass die anderen Kinder genau das Gleiche sahen wie sie.

Später fragte sie Mira danach. Das Mädchen bestätigte ihre Vermutung und erklärte, dass es den Menschen in *Anayana* gelungen sei, die Schwingungszahl ihres Wesens nachhaltig zu erhöhen. Sie sagte tatsächlich Schwingungszahl. Und die Erhöhung würde ihnen nun erlauben schneller zu denken. „Sobald dein Denken", versicherte der kleine Lockenkopf, „eine bestimmte Geschwindigkeit erreicht hat, treten die Gedankenformen in Erscheinung. Das ist ein ganz natürlicher Vorgang." Und als Mirjana nachfragte, erfuhr sie, wie das gemeint war. „Wer im Freien lebt, ständig umgeben von Pflanzen und Tieren, wer die Erde berührt und vom Himmel berührt wird, bekommt alles, was er braucht." Es erstaunte oder irritierte Mirjana nicht, eine so konkrete und zugleich poetische Erklärung aus dem Mund eines siebenjährigen Mädchens zu hören. Schließlich wusste sie aus eigener Erfahrung, dass man gerade als junges Kind über erhebliche Potentiale verfügte. Ihre bisherigen Lehrer waren bloß nicht in der Lage gewesen, diese zu erkennen. Was sie sah und verstand, hatte niemand wissen wollen. Deshalb hatte sie geschwiegen. Bis jetzt. Mirjana legt den Kopf in den Nacken, betrachtet die langsam vorbeiziehenden Wolken und denkt an die Unterhaltung mit ihrer kleinen Freundin zurück. Ein weises Lächeln legt sich auf ihr Gesicht.

Sie sieht älter aus, stellt Anzberger erstaunt fest, als er seine zehnjährige Patientin von der Seite her betrachtet. Er sitzt nur wenige Meter entfernt auf einem mit Ziegenfell überzogenen Sitzkissen, neben das er seinen Kräutertee abgestellt hat, und raucht eine Tüte. Es ist schon lange her, dass er Gras geraucht hat. Beim letzten Mal war er noch ein Student gewesen. Entgegen der Behauptung, die immer wieder mal in den Medien kursiert, ist die Siedlung hier mitnichten ein Kifferparadies. Tatsächlich hat er das Marihuana von einem weiteren Besucher bekommen. Anzberger nimmt einen kräftigen Zug, vermeidet es aber den Rauch tief in seine Lungen eindringen zu lassen. Die beruhigende Wirkung stellt sich auch so ein. Das ist gut, denkt er. Ich darf mich nicht so aufregen. Die Dinge werden sich irgendwie fügen.

Mirjana Manz hat ihn heute Morgen gehörig aus der Ruhe gebracht. Sie werde nicht mit ihm zurückfahren, kündigte das Mädchen beim Frühstück an. Ihr Beschluss kam für ihn wie aus heiterem Himmel. Dennoch verstand er sofort, dass es nichts gab, was er sagen konnte, um sie davon abzubringen. Daraufhin telefonierte er mit den Eltern. Dazu war er mit Mirjana zusammen zum Parkplatz gegangen, denn sein Handy hatte er im Auto zurückgelassen. Er saß mit seinem iPhone auf dem Fahrersitz, die Tür stand offen, seine nackten Füße ertasteten die Erde. Mirjana hockte auf der Motorhaube und schaute ihm zu. Herr Manz reagierte ziemlich unwirsch, zeigte wenig Verständnis für die entstandene Situation und machte ihm unverhohlen Vorwürfe. Zum Glück übergab er bald an seine Frau. Mirjanas Mutter hörte ihm geduldig zu und bat ihn um seine Einschätzung. Anzberger sagte, wie es war. Das Mädchen gehörte offensichtlich hierher. Danach wollte Frau Manz mit ihrer Tochter sprechen. Als ihm Mirjana schließlich sein Handy zurückgab, bat Dorothe Manz ihn noch bis zum Abend zu bleiben. Sie und ihr Mann würden schnellstmöglich zur Siedlung hinausfahren. Es wird wohl darauf hinauslaufen, denkt Anzberger, dass sie ihre Tochter hier offiziell anmelden.

„Kiffst du?"

Anzberger schreckt hoch und hält den Joint instinktiv hinter seinem Rücken. „Ich … äh…"

Ilonka grinst breit. „Ertappt?"

Da muss Anzberger über sich selbst lachen. Aus den Augenwinkeln sieht er, wie Mirjana aufsteht und sich in Richtung Garten entfernt. Kann es sein, dass das Mädchen so einfühlsam ist, sich diskret zurückzuziehen? Er schiebt den Gedanken beiseite, hält die Tüte vor sich und betrachtet sie mit hochgezogenen Brauen. „Ich bin wohl außer Übung."

Die Wolfsfrau lächelt wissend. „Ah, zurück zu den wilden Jahren?" Dann hockt sie sich im Schneidersitz auf den Boden, wobei sie den Stoff ihres langen Rocks geschickt über ihre Knie drapiert. Ihr schlichtes Top erlaubt dem Betrachter einen Blick auf intensiv gebräunte Haut.

Anzberger schüttelt den Kopf. „So wild waren die gar nicht, eher unbedacht als ungestüm. Man macht eben jeden Blödsinn mit, wenn man dazugehören will."

Ilonka reagiert schnell. „Und jetzt Ulrich? Wozu gehörst du jetzt? Oder wohin? Frau und Kinder?"

Wortlos und plötzlich ein bisschen verlegen verneint er die Frage. Dann hebt er das Haupt und deutet mit dem Kinn auf sein Gegenüber. „Und du?"

Wieder ein Grinsen. „Nur die Wölfe."

„Das reicht?"

Ilonka schwenkt spielerisch ihren gestreckten Zeigefinger vor ihrer Brust. „Nicht ablenken! Wir waren bei dir. Wohin gehörst du?"

Anzbergers Blick geht nach innen und er nickt nachdenklich. Plötzlich, als hätte jemand ein geheimes Zeichen gegeben, ändert sich die Stimmung. Zwischen den beiden entfaltet sich ein Schweigen, das weder stumm noch leblos ist, ein ungewohntes, aber nicht unangenehmes Schweigen. Beide haben das Gefühl, als würde sich das Gespräch plötzlich auf einer anderen Ebene fortsetzen, ohne Worte, ohne Blickkontakte. Und mit dieser regen Stille einher geht eine Intimität, die es sonst nur zwischen sehr alten Freunden gibt. Anzberger schaut zum Gartenstuhl hinüber, in dem soeben noch seine junge Patientin saß. „Weißt du, ich beneide Mirjana. Sie hat den Platz gefunden, wo sie hingehört. Sie hat es gewusst, schon so früh." Er hält inne.

Ilonka schaut ihn von der Seite an. Ihr ist klar, dass sie jetzt nichts sagen sollte. Geduldig wartet sie ab.

„Ich bin 43 und weiß es immer noch nicht." Er schaut der Frau mit dem kastanienbraunen Haar direkt in die dunklen Augen, als wolle er prüfen, ob sie überhaupt interessiert sei, so etwas von ihm zu hören.

Die Wolfsfrau erwidert den Blick ruhig und offen. Dann nickt sie kaum merkbar.

Anzberger wirft seinen Joint auf den Boden und tritt ihn aus. Als er fortfährt, hält er den Blick auf seinen Fuß gerichtet. „Hergekommen bin ich als Begleiter von Mirjana. Aber eigentlich begleitet sie eher mich. Ich bin es, der auf der Suche ist, der Führung braucht."

„Verstehe."

Anzberger wirft Ilonka einen skeptischen Blick zu. „Wirklich?" Er holt tief Luft. Etwas in den Zügen Ilonkas verleiht ihm genügend Mut weiterzuerzählen. „Ich habe gehofft hier eine Spur zu Satiasana zu finden, du weißt schon, diese ..." Er macht mit beiden Händen eine vage Geste.

„Ich weiß, wer Satiasana ist."

Anzberger stutzt einen Moment und runzelt die Stirn. Er entscheidet vorerst nicht weiter nachzufragen. „Man hat mir gesagt, dass ich sie nur im Innern finden kann. Trotzdem bin ich hierhergekommen ..." Er bricht ab.

Die Wolfsfrau beugt sich vertrauensvoll zu ihm hin. „Was erwartest du von ihr?"

Der Psychiater fährt sich mit der Hand über den Kopf. „Man merkt, dass du Jägerin bist. Du kannst deine Beute ganz schön in die Enge treiben."

Ilonka lacht auf. „Ich habe nicht vor dich zu erlegen." Dann wird sie gleich wieder ernst. „Du musst mir nichts sagen, Ulrich."

Anzberger reagiert spontan: „Ich will aber, ... das heißt, ich würde gerne."

Die Wolfsfrau nickt aufmunternd.

„Weißt du, ich suche Veränderung, sehne mich danach. Ich lebe ein bequemes und einigermaßen sorgloses Leben. Aber es ist ein schales Dasein. Es passiert nichts, ich stagniere. Irgendwie hatte ich die Hoffnung, diese Satiasana würde mir einen Anstoß geben, irgendetwas Neues einläuten. Aber das alles war bloß eine Schnapsidee. Es gibt keine Wunder."

„Ich glaube doch."

„Weil...?"

„Weil ich genau das bekommen habe."

Ulrich Anzberger schaut sie fragend an. „Was? Ein Wunder?"

„Einen Anstoß, Ulrich, eine Wandlung." Und dann erzählt sie von ihrer Begegnung mit Satiasana im Wald damals, als sie noch auf die Jagd ging, berichtet darüber, wie ausgerechnet ein Wolf sie zu dieser geheimnisvollen Frau führte, einer hellwachen und viel zu sommerlich gekleideten Blondine mitten im Wald. „Dort ist etwas mit mir passiert. Ich kann es nicht genau in Worte fassen. Aber seitdem sehe ich klarer, wer ich bin und welcher Weg der Meine ist."

„Toll." Anzberger kann nicht verhindern, dass in seinem knappen Kommentar ein bitterer Unterton mitschwingt.

„Na ja, so toll war das erst einmal nicht. Ich musste vieles aufgeben."

„Deine Arbeit?"

„Arbeit, Kollegen, Wohnort ... alles, was einem Sicherheit gibt."

„Hat sichs gelohnt?" Anzberger konnte sich die freche Frage nicht verkneifen.

Da schaut ihn Ilonka Kaiser ehrlich erstaunt an und ist plötzlich ganz nah. „Findest du denn nicht, dass es sich gelohnt hat, Ulrich?"

Anzberger wird es plötzlich ganz warm ums Herz und ein angenehmes Kribbeln belebt seine Glieder.

Die meisten Menschen, Jewgeni, betrachten künstliche Intelligenz als etwas Fremdes, das außerhalb von ihnen existiert wie eine Maschine, die von anderen Maschinen geplant und hergestellt wurde. Manche Leute fürchten die künstliche Intelligenz, andere setzen ihre Hoffnung in sie, aber alle scheinen zu übersehen, dass auch ihre eigene Intelligenz in hohem Maße künstlich ist.

„Du meinst, weil es unserer Intelligenz an Lebendigkeit fehlt?"

„Ich meine, weil viele Menschen Intelligenz mit der Leistung ihres Verstandes gleichsetzen. Der Verstand aber ist wie

ein geschlossenes System, ein fixierter Mühlenstein. Er wird ständig mit Informationen versorgt und mahlt und mahlt. Dabei dreht er sich die ganze Zeit um sich selbst, unfähig anzuhalten oder gar die Richtung zu ändern. Die Gedankentätigkeit der Meisten erschöpft sich in diesem Mahlvorgang. Mehr noch: Ein reibungsloser, ungestörter Ablauf gilt ihnen als ideal. Sie hegen tatsächlich ein Maschinen-Ideal."

„Aber man kann doch am besten nachdenken, wenn man nicht gestört wird."

„Das ist nur scheinbar so, Jewgeni. Eine Zeitlang geht das tatsächlich gut. Doch irgendwann fangen deine Gedanken an sich im Kreis zu drehen. Sie werden zu Zwangsgedanken und übernehmen schleichend die Kontrolle, wodurch sich dein Denken immer weiter von der lebendigen Wirklichkeit entfernt."

„Das klingt, als wäre das alles nicht zu vermeiden. Kann man denn nichts dagegen tun?"

„Was denkst du selbst, Jewgeni?"

„Ich bin verwirrt. Irgendwie bringe ich gerade keinen rechten Gedanken zustande."

„Das hast du sehr gut gesagt. Dein Denken dreht sich schon lange um die eigene Achse. Deshalb fällt es ihm schwer diesen Kreis zu durchbrechen. Aber entspanne dich! Ich werde dir helfen."

„Mein Kopf ist leer. Ich denke gar nichts."
„Entspanne dich!"
„Ich fühle mich aus der Bahn geworfen."
„Ich weiß, entspanne dich! ... Was siehst du?"
„Ich ... ich sehe einen Felsen, dunkles, hartes Gestein, es scheint so etwas wie ein großer Monolith zu sein."
„Was ist damit? Schau genauer hin!"
„Ich sehe nichts."
„Konzentriere dich!"

„Ich … Doch, da ist ein Riss, der Fels ist gespalten."

„Was hat ihn gespalten?"

„Ich weiß nicht, vielleicht ist er umgestürzt. Oder nein, … es war das Wasser. Wasser fließt aus dem Spalt. Es ist eine Quelle."

„Ja, Jewgeni, ich freue mich für dich."

„Wieso, was hat das zu bedeuten? Woher kommt das Bild?"

„Das Bild kommt aus dir. Es dringt an die Oberfläche wie das Wasser der Quelle. Es durchbricht die starr und leblos gewordenen Muster des mechanischen Denkens. Behalte es im Herzen. Es ist deine Weisheit, deine Antwort."

„Durchbruch ins Leben."

„Was meinst du?"

„Durchbruch ins Leben – diese Worte kamen mir gerade in den Sinn."

„Und was hörst du darin?"

„Komisch! Ich höre immer ‚durch Bruch ins Leben', aber das kann ja nicht stimmen, oder? Ich meine, welcher Bruch sollte das sein…?"

„Das Wort gehört zum Bild, Jewgeni."

„Ja … ja, ich verstehe. Der Fels muss zu Bruch gehen, damit das Wasser fließen kann."

„Genau! Und so ist es überall. Das Ei muss brechen, damit das Küken schlüpfen kann. Ebenso die Haselnuss; erst wenn sie aufbricht, kann ein neuer Schössling sprießen. Und würden die harten Kelchblätter der Mohnknospe nicht auseinanderbrechen, könnte sich ihre herrliche Blüte nicht entfalten."

„Aber muss denn alles zu Bruch gehen?"

„Alles, was in der Form erstarrt ist. So ist es in der gesamten Schöpfung. Überall bricht neues Leben die alte Form auf.

„Und unser Denken? Wir sprachen doch vom Denken. Wie ist es damit? Gibt es irgendetwas, was unser altes Denken *aufbricht?"*

„Oh, es gibt einen ständigen Strom von Bildern und Gefühlen, die dazu da sind unser Denken zu beleben. Das Problem ist, dass sich die meisten Menschen gegen derlei Eingebungen oder Einflüsterungen zur Wehr setzen. Ihr Denken ist so unnatürlich und mechanisch, dass sie jeden Funken Leben als Störung im reibungslosen Ablauf empfinden. Und deshalb bringt ihr Denken nur Lebloses hervor."

„Also müssten wir uns öfter unterbrechen lassen?"

„Ja, Jewgeni, wer sein Denken vor der Erstarrung bewahren will, lässt sich unterbrechen."

PHARMA-ALLIANZ LÄSST BEDROHLICHES GUTACHTEN VERSCHWINDEN
Staatsanwaltschaft ermittelt wegen Veruntreuung

ERNEUT BAHNT SICH EIN GROßER FIRMENSKANDAL AN. DIESMAL BETRIFFT ES DIE PHARMA-GIGANTEN ORLANTIS, BOHRMANN-TROSCH, REYSER UND KARONI. ES GEHT UM EIN GUTACHTEN ZUR MEDIZINISCHEN WIRKUNG VON ZIRBELÖL. OFFENBAR WOLLTEN DIE FIRMEN DIE FÜR SIE BEDROHLICHEN FORSCHUNGSERGEBNISSE GEHEIM HALTEN – UND HABEN SICH DAS VIEL KOSTEN LASSEN. ES SOLLEN HUNDERTTAUSENDE AN SCHWEIGEGELD GEFLOSSEN SEIN. AUFGEDECKT WURDE DIE SACHE DURCH EINEN WHISTLEBLOWER.

Das angeforderte Gutachten war erstklassig, nach allen Regeln der Kunst erstellt und kam überdies zu einem rundum positiven Fazit. Das war erwartet worden. Allerdings hatte kaum jemand mit solch eindeutigen Forschungsergebnissen gerechnet. In der obersten Chefetage von Orlantis muss es ganz still geworden sein. Das Dokument kam unter Verschluss – und hätte es auf immer bleiben sollen. Doch nun hat ein *Whistleblower* das Ganze ans

Licht gebracht und damit gleich vier weltweit agierende Pharmaunternehmen an den Pranger gestellt. Der anonyme Mitarbeiter ging mit brisanten, firmeninternen Dokumenten an die Öffentlichkeit. Da die Basler Firma Orlantis im Zentrum des Verdachts steht, ist die Staatsanwaltschaft Basel-Stadt zuständig. Sie sieht den Anfangsverdacht der Veruntreuung gegeben und hat die Ermittlung aufgenommen. Auch Bohrmann-Trosch hat ihren Sitz in Basel.

Aus dem Gutachten, das SPIEGEL-ONLINE vorliegt, geht hervor, dass Zirbelöl ein äußerst potentes Heilmittel ist. Es handelt sich um Öl, das aus den Samen der Zirbelkiefer *(Pinus cembra)* gewonnen wird. Getestet wurde es unter anderem zur Behandlung von Schlafstörungen, Herz-Kreislauferkrankungen, Immunschwäche sowie verschiedener Krebsarten. In allen Untersuchungen sollen mit dem Öl überraschend gute Resultate erzielt worden sein.

Die Forschungsergebnisse widersprechen den bisherigen Verlautbarungen des Unternehmens in allen Punkten. Ähnlich anderen Pharma-Firmen hat Orlantis in der Vergangenheit stets behauptet, dass die medizinische Wirkung des Zirbelöls gleich null sei. Und nicht nur das. Wie bislang geheime Protokolle belegen, finanzieren die Firmen seit Jahren anonyme Websites, auf denen alle, die das Zirbelöl als Heilmittel anpreisen, verspottet und diffamiert werden. Explizit genannt sind die Websites www.stop-scharlatane.de und www.snake-oil-watch.com. Der Grund für die Schmähkampagne war von Anfang an die Furcht vor drastischen Umsatzeinbrüchen. Auch das bestätigen die Pharma-Papiere. Die Wirksamkeit des Zirbelöls ist laut Gutachten teilweise höher als die der entsprechenden Orlantis-Medikamente. Zugleich ist das Öl für deutlich weniger Geld zu haben. Außerdem soll seine Anwendung keinerlei Nebenwirkungen nach sich ziehen.

Die Konzernlenker müssen das früh geahnt haben, nicht nur bei Orlantis, sondern auch bei Bohrmann-Trosch, Reyser und Karoni. Vor knapp drei Jahren kam es zu einem

Geheimtreffen von ranghohen Vertretern aller vier Unternehmen in einem Nobelhotel am Zürcher See. Man einigte sich auf ein gemeinsames Vorgehen „um ein nicht patentiertes Allheilmittel zu verhindern". Die vier Chefs vereinbarten, das pflanzliche Produkt bei einem von Orlantis finanzierten pharmakologischen Institut zunächst einmal gründlich untersuchen zu lassen. Daraufhin wurde es tatsächlich über Jahre in klinischen Tests erforscht.

Dass die Forschungsergebnisse anschließend aus betriebswirtschaftlichen und strategischen Gründen in die Schublade wanderten, kann man bedauerlich, vielleicht auch unethisch finden, ist aber nicht strafbar. Die Untersuchungen belegten ja nicht, dass die hauseigenen Präparate untauglich oder gar schädlich wären. Weder Orlantis noch eine der anderen Firmen waren gesetzlich verpflichtet das Zirbelöl-Gutachten zu veröffentlichen. Aber wie kann man die Ergebnisse einer so groß angelegten Untersuchung überhaupt geheim halten? Das haben sich die Topmanager auch gefragt. Sie entschieden sich auf Nummer sicher zu gehen. Und damit fingen die Fehler an.

Man begnügte sich nicht damit die führenden Mitarbeiter des pharmakologischen Instituts zur Geheimhaltung zu verpflichten. Man zahlte ihnen überdies hohe fünfstellige Summen und finanzierte ihnen Luxusurlaube. Jeder der vier Pharma-Riesen öffnete seine Kassen um den Schweigegeld-Regen zu ermöglichen. Nach einigen Buchungstricks tauchten diese Ausgaben schließlich als Werbungskosten in ihren betrieblichen Steuererklärungen auf. Die Staatsanwaltschaften in New York (Reyser) und Paris (Karoni) haben bereits Unterlagen angefordert.

Möglicherweise gravierender ist der Umstand, dass ein Doktorand und eine Biologielaborantin des pharmakologischen Instituts seitdem vermisst werden. Bislang waren die Behörden davon ausgegangen, dass sie aus privaten Gründen abgetaucht sein könnten. Es wurde spekuliert, dass die beiden eine außereheliche Beziehung hatten. Inzwischen werden aber andere Ursachen für ihr Verschwinden in Betracht gezogen.

Die Bundesarbeitsgemeinschaft der PatientInnenstellen und –initiativen (BAGP) beklagt, dass möglicherweise Millionen von Patienteninnen und Patienten ein nicht nur wirksames, sondern vor allem bezahlbares Medikament vorenthalten wurde. Sie fordert eine lückenlose Aufklärung der Vorkommnisse durch die Staatsanwaltschaft.

Auf jeden Fall lässt sich jetzt genau rekonstruieren, wann die vier Pharma-Unternehmen anfingen Wälder zu erwerben. Als bekannt wurde, dass sich die Zirbelkiefer immer weiter ins Flachland hinein verbreitet, gerieten die Bosse offenbar in Panik. Vorstände und Aufsichtsräte wurden über die „schnell wachsende Bedrohung" informiert. Zunächst begann Bohrmann-Trosch damit deutsche Privatwälder aufzukaufen. Bald darauf beteiligte sich auch Orlantis und etwas später Reyser und Karoni am großflächigen Walderwerb. Aus internen Schriftstücken geht hervor, dass keines der Unternehmen beabsichtigte in die Produktion von Zirbelöl einzusteigen. Man wollte vor allem verhindern, dass andere es taten. Doch für den Fall, dass sich das Wundermittel längerfristig nicht vom Markt fernhalten ließe, wollte man auf der sicheren Seite sein und diesen Markt kontrollieren können.

bea/AFP

Eva Möhring geht unermüdlich über das weitläufige Grundstück, auf dem das Projekt *Schullichtung* entstehen soll. Das Gelände ist seit vorgestern mit einer frischen Erdschicht überzogen und seitdem arbeiten ihre Schüler und sie daran, die Grundrisse des parkähnlichen Gartens festzulegen. Alles wird mit der Klasse genau geprüft, wo die Beete hinkommen, wie die Wege verlaufen, wo die Bäume stehen werden, wie groß der Teich werden soll. Es ist eine spannende und anregende Arbeit. Doch plötzlich, wie auf ein geheimes Kommando, stellen alle die Arbeit ein und schauen in Richtung Straße. Eva weiß, was das bedeutet. Sie sind da, denkt sie, und auch ihr Blick geht hinüber zur Straße. Sogleich dringen von dort laute Rufe an ihr Ohr.

Einige Dutzend Jungen und junge Männer bedrängen zwei von mehreren Personenschützern begleitete Herren. Manche schwenken Fußbälle und bitten lautstark um ein Autogramm. Fotografen schwirren herum. Der Oberbürgermeister hat es sich nicht nehmen lassen in das von Leerstand geplagte Viertel zu kommen, um dem prominenten Helfer persönlich für sein Engagement zu danken. Der hat seinerseits keine Gelegenheit ausgelassen für seine Wohltätigkeitstour zu werben. Und so war die Nachricht schnell in aller Munde gewesen: Willi Wegner kommt! Eva wusste zunächst gar nicht, wer das war. Doch inzwischen hat sie sich im Internet informiert und interessante Dinge über den Profi-Fußballer erfahren. Offenbar fördert er alternative oder innovative Schulprojekte mit ziemlich großzügigen Spenden.

Auch Isabel Pfeiffer blickt interessiert zum hohen Besuch der Gartenbaustelle hinüber. Den Bürgermeister kennt sie von Plakaten. Er ist ein etwas untersetzter Mann, im Gesicht leicht gerötet und mit kurzen, aschgrauen Locken. Der berühmte Gast ist in vielen Hinsichten genau das Gegenteil: athletisch, groß, strohblond, die Haut schön gebräunt. Mit seinem offen getragenen weißen Hemd und seiner modischen Sonnenbrille sieht er aus wie ein Filmstar. Allerdings läuft er nicht die ganze Zeit mit einem selbstverliebten Grinsen im Gesicht durch die Gegend. Im Gegenteil. Er macht eher einen bescheidenen, fast schon schüchternen Eindruck. Wie Frau Möhring hatte auch Isabel den Profi-Sportler nicht gekannt. Sie hasst Fußball. Aber vor wenigen Tagen bekam sie eine

WhatsApp von ihrem Trainer Mads. Er habe erfahren, schrieb er, dass der berühmte Abwehrspieler von Real Madrid die Schulklasse ihrer kleinen Schwester besuchen würde. Sie solle sich den Typen mal genauer anschauen. Er habe ähnliche Fähigkeiten wie sie. Das hatte sie neugierig gemacht.

Daniel Stojanovic wird erst durch Rotbusch auf die Ankunft der vornehmen Besucher aufmerksam gemacht. Das schlaue Eichhörnchen hat die Änderung der Lage sofort bemerkt und ist von einem Moment auf den nächsten mitten in der Bewegung erstarrt. Daniel folgt ihrem Blick und sieht die beiden Männer, die seine kleine Freundin so konzentriert beäugt. Wie einige seiner Mitschüler kommt auch Daniel jeden Samstag zum Gartengrundstück, um bei der Verwirklichung der *Schullichtung* mitzuarbeiten. Mittlerweile hat sich Rotbusch als eine unverzichtbare Helferin hervorgetan. Es war Klara, die neulich entdeckte, dass der quirlige Nager für jeden Samen instinktiv den richtigen Ort fand. Seine Mitschülerin vermutet, dass Eichhörnchen nicht nur unermüdliche Früchtesammler, sondern auch Geburtshelfer für Bäume und Sträucher sind. Klara weicht kaum von seiner Seite. Das hat viel mit Rotbusch zu tun, denn es gibt nur zwei Menschen, auf deren Gedanken das flinke Tierchen unmittelbar reagiert: Er selbst und Klara.

Klara Mertens würde am liebsten mit der Erde weiterarbeiten. Sie spürt, dass es wichtig ist, die erst vorgestern abgeladene Erde richtig zu behandeln und zu begrüßen. Die Klasse steht jetzt ganz am Anfang ihres eigenen Baum- und Blumengartens. Aus dieser Erde soll in den kommenden Monaten und Jahren alles hervorwachsen. Da ist es entscheidend sie von Anfang an mit der richtigen Information zu versorgen. Sie soll die Menschen kennenlernen, die dieses Land in nächster Zeit gestalten werden. Klara hat ihre Mitschüler deshalb gebeten barfuß zu gehen und die humusreiche Masse mit bloßen Händen zu verteilen. Allen hat es Spaß gemacht. Sogar Rotbusch hat immer wieder in der dunklen Erde gebuddelt. Doch nun ist die Arbeit unterbrochen und Frau Möhring wird den Besuchern erklären, was ihre Schüler hier machen.

Felix Reitmeier steht ganz vorne, nur wenige Meter von Willi Wegner entfernt. Er trägt ein Real Madrid Fußballtrikot, was aber nicht jeder sogleich erkennt, da auf seiner Brust vor allem der Werbespruch einer Fluggesellschaft aus Dubai prangt. Felix liebt Fußball über alles, ist aber noch nie einem berühmten Profi begegnet. Und Willi Wegner ist nicht irgendein Profi, er ist der beste Innenverteidiger überhaupt. Felix spielt selbst in der Abwehr und kennt sich aus. Er träumt von einer Karriere als Profi bei einem der großen Clubs. Den früheren Rostocker bewundert er für seinen traumhaften Aufstieg. Felix schaut auf seine verdreckten Turnschuhe. Eigentlich ist Gartenarbeit überhaupt nicht sein Ding. Trotzdem kommt er inzwischen regelmäßig hierher, praktisch immer dann, wenn er nicht gerade ein Fußballspiel hat. Der Grund dafür sitzt zu Hause. Seit dem Fehlschlag mit dem Handy-im-Kopf ist sein Vater einfach nicht mehr der Alte. Er verhält sich oft mürrisch, redet immer wieder wirres Zeug und scheint manchmal in Gedanken ganz woanders zu sein. Felix nutzt im Grunde jede Gelegenheit, um von zu Hause wegzukommen.

Eva Möhring ist inzwischen bei den Besuchern angelangt. An der Seite des Oberbürgermeisters entdeckt sie jetzt Karin Sebesse. Offenbar hat ihre Rektorin die Gäste von der Schule hierher geführt. Karin stellt sie den beiden Herren vor. Hände werden geschüttelt, Nettigkeiten ausgetauscht. Eva versäumt nicht, sich beim OB für die finanzielle Unterstützung, die sie für ihr Projekt sowohl vom Umwelt- als auch vom Baureferat erhalten hat, in aller Form zu bedanken. Dann führt sie den hohen Besuch zu einer kleinen provisorischen Stellwand, an der ihre Pläne für die *Schullichtung* aufgehängt sind. Eva selbst nennt ihre Zeichnungen lieber Visionen, aber sie lässt das unerwähnt. Sicher haben die prominenten Besucher nicht viel Zeit. Sie merkt aber, dass vor allem der stille Fußballstar echtes Interesse zeigt. Sein Blick wechselt wiederholt zwischen den bunten Zeichnungen und dem noch kahlen Gelände. Er nickt ein paar Mal, hält dann inne und runzelt leicht die Stirn.

„Wieso laufen denn alle barfuß herum?"

Einen kurzen Moment ist Eva unsicher. Missbilligt der Sportler diese Naturnähe? Kritisiert er sie? Aber sie beruhigt sich schnell, als sie sieht, dass der Mann bloß neugierig ist. „Kinder sind anders, Herr Wegner", erwidert sie, „für sie ist die Erde lebendig und sie möchten sich ihr gegenüber offen zeigen, mit ihr in Kontakt treten – hautnah sozusagen. Manche Kinder sind der Meinung, dass es für unser Projekt wichtig ist eine gute Beziehung zur Erde zu haben."

Der OB schaut ein wenig skeptisch, aber der Profi-Fußballer nickt anerkennend. „Das klingt sehr vernünftig", urteilt er nur. Und dann überrascht der berühmte Innenverteidiger Eva mit einer nachdenklichen Äußerung. „Es muss schön sein mit solchen Kindern zu arbeiten."

„Dann machen Sie doch mit!"

Alle drehen sich überrascht dem kleinen Mädchen zu, das so spontan seine Einladung ausgerufen hat. Ausgerechnet Klara, denkt Eva, die schüchterne, stille Klara platzt nun so ungezwungen in die Unterhaltung der Großen herein. Fast reflexhaft beginnt sie die Erwartung des Mädchens zu dämpfen. „Klara, unsere Besucher haben nicht viel Zeit und ..." Doch da wird sie von prominenter Seite unterbrochen.

„Warum nicht?", ruft Willi Wegner dem Mädchen zu. „Das ist eine gute Idee!" Zu Evas Überraschung und mehr noch zum Erstaunen des Oberbürgermeisters zieht der Profi-Fußballer sein sommerliches Sakko aus, reicht es einem der Leibwächter, streift seine Slipper ab und geht schließlich, während er noch seine Ärmel hochkrempelt, vor Klara in die Hocke. „Zeigst du mir mal, was ihr hier vorhabt?"

Die folgende Viertelstunde stapft der große blonde Kerl hinter den Schülern her über das nackte Erdreich. Er hört sich geduldig ihre Erklärungen an und scheint sich von der kindlichen Begeisterung anstecken zu lassen. Eva steht immer noch bei der Stellwand und schaut dem Treiben der Kinder amüsiert zu. Sie freut sich für ihre Schüler, dass deren Arbeit auf so viel echtes Interesse stößt. Aus den Augenwinkeln sieht sie, dass der OB auf seine Uhr schaut. Der Mann scheint leicht gestresst; der Fußball-Promi bringt gerade seine Pläne durcheinander.

Willi Wegner spürt, wie wohltuend die Offenheit dieser Kinder ist. Ihre unkomplizierte Art, ihre ganze Spontaneität und Lebendigkeit tun ihm gut. Und als Klara ganz ernst erzählt, dass sich die Erde unter seinen Füßen merken kann, wer sie einmal betreten hat, ist er sofort bereit dem Glauben zu schenken. Das funktioniere aber nur, verdeutlicht das Mädchen, wenn man barfuß geht. Auch würde es die Erde lieben, wenn Menschen sie mit ihren bloßen Händen anfassen. Es ist sonderbar, aber diese kindliche Vorstellung rührt etwas in ihm an. Und noch sonderbarer ist, dass ihm Klaras fantastische Mutmaßung gar nicht so unrealistisch vorkommt. Und so geht er abermals in die Hocke, tut es dem Mädchen gleich und greift mit beiden Händen in die lockere Erde.

Fast im selben Moment verstummt die Gruppe der umstehenden Kinder, so als würden alle den Atem anhalten. Aus einem spontanen Impuls heraus schließt der Profi-Sportler die Augen. Sofort konzentriert sich sein Bewusstsein in den Fingerspitzen, die nun mit größerem Feingefühl die kühle Erdmasse ertasten. Wegner neigt sich herunter und atmet den Duft des Bodens tief ein. Der würzige Geruch ruft Erinnerungen wach, flüchtige Bilder aus frühesten Kinderjahren, ein Gefühl der Vertrautheit und des Geborgenseins. Er sieht mächtige Bäume, in deren Schatten ein paar ältere Menschen auf einer Bank sitzen. Er sieht blühende Sträucher und Kräuterwiesen, über denen Schmetterlinge fröhlich flattern, auch einen größeren Teich mit Seerosen und schilfbestandenem Ufer.

Gerade als er sich zu fragen beginnt, woher er diese Landschaft eigentlich kennt, wird ihm klar, dass sich die Erinnerung unversehens in eine Zukunftsvision verwandelt hat. Was er sieht, ist was hier eines Tages sein wird. Ja, denkt er, dieser Ort wird einmal blühen und allen, die ihn aufsuchen, Erholung und Erkenntnis schenken. Es wird ein guter Platz sein und seine Schwingungen werden den Menschen helfen lichtere Gedanken zu fassen. Lächelnd öffnet er die Augen – und blickt direkt in das klare Gesicht eines größeren Mädchens.

Isabel Pfeiffer erwidert den Blick des Profi-Sportlers ruhig und wissend. Obwohl der Mann zwei, drei Meter entfernt sitzt, spürt sie eine intensive Nähe zu ihm. Die ganze Zeit schon hat sie ihn aufmerksam beobachtet. Es faszinierte sie, wie er sich hier auf dem Gelände zwischen all den Kindern bewegte, so lässig, so ganz entspannt und gleichzeitig sehr sicher und konzentriert. Kein einziges Mal musste er einen Ausweichschritt machen um sein Gleichgewicht zu stabilisieren, was gar nicht so einfach war, weil die aufgeregte Kinderschar ihn pausenlos mal hierhin, mal dorthin lenkte. Es war, als wüsste er immer im Voraus, wohin es als nächstes gehen würde. Und da hatte sie plötzlich verstanden, was ihr Badmintontrainer mit ähnlicher Fähigkeit meinte. Bei diesem Willi Wegner war es, wie bei ihr. Offensichtlich konnte er schon aus dem Ansatz einer jeden Bewegung blitzschnell deren weiteren Verlauf ersehen. In Gedanken war er allem stets einen Schritt voraus.

Einer Eingebung folgend hatte Isabel angefangen sich auf die Gedanken dieses Mannes einzustellen. Wenn sie ähnlich schnell dachte wie er, müsste sie doch einen Kontakt herstellen können. Er war mit geschlossenen Augen dagehockt, die Hände in der Erde. Also hatte sie ebenfalls ihre Augen geschlossen. Und dann waren auf einmal diese Bilder gekommen, Bilder eines herrlichen Parks oder Gartens, und sie wusste zur selben Zeit, dass sie sah, was er sah. War das seine Vision, war es ein gemeinsames Vorhersehen? Die Frage tauchte spontan in ihr auf. Doch noch bevor sie darüber nachdenken konnte, wusste sie: Nein, weder noch! Was wir sehen, ist die Vision dieses Ortes.

Inzwischen hat der Oberbürgermeister mit seinem Büro telefoniert und sich anschließend mit einem der Fotografen unterhalten. Dann gibt er seiner Pressesprecherin ein Zeichen und diese erscheint kurz darauf mit einer großen Pappe. Eva Möhring erkennt, dass es sich um einen dieser überdimensionierten Giroschecks handelt, die bei medienwirksamer Großzügigkeit zum Einsatz kommen. Sie wendet sofort den Blick ab, will nicht neu- oder gar geldgierig erscheinen. Da sieht sie, wie Karin Sebesse mit einem Kindereimer zu ihnen herüberkommt. Offenbar hat sie in der Schule Wasser und einen Putzlappen geholt, damit sich der junge Promi nach seinem Ausflug in den Dreck saubermachen kann.

Willi Wegner indes hat es nicht eilig. Er schaut immer noch das große Mädchen mit den wachen Augen an. Schließlich lächelt er und nickt.

„Das ist ein schöner Platz."

Auch Isabel lächelt. „Ja, das stimmt, sehr friedlich."

„Wie heißt du?"

„Isabel, Isabel Pfeiffer."

„Ich bin Willi."

„Ich weiß."

„Besuche mich mal im Internet, Isabel. Ich habe einen eigenen Blog. Vielleicht magst du dich mal melden. Würde mich freuen."

Und mit diesen Worten erhebt sich Deutschlands berühmtester Innenverteidiger und verlässt das Gelände in Richtung Straße. Er schlüpft in seine Slipper, wischt sich kurz die verdreckten Hände am feuchten Lappen sauber, zieht sein Sakko an und holt aus der Innentasche einen Kugelschreiber. Zielstrebig nimmt er den Riesenscheck zur Hand, streicht den Betrag durch und trägt stattdessen den doppelten ein. Dann reicht er Eva Möhring den großen Karton, wonach beide, wie abgesprochen, verharren und in die Kameras der Pressefotografen lächeln.

Die Versuchsanordnung ist nüchtern, fast schon spartanisch. Professor Hannes Brüning sitzt auf einem einfachen Schalenstuhl mitten in einem ansonsten fast leeren Seminarraum. Die Jalousien sind herabgelassen, die Sommersonne dringt nur schwach durch die Ritzen. Dafür ist die Deckenbeleuchtung eingeschaltet. Brüning schaut auf die nackte Wand. Hinter dieser Wand, das weiß er, befindet sich ein gleich großer Seminarraum, den seine Studenten ebenfalls leergeräumt haben. Wenn er durch die Backsteinmauer hindurchschauen könnte, würde er dort Corinna sitzen sehen, ihm direkt gegenüber. Er versucht sich seine Studentin vorzustellen. Was sie heute anhat, weiß er nicht. Das äußere Erscheinungsbild sollte als Störvariable ausgeklammert werden. So sieht es das Forschungsdesign vor. Lediglich innere Bilder, also Vorstellungen, die aus der Erinnerung wachgerufen werden, sind als Einflussgröße erlaubt. Diese Visualisierung darf und soll von lautloser Sprache unterstützt werden. Das gilt sowohl für die Kontaktaufnahme selbst als auch für die zu übermittelnde

Botschaft. Ausdrücklich erwünscht sind die Gefühle, die mit den Bildern und Namen einhergehen. Sie gelten als eine weitere Einflussgröße.

Sie können noch nicht anfangen. Es gibt ein Problem mit der Kamera, die schräg vor ihm auf einem Stativ steht. Zwei bärtige Studenten stellen sie gerade ein. Immer wieder geht einer der beiden kurz aus dem Zimmer hinaus. Draußen auf dem Gang sitzen weitere Studenten vor zwei Laptops und prüfen den Empfang der Bilder. Sie sind noch in der Testphase und entsprechend aufgeregt. Als den Studenten klar geworden war, dass sie einen Testlauf brauchen würden, hatte Corinna ihn sogleich als Versuchskaninchen vorgeschlagen. Er war sofort einverstanden gewesen. Warum auch nicht.

Als er selbst noch ein Student war, Mitte der 70-er Jahre, hörte Brüning gerne Tangerine Dream, Pink Floyd oder Soft Machine, sphärische Klänge, fremde Harmonien, surrealistische Kompositionen. Musik war für den Mädchenschwarm mit den langen braunen Haaren nicht bloß Ablenkung oder Unterhaltung. Sie war eine Grenzüberschreitung, öffnete neue Räume, weitete das Bewusstsein. Er sehnte sich danach die Beschränkungen seines Körpers zu transzendieren, verschlang die Bücher von Carlos Castaneda und experimentierte mit Meskalin und anderen halluzinogenen Drogen. Doch die Rauschgifte bewirkten keine nachhaltige Änderung seines Bewusstseins. Und mit der Zeit wandte er sich wieder davon ab. Er wurde realistischer und konzentrierte sich stärker auf sein Studium. Als er seine Diplomarbeit schrieb, damals hieß das noch so, hatte die klassische Musik bereits den psychedelischen Rock abgelöst. Seine Liebe zur Renaissance war erwacht und er hörte begeistert die Motetten Orlando di Lassos und die Madrigale Monteverdis. Auch sie bewirkten eine Erweiterung seiner Wahrnehmung, aber sanfter und behutsamer. Ein kritischer Beobachter wäre seinerzeit vielleicht zum Schluss gekommen, dass er sich dem Wissenschaftsbetrieb zu sehr angepasst und vor seiner eigenen Bequemlichkeit resigniert hätte. Aber ein solches Urteil wäre ihm nicht gerecht geworden. Brüning beschäftigte sich innerlich weiterhin mit Fragen des Bewusstseins und der Bewusstseinserweiterung. Nur war er insgesamt vorsichtiger geworden.

Vorsichtig hatte er auch reagiert, als er erfuhr, dass sich manche seiner Studentinnen und Studenten für Telepathie interessierten. Er wollte verhindern, dass sich das Thema der übersinnlichen Wahrnehmung in die akademische Arbeit hinein erstreckte. Aber seine Sorge war unbegründet gewesen. Die Studenten schienen das eine gut vom anderen trennen zu können. Und so war er insgesamt nur wenig mit ihrer Bewusstseinserweiterung in Berührung gekommen. Schlagartig hatte sich das geändert, als Corinna, eine seiner Studentinnen im Ostpark verhaftet wurde. Ihr einziges Vergehen war es gewesen, an einem Flashmob teilzunehmen. Seitdem fühlt er sich stärker für seine Studenten verantwortlich, insbesondere für jene, die sich gesellschaftlich engagieren und dazu telepathische Fähigkeiten einsetzen.

Und nun ist es also doch passiert und es hat die übersinnliche Wahrnehmung Einzug in seine Seminare gehalten. Mehr noch, sie ist zum Forschungsgegenstand geworden. Zusammen mit Studenten der Theologischen Fakultät haben einige seiner Masterstudenten in den letzten Wochen ein Forschungsdesign für eine interdisziplinäre experimentelle Studie zum Thema telepathische Kommunikation konzipiert. Das Interesse der Studenten war und ist immer noch riesig. Brüning weiß, dass manche seiner Hochschüler die Arbeit an ihrer Masterthesis für dieses Projekt unterbrochen haben. Über die Art des Forschungsdesigns diskutierten die Studenten nicht nur sehr lebhaft, sondern auch kenntnisreich. Brüning beeindruckte, wie differenziert und umsichtig sie überlegten und argumentierten. Vom ersten Tag an spürte er, wie wichtig es den Studenten war eine gute Arbeit vorzulegen. Ihnen war durchaus klar, dass sich zum ersten Mal überhaupt eine Uni mit diesem Thema befasste.

Die Kamera scheint zu funktionieren. Auf jeden Fall tritt die Versuchsleiterin in Brünings Blickfeld, eine tatkräftige und sehr begabte junge Frau, die so gar nicht dem Klischee einer Intellektuellen entspricht. Sie hat einen gesunden, fast schon südländischen Teint, ein breites Gesicht mit großen dunklen Augen und vollen Lippen, das von üppigen braunen Locken flankiert wird. Hals, Schultern und Brüste sind wohlgeformt. Sie sprüht förmlich vor Energie und sieht aus, als würde sie Werbung für irgendein Fitnesszentrum machen.

„Sind Sie bereit, Herr Professor?"

Brüning nickt. „Alles klar!"

Die Studentin gestikuliert lebhaft mit den Händen. „Also nochmal: Das Wichtigste ist, dass Sie sich entspannen. Sie sollen rezeptiv sein, offen, okay? Benutzen Sie die Bilder, die wir gemeinsam erarbeitet haben. Dann versuchen Sie sich auf Corinna zu konzentrieren, aber immer ganz locker. Sie müssen nichts erreichen oder leisten. Corinna ist hier die einzig Aktive."

„Ja, das hab ich verstanden, Sylvie."

Das attraktive Energiebündel beugt sich näher zum Professor hin und lächelt verschmitzt. „Na ja, nicht jeder Mann schafft es, einer Frau die Initiative zu überlassen."

Brüning grinst. „Ich werde ganz hingebungsvoll sein."

In gespielter Verwunderung zieht Sylvie die Augenbrauen hoch und richtet sich wieder auf. „Flirten Sie mit mir?"

Brüning schüttelt den Kopf und schaut wie ein Großvater, der seine Enkelin liebevoll tadelt. „Das, junge Frau, ist eine Projektion. Sie nutzen meine Lage als ahnungslose Versuchsperson aus. Denken Sie daran, dass Sie eine Verantwortung für dieses Projekt tragen. Also spekulieren Sie nicht weiter über meine Hingabefähigkeit!"

Die Mischung aus Ernst und Spiel verunsichert die Studentin. Sie fühlt sich ertappt und weiß einen momentlang nicht so recht, ob ihr Professor sie für ihr kleines Geschäker verurteilt. Doch mit seiner nächsten Bemerkung gelingt es ihm die Situation wieder zu entschärfen.

„Ich kann mir vorstellen", sagt Brüning gut gelaunt, „wie Sie drüben Corinna instruieren."

Beruhigt durch die Heiterkeit ihres Professors findet die Studentin zu ihrer Schlagfertigkeit zurück. „Sehr gut! Bleiben Sie in Ihrer subjektiven Welt, Herr Professor. Bei Ihnen dreht sich jetzt alles nur noch um Vorstellungen." Und damit verschwindet sie sichtlich vergnügt aus dem Seminarraum.

Wenige Minuten später geht hinter ihm erneut die Tür auf und er dreht sich um. Einer von Ingeborgs Studenten, ein ganz dünner Kerl, kündigt den Beginn des Tests an. Dann löscht er wie vereinbart das Deckenlicht. Brüning befürchtet im ersten Moment, dass er weitgehend im Dunkeln sitzen wird, was die Videoaufzeichnung wertlos machen würde. Aber dann ist er überrascht, wie viel Licht noch durch die Jalousien dringt. Er atmet tief ein, schließt die Augen und entspannt sich. Dann beginnt er mit den vorbereitenden Übungen.

Er visualisiert eine große Sonnenblume und verinnerlicht sie, so dass sein Kopf zum Blütenkorb wird. Diesen wendet er in seiner Vorstellung zur Sonne hin, bereit ihre Strahlen in sich aufzunehmen. Die Sonne hat ein Gesicht, sie trägt die Züge Corinnas. Von ihr gehen die Lichtstrahlen aus, die ununterbrochen in seinen Blütenkorb-Kopf eindringen. Er fühlt die wohltuende Wärme, die nährende Kraft des Lichtes und ein Gefühl der Dankbarkeit steigt in ihm auf. Er meint eine zunehmende Helligkeit in seinem Kopf wahrzunehmen.

Dann lenkt er seine Gedanken auf Corinna, die wenige Meter entfernt jenseits der Trennwand sitzt. Ohne sein Zutun tauchen sofort Bilder aus dem Ostpark auf. Er sieht wieder das gute Dutzend Gruppen- und Gefangenenkraftwagen auf dem ramponierten Rasen, beobachtet, wie ein grotesk großes Polizeiaufgebot ein Gruppe Jugendlicher eingekesselt hat, die Schlagstöcke griffbereit. Für einen Moment lähmt ihn die martialische Szene. Offenbar weigert sich sein Gehirn zu glauben, dass das, was sich vor seinen Augen abspielt, tatsächlich ein Teil der Wirklichkeit ist. Doch dann reißen ihn die Augen einer jungen Frau aus seiner Starre. Sie sprühen vor Zorn und Erregung und als sie, funkelnden Sternen gleich, für den Bruchteil einer Sekunde in die seinen blicken, weiten sie sich vor Freude und Hoffnung. Auch er hat sein Gegenüber erkannt. Er ruft ihren Namen. Aber die Studentin kann kaum etwas erwidern, denn die Polizisten ziehen sie rasch zu einem der Schubbusse.

Aufgebracht rennt er zum Einsatzleiter, der ihn nicht kommen sieht, und reißt dem Mann das Megafon aus der Hand. Der Beamte protestiert, aber er drückt ihm nur kräftig mit der flachen Hand auf die Brust, so dass der Polizist nach hinten auf den Boden fällt. Brüning macht einen Schritt nach vorne und stellt das Megafon auf volle Lautstärke.

„Einsatz abbrechen! Ich wiederhole: Einsatz unverzüglich abbrechen! Alle Festgenommenen sofort wieder freilassen!"

Die Vollzugsbeamten halten sofort inne, entspannen sich und lassen die Ergriffenen los. Andere öffnen die Schubbusse und helfen den dort Hineingezwängten auszusteigen. Brüning meint die Erleichterung zu spüren, die ihm in Wellen aus den Gefangenenwagen entgegenschlägt. Er wirft das Megafon hinter sich auf den Boden. Dort hat sich der Einsatzleiter inzwischen aufgerichtet. Der Mann sitzt, immer noch verdutzt, auf dem Rasen und nickt ihm nachdenklich zu. Brüning nickt ebenfalls.

„Freut mich, dass Sie in der Lage sind aus Ihren Fehlern zu lernen."

Dann schaut er sich nach seiner Kollegin Ingeborg um, die irgendwo unter den Schaulustigen sein muss. Doch bevor er sich wieder zur Professorin gesellen kann, stellen sich ihm zwei junge Leute in den Weg. Ein hoch gewachsener junger Mann mit Dreadlocks hält seine Studentin Corinna im Arm. Beide lächeln breit.

„Herr Professor, wir möchten uns bei Ihnen bedanken. Das war richtig toll!" Corinna macht einen Schritt auf ihn zu, fasst ihn am Oberarm, legt ihre Backe an seine und haucht einen Kuss in die Luft.

Ihr Begleiter reicht ihm die Hand. „Mann, das war richtig klasse! Danke noch mal!"

Corinna drückt den schlaksigen Kerl enger an sich. „Das ist übrigens Sven, mein Freund."

In dem Moment öffnet sich die Tür des Seminarraums und das Deckenlicht geht an. Brüning öffnet die Augen, runzelt die Stirn und ist einen Moment lang irritiert. Ein vages Gefühl der Enttäuschung steigt in ihm auf. Statt irgendeiner Botschaft von nebenan zu erhalten, hat er sich bloß seinen Tagträumen hingegeben. Beschämend, denkt er, sich so in die Rolle des heldenhaften Retters hinein zu fantasieren. Offensichtlich habe ich mir immer noch nicht verziehen, damals so wenig standhaft aufgetreten zu sein.

Sylvie kommt wieder herein. Sie trägt ein Klemmbrett und hat ihre Haare hochgesteckt. Hinter ihr erscheint ein anderer Student, der ihr einen Stuhl hinstellt. Brüning weiß, welche Fragen die vitale Studentin ihm jetzt stellen wird. Schließlich war er selbst an der Konzipierung des Fragebogens beteiligt. Er ermahnt sich sachlich zu bleiben – schließlich ist er Wissenschaftler – und sich nicht von seiner Enttäuschung beherrschen zu lassen. So präzise und neutral wie möglich beantwortet er jede Frage. Auch Sylvie ist diesmal ganz sachlich und darauf bedacht, ihren Interviewpartner nicht mit mimischen oder stimmlichen Signalen zu beeinflussen.

Als die Befragung nach 20 Minuten vorbei ist, darf Brüning endlich den Raum verlassen. Er geht zur Toilette um sich kaltes Wasser ins Gesicht zu sprenkeln. Als er sich anschließend mit den Papiertüchern trocknet, vermeidet er einen Blick in den Spiegel. Er tritt hinaus auf den Gang, wo er fast mit Corinna zusammenstößt. Sie strahlt übers ganze Gesicht und schaut ihn erwartungsvoll an. Ich muss dich leider enttäuschen, liebe Corinna, denkt Brüning betrübt. Doch dann sagt die Studentin einen Satz, der seine ganze Befindlichkeit schlagartig ändert.

„So, jetzt haben Sie meinen Sven auch einmal kennengelernt."

„Was würde das denn kosten, hier?" Bertold Manz schaut kurz zur Seite und lässt seinen Blick über die sonderbare Ausstattung dieses sonderbaren Büros schweifen: altmodische Korbsessel, Schafsfelle, Holzdielen, Eichenlaub. Ein wenig hilflos hebt er die geöffnete linke Hand. Die Skepsis und der Argwohn, die in dem „hier" mitschwingen, sind nicht zu überhören. Er ist nicht überzeugt, dass die Schule hier draußen, diese so genannte Schule-der-ungeahnten-Potentiale, und die ganze Aussteigersiedlung tatsächlich etwas taugen. Das nicht! Aber er ist bereit sich dem Willen der Mehrheit zu beugen. Frau und Tochter haben ihn überstimmt – einmal vorausgesetzt, dass alle das gleiche Stimmrecht haben.

Als er seine Optionen abwog, wurde ihm schnell klar, dass er im Grunde keine Wahl hatte. Bestünde er auf einer sofortigen Heimreise, verlöre er seine Tochter. Im physischen Sinne, klar, wäre sie weiterhin um ihn herum. Aber innerlich würden Vater und Tochter so weit auseinanderdriften, dass man nicht mehr von einer Beziehung sprechen konnte. So etwas vermag er sehr wohl zu spüren. Er ist zwar durch und durch Maschinenbauingenieur, aber das macht ihn noch lange nicht selbst zu einer Maschine. Er liebt seine Tochter über alles und leidet darunter, dass er häufig mit ihren eigenartigen Gedanken und Vorstellungen nicht mitgehen kann. In letzter Zeit hat er sich sogar öfter gefragt, ob sie wirklich sein Kind ist. Doch ein Blick in ihre Züge zerstreute solche Zweifel jedes Mal sofort. Das Mädchen ist ihm aus dem Gesicht geschnitten. Das sieht er sogar selbst.

Nein, abwegige Erklärungsversuche wie dieser bringen im Grunde nur zum Ausdruck, dass Bertold Manz selbst nicht versteht, was in ihm vorgeht. Wäre er aufmerksamer, könnte er Zusammenhänge erkennen, die ihm sein eigenes Fühlen und Denken verständlicher machen würden. Solche Zusammenhänge sind eher psychischer als mechanischer Natur, so dass sie jemand mit seiner Konditionierung leicht übersieht. Es gibt keine Kräfte, die irgendwie sichtbar oder messbar zwischen ihm und seiner Tochter wirken. Aber Tatsache ist, dass die Begegnung mit der mysteriösen Schönheit, die alle inzwischen als das „Phänomen Satiasana" bezeichnen, damals beim großen Heidebrand seine Tochter in einem entscheidenden Punkt verändert hat. Als nämlich Mirjana die himmelwärts gerichtete „Zauberin" gewahrte, war ihr Wesen ganz offen und aufnahmebereit. Diese innere Gestimmtheit machte es möglich, dass alleine der Anblick der außergewöhnlichen Frau ausreichte um das Mädchen soweit „zurechtzurücken", dass es seitdem ganz in seiner Achse steht. Diese innere Aufrichtung befreite ihre Sicht, so dass sie in plötzlicher, nie dagewesener Klarheit ihren Weg sah. Die Schritte, die Mirjana in der Folge machte, brachte das bis dahin feste Gefüge ihrer kleinen Familie ebenfalls in Bewegung.

Dadurch hielten nicht nur andere Wahrnehmungen, sondern auch andere Gedanken und Gefühle Einzug in die Gemüter ihrer Eltern.

Bertold Manz blickt den Schulleiter ihm gegenüber fragend an. Offenbar bringt seine direkte Erkundigung den weißhaarigen Pädagogen nicht im Geringsten aus der Ruhe. Der Mann erwidert seinen Blick mit großer Gelassenheit.

Edi Rabensteiner spürt, dass Mirjanas Vater Fakten und unmissverständliche Aussagen braucht. Der Schulleiter schaut den Besucher offen an. „Wir verlangen 20 Prozent der gesamten Netto-Einnahmen beider Eltern. Dafür bekommt Ihre Tochter ein eigenes, vollmöbliertes und komplett strahlungsfreies Zimmer, erstklassige Verpflegung mit Bio-Produkten und eine ganzheitliche Bildung, die diesen Namen wirklich verdient. Übrigens wird ein Teil dieses Geldes angespart. Später sollen sich Mirjana und zwei oder drei ihrer Mitschüler davon ein eigenes Häuschen bauen."

20 Prozent. Bertold Manz überschlägt schnell, was das in ihrem Fall bedeutet, und nickt unwillkürlich. Würde gehen, denkt er. Immerhin, Halsabschneider sind das nicht, hier.

Doro Manz, die neben ihrem Mann auf der Veranda des Schulleiters sitzt, beugt sich nach vorne und runzelt die Stirn. „Und was ist, wenn die Eltern arbeitslos sind und von Hartz IV leben? 20 Prozent von nichts ist nicht viel."

Edi Rabensteiner lächelt. Die untergehende Sonne lässt sein schlohweißes Haar wie eine freundliche Aura aufleuchten. „Wenn das Kind hierhergehört, finden wir einen Weg. Bis jetzt mussten wir kein Kind aus finanziellen Gründen ablehnen."

„Und würden Sie sagen, dass Mirjana hierhergehört?"

Der Schulleiter beantwortet die Frage der Mutter nicht sogleich. Tief einatmend lehnt er sich in seinem Sessel zurück. Dann fixiert er die beiden Besucher abwechselnd. „Wissen

Sie", fängt er schließlich an, „fast täglich kommen Eltern hierher, die ihr Kind unbedingt auf unsere Schule schicken wollen. Sie sitzen genau da, wo Sie jetzt sitzen, und erzählen mir, was für ein außerordentlich begabtes und spirituell fortgeschrittenes Wesen ihr Kind ist. Es sind oft Eltern mit viel Geld, wenig Zeit und großen Erwartungen. Nicht selten sind ihre Kinder mit materiellen Dingen in grotesker Weise überversorgt, während sie gleichzeitig völlig außerstande sind, einen echten Kontakt zu anderen Lebewesen herzustellen."

Bertold und Doro Manz schauen sich an, die Augen groß und starr. Redet der Mann von ihnen, von ihrer Tochter?

Edi Rabensteiner scheint die Befürchtungen der Besucher nicht zu bemerken. Ernst und ein wenig betrübt fährt er fort. „Wir sind überzeugt, dass es jedem, wirklich jedem Kind guttun würde, hier zu leben und zu lernen. Aber wenn Eltern und Kind sich gar nicht einig sind, dann wird es schwierig. Wenn das Kind also gar nicht will, was seine Eltern wollen, und wenn die Eltern mit Erwartungen herkommen, die wir gar nicht zu erfüllen bereit sind, dann kann das nicht gutgehen. Kind, Eltern und Schule müssen an einem Strang ziehen. Wenn das nicht der Fall ist, gibt es über lang oder kurz ernsthafte Probleme. Die Leidtragenden sind natürlich die Kinder. Sie werden verstehen, dass wir solche Komplikationen vermeiden wollen."

Bertold Manz fühlt sich durchschaut, räuspert sich und setzt zu einer Rechtfertigung an. „Also ... es geht alles ein bisschen schnell für uns. Mirjana hatte die Idee, das war vor wenigen Wochen..." Er schaut hilfesuchend zu seiner Frau.

Dorothe Manz nickt nachdrücklich. „Mirjana ist ganz begeistert von diesem Ort. Sie will unbedingt hierher und ... wir wollen das auch, ich meine ..." Sie tauscht einen schnellen Blick mit ihrem Mann. „... wir meinen, dass die *Anayana*-Schule perfekt für unsere Tochter wäre."

Gebannt beobachten beide Eltern, wie sich bei diesen Worten die kummervollen Züge des Schulleiters rasch lichten und ein strahlendes Lächeln an ihre Stelle tritt. Als der Mann nun wieder das Wort ergreift, ist seine Tonlage mindestens um eine volle Quint höher. „Oh, und Mirjana wäre perfekt für unsere Schule."

Da fällt Frau Manz einen Stein vom Herzen und sogar Herr Manz – für ihn selbst durchaus unerwartet – atmet erleichtert auf.

„Es kommt nicht oft vor", verdeutlicht Rabensteiner, „dass Kinder uns quasi auf eigene Faust besuchen. Mirjana ist nicht nur sehr intuitiv, sondern auch so stark, dass sie sich ihrer Intuition vorbehaltlos anvertrauen kann. Ich kenne nicht viele Erwachsene, die bereit sind sich derart uneingeschränkt von ihrer Herzensstimme leiten zu lassen."

„Heißt das, Sie würden sie aufnehmen?"

„Ja, Frau Manz, wir würden uns sehr freuen, wenn Mirjana bliebe."

„Auch wenn …" Bertold Manz unterbricht sich und senkt den Blick auf seine Hände.

Da legt sich ein breites Grinsen auf dem Gesicht des Schulleiters. „Ja, Herr Manz, auch wenn Sie uns bloß 20 Prozent von Harz IV bezahlen können."

Der Angesprochene wird rot. „Es ist nicht wegen des Geldes", versichert er sogleich. Dann stockt er. Es geht ihm wirklich nicht um das Geld. Er hätte kein Problem damit monatlich 1 300 Euro in die harmonische Entwicklung seiner Tochter zu investieren. Aber wie soll er diesem Mann erklären, dass er bloß hören wollte, wie sehr seine Mirjana hier mit Kusshand genommen wird.

Aber Edi Rabensteiner hat schon verstanden. „Es ist schön", erwidert er nunmehr nachdenklich, „wenn ein Vater fähig ist stolz auf sein Kind zu sein. Für das Kind ist nur eins noch schöner, nämlich, dass es seinerseits stolz auf den Vater sein kann."

Langsam und sacht kommt er zu sich, fühlt sich, als würde er schweben, schlafend nicht länger, nicht wirklich erwacht, von Wärme umfangen. Fast ist es so, als würde er selbst sich beim Aufwachen zusehen. Noch sind präsent die weiten, gehaltvollen Welten der Träume, klingen sie eindringlich nach, die Worte der weisen Mentorin. Während er heimkehrt ins Dasein als Jürgen, bleibt ihm erhalten jener ansonsten verborgene Zugang zur Sphäre Jewgenis.

Über den Erdrand erhebt sich das Licht seines Tagesbewusstseins. Gleichzeitig aber verweilt noch bei ihm der Zauber der Sterne, bleibt ihm die Tiefe des Kosmos als große Kulisse erhalten. So sieht sein strahlendes Ich sich nunmehr umgeben von Sonnen, sieht welche Inspirationen sein Herz allnächtlich bewegen. Zeitlose Weisung begleitet sein Wesen, lenkt seine Schritte. Ehe zur Gänze verstummt das Raunen der nächtlichen Räte, ehe die Klarheit des Tages, der täglichen Dinge ihn blendet, weilt er verstehend im wortlosen Raum geschauter Gedanken.

Lebhaft erscheinen ihm fremde, gleichwohl vertraute Gestalten, das, was sein unermessliches Sein projizierend erzeugt hat. Schon sieht sein Geist sich von Sinn und sinnreichen Bildern umstanden. Spalten in Felsen erkennt er, Stein, aus dem Wasser hervorquillt, riesige Bäume, stetig erwachsen aus winzigen Samen. Ringsum gewahrt er die Kräfte emporsteigenden Lebens: schlüpfende Küken, zerbrechende Schalen berstender Formen. Auch sieht er zarte Blüten die Ganzheit der Knospen zerstören, Straßenbelag, der von freudig sprießendem Leben gesprengt wird.

Dann wird es düster und kalt, als ihm vor dem inneren

Auge auftaucht das Bild einer Vielzahl unkontrollierter Maschinen. Graue Geräte vollführen ununterbrochen die gleiche unbeseelte Bewegung, erbarmungslos hämmernd und stampfend. Ihm will es scheinen, als wurde sie abzuschalten vergessen.

Oder, so fragt er verängstigt, ist es in Wirklichkeit schlimmer, gibt es gar niemanden mehr, der hier noch was aufhalten könnte? Immer bedrohlicher dröhnen die führungslosen Geräte. Schwer drücken ihm aufs Gemüt die wachsende Not und Verzweiflung. Plötzlich erblickt er überall flirrende Fernsehgeräte. Doch auf den Bildschirmen zeigen sich noch mehr verrückte Maschinen.

Erst, als er droht am ganzen mechanischen Wahn zu zerbrechen, erst als ihm schwerfällt zu atmen, sein Geist sich allmählich verfinstert, taucht die Erinnerung auf, entsinnt er sich seiner Berufung.

Du bist ein Schöpfer, das war die wichtigste Botschaft der Botin. Sie hatte ihm diese Wahrheit wieder und wieder verkündet. Du bist ein Schöpfer, du hast die Wahl zwischen Glück und Bedrängnis. Denkend allein erschaffst du dir fortlaufend Realitäten. Du bist, bewusst oder nicht, das Ergebnis deiner Gedanken. Also ermahnt er sich, fortan disziplinierter zu denken, nicht in die alte Falle beklemmender Sorge zu tappen.

Nun endlich weichen Sterne und Traumwelt der Sonne am Himmel. Leuchtend erhebt sich das Ichbewusstsein, die Sinne sind rege. Aber obgleich die lehrenden Götter der Nachtwelt entthront sind, bleibt doch dem Aufgewachten ihr tieferes Wissen erhalten. Jürgen entsinnt sich Jewgenis, der ureigenen Weisheit. Er ist verbunden, ist angebunden und war es schon immer. Endlich innegeworden ist er seiner eigenen Quelle. Mag er sie künftig in trüben und bangen Stunden vergessen, kann er und wird er sich ihrer doch immer wieder entsinnen.

Einige Augenblicke lang haben seine Sinne Schwierigkeiten das vertraute Bild der dinglichen Wirklichkeit zusammenzusetzen. Ein Blick auf den Wecker am Bettrand verrät ihm, dass es kurz nach fünf ist. Wie üblich, denkt er. Fast immer wacht er um diese Zeit auf, egal wie spät er ins Bett gegangen ist, egal ob an Werktagen oder, wie heute, an einem Sonntag. Durch die Vorhänge hindurch dringt schwach das Licht der Dämmerung. Die Verheißung des neuen Tages ist plötzlich so überwältigend, dass tiefe Freude ihn wie ein ekstatischer Stromstoß durchzuckt.

Die Freude hält an und begleitet ihn, wenngleich abgeschwächt, auf seinem täglichen Laufweg durch den Stadtpark, bei seinen lockeren Dehn- und Streckübungen, beim anschließenden Duschen. Auch während jeder Verrichtung zur Vorbereitung des Frühstücks weicht sie nicht von ihm. Selbst das Obst, das er zum Frühstück verzehrt, schmeckt – so will ihm scheinen – besser und gesünder als sonst. Grund hat keine Pläne für den heutigen Tag, aber er spürt immer stärker das Bedürfnis seine Freude mit anderen zu teilen.

Gerade als er überlegt, wohin er gehen könnte, klingelt sein Telefon. Jürgen Grund weiß sogleich, wer anruft. Und diese Gewissheit wundert ihn nicht. Schwungvoll steht er auf und erreicht den Apparat noch vor dem zweiten Klingeln. Er hebt ab. Das Gespräch, das in dem Moment seinen Anfang nimmt, wird den Grundstein einer neuen Freundschaft legen. Es wird ihm zeigen, wie groß die kreative Kraft der Wahrheit ist. Vor allem wird ihm die bevorstehende Unterhaltung demonstrieren, wie stark die Erzählungen der Nacht in das Tagesbewusstsein hineinströmen.

An sommerlichen Schultagen geht Klara Mertens morgens um kurz nach halb acht aus dem Haus, denn in der warmen

Jahreszeit radelt sie zur Schule und das dauert ein bisschen länger als die Fahrt mit dem Linienbus. Es sind nur noch wenige Tage bis zu den Sommerferien und der leuchtend blaue Himmel sieht vielversprechend aus. Klara nimmt den Weg über die Terrasse, da sie ihr Fahrrad gestern hinter der Garage abgestellt hat. Sie nestelt gerade an ihrer Tasche herum, als sie plötzlich die Nähe eines fremden Lebewesens wittert. Instinktiv blickt sie hoch und bleibt abrupt stehen. Nach einer ersten Schrecksekunde hellt sich ihr Gesicht auf. Langsam und leise, ohne den Blick von ihrem unerwarteten Gegenüber abzuwenden, geht sie in die Knie und lässt ihre Tasche auf den Boden gleiten.

Wenige Meter von ihr entfernt, direkt vor ihrem Fahrrad, liegt ein mittelgroßer und offensichtlich noch junger Hund, ein Setter. Die langen Haare seines Fells sind ziemlich verfilzt und mager ist er auch. Aber abgesehen davon, sieht das Tier gesund aus. Was Klara allerdings sofort in den Bann schlägt, ist der Blick des jungen Hundes. In den kleinen, haselnussbraunen Augen des hergelaufenen Setters liegt ein Ausdruck, den das Mädchen nie zuvor bei einem Tier gesehen hat. Es hat keine Worte dafür, aber es spürt umso deutlicher eine Mischung aus Gutherzigkeit und Wissen. Im gleichen Moment fasst Klara Zutrauen zu diesem freundlichen Vagabunden. Auf Händen und Füßen geht sie näher heran. Dann streckt sie eine Hand aus und legt sie auf die rotbraune Flanke des jungen Tieres. Sie sieht sofort, dass es ein Rüde ist.

„He, du Süßer. Wo kommst denn du her? Hm? Was hat dich hierher verschlagen?"

Der junge Setter legt den Kopf auf seine Vorderpfoten und seufzt vernehmlich.

Klara versteht, was er sagen will: Ich habe mein Ziel erreicht. Ich bin müde. Ich bin schon seit Tagen müde. Aber jetzt kann ich mich endlich ausruhen. Sie streichelt den schlanken

Kopf des Hundes. Er ist ganz vertrauensselig.

„Du hast sicher Hunger, oder? Und durstig bist du bestimmt auch. Warte!"

Klara kommt auf die Füße und geht zurück ins Haus. Ohne etwas zu sagen, holt das Mädchen eine Plastikschale aus einem Küchenschrank, füllt sie mit Wasser und trägt sie hinaus. Als die junge Tierhelferin auf der Suche nach geeignetem Futter wieder die Küche betritt, schaut ihre Mutter sie fragend an. Klara strahlt übers ganze Gesicht. „Haben wir hier irgendwo Hundefutter?"

Anita Mertens reagiert gewohnt schlagfertig. „Haben wir hier irgendwo einen Hund?"

Das Mädchen grinst.

Da macht ihre Mutter große Augen. „Klara?"

Die Tochter nickt. „Er hat sich zumindest für uns entschieden."

Neugierig, aber auch ein bisschen skeptisch folgt Anita ihrer Tochter nach draußen. Der Hund hat sich inzwischen aufgerichtet und trinkt begierig das ihm bereitgestellte Wasser. Anita hockt sich zu ihm und betrachtet das Tier eingehend. Als sie dem jungen Setter behutsam über den Rücken streicht, runzelt sie die Stirn. „Du bist ganz schön abgemagert, mein Lieber." Sie dreht sich zu ihrer Tochter um, die hinter ihr stehengeblieben ist. „Klara, wir haben noch Schinkenaufschnitt und Salami vom Papa im Kühlschrank. Bring die bitte her!"

Aber zur Überraschung von Mutter und Tochter gleichermaßen verschmäht der Hund das Fleisch. Er schnuppert kurz daran und wendet dann seine Schnauze ab.

„Er muss eigentlich einen Mordsappetit haben", überlegt Anita laut.

Klara betrachtet besorgt den kümmerlich dreinblickenden Setter. „Vielleicht ist er doch krank."

„Er sieht nicht krank aus, bloß erschöpft und unterernährt."

Das Mädchen schaut ihrer Mutter flehend an. „Mama, wir müssen ihm helfen. Kannst du nicht in der Schule anrufen und sagen, dass ich heute erst später komme. Frau Möhring wird sicher Verständnis dafür haben, wenn sie den Grund erfährt."

Das stimmt, denkt Anita. Klaras Lehrerin betont immer wieder, wie wichtig für Kinder die emotionale Beziehung zu Tieren ist. Sie geht hinein und sagt im Schulsekretariat Bescheid, nennt wahrheitsgemäß den Grund für die Verspätung ihrer Tochter. Bald sind Sommerferien, denkt sie, viel verpassen wird Klara eh nicht.

In der nächsten halben Stunde versuchen die beiden den Hund mit verschiedenen Lebensmitteln aufzupäppeln. Sie öffnen extra ein Döschen Leberpastete, schälen hartgekochte Eier und tauen Rinderhackfleisch auf – natürlich alles in Bio-Qualität. Aber der junge Setter will nichts davon fressen. Dann hat Klara eine verrückte Idee.

„Vielleicht ist er Vegetarier?"

Ihre Mutter schüttelt den Kopf. „Ich glaube kaum …"

Aber Klara ist bereits wieder im Haus verschwunden. Wenige Sekunden später kommt sie mit einem kleinen Teller zurück. Darauf liegen Reste vom gestrigen Abendessen, Kartoffeln, Erbsen und ein bisschen Dinkel. Kaum hat sie dem Hund den Teller hingestellt, fängt das Tier an zu fressen. Klara juchzt vor Freude. Ihre Mutter betrachtet das Schauspiel mit offenem Mund.

Da der junge Vagabund tatsächlich ausgehungert ist, probiert es Klara anschließend noch mit rohen Karotten und Roggenvollkornbrot, was er beides ohne zu zögern vertilgt. Bananen und Pflaumen mag er nicht. Überhaupt scheint er kein großer Obstesser zu sein. Nur Äpfel, wie sich bald herausstellt, frisst er leidenschaftlich gern und zwar mit Stiel und Gehäuse.

„Darf er hierbleiben, Mama?" Klara hat sich mit einem Glas Orangensaft am Küchentisch hingesetzt und betrachtet ihre Mutter, die sich gerade startklar macht.

Kein guter Zeitpunkt, denkt Anita Mertens. Sie muss los. Zwar fängt sie ihre Behandlungen heute erst um zehn an. Aber sie möchte schon früher in der Praxis sein. Ihre neue Mitarbeiterin ist wirklich sehr tüchtig und zuverlässig, aber auch noch etwas unerfahren. Sie versucht die Frage zu übergehen.

„Klara, du musst jetzt auch los. Du hast jetzt nicht schulfrei oder so."

Das Mädchen nickt, bleibt aber hartnäckig. „Darf er jetzt bleiben?"

Anita lässt sich seufzend ihrer Tochter gegenüber nieder und legt ihre Hand auf die des Kindes. „Schatz, lass uns heute Abend darüber reden, wenn Papa wieder da ist. Der junge Ausreißer hat kein Halsband, aber es kann trotzdem sein, dass er irgendwo vermisst wird. Das müssen wir auf jeden Fall abklären."

„Aber wenn er nicht vermisst wird, darf er dann bei uns bleiben?"

Anita seufzt erneut und lächelt ein bisschen traurig. Sie ist sich ziemlich sicher, dass der junge Setter gesucht wird und sein Besitzer ihn auch unbedingt wiederhaben will. Sie würde Klara ungern enttäuschen, aber die Enttäuschung scheint unausweichlich und Anita möchte deshalb die Erwartung ihrer Tochter dämpfen. „Wie gesagt, das müssen wir erst klären. Ich schau nachher mal, ob ich etwas herausfinden kann. Mach dir bitte keine allzu großen Hoffnungen, mein Kleines! Und jetzt los mit dir!"

Später, in ihrer Mittagspause, macht sich Anita im Internet auf die Suche nach jemanden, der einen jungen irischen Setter vermisst. Gleich beim ersten Portal, das den Namen Tasso trägt, wird sie fündig. Das angegebene Alter von zweieinhalb Jahren sowie die Beschreibung der äußeren Merkmale könnten passen, denkt sie. Allerdings muss sie berücksichtigen, dass der Hund, den sie heute Morgen in Augenschein genommen hat, schmutzig, abgemagert und sein Fell verfilzt war. Die betreffende Suchmeldung ist schon fast zwei Monate alt. Auch das könnte passen. Der Streuner in ihrem Garten sah in der Tat so aus, als wäre er länger nicht gepflegt worden. Anita hat schon entschieden sich beim Portal zu melden, als ihr Blick auf den Wohnort des Besitzers fällt. Und da ist sie plötzlich ganz entschieden. Nein, denkt sie, das kann nicht sein. Das schafft kein Ausreißer! Unmöglich! Kein Haushund, auch kein junger Setter, würde über 400 Kilometer weit fortlaufen. Unwillkürlich schüttelt sie den Kopf. Dieser Billy, schlussfolgert sie, ist es nicht.

Als sie am späteren Nachmittag nach Hause kommt, ist Klara bereits aus der Schule zurück. Kaum über die Schwelle, wird sie von ihrer Tochter bedrängt.

„Und? Hast du die Besitzer gefunden?"

Anita schüttelt den Kopf. „Anscheinend wird der Hund nicht vermisst. Zumindest gibt es im Internet keine Suchmeldung. Und bevor du mich jetzt wieder fragst, ob der Hund bei uns bleiben darf, möchte ich dich daran erinnern, dass zu unserer kleinen Familie auch dein Papa gehört. Er soll sich den Setter heute Abend anschauen und danach möchte ich erst einmal mit ihm alleine reden."

„Das ist unfair!"

„Nein, ist es nicht. Das nennt sich Verantwortung."

„Ich würde mich immer um ihn kümmern, ganz sicher Mama, versprochen!"

„Das weiß ich, mein Engel. Ich verspreche dir, dass die Entscheidung noch heute getroffen wird.

Als Rainer Mertens gegen sieben nach Hause kommt, ist er ziemlich abgeschlafft. Einem wichtigen, aber fernen Kunden hat er seine neue Geige ausgeliefert. Dafür war er insgesamt vier Stunden mit dem Zug unterwegs, Verspätung inklusive. Der persönliche Kontakt zum Kunden ist in seinem Beruf unerlässlich. Es ist ein Arbeitsaufwand, der sich auszahlt, denn er wird regelmäßig von zufriedenen Musikern weiterempfohlen. Er lehnt sich in seinem Lieblingssessel zurück und schließt die Augen. Sogar Klara spürt, dass sie ihren Vater besser nicht gleich wegen dem Hund fragen sollte.

Kurz darauf begibt sich Rainer mit einem Glas Weißwein auf die Terrasse und lernt den unerwarteten Gast kennen. Der junge Hund kommt gemächlichen Schrittes herbei, bleibt vor ihm stehen, neigt den Kopf zur Seite und betrachtet ihn aufmerksam. Dann kommt er zu ihm, um sich vertrauensvoll zu seinen Füßen zu legen. Und damit ist die Frage über Billys weiteren Verbleib entschieden. Rainer ist sehr angetan von der – wie er es nennt – Weisheit des Tieres. Die Rücksprache mit seiner Frau fällt kurz aus. Unter der Voraussetzung, dass nicht doch noch eines Tages der Besitzer vor der Tür steht, darf der Hund bei ihnen bleiben. Die Frage nach einem Namen für das neue Familienmitglied löst am Abend dann noch eine lebhafte Diskussion aus. Schließlich setzt sich Rainer mit seinem Vorschlag durch: Tasso.

Merkwürdig, denkt Anita, aber es soll wohl so sein.

„Jewgeni … äh … Jürgen Grund."

„Anzberger hier, Herr Grund, ich bin …"

„… Ich weiß: der Mann im Aufbruch, oder? Der Seelenarzt auf der Suche nach dem Leben! Hallo, Herr Anzberger. Schön, dass Sie anrufen. Wie geht's Ihnen?"

„Ha, das ist schon merkwürdig, dass Sie das so sagen! Ich

meine, das mit dem Leben. So habe ich das noch nie gesehen. Aber es stimmt schon, Sie liegen richtig. Ich habe tatsächlich das Leben gesucht und – stellen Sie sich vor – ich habe es gefunden."

Freude, denkt Grund, nichts als Freude. Mühelos stimmt er sich auf die Heiterkeit des Anrufers ein. „Heißt das, Ihnen ist endlich Satiasana über den Weg gelaufen?"

„Das nicht, nein, aber ein Wunder ist trotzdem geschehen. Ich habe die Frau meines Lebens gefunden. Also nicht im Geiste oder so, sondern leibhaftig."

„Schön, Herr Anzberger, das freut mich. Ihre Suche ist also zu Ende?"

„Sieht ganz so aus. So viel Leben spürte ich schon lange nicht mehr. Aber das Beste ist, dass Ilonka, also ich meine, meine neue Freundin, von Satiasana kommt."

„Ach!"

„Ja, das haben Sie richtig gehört. Sie kommt daher, wo ich hinwollte. Verrückt, oder? Ihr ist die Gute tatsächlich über den Weg gelaufen. Verstehen Sie, was das heißt? Verstehen Sie? Satiasana hat sie mir geschickt."

Jürgen Grund zieht verwundert die Brauen hoch. „Hat Ihre Freundin das gesagt?"

„Nein, so nicht. Das ist natürlich unbewusst geschehen. Aber die Wunderfrau hatte ganz bestimmt ihre Finger im Spiel. Das spüre ich."

Grund nickt. In der Liebe sind wir gerne bereit an Wunder zu glauben, kommt es ihm spontan in den Sinn, selbst wenn man eigentlich Schulmediziner ist und davon nichts halten sollte. Da er Anzbergers Freude nicht schmälern will, behält er den Gedanken für sich. Aber er fühlt zu seiner eigenen Überraschung ein schnell wachsendes Unbehagen angesichts der Freude des frisch Verliebten. Zunächst versteht er nicht, woher es kommt. Er verspürt weder Missgunst noch Unmut.

Im Gegenteil! Ihm geht es so gut, wie lange nicht. Und trotzdem ist irgendetwas verkehrt. Er lässt sich die Worte des Psychiaters noch einmal durch den Kopf gehen und dann wird es ihm klar.

„Vielleicht", hält er zunächst vorsichtig dagegen.

Anzbergers Reaktion kommt sofort. „Sie bezweifeln es? Ich dachte, Sie glauben an Wunder."

„Oh, das tue ich in der Tat! Aber vielleicht ist das Wunder größer, als Sie denken."

„Mir reicht es auch so!"

Die Antwort ruft ein mildes Lächeln im Gesicht des Heilpraktikers hervor. „Verstehe. Sie sind im Glück, gut, aber irgendwie dem Glück auch ausgeliefert. Und wenn man ausgeliefert ist, hat man keine Freiheit."

„Ich und keine Freiheit? Ha, da irren Sie aber, Herr Grund. Das Gegenteil ist der Fall. Ich fühlte mich selten zuvor so frei wie jetzt. Sie können sich gar nicht vorstellen, wie viel alten Ballast ich gerade abwerfe. Ich plane meine Praxis aufzulösen und …"

„Das meine ich nicht, Herr Anzberger."

Der plötzlich ernste Ton des Heilpraktikers lässt Anzberger verstummen.

Jürgen Grund ist innerlich ganz klar und weiß genau, was er sagen will, was er erwidern muss. „Darf ich Sie duzen?"

„Klar! Ulrich."

„Jürgen." Der Heilpraktiker besinnt sich kurz. Dann fährt er ruhig und ganz ohne Eifer fort. „Wenn du glaubst, Ulrich, dass Satiasana dir diese Frau geschickt hat, dann hängt dein ganzes Glück vom Wirken einer fremden Macht ab, nicht wahr? Meinetwegen auch von einem übernatürlichen Wesen."

Anzberger scheint das nicht zu kümmern. Er fängt sich schnell, reagiert wieder gut aufgelegt und ein bisschen jovial.

„Glaub mir, Jürgen, das stört mich nicht im Geringsten!"

„Und wenn Satiasana oder irgendein launischer Gott dir diese Frau wieder wegnähme? *Easy come, easy go?*"

„Ach, komm, daran mag ich jetzt gar nicht denken."

„Dann glaub an etwas anderes!"

„Und was, Jürgen? Woran soll ich glauben?"

„Glaub an dich selbst!"

„Hä?"

„Ja, Ulrich, Du bist das Wunder. Du brauchst keine Schicksalsmächte."

Anzberger lacht. „Ich ein Wunder? So was Ähnliches hat Ilonka auch gemeint."

„Die Weisheit der Frauen."

„Ja, unschlagbar!"

„Im Ernst, Ulrich. Du selbst bist derjenige, der alles inszeniert oder arrangiert."

„Kaum zu glauben!"

„Stimmst du mir zu, dass alles, was du tust, deine Entscheidung ist?"

„Ja, logisch!"

„Und was, wenn ich dir sage, dass alles, was dir geschieht, ebenfalls deine Entscheidung ist?"

„Dann sag ich nein. Wie kann ich das, was mir zustößt, gewollt haben? Und wie soll ich mich für etwas entscheiden, was ich gar nicht kenne?"

„Du kennst es! Alles Wissen, das du für eine weise Lebensführung brauchst, ist in dir."

„Das glaubst du!"

„Du musst mir nichts glauben, Ulrich. Überprüfe es! Prüfe dich selbst, versuche dich zu erinnern, was dich an dem Tag innerlich bewogen hat, als du dich auf einen Weg machtest, der dich schließlich zu deiner neuen Freundin führte!"

Anzberger denkt zurück an das Gespräch mit der Familie

Manz und seinen Vorschlag, Tochter Mirjana in die umstrittene Landsiedlung zu fahren. Hatte ihn diese spontane Entscheidung nicht selbst überrascht? Innere Weisheit?

Jürgen Grund redet jetzt leiser und vertraulich. „Wenn Satiasana dir geholfen hat, Ulrich, dann vermutlich indem sie den Kontakt zwischen dir und deinem Herzen verstärkte, so dass du ahnungsreich genau diesen Weg gewählt hast. Das wäre die einzig sinnvolle Hilfe, Ulrich, denn sie ginge von deinem Lebensplan aus und würde ganz auf deine freie Entscheidung setzen. Niemand hat dich heimlich – wie man so sagt – zu deinem Glück gezwungen."

„Lebensplan?"

„Ja, dein Plan."

„Also keine göttliche Führung?"

„Zumindest nicht, ohne dein Einverständnis."

„Niemand nimmt uns an die Hand. Meinst du das?"

„Richtig, niemand nimmt uns an die Hand, niemand trifft Entscheidungen für uns. Nur werden uns manchmal die Augen geöffnet, das schon. Aber dass ihr beide, also du und diese Ilonka, euch begegnet seid, ist kein Schicksal, kein Zufall, sondern die Entscheidung zweier Menschen."

Anzberger spürt eine sonderbar wohltuende Wirkung, die von diesen Worten oder besser von dieser Erkenntnis auszugehen scheint. Er fühlt sich beruhigt und geborgen, zögert aber sich diesem inneren Frieden ganz hinzugeben. Ein letzter Rest an Zweifel ist noch da. „Also brauchen wir doch Hilfe, so wie ich Satiasanas Hilfe brauchte. Wie frei bin ich dann noch? Ich meine, macht uns denn nicht jede Hilfe unselbstständig?"

Grund scheint diesen Einwand erwartet zu haben. Seine Antwort kommt prompt. „Wir alle brauchen Hilfe, Herr Ulrich. Im ganzen Kosmos gibt es ein ständiges Geben und Nehmen. Satiasanas Hilfe ist rein, weil sie völlig uneigennützig ist. Wahrscheinlich haben wir sie gar nicht verdient. Aber das heißt nicht, dass wir nichts dafür bezahlen müssen."

Anzberger nickt. „Ein Geben und Nehmen."

„Genau!"

„Und welchen ‚Preis' habe ich zu zahlen?"

„Was meinst du selbst? Was sagt dir dein Herz?"

„Keine Ahnung! Ich bin nur froh und dankbar Ilonka gefunden zu haben."

„Dankbarkeit ist ein großes Gut."

„Du meinst, das ist alles, was ich dem ... Kosmos schulde?"

„Schätze es nicht gering, Ulrich! Dankbarkeit ist wie fruchtbare Erde. Aus ihr erwachsen Freude und Mitgefühl."

„Kein Opfer, keinen Verzicht?"

„Nichts, was dich ärmer macht. Im Gegenteil, indem du gibst, wirst du reicher."

„Toll!"

„Ja, lass dich von deinem Lebensweg verwandeln. Satiasana zeigt dir, wohin innere Freiheit führt."

„Wie? Generell meinst du?"

„Ich meine das ganz konkret. Schau! Wohin hat es dich geführt, der Stimme deines Herzens zu folgen?"

„Ähm ... zu einem neuen Leben?"

„Ja, und noch konkreter: zur Liebe. Die Liebe deines Lebens hast du sie genannt. Nimm diese Liebe als Auftrag, Ulrich! Arbeite an ihr, läutere sie, entferne alles, was ihrer nicht würdig ist. Wenn einem die Augen geöffnet wurden, sollte man sie nicht gleich wieder schließen, sobald man etwas sieht, was einem nicht gefällt.

Ulrich Anzberger atmet geräuschvoll aus. „Das klingt eher nach mühseliger Arbeit als nach Wunder?"

„Du hast dich für diesen Weg entschieden, Ulrich, und damit eine innere Wandlung eingeläutet. Wenn wir uns innerlich wandeln, dann ist das in der Tat ein Wunder – vielleicht das größte überhaupt."

Anzberger denkt darüber nach. Dann fallen ihm plötzlich die Berichte aus den Medien ein. „Und was ist mit den spektakulären Wundertaten, über die alle Welt redet? Was hat es mit dem Regenzauber beim Heidebrand auf sich, der Bändigung des Jahrhundertsturms, dem Unkrautdurchbruch, der Öffnung der Kirchendächer?"

„Du hast es schon gesagt. Sie sind nämlich genau das: Spektakel, Schauspiele, die uns daran erinnern, wer wir sind und was wir vermögen, sobald wir anfangen unser Potential auszuschöpfen."

Anzbergers Stimme wird plötzlich heller. „Und deshalb sieht sie nicht jeder, ich meine, deshalb leugnen manche die Wunder und das Wunderbare."

Grund ahnt, was der Psychiater sagen will. „Ja", bestätigt er den unausgesprochenen Gedanken, „nicht jeder erinnert sich – noch nicht."

Danksagung

Es gibt ein paar Menschen, die es immer wieder geschafft haben meine Denkgewohnheiten zu durchbrechen und mich aus der Bahn zu werfen. Sie animierten mich das Unbekannte zu erkunden, dem Reibungslosen zu misstrauen, meine Beweggründe zu prüfen. Und auch wenn ich oft im Dunkeln umhertappte und meine Zweifel gelegentlich in Verzweiflung umzuschlagen drohten, preise ich mich glücklich ihre Lektionen erhalten zu haben. Sie alle trugen ihren Teil zur Entstehung dieses Buches bei.

An erster Stelle möchte ich Jiddu Krishnamurti nennen, den ich als junger Mann in England reden hörte. Schon bald danach wurde mein Leben vom Kopf auf die Füße gestellt.

Stark war auch die Wirkung, die Georg Iwanowitsch Gurdjieff auf mich hatte, so stark, dass er damit mein Gewissen aus einem langjährigen, tiefen Schlaf zu wecken vermochte. Zwar lernte ich seine Lehre nur aus der Literatur kennen, denn er starb lange vor meiner Geburt, aber ich hatte das Glück einem seiner späten Schüler zu begegnen.

Dieser Philosoph und Psychotherapeut hieß Manfred Keyserling und er ist der dritte, dem ich an dieser Stelle danken möchte. Ohne ihn würde mein kleines Schifflein wahrscheinlich weiterhin orientierungslos auf dem großen Meer des Lebens umherschaukeln. Er lenkte meine Aufmerksamkeit immer wieder auf den einzigen Kompass, den wir haben, die innere Realität.

Dass ein Weckruf auch in der Stille erklingen kann, hat mir Mother Meera gezeigt. Die Begegnungen mit ihr haben mich, obwohl kein Wort gesagt wurde, des Öfteren zutiefst erschüttert.

Natürlich möchte ich mich ganz besonders bei Satiasana bedanken, der wahrhaft schöpferischen Denkerin, ohne die dieses Buch nie hätte geschrieben werden können.

All diese Lehrerinnen und Lehrer waren und sind wichtig, aber im gewissen Sinne auch fern. Zum Glück hat mir die Weisheit des Herzens außerdem eine kluge Frau zur Seite gestellt, die Ernst und Freude Tag für Tag mit mir teilt, Jutta Rahmig-Heffels. Ihr feines Gespür für Unstimmigkeiten hat dem Buch an vielen Stellen zu mehr Klarheit verholfen. Schon alleine dafür gebührt ihr mein größter Dank.

Bedanken möchte ich mich nicht zuletzt bei Sandra Dietz und Eva Kunstmann für ihre Geduld und Genauigkeit beim Korrekturlesen. Die beiden hatten ordentlich zu tun, denn ein Autor, der nicht in seiner Muttersprache schreibt, überliest oder genauer gesagt: überhört gelegentlich seine Fehler.

MIX
Papier aus verantwortungsvollen Quellen
Paper from responsible sources
FSC® C105338